SUE GRAFTON
Letzte Ehre

Buch

Eigentlich wollte Kinsey Millhone sich eine ganze Woche freinehmen – ausspannen, ihrer Freundin bei den Hochzeitsvorbereitungen helfen. Aber als sie für ein paar Bekannte herausfinden soll, warum der verstorbene Kriegsveteran Johnny Lee nirgends in den Unterlagen der Militärbehörden auftaucht, ist sie schon wieder mitten im nächsten Fall. Seltsam, daß sich plötzlich so viele Leute für seinen Nachlaß interessieren. Seltsam auch, daß bei den Lees eingebrochen und ein angeblicher Freund der Familie brutal zusammengeschlagen wird. Die Geschichte wird immer vertrackter, die verschiedenen Fäden scheinen einfach nicht zusammenzulaufen. Auf ihrer Suche nach der Lösung des Falls beginnt für Kinsey Millhone eine wilde Odyssee quer durch Amerika, nach Texas, Florida und Kentucky, die ihren Mut und ihr detektivisches Geschick auf eine harte Bewährungsprobe stellt.

Autorin

Sue Grafton ist Präsidentin des Verbandes der *Mystery Writers of America* und lebt in Santa Barbara, Kalifornien. Mit ihren Romanen um die witzige und einzelgängerische Privatdetektivin Kinsey Millhone schuf sie eine der erfolgreichsten amerikanischen Krimireihen überhaupt.

Von Sue Grafton außerdem im Goldmann Verlag erschienen:

Nichts zu verlieren [A wie Alibi]. Roman (42657) · (›A‹ is for Alibi)
In aller Stille [B wie Bruch]. Roman (42658) · (›B‹ is for Burglar)
Abgrundtief [C wie Callahan]. Roman (42659) · (›C‹ is for Corpse)
Ruhelos [D wie Drohung]. Roman · (›D‹ is for Deadbeat)
Kleine Geschenke. Roman (43702) · (›E‹ is for Evidence)
Stille Wasser. Roman (43358/42637) · (›J‹ is for Judgement)
Frau in der Nacht. Roman (42638/41571) · (›K‹ is for Killer)
Goldgrube. Roman (44394) · (›M‹ is for Malice)

Als gebundene Ausgabe:

Kopf in der Schlinge. Roman (30794) · (›N‹ is for Noose)

Sue Grafton
Letzte Ehre

Roman

Aus dem Amerikanischen
von Ariane Böckler

GOLDMANN

Die Originalausgabe erschien unter dem Titel
»›L‹ ist for Lawless«
bei Henry Holt, New York.

Umwelthinweis:
Alle bedruckten Materialien dieses Taschenbuches
sind chlorfrei und umweltschonend.

Taschenbuchausgabe 2/2000
Copyright © der Originalausgabe 1995 by Sue Grafton
Copyright © der deutschsprachigen Ausgabe 1996
by Wilhelm Goldmann Verlag, München,
in der Verlagsgruppe Bertelsmann GmbH
Umschlaggestaltung: Design Team München
Umschlagfoto: Look/Müller
Druck: Elsnerdruck, Berlin
Verlagsnummer: 42639
JE · Herstellung: Sebastian Strohmaier
Made in Germany
ISBN 3-442-42639-1

1 3 5 7 9 10 8 6 4 2

Danksagung

Die Autorin möchte sich für die wertvolle Unterstützung folgender Personen bedanken: Steven Humphrey; Eric S. H. Ching; Louis Skiera vom Veteranenverband; B. J. Seebol, Doktor der Rechte; Carter Hicks; Carl Eckhart; Ray Connors; Captain Edward A. Aasted; Lieutenant Charlene French und Jack Cogan, Polizei Santa Barbara; Merrill Hoffman, Santa Barbara Locksmiths; Vaughan Armstrong; Kim Oser, Hyatt Dallas/Fort Worth; Sheila Burr, California Automobile Association; A. LaMott Smith; Charles de L'Arbre, Janet Van Velsor und Cathy Peterson, Santa Barbara Travel; und John Hunt von Compuvision, der Kapitel 14 aus der tintenschwarzen Leere zurückholte.

1

Ich will ja nicht meckern, aber in Zukunft werde ich es mir genauer überlegen, bevor ich dem Freund eines Freundes einen Gefallen tue. Noch nie habe ich mir einen solchen Haufen Scherereien aufgehalst. Dabei wirkte am Anfang alles so *harmlos*. Ich schwöre, daß ich einfach nicht vorhersehen konnte, was da auf mich zukam. Ich bin *ganz* knapp dem Tod entronnen und – was vielleicht noch schlimmer ist (für alle anderen Zahnphobiker) – hätte um Haaresbreite meine beiden Schneidezähne ausgeschlagen bekommen. Zur Zeit bin ich stolze Trägerin einer faustgroßen Beule am Kopf. Und das alles für einen Auftrag, für den ich nicht einmal bezahlt wurde!

Auf die Angelegenheit aufmerksam gemacht wurde ich von meinem Vermieter Henry Pitts, in den ich, wie allgemein bekannt, seit Jahren verliebt bin. Die Tatsache, daß er fünfundachtzig ist (lediglich fünfzig Jahre älter als ich), konnte offensichtlich nie an der grundlegenden Wirkung seiner Anziehungskraft rütteln. Er ist ein Schatz und bittet mich nur selten um etwas, wie konnte ich also ablehnen? Vor allem, da sich seine Bitte auf den ersten Blick so harmlos ausnahm, ohne den geringsten Anschein der Ärgernisse, die folgen sollten.

Es war Donnerstag, der einundzwanzigste November, die Woche vor Thanksgiving, und die Hochzeitsvorbereitungen kamen langsam in Gang. Henrys älterer Bruder William sollte meine Freundin Rosie heiraten, die die schäbige Schenke in meinem Viertel betreibt. Rosies Restaurant hatte an Thanksgiving seit jeher geschlossen, und sie beglückwünschte sich selbst dafür, daß sie und William unter die Haube kommen konnten, ohne daß ihr ein Geschäft entging. Da die Zeremonie und die Feier im Restaurant abgehalten werden sollten, war eine Kirche überflüssig geworden. Rosie hatte einen Richter organisiert, der die Trauungszeremonie durchführen würde, und ging offenbar davon aus, daß seine Dienste gratis waren. Henry hatte sie aufgefordert, dem Richter ein bescheidenes Entgelt anzubieten, doch sie hatte ihn nur ausdruckslos angeblickt und so getan, als könnte sie nicht so gut Englisch. Sie ist gebürtige Ungarin und hat vorübergehende Ausfallerscheinungen, wenn es ihren Zwecken dient.

Sie und William waren fast ein Jahr verlobt, und es war Zeit, das große Ereignis auszurichten. Ich wußte noch nie genau, wie alt Rosie ist, aber sie muß an die siebzig sein. Da William auf die Achtundachtzig zuging, war die Formel »bis daß der Tod uns scheide« für sie statistisch bedeutsamer als für die meisten anderen.

Bevor ich den Auftrag, den ich annahm, genauer schildere, sollte ich wohl rasch ein paar persönliche Daten nennen. Ich heiße Kinsey Millhone. Ich bin amtlich zugelassene Privatdetektivin, zweimal geschieden und ohne Kinder oder sonstigen lästigen Anhang. Sechs Jahre lang hatte ich eine formlose Vereinbarung mit der California-Fidelity-Versicherung, für die ich im Austausch gegen Büroräume Brandstiftungen und Entschädigungsforderungen wegen fahrlässiger Tötung untersuchte. Seit mittlerweile fast einem Jahr, also seit Auslaufen dieser Abmachung, habe ich bei Kingman und Ives, einer Anwaltskanzlei hier in Santa Teresa, ein Büro gemietet. Wegen der Hochzeit hatte ich mir eine Woche freigenommen und freute mich auf Ruhe und Erholung, wenn ich nicht gerade Henry bei den Hochzeitsvorbereitungen half. Henry, der seinen Beruf als Bäcker schon lange nicht mehr ausübte, würde die Hochzeitstorte backen und außerdem für Speisen und Getränke auf der Feier sorgen.

Die Hochzeitsgesellschaft bestand aus acht Personen. Rosies

Schwester Klotilde, die an den Rollstuhl gefesselt war, sollte Trauzeugin und Henry Trauzeuge sein, während seine älteren Brüder Lewis und Charlie als Zeremonienmeister fungieren sollten. Die vier – Henry, William, Lewis und Charlie (gemeinsam auch »die Jungs« oder »die Knirpse« genannt) – rangierten altersmäßig von Fünfundachtzig (Henry) bis hin zu Dreiundneunzig (Charlie). Ihre einzige Schwester Nell, mit ihren Fünfundneunzig noch äußerst rüstig, sollte eine der beiden Brautjungfern sein und ich die andere. Bei der Zeremonie wollte Rosie ein Sackkleid aus cremeweißem Organza und einen Kranz aus Schleierkraut um ihr seltsam gefärbtes rotes Haar tragen. Im Ausverkauf hatte sie einen Ballen glänzenden Baumwollstoff mit üppigem Blumenmuster erstanden... rosa- und mauvefarbene Zentifolien auf leuchtendgrünem Hintergrund. Der Stoff wurde nach Flint, Michigan, expediert, wo Nell drei ähnliche Sackkleider für uns Frauen »zusammengeflickt« hatte. Ich konnte es gar nicht erwarten, meines anzuprobieren. Ich war mir sicher, daß wir, wenn wir fertig ausstaffiert waren, von drei wandelnden Schlafzimmervorhängen kaum zu unterscheiden wären. Mit meinen fünfunddreißig hatte ich eigentlich gehofft, als ältestes Blumenmädchen aller Zeiten in die Geschichte einzugehen, aber Rosie hatte beschlossen, diesen Part nicht zu besetzen. Es würde die Hochzeit des Jahrzehnts werden, und nicht für alles Geld der Welt hätte ich sie versäumen wollen. Was uns zu den »sich überstürzenden Ereignissen« zurückbringt, wie wir so etwas im Kriminalfach nennen.

Ich begegnete Henry morgens um neun Uhr, als ich aus meinem Apartment kam. Ich lebe in einer umgebauten Einzelgarage, die mit Henrys Haus durch eine überdachte Passage verbunden ist. Ich war auf dem Weg zum Supermarkt, wo ich mich für die nächsten Tage mit Fertigmahlzeiten eindecken wollte. Als ich meine Tür aufmachte, stand Henry mit einem Notizzettel und einer Rolle Klebeband davor. Anstelle seiner gewohnten Shorts, dem T-Shirt und den Gummilatschen trug er lange Hosen und ein blaues Sporthemd mit hochgekrempelten Ärmeln.

Ich sagte: »Du siehst ja umwerfend aus.« Sein Haar ist schlohweiß, und er hat normalerweise einen Seitenscheitel. Heute war es mit Wasser geglättet, und ich konnte noch die warme Zitrusnote seines Rasierwassers riechen. Seine blauen Augen wirken in seinem schmalen, gebräunten Gesicht wie lodernde Flammen. Er ist groß und schlank, freundlich, klug und sein Benehmen eine perfekte Mischung aus Ritterlichkeit und Ungezwungenheit. Wenn er nicht alt genug wäre, um mein Opa zu sein, hätte ich ihn mir im Handumdrehen geschnappt.

Henry lächelte, als er mich sah. »Da bist du ja. Ausgezeichnet. Ich wollte dir gerade einen Zettel schreiben. Ich dachte, du seist nicht zu Hause, sonst hätte ich geklopft. Ich bin auf dem Weg zum Flughafen, um Nell und die Jungs abzuholen, aber ich möchte dich noch um einen Gefallen bitten. Hast du einen Augenblick Zeit?«

»Sicher. Ich wollte gerade zum Supermarkt gehen, aber das eilt nicht«, sagte ich. »Was gibt's?«

»Erinnerst du dich an den alten Mr. Lee? Hier im Viertel wurde er Johnny genannt. Das ist der Herr, der um die Ecke in der Bay Street gewohnt hat. Das kleine, weiß verputzte Haus mit dem zugewachsenen Garten. Genauer gesagt hat Johnny in der Wohnung über der Garage gewohnt. Sein Enkel Bucky und dessen Frau wohnen im Haus.«

Der betreffende Bungalow, an dem ich täglich bei meiner Jogging-Runde vorbeikam, war ein heruntergekommenes Wohnhaus, das aussah, als wäre es in einem Feld voller wildem Gras vergraben. Das waren keine feinen Leute, es sei denn, man betrachtete ein aufgebocktes Auto als eine Art Gartenschmuck. Die Nachbarn beschwerten sich schon seit Jahren, doch es nützte nichts. »Ich kenne das Haus, aber der Name sagt mir nicht viel.«

»Du hast sie wahrscheinlich drüben bei Rosies's gesehen. Bucky macht einen netten Eindruck, aber seine Frau ist seltsam. Sie heißt Babe. Sie ist klein und mollig und vermeidet meistens Blickkontakt. Johnny sah immer aus wie ein Obdachloser, aber er hatte sein Auskommen.«

Langsam erinnerte ich mich an das Trio, das er beschrieb: alter Knabe in einem schäbigen Jackett, das Pärchen grapschte sich gegenseitig an den Hintern und sah zu jung aus, um verheiratet zu sein. Ich hielt mir eine Hand ans Ohr. »Du hast die Vergangenheitsform verwendet. Ist der alte Mann tot?«

»Leider. Der Ärmste hatte einen Herzinfarkt und ist vor vier oder fünf Monaten gestorben. Ich glaube, es war irgendwann im Juli. Nicht daß irgend etwas daran auffällig gewesen wäre«, fügte Henry eilig hinzu. »Er war erst Mitte siebzig, aber seine Gesundheit war nie die beste. Auf jeden Fall ist mir vor kurzem Bucky begegnet, und er hat ein Problem, zu dem er mich um Rat gefragt hat. Es ist nicht dringend. Es ist nur lästig, und ich dachte, daß du ihm vielleicht weiterhelfen könntest.«

Ich dachte an einen nicht gekennzeichneten Schlüssel zu einem Banksafe, unauffindbare Erben, verschwundene Wertsachen, eine zweideutige Formulierung im Testament, eben eine dieser ungeklärten Fragen, die die Lebenden von den jüngst Verstorbenen erben. »Sicher. Worum geht's?«

»Möchtest du die lange oder die kurze Fassung?«

»Die lange, aber sprich schnell. Das erspart mir eventuell Fragen.«

Ich sah, wie Henry sich mit einem raschen Blick auf die Uhr auf sein Thema einstellte. »Ich möchte nicht zu spät zum Flughafen kommen, aber die Situation ist kurz gesagt folgende: Der alte Knabe wollte keine Beerdigung, sondern hat darum gebeten, eingeäschert zu werden, was auch unverzüglich geschah. Bucky hat sich überlegt, die Asche nach Columbus, Ohio, zu überführen, wo sein Vater lebt, doch dann fiel ihm ein, daß sein Großvater Anspruch auf eine militärische Beisetzung hatte. Ich glaube, Johnny ist im Zweiten Weltkrieg Kampfflieger gewesen, Mitglied der Amerikanischen Freiwilligentruppe unter Claire Chennault. Er hat nicht viel darüber gesprochen, aber ab und zu schwelgte er in Erinnerungen an Birma, die Luftschlachten über Rangun und dergleichen. Jedenfalls dachte Bucky, daß es hübscher wäre: weißer Marmor mit seinem Namen eingemeißelt und so. Er sprach mit seinem Vater darüber, und Chester war ziemlich angetan, also ist Bucky ins hiesige Büro des Veteranenamts marschiert und hat ein Antragsformular ausgefüllt. Er verfügte nicht über alle Daten, aber er tat, was er konnte. Drei Monate verstrichen, und er hörte kein Wort. Er wurde schon langsam zappelig, als der Antrag mit dem Vermerk ›Identität unbekannt‹ zurückkam. Bei einem Namen wie John Lee war das nicht allzu erstaunlich. Bucky rief beim Veteranenamt an, und der Sachbearbeiter schickte ihm ein anderes Formular zum Ausfüllen, und zwar eines, mit dem man Militärakten anfordern kann. Diesmal dauerte es nur drei Wochen, und das verdammte Ding kam mit dem gleichen Stempel zurück. Bucky ist nicht dumm, aber er ist vermutlich gerade mal dreiundzwanzig Jahre alt und hat kaum Erfahrungen mit der Bürokratie. Er rief seinen Vater an und erzählte ihm, was sich abgespielt hatte. Chester hängte sich sofort ans Telefon und rief beim Luftwaffenstützpunkt Randolph in Texas an, wo die Air Force ihre Personalakten aufbewahrt. Ich weiß nicht, mit wie vielen Leuten er gesprochen haben muß, aber das Fazit war, daß die Air Force keine Unterlagen über John Lee hat, oder falls sie welche hat, nichts sagen will. Chester ist überzeugt davon, daß er hingehalten wird, aber was soll er machen? Das ist also der Stand der Dinge. Bucky ist frustriert und sein Dad fuchsteufelswild. Sie sind fest entschlossen, dafür zu sorgen, daß Johnny bekommt, was ihm zusteht. Ich habe ihnen gesagt, daß du vielleicht eine Idee haben könntest, was sie als nächstes versuchen sollen.«

»Sind sie sicher, daß er wirklich beim Militär war?«

»Soweit ich weiß, schon.«

Ich merkte, wie mir ein Anflug von Skepsis übers Gesicht huschte. »Ich kann mit Bucky sprechen, wenn du möchtest, aber im Grunde ist das ein Gebiet, auf dem ich mich nicht besonders gut auskenne. Wenn ich dich recht verstehe, behauptet die Air Force ja gar nicht, daß er nicht dabei war. Sie behaupten nur, daß sie ihn anhand der Daten, die Bucky eingereicht hat, nicht identifizieren können.«

»Tja, das stimmt«, sagte Henry. »Aber bis sie seine Akten finden, gibt es keine Möglichkeit, den Antrag zu bearbeiten.«

Ich fing bereits an, an dem Problem herumzuzupfen, als wäre es ein Knoten in einem Stück Bindfaden. »Hieß es damals nicht Army Air Force?«

»Was würde das ändern?«

»Seine Militärakten könnten woanders lagern. Vielleicht hat sie die Army.«

»Das müßtest du Bucky fragen. Ich nehme an, daß er diese Spur bereits verfolgt hat.«

»Es könnte etwas ganz Einfaches sein... der falsche Anfangsbuchstabe seines zweiten Vornamens oder das falsche Geburtsdatum.«

»Das habe ich auch schon gesagt, aber du weißt ja, wie es ist. Du betrachtest etwas so lange, daß du es gar nicht mehr richtig siehst. Es wird vermutlich nicht mehr als fünfzehn oder zwanzig Minuten deiner Zeit in Anspruch nehmen, aber ich weiß, daß sie sich über Mithilfe freuen würden. Chester ist aus Ohio herübergekommen, um ein paar Einzelheiten im Nachlaß seines Vaters zu regeln. Ich wollte deine Dienste nicht ohne weiteres anbieten, aber es scheint eine *ehrenvolle* Angelegenheit zu sein.«

»Tja, ich werde tun, was ich kann. Soll ich gleich mal hingehen? Ich hätte Zeit, wenn du meinst, daß Bucky zu Hause ist.«

»Müßte er eigentlich. Zumindest war er es vor einer Stunde. Das ist nett von dir, Kinsey. Nicht daß Johnny ein enger Freund gewesen wäre, aber er hat genauso lange hier in der Gegend gewohnt wie ich, und ich möchte, daß er angemessen behandelt wird.«

»Ich werd's versuchen, aber das ist nicht mein Spezialgebiet.«

»Das verstehe ich, und falls es lästig wird, kannst du ja die ganze Geschichte fallenlassen.«

Ich zuckte die Achseln. »Ich schätze, das ist einer der Vorteile, wenn man nicht bezahlt wird. Man kann jederzeit aussteigen.«

»Unbedingt«, meinte er.

Ich sperrte meine Haustür ab, während Henry auf die Garage zuging, und wartete an der Einfahrt, während er den Wagen rückwärts herausfuhr. Zu besonderen Gelegenheiten fährt er ein Coupé mit fünf Fenstern, einen 1932er Chevrolet mit der hellgelben Originallackierung. Heute, zum Flughafen, nahm er den Kombi, da er mit drei Fahrgästen und unzähligen Gepäckstücken zurückkommen würde. »Die Sippschaft«, wie er sie nannte, würde zwei Wochen hierbleiben und hatte die Neigung, sich für jeden erdenklichen Notfall zu rüsten. Er hielt langsam an und kurbelte das Fenster hinunter. »Vergiß nicht, daß du heute abend bei uns ißt.«

»Das habe ich nicht vergessen. Heute hat doch Lewis Geburtstag, stimmt's? Ich habe ihm sogar ein Geschenk gekauft.«

»Ach, du bist lieb, aber das wäre nicht nötig gewesen.«

»O doch. Lewis erzählt einem ständig, daß man kein Geschenk kaufen soll, aber wenn man es wirklich nicht tut, schmollt er. Um wieviel Uhr ist die Feier?«

»Rosie kommt um Viertel vor sechs herüber. Du kannst kommen, wann du willst. Du kennst ja William. Wenn wir nicht rechtzeitig essen, bekommt er Unterzucker.«

»Fährt er nicht mit dir zum Flughafen?«

»Er muß wegen seines Smokings zur Anprobe. Lewis, Charlie und ich müssen unsere heute nachmittag anprobieren.«

»Ganz nobel«, sagte ich. »Bis später.«

Ich winkte, als Henry die Straße hinunterfuhr und verschwand, und ging dann selbst zum Tor hinaus. Der Gang zu den Lees dauerte ungefähr dreißig Sekunden – sechs Türen weiter, um die Ecke, und da war es schon. Der Stil des Hauses war schwer einzuordnen; es war ein altes kalifornisches Wohnhaus mit abblätterndem Putz und einem ausgebleichten roten Ziegeldach. Am Ende einer schmalen, betonierten Einfahrt konnte man eine Doppelgarage mit verfallenen Holztüren sehen. Der schmuddelige Hinterhof war mittlerweile zur Heimat für einen halb auseinandergenommenen Ford Fairlane mit durchgerostetem Fahrgestell geworden. Die Fassade des Hauses war kaum zu sehen, da sie hinter widerspenstigen Büscheln schulterhohen Grases verschwand. Der Weg zum Vordereingang war durch zwei Hügel von etwas verdeckt, das wie wilder Hafer aussah, buschige Spitzen, die sich über den Pfad hinweg zuwippten. Als ich durch das Unkraut stapfte, um zur Veranda zu gelangen, mußte ich die Arme in die Höhe halten.

Ich klingelte an der Tür und verbrachte einen Augenblick der Muße damit, mir Kletten von den Socken zu zupfen. Ich malte mir mikroskopisch kleine Pollen aus, die wie eine Wolke Stechmücken meine Kehle hinabschwärmten, und ich spürte einen heftigen Niesreiz. Ich versuchte, an etwas anderes zu denken. Ohne auch nur über die Türschwelle geschritten zu sein, hätte ich kleine Räume mit roh verputzten Zwischenbögen vorhersagen können, denen als Kontrast vielleicht fruchtlose Versuche gegenüberstanden, das Haus zu »modernisieren«. Es würde zwar zu nichts führen, aber ich klingelte trotzdem noch einmal.

Augenblicke später wurde die Tür von einem Jungen geöffnet, den ich wiedererkannte. Bucky war Anfang zwanzig. Er war acht oder zehn Zentimeter größer als ich, womit er ungefähr auf einsvierundsiebzig oder einssechsundsiebzig kam. Er war nicht übergewichtig, aber teigig wie eine Brezel. Sein Haar war rotgolden, in der Mitte schief gescheitelt und lang. Der größte Teil davon war nach hinten gestreift und im Nacken irgendwie schlampig zusammengebunden. Er hatte blaue Augen, und sein geröteter Teint wirkte unter einem kastanienroten Viertagebart fleckig. Er trug Blue jeans und ein dunkelblaues, langärmliges Cordhemd, dessen Schoß heraushing. Schwer zu sagen, was für einem Broterwerb er nachging, wenn überhaupt irgendeinem. Er hätte auch ein Rockstar mit einem sechsstelligen Bankkonto sein können, aber das bezweifelte ich.

»Sind Sie Bucky?«

»Yeah.«

Ich streckte ihm die Hand entgegen. »Ich heiße Kinsey Millhone. Ich bin mit Henry Pitts befreundet. Er sagt, Sie hätten Probleme mit einem Antrag beim Veteranenamt?«

Er schüttelte mir die Hand, doch die Art, wie er mich ansah, löste in mir den Wunsch aus, an seinen Kopf zu klopfen und zu fragen, ob jemand zu Hause war. Ich machte unverdrossen weiter. »Er dachte, ich könnte Ihnen vielleicht helfen. Darf ich reinkommen?«

»Oh, entschuldigen Sie. Jetzt hab' ich's kapiert. Sie sind die Privatdetektivin. Zuerst dachte ich, Sie wären vom Veteranenamt. Wie heißen Sie noch mal?«

»Kinsey Millhone. Henrys Mieterin. Sie haben mich vermutlich schon drüben bei Rosie's gesehen. Ich bin drei- oder viermal die Woche dort.«

Endlich flackerte die Erinnerung auf. »Sie sind die, die immer in der hinteren Nische sitzt.«

»Die bin ich.«

»Klar. Jetzt weiß ich es wieder. Kommen Sie rein.« Er machte einen Schritt zurück, und ich betrat einen kleinen Flur mit einem Hartholzboden, der seit Jahren nicht mehr poliert worden war. Ich erhaschte einen Blick auf die Küche im hinteren Teil des Hauses. »Mein Dad ist gerade nicht da, und ich glaube, Babe steht unter der Dusche. Ich sollte ihr sagen, daß Sie da sind. He, *Babe*?«

Keine Antwort.

Er legte den Kopf schief und lauschte. »*He, Babe!*«

Ich war noch nie ein großer Fan davon, von einem Zimmer ins andere zu brüllen. »Möchten Sie sie suchen? Ich kann warten.«

»O ja – gute Idee. Ich bin gleich wieder da. Setzen Sie sich«, sagte er. Er ging den Flur hinab, und ich hörte das Trampeln der harten Sohlen seiner Schuhe. Er öffnete eine Tür zu seiner Rechten und steckte den Kopf hinein. Die Rohre in der Wand gaben ein ersticktes Kreischen von sich, und die Leitungen knarzten und gluckerten, als die Dusche abgestellt wurde.

Ich stieg eine Stufe zum Wohnzimmer hinab, das nur wenig größer war als der Teppich mit seinen knapp zehn Quadratmetern. Am einen Ende des Raums befand sich ein flacher, weißgestrichener Kamin aus Ziegeln mit einem hölzernen Kaminsims, das von Nippes übersät war. Auf beiden Seiten des Kamins standen Einbau-Bücherregale, die mit Papieren und Illustrierten vollgestopft waren. Ich ließ mich vorsichtig auf einer durchgesessenen Couch nieder, über der ein braun-gelber Afghane lag. Es roch nach Hausschwamm oder nassem Hund. Der Couchtisch war mit leeren Fast-Food-Behältern übersät, und sämtliche Sitzgelegenheiten waren auf einen uralten Fernseher ausgerichtet, der in einem überdimensionalen Fernsehschrank stand.

Bucky kam zurück. »Sie sagt, wir sollen schon anfangen. Wir haben gleich einen Termin, und sie zieht sich gerade erst an. Mein Dad ist bald wieder da. Er ist nach Perdido gefahren, um sich Lampen anzusehen. Wir möchten Pappys Apartment herrichten, damit wir es vermieten können.« Er blieb auf der Türschwelle stehen und sah das Zimmer offenbar mit meinen Augen. »Sieht aus wie auf der Müllkippe, aber Pappy hat seine Kröten ganz schön zusammengehalten.«

»Seit wann wohnen Sie hier?«

»Schon fast zwei Jahre, seit Babe und ich geheiratet haben«, sagte er. »Ich dachte, der alte Kauz würde uns bei der Miete ein bißchen entgegenkommen, aber er hat seine Knickerigkeit als Wissenschaft betrieben.«

Da ich selbst knickerig bin, war ich natürlich neugierig. Vielleicht konnte ich ein paar Tips aufschnappen, dachte ich mir. »Inwiefern?«

Buckys Mund verzog sich nach unten. »Ich weiß nicht. Er wollte nicht für die Müllabfuhr bezahlen, und so ist er an Abfuhrtagen immer ganz früh losgegangen und hat seinen Müll in die Tonnen der Nachbarn gesteckt. Und wissen Sie, einmal hat ihm einer verraten, wie man die Rechnungen von den Stadtwerken bezahlt. Man braucht nur eine Ein-Cent-Marke draufkleben, den Absender weglassen und den Umschlag in einen abgelegenen Briefkasten werfen. Die Post stellt ihn zu, weil die Stadt ihr Geld haben will, also kann man Porto sparen.«

Ich sagte: »He, tolles Geschäft. Was schätzen Sie, zehn Dollar im Jahr? Das ist ja wirklich verlockend. Er muß ein echtes Original gewesen sein.«

»Kannten Sie ihn nicht?«

»Ich habe ihn öfter bei Rosie's drüben gesehen, aber wir haben uns, glaube ich, nie kennengelernt.«

Bucky nickte zum Kamin hinüber. »Das da drüben ist er. Der ganz rechts.«

Ich folgte seinem Blick und erwartete, ein Foto auf dem Kaminsims stehen zu sehen. Doch ich sah nur drei Urnen und einen mittelgroßen Metallkasten. Bucky sagte: »Diese grünliche Marmorurne ist meine Oma, und direkt daneben steht mein Onkel Duane. Er war der einzige Bruder meines Vaters, kam schon als Kind ums Leben. Mit acht, glaube ich. Hat auf den Gleisen gespielt und wurde von einem Zug überfahren. In der schwarzen Urne ist meine Tante Maple.«

Mir wollte um keinen Preis ein höflicher Kommentar einfallen. Der familiäre Wohlstand mußte im Lauf der Jahre stetig abgenommen haben, da es so aussah, als wäre mit jedem Tod weniger Geld ausgegeben worden, bis schließlich John Lee, der letzte, in dem vom Krematorium gestellten Kasten belassen wurde. Das Kaminsims wurde langsam voll. Wer als nächster »heimging«, würde in einer Schuhschachtel transportiert und auf dem Nachhauseweg von der Aussegnungshalle aus dem Autofenster geworfen werden müssen.

Er beendete das Thema mit einer Handbewegung. »Na gut, vergessen Sie's. Ich weiß ja, daß Sie nicht vorbeigekommen sind, um Konversation zu treiben. Ich habe die Unterlagen gleich hier.« Er ging hinüber ans Bücherregal und begann die Illustrierten auseinanderzusortieren, die anscheinend mit unbezahlten Rechnungen und anderen heiklen Dokumenten durchsetzt waren. »Es geht lediglich um einen Antrag auf dreihundert Dollar für Pappys Begräbnis«, meinte er. »Babe und ich haben seine Einäscherung bezahlt, und wir hätten das Geld gern zurück. Ich glaube, die Regierung zahlt noch einmal hundertfünfzig für die Beisetzung. Es klingt nicht nach viel, aber wir sind eben schlecht bei Kasse. Ich weiß nicht, was Henry Ihnen erzählt hat, aber wir können es uns nicht leisten, Sie für Ihre Dienste zu bezahlen.«

»Das habe ich mitbekommen. Ich glaube sowieso nicht, daß ich viel tun kann. Mittlerweile wissen Sie vermutlich mehr über Anträge beim Veteranenamt als ich.«

Er zog einen Stapel Papier hervor und sah ihn rasch durch, bevor er ihn mir reichte. Ich entfernte die Büroklammer und studierte die Abschrift von John Lees Sterbeurkunde, die Freigabe von der Leichenhalle, seine Geburtsurkunde, die Sozialversicherungskarte und Kopien der beiden Anträge ans Veteranenamt. Das erste Formular war ein Antrag auf Erstattung der Beisetzungskosten und das zweite ein Gesuch um die Militärakten. Auf letzterem war zwar die Waffengattung eingetragen, aber Kennummer, Dienstgrad und Rang sowie der Zeitraum, in dem der alte Herr gedient hatte, fehlten. Kein Wunder, daß das Veteranenamt Schwierigkeiten hatte, dem Antrag nachzugehen. »Sieht so aus, als fehlten Ihnen eine Menge Daten. Sie wissen also weder seine Kennummer noch in welcher Einheit er gedient hat?«

»Hm, nein. Das ist ja das Problem«, sagte er und las über meine Schulter mit. »Es wird langsam lächerlich. Wir bekommen die Akten nicht, weil wir nicht genug Daten haben, aber wenn wir die Daten hätten, bräuchten wir das Gesuch gar nicht erst zu stellen.«

»Das nennt man rentable Regierung. Denken Sie nur an das ganze Geld, das sie für die unbezahlten Anträge spart.«

»Wir wollen nichts, worauf er keinen Anspruch hat, aber Gerechtigkeit muß sein. Pappy hat seinem Land gedient, und es scheint mir keine so gewaltige Forderung zu sein. Dreihundert verdammte Dollars. Die Regierung verschleudert Milliarden.«

Ich drehte das Formular um und las die Anweisungen auf der Rückseite. Unter »Anrecht auf Zuschuß zu Bestattungskosten« war in den Bedingungen zu lesen, daß der verstorbene Veteran »unter anderen als unehrenhaften Bedingungen aus dem Dienst entlassen worden oder ausgeschieden sein muß und eine Pension erhalten oder einen ursprünglichen oder erneuerten Anspruch auf eine Pension gehabt haben muß«, bla bla bla. »Nun, das ist doch eine Möglichkeit. Hat er eine Militärpension bezogen?«

»Falls ja, so hat er uns nie davon erzählt.«

Ich sah zu Bucky hinauf. »Wovon hat er gelebt?«

»Er hatte seine Schecks von der Sozialversicherung, und ich nehme an, daß Dad ausgeholfen hat. Babe und ich haben für das Haus hier Miete bezahlt, und zwar sechshundert Dollar im Monat. Das Anwesen war ohne jede Einschränkung sein Eigentum, also denke ich, daß er die Miete dazu verwendet hat, um Essen, Stadtwerke, Grundsteuer und dergleichen zu bezahlen.«

»Und er hat da hinten gewohnt?«

»Genau. Über der Garage. Es sind nur zwei kleine Zimmer,

aber es ist echt hübsch. Wir haben einen Typen an der Hand, der einziehen möchte, wenn die Wohnung fertig ist. Ein alter Freund von Pappy. Er sagt, er wäre dazu bereit, das Gerümpel auszuräumen, wenn wir ihm bei der ersten Monatsmiete etwas nachlassen. Das meiste ist Müll, aber wir wollten nichts wegwerfen, bis wir wissen, was wichtig ist. Momentan ist die Hälfte von Pappys Sachen in Pappkartons verpackt, und der Rest stapelt sich kreuz und quer in der Gegend.«

Ich las das Gesuch um die Militärakten noch einmal. »Was ist mit dem Jahr, in dem seine Entlassungsurkunde ausgestellt wurde? Hier ist nichts eingetragen.«

»Mal sehen.« Er legte den Kopf schief und las das Kästchen, auf das ich meinen Daumen hielt. »Oh. Ich muß vergessen haben, das hinzuschreiben. Dad sagt, es muß am 17. August 1944 gewesen sein, weil er sich noch daran erinnert, daß Pappy rechtzeitig zu seiner Geburtstagsfeier nach Hause gekommen ist, als er vier wurde. Er war zwei Jahre weg, also muß er irgendwann 1942 aufgebrochen sein.«

»Könnte er unehrenhaft entlassen worden sein? Dem zufolge, was hier steht, wäre er nicht berechtigt, wenn das der Fall wäre.«

»Nein, Ma'am«, sagte Bucky mit Nachdruck.

»Nur 'ne Frage.« Ich drehte das Formular wieder um und studierte das Kleingedruckte auf der Rückseite. Das Gesuch um Militärakten nannte verschiedene Adressenlisten der Beauftragten für jede Waffengattung, Definitionen, Abkürzungen, Kennziffern und Datumsangaben. Ich versuchte es auf einem anderen Weg. »Was ist mit der medizinischen Versorgung? Wenn er Kriegsveteran war, hatte er vermutlich Anspruch auf kostenlose ärztliche Behandlung. Vielleicht hat die hiesige Veteranenklinik irgendwo eine Aktennummer für ihn.«

Bucky schüttelte erneut den Kopf. »Das habe ich schon probiert. Sie haben nachgesehen und keine gefunden. Dad glaubt, daß er nie um Erstattung von Arztkosten ersucht hat.«

»Was hat er denn gemacht, wenn er krank wurde?«

»Er hat sich meistens selbst verarztet.«

»Tja. Mir fällt nichts weiter ein«, sagte ich. Ich gab ihm die Papiere zurück. »Was ist mit seinem persönlichen Nachlaß? Hat er irgendwelche Briefe aus seiner Zeit bei der Air Force aufgehoben? Sogar ein altes Foto könnte Ihnen helfen, herauszufinden, bei welchem Kampfverband er war.«

»Bislang haben wir noch nichts dergleichen gefunden. Ich habe gar nicht an Bilder gedacht. Möchten Sie mal nachsehen?«

Ich zögerte und versuchte mein mangelndes Interesse zu verbergen. »Klar, das könnte ich tun, aber da es ja nur um dreihundert Dollar geht, wären Sie offen gestanden vielleicht besser beraten, wenn Sie die ganze Sache fallenließen.«

»Eigentlich sind es vierhundertfünfzig Dollar mit Beisetzung«, sagte er.

»Trotzdem. Stellen Sie eine Kosten-Nutzen-Rechnung auf, und Sie werden wahrscheinlich feststellen, daß Sie bereits im Minus sind.«

Bucky reagierte nicht, da ihn mein kleinmütiger Rat offensichtlich nicht überzeugte. Der Vorschlag war womöglich auch eher für mich als für ihn gedacht. Wie sich herausstellte, hätte ich meinen eigenen Ratschlag befolgen sollen. Statt dessen trottete ich schließlich gehorsam hinter Bucky drein, als er durchs Haus ging. Sowas von dämlich. Ich spreche von mir, nicht von ihm.

2

Ich folgte Bucky zur Hintertür hinaus und die Stufe der Veranda hinab. »Kann es sein, daß Ihr Großvater einen Banksafe hatte?«

»Nee, das war nicht sein Stil. Pappy konnte Banken nicht leiden und hat Bankern nicht getraut. Er hatte ein Girokonto für seine Rechnungen, aber er besaß keine Aktien oder Schmuck oder irgend so etwas. Er bewahrte seine Ersparnisse – alles in allem etwa hundert Dollar – in dieser alten Kaffeebüchse hinten im Kühlschrank auf.«

»War nur eine Idee.«

Wir überquerten den uneben zementierten Autostellplatz bis hin zu der freistehenden Garage und erklommen die steile, unlackierte Holztreppe, die zu einem kleinen Absatz im ersten Stock führte, der gerade groß genug für die Tür zu John Lees Wohnung und ein schmales Schiebefenster war, das auf die Treppe hinausging. Während Bucky seine Schlüssel sortierte, hielt ich eine hohle Hand an das Glas und äugte in die möblierten Räume. Sah nach nicht viel aus: zwei Zimmer mit einer Decke, die sich von einem Firstbalken herabsenkte. Zwischen den beiden Räumen war ein Türrahmen ohne Tür. An einer Wand befand sich ein Einbauschrank, über dessen Öffnung ein Vorhang gezogen war.

Bucky schloß die Tür auf und ließ sie hinter sich offenstehen, als er hineinging. Eine Hitzewand schien den Eingang zu blockieren wie eine unsichtbare Barriere. Sogar jetzt im November hatte die auf das schlecht isolierte Dach herunterbrennende Sonne das Innere auf stickige dreißig Grad aufgeheizt. Ich blieb auf der Schwelle stehen und nahm den Geruch in mich auf wie ein Tier. Die Luft wirkte dumpf und roch nach trockenem Holz und altem Tapetenkleister. Sogar noch nach fünf Monaten konnte ich Zigarettenrauch und gebratene Speisen wahrnehmen. Noch eine Minute länger, und ich hätte vermutlich feststellen können, was der alte Mann sich als letzte Mahlzeit gekocht hatte. Bucky ging zu einem der Fenster hinüber und schob es auf. Die Luft schien sich nicht zu regen. Den knarrenden, unebenen Fußboden bedeckte eine uralte Schicht rissigen Linoleums. Die Wände waren mit einem Muster aus winzigen blauen Kornblumen auf cremefarbenem Hintergrund tapeziert, wobei die Tapete so alt war, daß sie an den Rändern wie angesengt aussah. Die Fenster, zwei an der vorderen Wand und zwei an der hinteren, hatten vergilbte Jalousien, die gegen das flache Novemberlicht halb heruntergezogen waren.

Im großen Zimmer befand sich ein Einzelbett mit weißgestrichenem Eisengestell. Eine hölzerne Kommode stand dicht vor der hinteren Wand, während eine alte Gartenmöbelgarnitur aus Korbgeflecht als Sitzgruppe diente. Ein kleiner hölzerner Schreibtisch mit passendem Stuhl war in einer Ecke untergebracht. Auf dem Fußboden standen kreuz und quer zehn bis zwölf Pappkartons in verschiedensten Größen. Manche der Kartons waren vollgepackt und beiseite gestellt worden, ihre Verschlußlaschen ineinandergesteckt, um den Inhalt zu sichern. Zwei Bretter des Bücherregals waren ausgeräumt worden, und die Hälfte der übrigen Bücher war umgekippt.

Ich suchte mir durch den Irrgarten aus Kisten einen Weg in den zweiten Raum, in dem sich ein Herd und ein kleiner Kühlschrank befanden, während auf der Arbeitsfläche dazwischen ein kleiner Mikrowellenherd stand. Eine Spüle war in ein dunkel gebeiztes Holzschränkchen mit billig wirkenden Scharnieren und Griffen eingelassen worden. Die Türen des Schränkchens sahen aus, als würden sie festkleben, wenn man versuchte, sie zu öffnen. Hinter der Küche schloß sich ein kleines Badezimmer mit Waschbecken, Toilette und einer kleinen Badewanne mit Klauenfüßen an. Sämtliche Porzellanteile waren mit Flecken übersät. Plötzlich sah ich mich selbst im Spiegel über dem Waschbecken und stellte fest, daß sich meine Mundwinkel vor Ekel nach unten verzogen hatten. Bucky hatte das Apartment als hübsch bezeichnet, aber ich würde mich lieber erschießen, als in einem solchen Loch zu enden.

Ich blickte aus einem der Fenster. Buckys Frau Babe stand an der Hintertür am anderen Ende des Wegs. Sie hatte ein rundes Gesicht mit großen braunen Augen und eine Stupsnase. Ihr Haar war dunkel und glatt und unkleidsam hinter die Ohren

geklemmt. Sie trug Gummilatschen, enge schwarze Radlerhosen und ein schwarzes, ärmelloses Baumwolltop, das sich über ihrem Hängebusen spannte. Ihre Oberarme waren drall, und ihre Schenkel sahen aus, als würden sie beim Gehen aneinanderscheuern. Alles an ihr sah unangenehm feucht aus.
»Ich glaube, Ihre Frau ruft nach Ihnen.«

Babes Stimme drang zu uns herauf. »Bucky?«

Er ging zum Treppenabsatz. »Komme sofort«, brüllte er zu ihr hinunter und sagte dann in gemessenerem Tonfall zu mir: »Ist es Ihnen recht, wenn ich Sie hier einfach allein lasse?« Ich sah ihm zu, wie er den Wohnungsschlüssel von seinem Schlüsselbund drehte.

»Ist mir recht. Es hört sich wirklich danach an, als hätten Sie getan, was Sie konnten.«

»Das dachte ich auch. Mein Dad ist derjenige, den es wirklich gepackt hat. Er heißt übrigens Chester, für den Fall, daß er vor uns zurückkommt.« Er reichte mir den Schlüssel. »Sperren Sie ab, wenn Sie fertig sind, und werfen Sie den Schlüssel durch den Briefschlitz in der Vordertür. Wenn Sie irgend etwas finden, das wichtig sein könnte, lassen Sie es uns wissen. Wir sind gegen ein Uhr wieder da. Haben Sie eine Visitenkarte?«

»Klar.« Ich nahm eine Karte aus meiner Tasche und reichte sie ihm.

Er steckte die Karte ein. »Alles klar.«

Ich hörte, wie er draußen die Treppe hinunterpolterte. Ich stand da und fragte mich, wie lange ich anstandshalber warten mußte, bevor ich abschloß und ging. Ich spürte, wie sich mein Magen mit der gleichen seltsamen Spannung aus Angst und Aufregung verkrampfte, wie wenn ich illegal in eine fremde Wohnung eindringe. Meine Anwesenheit hier war legal, aber ich hatte das Gefühl, als würde ich irgendwie eine unerlaubte Handlung begehen. Unten hörte ich Babe und Bucky plaudern, als sie das Haus absperrten und unter mir die Garagentür aufmachten. Ich ging ans Fenster, spähte hinunter und sah zu, wie der Wagen herauskam, dem Anschein nach direkt unter meinen Füßen. Das Auto sah aus wie ein Buick, Baujahr 1955 oder so, grün, mit einem großen, verchromten Kühlergrill. Bucky blickte über seine Schulter nach hinten, als er rückwärts die Einfahrt entlangfuhr, während Babe mit einer Hand auf seinem Knie ununterbrochen auf ihn einredete.

Ich hätte gehen sollen, sowie das Auto aus der Einfahrt verschwunden war, aber ich dachte an Henry, und mein Ehrgefühl verlangte es, daß ich wenigstens ein letztes Mal so *tat,* als würde ich nach etwas Bedeutsamem Ausschau halten. Ich möchte ja nicht kaltschnäuzig wirken, aber Johnny Lee bedeutete mir absolut nichts, und bei der Vorstellung, seine Sachen zu durchwühlen, packte mich das kalte Grausen. Die Wohnung war deprimierend, stickig und heiß. Sogar die Stille fühlte sich klebrig an.

Ich verbrachte ein paar Minuten damit, von einem Zimmer ins andere zu wandern. Badezimmer und Küche enthielten nichts von Belang. Ich kehrte ins große Wohnzimmer zurück und erkundete es rundum. Ich schob den Vorhang vor der Öffnung des Wandschranks beiseite. Johnnys wenige Kleider hingen in einer mutlosen Reihe da. Seine Hemden waren vom häufigen Waschen weich geworden und am Kragen abgetragen, und an manchen fehlte ein Knopf. Ich durchsuchte sämtliche Taschen und äugte in die Schuhschachteln, die auf dem Schrankbrett aufgereiht waren. Wie zu erwarten, enthielten die Schuhschachteln alte Schuhe.

Die Kommode war voller Unterwäsche, Socken, T-Shirts und ausgefranster Taschentücher; nichts Interessantes war zwischen den Stapeln verborgen. Ich setzte mich an seinen kleinen Schreibtisch und begann, systematisch eine Schublade nach der anderen aufzuziehen. Ihr Inhalt war harmlos. Bucky hatte offensichtlich den größten Teil der Papiere des alten Mannes entfernt: Rechnungen, Quittungen, eingelöste Schecks, Kontoauszüge und alte Einkommensteuererklärungen. Ich stand auf und sah in einige der geschlossenen Pappkartons, wobei ich die Deckel zurückklappte, damit ich den Inhalt durchwühlen konnte. Den größten Teil des wichtigen Finanzkrams fand ich in der zweiten Schachtel, die ich öffnete. Eine kurze Durchsuchung erbrachte nichts Erstaunliches. Ich fand keinerlei persönliche Unterlagen und auch keine praktischen gelben Umschläge voller Dokumente, die einen früheren Militärdienst belegt hätten. Aber warum sollte er Souvenirs aus Kriegszeiten auch über vierzig Jahre lang aufbewahren? Falls er es sich anders überlegte und er doch Zuschüsse beim Veteranenamt beantragen wollte, brauchte er ihnen nur die Daten zu nennen, die er vermutlich im Kopf hatte.

Die dritte Schachtel, in die ich sah, enthielt unzählige Bücher über den Zweiten Weltkrieg, was auf anhaltendes Interesse an diesem Thema schließen ließ. Worin auch immer sein eigener Beitrag zum Krieg bestanden hatte, offenbar las er gern die Schilderungen anderer. Die Titel waren eintönig, abgesehen von den wenigen, die mit Ausrufezeichen versehen waren. *Jagdbomber! Bomben los! Kampfflieger in die Luft! Kamikaze!* Alles war »strategisch«. *Strategisches Kommando. Strategischer Luftkampf über Europa. Strategisches Luftbombardement. Strategische Kampftaktiken.* Ich zog den Schreibtischstuhl näher an die Kiste heran und setzte mich. Dann zog ich ein Buch nach dem anderen heraus, hielt es am Rücken fest und blätterte die Seiten durch. Ich mache ständig so blödsinniges Zeug. Was hatte ich denn vermutet – daß mir seine Entlassungsurkunde in den Schoß fiele? Es ist eben so, daß die meisten Schnüffler aufs Schnüffeln trainiert sind. Das können wir am besten, auch wenn wir von dem betreffenden Auftrag nicht gerade begeistert sind. Wenn man uns einen Raum zur Verfügung stellt und uns zehn Minuten allein läßt, können wir gar nicht anders, als herumzuschnüffeln und automatisch in anderer Leute Angelegenheiten herumzuwühlen. Sich um seine eigenen Angelegenheiten zu kümmern, macht nicht halb so viel

Spaß. Meine Vorstellung vom Himmel ist, versehentlich über Nacht im Polizeiarchiv eingeschlossen zu werden.

Ich überflog mehrere Seiten der Erinnerungen eines Luftwaffenpiloten und las von Luftkämpfen, Rettungsaktionen, Flammen, die aus Heckkanonen schossen, Mustangs, P-40ern, Nakajima-Jagdflugzeugen und V-Formationen. Dieses Kriegszeug steckte voller Dramatik, und ich begriff, weshalb Männer danach süchtig wurden. Ich bin selbst ein kleiner Adrenalin-Junkie und habe meine »Sucht« im Laufe zweier Jahre bei der Polizei entwickelt.

Ich hob den Kopf und hörte auf der Außentreppe das Klappern von Schritten. Ich sah auf die Uhr: Es war erst fünf nach halb elf. Gewiß war es nicht Bucky. Ich stand auf, ging zur Tür und spähte hinaus. Ein Mann Mitte sechzig war gerade auf dem Treppenabsatz angelangt.

»Kann ich Ihnen helfen?« fragte ich.

»Ist Bucky hier oben?« Er bekam langsam eine Glatze, und das weiße Haar um seinen Schädel war kurz geschnitten. Sanfte, haselnußbraune Augen, eine große Nase, ein Grübchen im Kinn und das Gesicht von weichen Falten durchzogen.

»Nein, er ist im Moment nicht da. Sind Sie Chester?«

Er murmelte: »Nein, Ma'am.« Sein Verhalten ließ vermuten, daß er in diesem Moment die Mütze gezogen hätte, wenn er eine getragen hätte. Er lächelte schüchtern und entblößte dabei eine kleine Spalte zwischen seinen beiden Vorderzähnen. »Ich heiße Ray Rawson. Ich bin ein alter Freund von Johnny... äh, bevor er gestorben ist.« Er trug Chinos, ein sauberes weißes T-Shirt und Tennisschuhe mit weißen Socken.

»Kinsey Millhone«, stellte ich mich vor. Wir schüttelten uns die Hände. »Ich wohne hier unten ganz in der Nähe.« Meine Geste war vage, vermittelte aber die ungefähre Richtung.

Rays Blick ging an mir vorbei in die Wohnung. »Haben Sie eine Ahnung, wann Bucky wieder da ist?«

»Gegen eins, hat er gesagt.«

»Möchten Sie sie mieten?«

»O Gott, nein. Sie?«

»Tja, ich hoffe darauf«, sagte er. »Wenn ich Bucky dazu überreden kann. Ich habe schon eine Anzahlung geleistet, aber er hält mich hin, was den Mietvertrag angeht. Ich weiß nicht, wo das Problem liegt, aber ich habe Angst, daß er sie mir unter den Fingern weg weitervermietet. Als ich diese ganzen Kisten gesehen habe, dachte ich einen Moment lang, Sie würden einziehen.« Der Typ hatte einen Südstaaten-Akzent, den ich nicht genau einordnen konnte. Vielleicht Texas oder Arkansas.

»Ich glaube, Bucky möchte die Wohnung ausräumen. Waren Sie derjenige, der angeboten hat, für einen Mietnachlaß den ganzen Kram wegzuschaffen?«

»Nun, ja, und ich dachte, er würde darauf eingehen, aber jetzt, seit sein Vater hier ist, hecken die beiden andauernd etwas Neues aus. Zuerst haben Bucky und seine Frau beschlossen, in diese Wohnung zu ziehen und statt dessen das Haus zu vermieten. Dann sagte sein Vater, er wolle die Wohnung dafür haben, wenn er zu Besuch käme. Ich möchte ja nicht drängen, aber ich hatte gehofft, im Laufe dieser Woche einziehen zu können. Ich wohne in einem Hotel... nichts Nobles, aber es summiert sich.«

»Ich wünschte, ich könnte Ihnen helfen, aber das müssen Sie mit ihm ausmachen.«

»Oh, ich weiß, daß es nicht Ihr Problem ist. Ich wollte es nur erklären. Vielleicht schaue ich nochmal rein, wenn er zurück ist. Ich wollte nicht stören.«

»Sie stören nicht. Kommen Sie doch herein, wenn Sie möchten. Ich sehe nur gerade ein paar Kisten durch«, sagte ich. Ich setzte mich wieder auf meinen Stuhl, hob ein Buch in die Höhe und blätterte die Seiten durch.

Ray Rawson betrat den Raum mit ebensoviel Vorsicht wie eine Katze. Ich schätzte ihn auf einsfundsiebzig, gut achtzig Kilo, mit für einen Mann seines Alters stattlichem Brustkorb und Bizeps. An einem Arm trug er eine Tätowierung mit dem Wort »Marla« zur Schau; am anderen einen Drachen auf den Hinterbeinen, der die Zunge herausstreckte. Er sah sich interessiert um und musterte die Anordnung der Möbel. »Schön, die Wohnung wiederzusehen. Nicht so groß, wie ich sie in Erinnerung habe. Das Gedächtnis spielt einem manchmal Streiche, nicht wahr? Ich hatte mir... ich weiß nicht was... mehr Stellfläche an den Wänden oder sowas ausgemalt.« Er lehnte sich an das Bettgestell und sah mir beim Arbeiten zu. »Suchen Sie etwas?«

»Mehr oder weniger. Bucky hofft, irgendwelche Daten über Johnnys Militärzeit zu finden. Ich bin der Durchsuchungs- und Beschlagnahmungstrupp. Waren Sie vielleicht zufällig mit ihm bei der Air Force?«

»Nee. Wir haben uns bei der Arbeit kennengelernt. Wir waren damals beide auf einer Werft beschäftigt – bei den Jefferson Boat Works bei Louisville, Kentucky. Das war vor langer Zeit, kurz nach Kriegsbeginn. Wir haben LST-Landungsboote gebaut. Ich war zwanzig. Er war zehn Jahre älter und in gewisser Weise wie ein Vater für mich. Das war die Zeit des Aufschwungs. Während der Depression – früher, um 1932 – strichen die meisten Männer nicht einmal einen Riesen pro Jahr ein. Stahlarbeiter verdienten nur halb soviel, weniger als Kellnerinnen. Damals, als ich zu arbeiten anfing, ging es wirklich aufwärts. Natürlich ist alles relativ, und was wußten wir schon? Johnny machte alles mögliche. Er war ein kluger Kopf und brachte mir vieles bei. Kann ich Ihnen helfen?«

Ich schüttelte den Kopf. »Ich bin fast fertig«, sagte ich. »Ich hoffe, es stört Sie nicht, wenn ich weitermache, aber ich würde gern fertig werden, bevor ich gehe.« Ich nahm das nächste Buch zur Hand und blätterte es durch, bevor ich es zu den anderen legte. Wenn Johnny eine Abneigung gegen Banken hatte, könnte er ja vielleicht Geld zwischen den Seiten versteckt haben.

»Was gefunden?«

»Nein«, sagte ich. »Ich werde Bucky wohl sagen, daß er's vergessen soll. Die einzige Information, die er braucht, ist, in welcher Kampfeinheit sein Großvater war. Ich bin Privatdetektivin. Das hier mache ich gratis, und es kommt mir ehrlich gesagt nicht besonders ergiebig vor. Wie gut kannten Sie Johnny?«

»Recht gut, denke ich. Wir hörten voneinander... vielleicht ein- oder zweimal im Jahr. Ich wußte, daß er hier drüben Angehörige hatte, aber ich hatte sie bis jetzt nie kennengelernt.«

Ich hatte einen Rhythmus entwickelt. Ein Buch am Rücken aufnehmen, die Seiten durchblättern, es ablegen. Buch am Rücken aufnehmen, durchblättern, ablegen. Ich zog das letzte Buch aus der Kiste. »Ich kann Ihren Akzent nicht richtig einordnen. Sie haben Kentucky erwähnt. Kommen Sie von dort?« Ich stand auf und bohrte mir die Fäuste ins Kreuz, um die Steifheit zu vertreiben. Ich bückte mich und begann, die Bücher wieder in die Schachtel zu legen.

Ray hockte sich daneben und half mir. »Stimmt. Ich stamme ursprünglich aus Louisville, war aber seit Jahren nicht mehr dort. Ich habe in Ashland gewohnt, aber Johnny hat immer gesagt, wenn ich mal nach Kalifornien käme, solle ich ihn besuchen. Was soll's. Ich hatte ein bißchen Zeit, also hab' ich mich auf den Weg gemacht. Ich wußte die Adresse, und er hat mir erzählt, daß er in der Garagenwohnung hinter dem Haus wohnt, also bin ich zuerst hierher gekommen. Als niemand aufmachte, bin ich hinübergegangen und habe an Buckys Tür geklopft. Ich hatte keine Ahnung, daß Johnny gestorben war.«

»Muß ein Schock gewesen sein.«

»Allerdings. Mir war schrecklich zumute. Ich habe nicht mal vorher angerufen. Er hatte mir ein paar Monate zuvor einen kurzen Brief geschrieben, und ich wollte ihn überraschen. Jetzt bin ich wohl der Dumme. Wenn ich das gewußt hätte, hätte ich mir die Reise sparen können. Nicht einmal, wenn man mit dem Auto fährt, ist es billig.«

»Wie lange sind Sie schon hier?«

»Etwas über eine Woche. Ich wollte eigentlich gar nicht bleiben, aber ich bin über zweitausend Meilen gefahren, um hierher zu kommen, und ich brachte es nicht übers Herz, kehrtzumachen und zurückzufahren. Ich hätte nicht gedacht, daß mir Kalifornien gefallen würde, aber es ist schön.« Ray hatte die eine Kiste fertig gepackt, steckte die Deckellaschen ineinander und stellte sie beiseite, während ich mich an die nächste machte.

»Viele Leute finden es gewöhnungsbedürftig.«

»Ich nicht. Ich hoffe, Bucky hält mich nicht für pietätlos, weil ich hier einziehen möchte. Ich schlage nicht gern einen Vorteil aus dem Unglück anderer Menschen, aber was soll's«, meinte er. »Darf doch ruhig auch *irgend* etwas Gutes dabei herauskommen. Die Gegend macht einen netten Eindruck, und ich bin gern nahe am Strand. Ich glaube nicht, daß Johnny etwas dagegen hätte. Warten Sie, ich schaffe Ihnen die aus dem Weg.« Ray hob eine Kiste hoch, stellte sie auf eine andere und schob beide auf eine Seite.

»Wo wohnen Sie jetzt?«

»Ein paar Häuserblocks weiter. Im *Lexington*. Gleich beim Strand, und das Zimmer hat nicht einmal Meerblick. Ich habe festgestellt, daß man von hier oben ein kleines Stück Meer sehen kann, wenn man durch die Bäume da schaut.«

Ich sah mich aufmerksam im Zimmer um, sah aber nichts weiter, was eine Untersuchung wert gewesen wäre. Johnny hatte nicht besonders viel besessen, und was er besaß, war nicht aufschlußreich. »Tja, ich glaube, ich gebe auf.« Ich klopfte meine Jeans aus und fühlte mich schmuddelig und verschwitzt. Ich ging in die Küche und wusch mir an der Spüle die Hände. Die Leitungen kreischten, und das Wasser war voller Rost. »Möchten Sie noch irgend etwas nachsehen, solange Sie hier sind? Den Wasserdruck oder die Installationen? Sie könnten noch wegen der Gardinen ausmessen, bevor ich hier zuschließe«, schlug ich vor.

Er lächelte. »Ich warte lieber, bis ich eine Art Mietvertrag unterschrieben habe. Ich sehe meinen Einzug noch nicht als garantiert an, so wie Bucky sich verhält. Wenn Sie mich fragen, ist der Junge nicht der hellste.«

Ich war ganz seiner Meinung, hielt es aber für diplomatisch, in diesem Fall meinen Mund zu halten. Ich ging wieder ins große Zimmer, holte meine Schultertasche und schlang mir den Riemen über die Schulter. Dann zerrte ich den Schlüssel aus meiner Hosentasche. Ray verließ die Wohnung direkt vor mir und wartete auf der Treppe unter mir, während ich abschloß. Danach folgte ich ihm die Stufen hinunter, und wir gingen gemeinsam die Einfahrt entlang bis zur Straße. Ich machte einen raschen Umweg über die Veranda, wo ich den Schlüssel in den Briefschlitz in der Mitte der Haustür steckte. Ich gesellte mich wieder zu ihm, und als wir auf der Straße angelangt waren, begann er in die entgegengesetzte Richtung zu gehen.

»Danke für die Hilfe. Ich hoffe, Sie und Bucky werden sich einig.«

»Das hoffe ich auch. Wiedersehen.« Er winkte kurz und ging davon.

Als ich zu Hause ankam, stand Henrys Küchentür offen, und ich vernahm Stimmengewirr, was bedeutete, daß Nell, Charlie und Lewis da waren. Noch vor Ende des Tages würden sie sich in Scrabble und Binokel, Halma und Schwarzer Peter vertiefen und sich wie Kinder beim Mensch-ärgere-dich-nicht streiten.

Als ich endlich meine Wohnung betrat, war es fast elf Uhr. Das Signallämpchen an meinem Anrufbeantworter blinkte, und ich drückte auf die Abspieltaste. »Kinsey? Hier ist deine Cousine Tasha aus Lompoc. Könntest du mich zurückrufen?« Sie hinterließ eine Telefonnummer, die ich pflichtbewußt notierte. Der Anruf war vor fünf Minuten gekommen.

Das verhieß nichts Gutes, dachte ich mir.

Im Alter von achtzehn Jahren hatte sich meine Mutter von ihrer wohlhabenden Familie gelöst, als sie gegen die Wünsche meiner Großmutter rebellierte und mit einem Briefträger davonlief. Im Beisein meiner Tante Gin, der einzigen ihrer Schwestern, die es wagte, sich auf ihre Seite zu stellen, heirateten sie und mein Vater vor einem Richter in Santa Teresa. Sowohl meine Mutter als auch Tante Gin waren aus der Familie ausgestoßen worden, eine Isolation, die noch anhielt, als ich fünfzehn Jahre später zur Welt kam. Meine Eltern hatten bereits jede Hoffnung auf Nachwuchs aufgegeben, doch mit meiner Geburt wurden wieder zaghafte Kontakte zu den übrigen Schwestern geknüpft, welche die wiederaufgenommenen Gespräche geheimhielten. Als meine Großeltern anläßlich ihres Hochzeitstags auf einer Kreuzfahrt waren, fuhren meine Eltern zu Besuch nach Lompoc. Ich war damals vier und erinnere mich nicht daran. Ein Jahr später, als wir zu einem anderen heimlichen Treffen in Richtung Norden unterwegs waren, kam ein Felsbrocken den Berg heruntergerollt, zertrümmerte unsere Windschutzscheibe und tötete meinen Vater auf der Stelle. Das Auto kam von der Straße ab, und meine Mutter erlitt schwere Verletzungen. Sie starb kurz darauf, während die Sanitäter noch damit beschäftigt waren, uns aus dem Wrack herauszuholen.

Danach wurde ich von Tante Gin aufgezogen, und soweit ich weiß, gab es keine weiteren Kontakte zur Familie. Tante Gin hatte nie geheiratet, und ich wurde aufgrund ihrer etwas merkwürdigen Vorstellungen erzogen, wie ein kleines Mädchen zu sein hatte. Infolgedessen bin ich zu einem etwas seltsamen Wesen geworden, obwohl ich nicht annähernd so »verdreht« bin, wie manche Leute glauben mögen. Seit dem Tod meiner Tante vor ungefähr zehn Jahren habe ich mit meinem einsamen Status Frieden geschlossen.

Ich hatte vor einem Jahr im Zuge von Ermittlungen von meinen »lange verschollenen« Verwandten erfahren und es bislang geschafft, sie mir vom Leib zu halten. Die bloße Tatsache, daß *sie* eine Beziehung wollten, verpflichtete *mich* zu nichts. Ich gebe zu, daß ich auf die Angelegenheit vielleicht ein wenig schlecht zu sprechen war, aber ich konnte es nicht ändern. Ich bin fünfunddreißig Jahre alt, und mein Waisenstatus ist mir ganz recht. Außerdem – wenn man in meinem Alter »adoptiert« wird, woher soll man da wissen, daß sie nicht bald ernüchtert sein und einen wieder verstoßen werden?

Ich nahm das Telefon und wählte Tashas Nummer, bevor ich Zeit hatte, mich aufzuregen. Sie meldete sich, und ich sagte, wer ich war.

»Danke, daß du so schnell zurückrufst. Wie geht's dir?« sagte sie.

»Mir geht's gut«, antwortete ich und versuchte herauszufinden, was sie von mir wollte. Ich war ihr nie begegnet, doch während eines vorhergegangenen Telefongesprächs hatte sie mir erzählt, daß sie Anwältin für Erbrecht war und Testamente und Nachlässe bearbeitete. Brauchte sie eine Privatdetektivin? Wollte sie mich in Sachen Treuhandverwaltung beraten?

»Hör mal, meine Liebe. Ich rufe an, weil wir hoffen, daß wir dich dazu überreden können, nach Lompoc heraufzukommen und Thanksgiving mit uns zu verbringen. Die ganze Familie wird da sein, und wir dachten, daß es eine nette Gelegenheit wäre, um sich kennenzulernen.«

Ich merkte, wie sich meine Stimmung verdüsterte. Ich hatte null Interesse an diesem Familientreffen, beschloß jedoch, höflich zu sein. Ich versah meine Stimme mit einem unechten Unterton des Bedauerns. »Ach, du liebe Zeit, danke, Tasha, aber da bin ich schon verplant. Gute Freunde von mir heiraten an diesem Tag, und ich bin Brautjungfer.«

»An *Thanksgiving?* Das ist aber merkwürdig.«

»Es war der einzige Termin, an dem sie es einrichten konnten«, sagte ich und dachte ha ha hi hi.

»Wie wär's mit Freitag oder Samstag an dem Wochenende?« schlug sie vor.

»Ah.« Mir fiel rein gar nichts ein. »Mmm... ich glaube, da

habe ich zu tun, aber ich könnte mal nachsehen«, sagte ich. In beruflichen Angelegenheiten bin ich eine hervorragende Lügnerin. Im privaten Bereich bin ich genauso phantasielos wie jeder andere. Ich griff nach meinem Kalender und wußte genau, daß nichts darin stand. Einen Sekundenbruchteil lang spielte ich mit dem Gedanken, »ja« zu sagen, doch in meinem Innersten erhob sich instinktives Protestgeheul. »O je. Nein, da kann ich nicht.«

»Kinsey, ich kann deinen Widerwillen spüren, und ich muß dir sagen, wie leid uns das allen tut. Der Streit zwischen deiner Mutter und Grand hatte doch mit dir nichts zu tun. Wir würden es gern wiedergutmachen, wenn du uns läßt.«

Ich merkte, wie meine Augäpfel nach oben rollten. So sehr ich gehofft hatte, dieser Sache zu entgehen, mußte ich mich ihr nun stellen. »Tasha, das ist lieb, und es freut mich, daß du das sagst, aber es wird nicht funktionieren. Ich weiß nicht, was ich dir sonst sagen soll. Die Vorstellung, dort hinaufzufahren, ist mir sehr unangenehm, noch dazu an einem Feiertag.«

»Oh, wirklich? Warum das?«

»Ich weiß nicht, warum. Ich habe keine Erfahrung mit Familie, und daher ist das auch nichts, was mir fehlen würde. So ist es nun mal.«

»Möchtest du nicht deine anderen Cousinen kennenlernen?«

»Äh, Tasha, ich hoffe, das klingt jetzt nicht grob, aber bislang sind wir auch gut ohne einander ausgekommen.«

»Woher willst du wissen, ob du uns nicht mögen würdest?«

»Das würde ich vermutlich sogar«, sagte ich. »Darum geht es nicht.«

»Worum dann?«

»Zum einen sind Gruppen nicht mein Fall, und außerdem bin ich nicht besonders scharf darauf, bedrängt zu werden«, erklärte ich.

Schweigen. »Hat das etwas mit Tante Gin zu tun?« wollte sie wissen.

»Tante Gin? Überhaupt nicht. Wie kommst du darauf?«

»Wir haben gehört, daß sie exzentrisch war. Ich gehe vermutlich davon aus, daß sie dich irgendwie gegen uns aufgehetzt hat.«

»Wie das? Sie hat euch kein einziges Mal auch nur *erwähnt*.«

»Findest du nicht, daß das seltsam war?«

»Natürlich ist es seltsam. Paß auf, Tante Gin hielt viel von Theorie, aber sie war offenbar nicht sonderlich erpicht auf menschliche Kontakte. Das soll keine Beschwerde sein. Sie hat mir vieles beigebracht, und vieles davon wußte ich sehr zu schätzen, aber ich bin nicht wie andere Leute. Offen gesagt, ist mir momentan meine Unabhängigkeit lieber.«

»Das ist doch Schwachsinn. Das glaube ich dir nicht. Wir bilden uns alle gern ein, wir wären unabhängig, aber kein Mensch lebt isoliert. Wir sind eine Familie. Du kannst die Verwandtschaft nicht leugnen. Sie ist eine Tatsache. Du gehörst zu uns, ob es dir paßt oder nicht.«

»Tasha, laß uns mal Klartext reden, wenn wir schon dabei sind. Es wird keine rührenden, sentimentalen Familienszenen geben. Das ist einfach nicht drin. Wir werden uns nicht zu irgendwelchen nostalgischen Singrunden ums Klavier versammeln.«

»So sind wir auch nicht. Wir machen so etwas nicht.«

»Ich spreche nicht von euch. Ich versuche, dir von mir zu erzählen.«

»Willst du denn nichts von uns?«

»Was denn zum Beispiel?«

»Jetzt bist du wohl wütend.«

»Gespalten«, korrigierte ich. »Die Wut liegt ein paar Schichten tiefer. So weit bin ich noch nicht vorgedrungen.«

Sie schwieg einen Moment lang. »In Ordnung. Das akzeptiere ich. Ich verstehe deine Reaktion, aber warum willst du es an uns auslassen? Wenn Tante Gin ›unzulänglich‹ war, hättest du das mit ihr ausmachen müssen.«

Ich spürte, wie sich in mir der Widerstand regte. »Sie war nicht ›unzulänglich‹. Das habe ich nicht gesagt. Sie hatte exzentrische Ansichten über Kindererziehung, aber sie tat, was sie konnte.«

»Ich bin mir sicher, daß sie dich geliebt hat. Ich wollte nicht unterstellen, daß sie unfähig war.«

»Ich sage dir mal eines. Was auch immer ihre Mängel waren, sie hat mehr getan, als Grand je getan hat. Im Grunde hat sie wahrscheinlich die gleiche Art von Mütterlichkeit weitervermittelt, die sie selbst mitbekommen hat.«

»Du bist also eigentlich wütend auf *Grand*.«

»Natürlich! Das habe ich dir von Anfang an gesagt«, rief ich. »Hör mal, ich fühle mich nicht als Opfer. Was vorbei ist, ist vorbei. Es hat sich eben so ergeben, wie es ist, und ich kann damit leben. Es ist verrückt, sich einzubilden, daß wir alles zurückdrehen und das Ergebnis ändern können.«

»Natürlich können wir die Vergangenheit nicht ändern, aber wir können beeinflussen, was jetzt geschieht«, sagte Tasha. Sie schlug eine andere Gangart ein. »Nichts für ungut. Vergiß es. Ich möchte dich nicht provozieren.«

»Ich möchte genausowenig wie du zu streiten anfangen«, sagte ich.

»Ich versuche nicht, Grand in Schutz zu nehmen. Ich weiß, daß es falsch war, was sie getan hat. Sie hätte Kontakt aufnehmen sollen. Sie hätte es tun können, aber sie hat es nicht getan, okay? Das sind alte Geschichten. Vergangenheit. Es hat mit keiner von uns etwas zu tun, also warum es noch eine Generation weiterschleppen? Ich liebe sie. Sie ist ein Schatz. Außerdem ist sie eine übellaunige, knauserige alte Dame, aber sie ist kein Ungeheuer.«

»Ich habe nie behauptet, daß sie ein Ungeheuer sei.«

»Warum kannst du es dann nicht einfach ad acta legen und weitermachen? Du bist unfair behandelt worden. Das hat zu einigen Problemen geführt, aber jetzt ist es aus und vorbei.«

»Abgesehen davon, daß ich fürs Leben gezeichnet bin und zwei ruinierte Ehen hinter mir habe, die das belegen. Ich bin bereit, das zu akzeptieren. Wozu ich aber nicht bereit bin, ist, alles unter den Teppich zu kehren, damit sie sich gut fühlt.«

»Kinsey, mir ist unwohl bei diesem... *Groll*, den du mit dir herumträgst. Das ist nicht gesund.«

»Ach, komm wieder auf den Boden. Warum überläßt du die Sorge um meinen *Groll* nicht mir?« sagte ich. »Weißt du, was ich letztlich gelernt habe? Ich muß nicht perfekt sein. Ich kann fühlen, was ich fühle, und sein, wer ich bin, und wenn dir das unangenehm ist, dann bist du vielleicht diejenige mit dem Problem, und nicht ich.«

»Du bist also entschlossen, gekränkt zu sein, oder?«

»He, Schätzchen, nicht ich habe dich angerufen. Du hast *mich* angerufen«, sagte ich. »Es ist nur schlicht und einfach zu spät.«

»Du klingst so *verbittert*.«

»Ich bin nicht verbittert. Ich bin realistisch.«

Ich spürte, wie sie mit sich selbst absprach, wie sie weiter verfahren sollte. Die Anwältin in ihrer Natur neigte vermutlich dazu, nachzuhaken wie bei einem gegnerischen Zeugen. »Tja, ich sehe ein, daß es keinen Zweck hat, das weiterzuverfolgen.«

»Stimmt.«

»Unter diesen Umständen gibt es wohl auch keinen Grund für ein gemeinsames Mittagessen.«

»Wahrscheinlich nicht.«

Sie atmete schwer aus. »Nun gut. Wenn es jemals etwas gibt, was ich für dich tun kann, hoffe ich, daß du mich anrufst«, sagte sie.

»Das ist nett von dir. Ich kann mir zwar nicht vorstellen, was das sein könnte, aber ich werde es mir merken.«

Ich legte den Telefonhörer auf, und mein Rücken war ganz feucht vor lauter Anspannung. Ich stieß ein Bellen aus und schüttelte mich von Kopf bis Fuß. Dann floh ich vom Ort des

Geschehens, da ich fürchtete, Tasha könnte umschwenken und noch einmal anrufen. Ich ging auf einen Sprung in den Supermarkt, wo ich das Nötigste besorgte: Milch, Brot und Klopapier. Ich hielt bei der Bank und reichte einen Scheck ein, hob fünfzig Dollar in bar ab, tankte meinen VW voll und kehrte nach Hause zurück. Ich war gerade dabei, die Lebensmittel zu verstauen, als das Telefon klingelte. Beklommen nahm ich den Hörer ab. Die Stimme, die mich begrüßte, gehörte Bucky.

»He, Kinsey? Hier ist Bucky. Sie kommen am besten gleich rüber. Jemand ist in Pappys Wohnung eingebrochen, und vielleicht möchten Sie sich mal umsehen.«

3

Ich klopfte zum zweiten Mal an diesem Tag an Buckys Haustür. Die frühe Nachmittagssonne begann den Rasen auszudörren, und der Kräutergeruch getrockneter Gräser durchdrang die Novemberluft. Zu meiner Rechten konnte ich durch einen weiß verputzten Bogen, der auf ein kurzes Stück Veranda hinausging, die wellige Kante des alten, roten Ziegeldachs sehen. In Santa Teresa waren die Dachziegel früher handgemacht, und die C-förmige Biegung entstand dadurch, daß der Arbeiter sich den Ton über den Schenkel legte. Heute sind die Ziegel alle S-förmig und maschinell gefertigt, und die alten Dächer werden zu Höchstpreisen gehandelt. Das, auf das ich soeben blickte, war vermutlich zehn- bis fünfzehntausend wert. Die Einbruchkünstler hätten sich über das Dach hermachen sollen, anstatt über die Wohnung des Alten mit ihrem rissigen Linoleum.

Babe machte die Tür auf. Sie hatte sich umgezogen und ihr schwarzes T-Shirt mitsamt den Radlerhosen gegen ein unförmiges Baumwollkleid eingetauscht. Ihre Augen waren riesig und hatten die Farbe von Milchschokolade, und ihre Wangen waren übersät von Sommersprossen. Ihr Übergewicht war gleichmäßig verteilt, als hätte sie sich in einen kälteisolierenden Gummianzug gequetscht.

»Hi. Ich bin Kinsey. Bucky hat mich angerufen und mich gebeten, vorbeizukommen.«

»Ach ja. Schön, Sie kennenzulernen. Tut mir leid, daß ich Sie vorhin verpaßt habe.«

»Ich habe schon damit gerechnet, daß wir uns irgendwann kennenlernen würden. Ist Bucky hinten?«

Sie beugte den Kopf und brach den Blickkontakt ab. »Er und sein Vater. Chester ist am Brüllen, seit wir nach Hause gekommen sind. So ein Arsch«, murmelte sie. »Die ganze Zeit schreit er 'rum. Ich halt's bald nicht mehr aus. Ich meine, wir haben das Chaos ja nicht veranstaltet, warum brüllt er dann uns an?«

»Haben Sie die Polizei verständigt?«

»Mm-mmh, die sind schon unterwegs. Angeblich«, fügte sie verächtlich hinzu. Vielleicht hatte sie die Erfahrung gemacht, daß die Bullen nie auftauchten, wenn sie es zugesagt hatten. Ihre Stimme war rauchig und weich. Sie neigte dazu zu nuscheln und konnte sprechen, ohne die Lippen zu bewegen. Vielleicht trainierte sie darauf, Bauchrednerin zu werden. Sie trat zurück, um mich hereinzulassen, und dann folgte ich ihr den Flur entlang, genau wie früher am Tag Bucky. Ihre Gummilatschen erzeugten auf dem Hartholzboden saugende Geräusche.

»Sie sind wohl gerade erst nach Hause gekommen«, sagte ich. Ich mußte zu ihrem Hinterkopf sprechen und beobachtete dabei Anspannung und Lockerung ihrer Wadenmuskeln beim Gehen. In Gedanken setzte ich sie auf Diät ... eine ganz, ganz strenge.

»Mm-mmh. Erst vorhin. Wir waren in Colgate, zu Besuch bei meiner Mutter. Chester ist als erster nach Hause gekommen. Er hat diese Deckenlampe gekauft, die er drüben installieren wollte. Als er oben ankam, sah er, daß die Fensterscheibe zerbrochen war und das ganze Glas auf den Stufen lag. Irgend jemand hat die Wohnung komplett zerlegt.«

»Haben sie etwas mitgenommen?«
»Das versuchen sie gerade herauszufinden. Chester hat zu Bucky gesagt, er hätte Sie nicht allein lassen sollen.«
»Mich? Das ist ja blödsinnig. Weshalb sollte ich die Wohnung auseinandernehmen? Ist nicht gerade meine Arbeitsauffassung.«
»Das hat Bucky auch gesagt, aber Chester hört nie auf ihn. Als wir hier ankamen, hatte er schon einen Anfall. Ich kann es gar nicht erwarten, bis er wieder nach Ohio fährt. Ich bin mit den Nerven am Ende. Mein Daddy hat nie gebrüllt, also bin ich das auch nicht gewohnt. Meine Mom würde ihm eins auf die Mütze geben, wenn er jemals so mit ihr späche. Ich habe Bucky gesagt, er soll Chester besser klarmachen, daß er mich nicht zu beschimpfen hat. Mir paßt seine Art nicht.«
»Warum sagen Sie es ihm nicht?«
»Tja, ich habe es mehr als einmal versucht, aber es nützt rein gar nichts. Er war viermal verheiratet, und ich wette, ich weiß, warum sie sich von ihm scheiden lassen. In letzter Zeit sind alle seine Freundinnen vierundzwanzig Jahre alt, und sogar die bekommen ihn über, wenn er ihnen erst mal einen Berg Klamotten gekauft hat.«
Wir trotteten die Treppen zu der Garagenwohnung hinauf, deren Tür offenstand. Aus dem schmalen Fenster daneben war ein sternförmiges Stück Glas herausgebrochen worden. Die Methode des Eindringens war simpel. Es gab nur eine Tür zu der Wohnung, und sämtliche anderen Fenster lagen sechs Meter über der Erde. Die meisten Einbrecher riskieren es nicht, am hellichten Tag eine Leiter an die Seite eines Hauses zu stellen. Es war offensichtlich, daß der Eindringling einfach die Treppe heraufgekommen war, die Scheibe eingeschlagen, um den Rahmen herumgegriffen und den Riegel von innen aufgeschoben hatte. Ein Brecheisen oder anderes Werkzeug war nicht nötig gewesen.
Chester mußte uns gehört haben, da er auf den Treppenab-

satz herauskam. Er würdigte Babe, die an das hölzerne Geländer zurückwich und versuchte, so unauffällig wie möglich zu wirken, kaum eines Blickes. Ihr Schwiegervater hatte sie offensichtlich als Zielscheibe aufgegeben... zumindest für den Augenblick.

Man sah auf den ersten Blick, woher Bucky sein Aussehen hatte. Sein Vater war groß und bullig und hatte gewelltes, blondes Haar, das lang genug war, um seine Schultern zu berühren. War es gefärbt? Ich versuchte, nicht hinzustarren, aber ich hätte schwören können, daß ich diesen Farbton in einem Clairol-Werbespot gesehen hatte. Er hatte kleine blaue Augen, blonde Wimpern und grau werdende Koteletten. Sein Gesicht war breit und sein Teint gerötet. Er trug seine Hemdschöße draußen, vermutlich um die fünfzehn Kilo zuviel zu kaschieren, die er mit sich herumschleppte. Er sah aus wie ein Typ, der in seiner Jugend in einer Rock-and-Roll-Band gespielt und selbst unerträglich amateurhafte Stücke geschrieben hatte. Der Ohrring überraschte mich: ein baumelndes, goldenes Kreuz. Außerdem konnte ich einen Blick auf eine Art religiöser Medaille werfen, die an einer goldenen Kette hing und unter dem T-Shirt mit dem V-Ausschnitt verschwand. Sein Brusthaar war grau. Ihn zu betrachten war wie eine Vorschau auf Buckys zukünftige Sehenswürdigkeiten.

Am besten war ich ganz direkt. Ich streckte die Hand aus. »Kinsey Millhone, Mr. Lee. Ich habe gehört, daß Sie aufgebracht sind.«

Sein Händedruck war rein mechanisch. »Den ›Mr.-Lee‹-Scheiß können Sie sich sparen und mich Chester nennen. Wir können uns genausogut mit den Vornamen anreden, während ich Sie zur Sau mache. Daß ich aufgebracht bin, das können Sie glauben. Ich weiß zwar nicht, worum Bucky Sie gebeten hat, aber mit Sicherheit nicht um das hier.«

Ich schluckte eine scharfe Bemerkung hinunter und blickte an ihm vorbei in die Wohnung. Sie war ein Schlachtfeld: umgekippte Kisten, kreuz und quer herumgeschleuderte Bücher, die Matratze zurückgeklappt, Bettlaken und Kissen auf dem Fußboden. Die Hälfte von Johnnys Kleidern war aus dem Schrank gezerrt und auf einen Haufen geworfen worden. Durch die Tür konnte ich sehen, daß in der Küche Schranktüren offenstanden und Töpfe und Pfannen über den Boden verstreut lagen. Das Durcheinander war zwar groß, doch schien nichts beschädigt oder zerstört zu sein. Es gab kein Anzeichen dafür, daß jemand dem Bettzeug mit einer Klinge zu Leibe gerückt wäre. Keine Schmierereien, keine aus Behältnissen ausgeleerten Lebensmittel oder aus den Wänden gerissene Rohre. Vandalen verzieren oft die Wände mit ihrer eigenen Fäkalfarbe, doch hier war nichts dergleichen geschehen. Es sah eher nach den Methoden aus, die Großstadtpolizisten bei einer Drogenrazzia anwenden. Aber was war der Zweck der Übung? Einen Moment überlegte ich, ob ich hereingelegt und als Zeugin zu einem gefälschten Tatort gerufen worden war, damit Bucky und sein Vater behaupten konnten, daß etwas Wertvolles gestohlen worden sei.

Bucky kam aus der Küche und sah mich. Innerhalb eines Sekundenbruchteils tauschten wir merkwürdig schuldbewußte Blicke aus – wie Verschwörer. Einer kriminellen Handlung angeklagt zu werden hat etwas an sich, das einen sich schuldig fühlen läßt, selbst wenn man unschuldig ist. Bucky wandte sich an seinen Vater. »Der Wassertank an der Toilette hat einen Riß. Kann auch schon vorher gewesen sein, bloß daß es mir nie aufgefallen ist.«

Chester zeigte mit dem Finger auf ihn. »Den bezahlst du, wenn er ausgetauscht werden muß. Sie mit hineinzuziehen war deine geniale Idee.« Er drehte sich zu mir um und wies mit dem Daumen über die Schulter Richtung Badezimmer. »Sie sollten mal reinschauen. Das Arzneischränkchen ist komplett aus der Wand gerissen worden...«

Er schwadronierte weiter und erging sich in Einzelheiten, die ihn zu befriedigen schienen. Vermutlich genoß er es zu meckern und zählte seine Kümmernisse deshalb auf, um sein schlechtes Benehmen gegenüber anderen zu rechtfertigen. Seine Gereiztheit war ansteckend, und ich merkte, wie ich in Wut geriet.

Ich unterbrach seinen Monolog. »He, ich war das nicht, *Chester*. Sie können toben und brüllen, soviel Sie wollen, aber die Wohnung war unversehrt, als ich ging. Ich habe abgesperrt und den Schlüssel durch den Briefschlitz geworfen, wie Bucky es wollte. Ray Rawson war hier. Wenn Sie mir nicht glauben, können Sie ihn fragen.«

»Alle sind unschuldig. Keiner hat was getan. Alle haben irgendeine bescheuerte Entschuldigung«, meckerte Chester.

»Dad, sie war es nicht.«

»Laß mich das klären.« Er wandte sich um und sah mich mit zusammengekniffenen Augen an. »Wollen Sie damit sagen, daß Ray Rawson das gemacht hat?«

»Natürlich nicht. Warum sollte er, wenn er darauf hofft, hier einzuziehen?« Meine Stimme wurde als Reaktion auf seine lauter, und ich rang um Kontrolle.

Chester wurde langsam unwillig. »Tja, dann sollten Sie sich lieber mit ihm unterhalten und feststellen, was er weiß.«

»Warum sollte er etwas wissen? Er ist zur selben Zeit gegangen wie ich.«

Bucky schaltete sich ein und versuchte, einen Hauch Vernunft ins Spiel zu bringen. »Pappy war arm wie eine Kirchenmaus, also gibt's hier überhaupt nichts zu holen. Außerdem ist er im Juli gestorben. Wenn die Einbrecher glaubten, hier gäbe es Wertsachen, weshalb haben sie dann bis jetzt gewartet?«

»Vielleicht waren es Jugendliche«, sagte ich.

»Wir haben keine Jugendlichen in der Gegend, soweit ich weiß.«

»Das stimmt«, sagte ich. Unser Viertel war in erster Linie eine Rentnergegend. Natürlich war immer möglich, daß eine streunende Gangsterbande die Wohnung aufs Korn genommen hatte. Vielleicht dachten sie, daß eine derart schäbig aussehende Behausung eine Tarnung für etwas Lohnendes sein mußte.

»Schwachsinn!« stieß Chester angeekelt hervor. »Ich gehe nach unten und warte auf die Polizei. Sowie ihr beiden Verbrechensexperten eure Analyse abgeschlossen habt, könnt ihr die Wohnung aufräumen.«

Ich warf ihm einen Blick zu. »Ich habe nicht vor, diese verdammte Bude *aufzuräumen.*«

»Ich habe nicht mit Ihnen gesprochen«, meinte er. »Bucky, du und Babe macht euch an die Arbeit.«

»Warten Sie lieber auf die Polizei«, sagte ich.

Er wirbelte herum und starrte mich an. »Warum das?«

»Weil das hier ein Tatort ist. Die Polizisten möchten vielleicht Fingerabdrücke abnehmen.«

Chesters Miene schien sich zu verdüstern. »Das ist doch Blödsinn. Daran ist irgend etwas faul.« Er machte eine Bewegung in meine Richtung. »Sie können mit mir nach unten kommen.«

Ich blickte nach hinten zu Bucky. »Ich würde an Ihrer Stelle nichts anfassen. Man sollte nicht an Beweismitteln herumpfuschen.«

»Ich hab's gehört«, sagte er.

Chester bedeutete mir mit einer ungeduldigen Geste, daß ich ihm folgen sollte.

Auf dem Weg die Treppe hinab sah ich auf die Uhr. Es war ein Uhr fünfzehn, und ich hatte jetzt schon genug davon, mich von diesem Kerl angiften zu lassen. Ich lasse mich durchaus angiften, wenn ich dafür bezahlt werde, aber ich tue es nur ungern ohne Entlohnung.

Chester trampelte in die Küche, eilte schnurstracks auf den Kühlschrank zu und riß dessen Tür auf. Er holte ein Glas Mayonnaise, ein Glas Senf, eine Flasche scharfe Soße, ein Päckchen Mortadella und einen Laib Weißbrot heraus. Hatte er mich hierher beordert, damit ich sein Mittagessen überwachen konnte?

»Tut mir leid, wenn ich grob war, aber es paßt mir nicht, was hier abläuft«, sagte er schroff. Er sah nicht zu mir her, und ich war versucht, mich genauer umzusehen, um festzustellen, ob noch jemand im Raum war. Er hatte seine herrische Art abgelegt und sprach nun in normalem Tonfall.

»Haben Sie eine Theorie?«

»Darauf komme ich gleich. Schnappen Sie sich einen Stuhl.«

Zumindest hatte er meine Aufmerksamkeit. Ich setzte mich an den Küchentisch und sah fasziniert zu, als er mit seinen Vorbereitungen begann. In meinem Beruf verbringe ich aus unerfindlichen Gründen eine Menge Zeit in Küchen und sehe zu, wie sich Männer Sandwiches machen, und ich kann mit Bestimmtheit sagen, daß sie es besser beherrschen als Frauen. Männer sind furchtlos. Sie interessieren sich nicht für Nährwerte und studieren nur selten die Liste der Chemikalien, die auf den Packungen aufgedruckt ist. Ich habe noch nie einen Mann die Brotrinden abschneiden oder sich um die Ästhetik des »Anrichtens« kümmern sehen. Vergiß das Sträußchen Petersilie und die Radieschenrosette. Bei Männern ist es eine reine Grunz-und-Schmatz-Aktion.

Chester knallte eine schmiedeeiserne Pfanne auf den Brenner, zündete das Gas an und warf einen Klumpen Butter hinein, der auf der Stelle zu brutzeln begann. »Ich habe Bucky hierhergeschickt, damit er bei seinem Großvater wohnt, doch das hat sich als Fehler entpuppt. Ich habe mir eingebildet, die beiden könnten aufeinander aufpassen. Und ehe ich's mich versehe, hängt Bucky an diesem Mädel. Ich habe nichts gegen Babe... sie ist doof, aber das ist er auch... ich finde nur, die beiden hatten nicht das Recht, zu heiraten.«

»Johnny hat Sie nicht darauf vorbereitet?«

»Zum Teufel, er hat sie vermutlich noch ermuntert. Alles nur, um Ärger zu machen. Er war ein hinterlistiger alter Trottel.«

Dazu gab ich keinen Kommentar ab, sondern ließ ihn die Geschichte auf seine Art erzählen. Es entstand eine kurze Gesprächspause, während er sich dem Kochen widmete. Die Mortadella war blaßrosa und hatte den Durchmesser eines Abendbrottellers – ein makelloses Rund aus zusammengepreßten Schweinenebenprodukten. Chester warf die Wurst hinein, ohne sich die Mühe zu machen, die Plastikhaut zu entfernen. Während die Mortadella briet, klatschte er Mayonnaise auf eine Scheibe Brot und Senf auf die andere. Dann schüttete er in perfekten roten Tupfen scharfe Soße über den gelben Senf.

Als Kind wurde ich mit genau der gleichen Sorte Weißbrot großgezogen, die folgende erstaunliche Eigenschaften hatte: Wenn man es zerdrückte, kehrte es augenblicklich in seinen ungebackenen Zustand zurück. Ein Laib von diesem Brot, der versehentlich am Boden einer Einkaufstasche zusammengequetscht wurde, trug bleibende Schäden davon und ergab äußerst seltsam geformte Sandwiches. Positiv konnte man vermerken, daß es sich in kleine Kügelchen rollen ließ, die man über den Tisch hinweg auf seine Tante schießen konnte, wenn sie gerade nicht hinsah. Wenn einer dieser Brotpopel in ihren Haaren landete, schlug sie erbost danach und hielt ihn für eine Fliege. Ich kann mich noch an das erste Mal erinnern, als ich eine Scheibe des selbstgebackenen Weißbrots meines Nachbarn aß, das mir so rauh und trocken erschien wie ein Zelluloseschwamm. Es roch nach leeren Bierflaschen, und wenn man es anfaßte, hinterließen die Finger keine Beulen in der Rinde.

Die Luft in der Küche war mittlerweile von der gebräunten Mortadella geschwängert, die sich an den Rändern aufrollte und eine kleine Schüssel mit einer Butterpfütze in der Mitte bildete. Ich merkte, wie mir von der Reizüberflutung schwindlig wurde. Ich sagte: »Ich gebe Ihnen vierhundert Dollar, wenn Sie mir auch eines machen.«

Chester warf mir einen scharfen Blick zu und lächelte zum ersten Mal. »Auf getoastetem Brot?«

»Sie sind der Koch. Sie bestimmen«, antwortete ich.

Während wir uns vollstopften, beschloß ich, nebenbei gleich meine Neugier zu stillen. »Was arbeiten Sie in Columbus?«

Er schnappte nach dem letzten Bissen seines Sandwichs wie ein halbverhungerter Hund und wischte sich den Mund an einer Papierserviette ab, bevor er antwortete. »Ich hab' 'ne kleine Druckerei in Bexley. Offset und Hochdruck. Kaltsatz und Hartbleisatz. Prospekte, Reklamezettel, Visitenkarten, bedrucktes Briefpapier. Ich kann zusammentragen, falzen, binden und heften. Was immer Sie wollen. Ich habe erst vor kurzem einen Knaben eingestellt, der sich um die Firma kümmert, solange ich nicht da bin. Wenn er sich bewährt, lasse ich mich von ihm auszahlen. Zeit, daß ich etwas anderes mache. Ich bin zu jung, um in Rente zu gehen, aber ich habe es satt, mir meinen Lebensunterhalt verdienen zu müssen.«

»Was würden Sie tun – hierherziehen?«

Chester zündete sich eine Zigarette an, eine Camel ohne Filter, die wie brennendes Heu roch. »Weiß ich noch nicht. Ich bin in dieser Stadt aufgewachsen, bin aber weggegangen, sowie ich achtzehn wurde. Pappy ist 1945 hierhergekommen und hat gleich das Haus gekauft. Er hat immer gesagt, er würde in diesem Haus bleiben, bis ihn der Sheriff oder der Leichenbestatter an den Füßen herauszerrten. Er und ich sind nie miteinander ausgekommen. Er war grob wie ein Schmied, und *Kindesmißhandlung* wäre gar kein Ausdruck. Davon hat damals kein Mensch gesprochen. Ich kenne eine Menge Leute, die seinerzeit andauernd verprügelt worden sind. Das haben Väter eben gemacht. Sie kamen aus der Fabrik nach Hause, kippten ein paar Biere und packten das erste Kind, das ihnen über den Weg lief. Ich bin gestoßen, getreten und gegen die Wand geknallt und mit jedem erdenklichen Schimpfwort belegt worden. Wenn ich Ärger machte, ließ er mich auf- und abmarschieren, bis ich zusammenbrach, und wenn ich ein Wort des Protests vorbrachte, tauchte er mir die Zunge in Tabasco. Ich haßte das, haßte meinen Alten dafür, daß er das tat, aber ich glaubte, daß das Leben

eben so sei. Heutzutage braucht man einem Kind bloß in der Öffentlichkeit eine runterzuhauen, und schon wird man verklagt, Mann o Mann, und dann findet man sich im Knast wieder. Das Kind im Heim und der ganze Ort in hellem Aufruhr.«

»Manches verändert sich wohl auch zum Besseren«, bemerkte ich.

»Da haben Sie recht. Ich habe mir geschworen, meine Kinder nie so zu behandeln, und dieses Versprechen habe ich gehalten. Ich habe nie die Hand gegen sie erhoben.«

Ich sah ihn an und wartete auf ein reuevolles Eingeständnis seiner eigenen Ausfälligkeiten, aber er schien die Verbindung nicht herzustellen. Ich verlagerte das Thema ein wenig. »Ihr Vater starb an einem Herzinfarkt?«

Chester nahm einen Zug von seiner Zigarette und zupfte sich ein Fädchen Tabak von der Zunge. »Ist im Garten umgekippt. Der Arzt hat ihm gesagt, er soll lieber die Finger vom Fett lassen. Dann hat er sich eines Samstags hingesetzt und einen großen Teller Eier mit Speck, Bratwürste und Bratkartoffeln verdrückt, vier Tassen Kaffee getrunken und eine Zigarette geraucht. Er schob seinen Stuhl zurück, sagte, er fühle sich nicht besonders, und ist auf seine Wohnung zugegangen. Ist nicht einmal bis zur Treppe gekommen. ›Koronarokklusion‹ hieß das Wort, das sie dafür verwendet haben. Bei der Autopsie fanden sie eine Öffnung in seiner Arterie, die nicht breiter war als ein Faden.«

»Sie glauben also nicht, daß sein Tod mit dem Einbruch zusammenhängt.«

»Ich glaube jedenfalls nicht, daß er ermordet wurde, falls Sie darauf hinauswollen, aber es könnte einen Zusammenhang geben. Indirekt«, meinte er. Er studierte die Asche an der Spitze seiner Zigarette. »Eines müssen Sie über meinen alten Herrn wissen. Er war paranoid. Er liebte Losungsworte und geheime Klopfzeichen, diesen ganzen Null-Null-Sieben-Mumpitz. Es gab Dinge, über die er nicht sprechen wollte, in erster Linie über den Krieg. Ab und zu, wenn er genug Whiskey getankt hatte, fing er an zu quasseln, aber man brauchte ihm nur eine Frage zu stellen, und schon hat er geschwiegen wie eine Auster.«

»Was glauben Sie, woran das lag?«

»Tja, darauf komme ich noch, aber lassen Sie mich erst noch etwas klären. Verstehen Sie, es kommt mir seltsam vor, diese ganze Abfolge von Ereignissen. Der alte Knacker stirbt, und damit hätte alles vorbei sein sollen. Statt dessen kommt Bucky auf die Idee, diese Zuschüsse zu beantragen, und dadurch werden sie hellhörig.«

»Wer wird hellhörig?«

»Die Regierung.«

»Die Regierung«, wiederholte ich.

Er beugte sich vor und senkte die Stimme. »Ich glaube, mein alter Herr hat sich vor den Regierungstypen versteckt.«

Ich starrte ihn an. »Weshalb?«

»Nun, das kann ich Ihnen sagen. Die ganzen Jahre seit dem Krieg? Kein einziges Mal hat er Leistungen beantragt: nicht für Invalidität, nicht für Arztkosten, nicht für irgendwelche Veteranenbeihilfen. Weshalb wohl?«

»Ich geb's auf.«

Er lächelte ein wenig und ließ sich von der Tatsache, daß ich ihm seine Theorie nicht abkaufte, nicht stören. »Machen Sie sich ruhig darüber lustig, wenn es Ihnen Spaß macht, aber werfen Sie mal einen Blick auf die Fakten. Wir füllen ein Antragsformular aus ... sämtliche Daten sind korrekt ... aber als erstes behaupten sie, sie hätten keine Unterlagen über ihn, was Schwachsinn ist. Nichts als der reine Schwindel. Was soll das heißen, daß sie keine Unterlagen über ihn haben? Das ist doch Unsinn. Natürlich haben sie welche. Aber geben sie es zu? Nein, Ma'am. Können Sie mir folgen? Also rufe ich in Randolph an – das ist die Luftwaffenbasis, wo die ganzen Akten aufbewahrt werden – und exerziere das Ganze noch einmal durch. Und werde hingehalten, na gut. Dann rufe ich beim National Personnel Records Center in St. Louis an. Nichts zu machen. Nie von ihm gehört. Dann rufe ich in Washington, D.C., an... wir sprechen hier vom *Pentagon*. Nichts. Keine Unterlagen. Nun, ich bin eben schwer von Begriff. Ich kapiere es einfach nicht. Das einzige, was ich kann, ist jede Menge Wirbel zu machen. Ich mache deutlich, daß wir es ernst meinen. Lausige dreihundert Dollar, aber das ist mir scheißegal. Ich werde die Sache nicht auf sich beruhen lassen. Der Mann hat seinem Land gedient und hat Anspruch auf eine anständige Beisetzung. Und was kriege ich zu hören? Dasselbe in Grün. Sie wissen von gar nichts. Und jetzt das.« Er zeigte mit dem Daumen in Richtung der Garagenwohnung. »Verstehen Sie, was ich meine?«

»Nein.«

»Na, dann denken Sie darüber nach.«

Ich wartete. Ich hatte nicht den blassesten Schimmer, worauf er hinauswollte.

Er nahm einen tiefen Zug von seiner Zigarette. »Möchten Sie wissen, was ich glaube?« Er machte eine Kunstpause, um Dramatik zu erzeugen und die Wirkung auf die Spitze zu treiben. »Ich glaube, sie haben bis jetzt gebraucht, um ein paar Jungs hierherzuschicken, die herausfinden sollten, wieviel wir wußten.«

Dieser Satz war dermaßen vollgepackt, daß ich nicht wußte, welchen Teil ich zuerst aufgreifen sollte. Ich bemühte mich, nicht verärgert zu klingen. »Worüber?«

»Über das, was er im Krieg gemacht hat«, sagte er, als spräche er mit einer Schwachsinnigen. »Ich glaube, der alte Knabe war beim militärischen Nachrichtendienst.«

»Eine Menge Leute waren beim militärischen Nachrichtendienst. Na und?«

»Das stimmt. Aber er hat es nie *zugegeben,* nie ein Wort darüber verloren. Und wissen Sie, warum? Ich glaube, er war ein Doppelagent.«

»O Himmel, hören Sie auf damit! Ein Spion?«

»In gewissem Sinne ja. Informationsbeschaffung. Ich glaube, daß seine Akten deshalb unter Verschluß gehalten werden.«

»Sie glauben also, daß seine Akten unter Verschluß gehalten werden. Und daß Sie deshalb keine Bestätigung vom Veteranenamt bekommen«, sagte ich und wiederholte damit seine These.

»Volltreffer.« Er zielte mit einem Finger auf mich und blinzelte mir zu, als hätte ich endlich die erforderlichen IQ-Punkte aufgeholt.

Ich sah ihn ausdruckslos an. Langsam kam mir das Gespräch vor wie eine Diskussion mit einem UFO-Fanatiker, wo das Fehlen von Unterlagen als Beweis dafür angesehen wird, daß die Regierung sie geheimhält. »Wollen Sie damit sagen, daß er für die Deutschen gearbeitet hat oder für unsere Seite bei ihnen spioniert hat?«

»Nicht die Deutschen. Die Japaner. Ich könnte mir vorstellen, daß er für sie gearbeitet hat, aber ich weiß es nicht mit Sicherheit. Er war drüben in Birma. Das hat er wenigstens zugegeben.«

»Warum sollte das nach so vielen Jahren noch eine so große Rolle spielen?«

»Das wüßte ich gern von Ihnen.«

»Tja, woher soll ich das wissen? Ehrlich gesagt, Chester, ich kann über solche Dinge nicht spekulieren. Ich kannte Ihren Vater nicht einmal. Ich kann auch nicht erraten, was er getrieben hat. Falls überhaupt irgend etwas.«

»Ich verlange nicht von Ihnen, daß Sie Spekulationen anstellen. Ich verlange, daß Sie objektiv sind. Warum sollten sie sonst behaupten, daß er gar nicht bei der Air Force war? Nennen Sie mir *einen* guten Grund.«

»Bislang haben Sie noch keinerlei Beweise dafür, daß er tatsächlich dabei war.«

»Warum sollte er lügen? Der gute Mann würde bei so etwas nicht lügen. Sie sehen den Kern der Sache nicht.«

»Nein, das stimmt nicht. Der Kern der Sache ist, daß sie eigentlich auch nicht behaupten, daß er *nicht* dabei war«, sagte ich. »Sie sagen lediglich, daß sie ihn anhand der Daten, die Sie ihnen genannt haben, nicht identifizieren können. Es muß hundert John Lees geben. Wahrscheinlich noch mehr.«

»Mit seinem exakten Geburtsdatum und seiner Sozialversicherungsnummer? Kommen Sie. Glauben Sie vielleicht, solche Daten sind nicht im Computer? Sie brauchen es nur einzugeben. Eingabe bestätigen, und peng, haben sie ihn. Warum sollten sie es abstreiten?«

»Wie kommen Sie darauf, daß sie all diese Daten im Computer haben?« fragte ich aus reiner Lust am Abwegigen. Das war nicht gerade der springende Punkt, aber mir war nach Streiten zumute.

»Wie kommen Sie darauf, daß sie sie nicht haben?«

Mit Mühe unterdrückte ich ein Stöhnen. Mir war dieses Gespräch zuwider, aber ich fand keine Möglichkeit, ihm zu entkommen. »Kommen Sie, Chester. Lassen wir das doch, okay?«

»Sie haben die Frage gestellt. Ich antworte nur.«

»Ach, vergessen Sie's. Wie Sie wünschen. Dann sagen wir eben, daß er ein Spion war, nur um der Auseinandersetzung willen. Das war vor über vierzig Jahren. Der Mann ist mittlerweile *tot*, also warum sollte das irgend jemanden scheren?«

»Vielleicht geht es ihnen gar nicht um *ihn*. Vielleicht geht es ihnen um etwas in seinem Besitz. Vielleicht hat er etwas mitgenommen, das ihnen gehört. Und jetzt wollen sie es zurück.«

»Sie machen mich wahnsinnig. Was für ein *es*?«

»Woher soll ich das wissen? Akten. Unterlagen. Ist ja nur so eine Ahnung.«

Am liebsten hätte ich mein kleines Köpfchen auf die Tischplatte gelegt und vor Verzweiflung geweint. »Chester, das ist doch unsinnig.«

»Wieso?«

54

»Wenn das der Fall wäre, warum sollten sie dann die Aufmerksamkeit darauf lenken? Warum sollten sie Ihnen dann nicht einfach die dreihundert Dollar zahlen? Dann können sie ganz nach Belieben herkommen und nach diesem *Ding* suchen... diesem Etwas, das Sie bei ihm vermuten. Wenn er all die Jahre unerkannt gelebt hat... wenn sie wirklich gesucht haben und jetzt erst seinen Aufenthaltsort ausfindig gemacht haben, warum sollten sie dann Ihren Verdacht erregen, indem sie Ihnen einen mickrigen kleinen Zuschuß von dreihundert Dollar verweigern?«

»Vierhundertfünfzig mit Beisetzung«, sagte er.

Ich gab mich der Arithmetik geschlagen. »Dann eben vierhundertfünfzig«, sagte ich. »Die Frage bleibt die gleiche. Warum sich sperren?«

»He, ich kann nicht erklären, warum die Regierung tut, was sie tut. Wenn diese Typen so schlau wären, hätten sie ihn ja schon vor Jahren aufgespürt. Der Antrag beim Veteranenamt war der entscheidende Hinweis, das ist alles, was ich sage.«

Ich holte tief Luft. »Sie ziehen voreilige Schlüsse.«

Er drückte seine Zigarette aus. »Natürlich tue ich das. Die Frage ist nur, ob ich recht habe. So wie ich es sehe, haben die Jungs ihn endlich eingekreist, und das ist die Folge davon.« Er wippte mit dem Kopf in Richtung der Garagenwohnung. »Hier ist die einzige Frage, die ich noch habe... haben sie gefunden, was sie wollten, oder ist es immer noch irgendwo versteckt? Ich sage Ihnen noch etwas. Dieser Rawson könnte auch dazugehören.«

Diesmal stöhnte ich wirklich und stützte meinen Kopf in die Hände. Das Gespräch löste Verspannungen in meinem Nacken aus, und deshalb massierte ich mir den Trapezius. »Also, hören Sie zu. Das ist eine interessante Hypothese, und ich wünsche Ihnen viel Glück. Ich habe lediglich angeboten, mich an der Suche nach einer Hundemarke oder einem Foto zu beteiligen. Wenn Sie daraus einen Spionagering machen wollen, fällt das nicht in mein Gebiet. Danke für das Sandwich. Sie sind ein Mortadellagenie.«

Chesters Blick fiel urplötzlich auf einen Punkt hinter mir. An der Hintertür ertönte heftiges Klopfen, und ich sprang unwillkürlich auf.

Chester erhob sich. »Die Polizei«, sagte er kaum hörbar. »Geben Sie sich ganz normal.«

Er ging auf die Tür zu, um den Mann hereinzulassen, während ich mich umdrehte und ihn anschielte. Geben Sie sich *normal*. Warum sollte ich mich nicht normal geben? Ich *bin* normal.

Auf der Hintertreppe konnte ich hören, wie sich der uniformierte Polizist murmelnd vorstellte. Chester führte ihn in die Küche. »Danke, daß Sie gekommen sind. Das ist meine Nachbarin Kinsey Millhone. Officer Wettig«, sagte er im aufgesetzten Tonfall eines braven Bürgersmannes.

Ich warf einen Blick auf das Namensschild des Polizisten. P. Wettig. Paul, Peter, Philip. Es war jedenfalls niemand, den ich von meinen Kontakten mit dem Polizeirevier kannte. Eigentlich hatten Gutierrez und Pettigrew immer diesen Bezirk unter sich. Trotz meiner Skepsis zeigte Chesters Verschwörungstheorie offensichtlich Wirkung, weil ich mich bereits fragte, ob man den Notruf abgefangen und einen falschen Polizisten geschickt hatte. Wettig war vermutlich Ende vierzig und sah eher aus wie ein Nachtclubsänger, nicht wie ein Streifenpolizist. Er trug sein blondes Haar lang und hinten zu einem kleinen Schwänzchen zusammengebunden; braune Augen, kurze, stumpfe Nase, rundes Kinn. Ich schätzte ihn auf einsachtundachtzig bei einem Gewicht von etwa fünfundneunzig Kilo. Die Uniform sah authentisch aus, aber war er nicht ein bißchen zu *alt* für einen Streifenpolizisten?

»Hi. Wie geht's?« sagte ich und schüttelte ihm die Hand. »Ich hatte mit Gerald Pettigrew und Maria Gutierrez gerechnet.«

Wettigs Blick war neutral, sein Tonfall höflich. »Sie sind nicht mehr zusammen. Pettigrew ist jetzt bei der Verkehrspolizei, und Maria ist ins Sheriffbüro versetzt worden.«

»Tatsächlich. Das wußte ich nicht.« Ich sah Chester an. »Brauchen Sie mich hier noch? Ich kann dableiben, wenn Sie möchten.«

»Keine Sorge. Ich kann Sie nachher anrufen.« Er sah Officer Wettig an. »Vielleicht sollte ich Ihnen jetzt lieber die Wohnung zeigen.«

Ich sah zu, wie Chester und der Polizist die Hintertreppe hinab und über die betonierte Einfahrt schritten.

Sowie sie außer Sichtweite waren, ging ich den Flur entlang und spähte vorn hinaus. Ein schwarz-weißer Streifenwagen parkte am Straßenrand. Ich entdeckte das Telefon, das in einer Art kleiner Gebetsnische in der Diele stand. Ich zog das Telefonbuch hervor und wählte die offizielle Nummer der Polizei von Santa Teresa. Jemand vom Archiv nahm ab.

Ich sagte: »Oh, hallo. Können Sie mir sagen, ob Officer Wettig in dieser Schicht Dienst hat?«

»Moment bitte, ich sehe nach.« Sie klickte sich aus und ließ mich warten. Kurz darauf meldete sie sich wieder. »Er hat bis heute nachmittag um drei Uhr Dienst. Soll ich ihm etwas ausrichten?«

»Nein, danke, ich versuch's später nochmal«, sagte ich und legte auf. Im nachhinein wurde ich rot und kam mir ein wenig einfältig vor. Natürlich gab es einen Officer Wettig. Was war denn in mich gefahren?

4

Nachdem ich Buckys Haus verlassen hatte, ging ich nach Hause und machte ein kurzes, aber erfrischendes Nickerchen, das – wie ich bereits damals fürchtete – einer der Höhepunkte meiner Ferien sein sollte. Drei Minuten vor fünf Uhr fuhr ich mir mit der Bürste durchs Haar und trottete die Wendeltreppe hinab.

Die niedrige Wolkendecke erzeugte die Stimmung einer verfrühten Dämmerung, und die Straßenlampen blinzelten herab, als ich mein Apartment abschloß. Trotz des spätnachmittäglichen Temperatursturzes stand Henrys Hintertür offen. Heiseres Lachen drang durch die Fliegentür, dazu gesellte sich ein verlockendes Sammelsurium von Küchendüften. Henry klimperte im Wohnzimmer auf dem Klavier herum. Ich überquerte den mit Platten ausgelegten Hof und klopfte an die Fliegentür. Die Vorbereitungen für Lewis' Geburtstagsessen waren bereits im Gange. Ich hatte ihm zum Geburtstag ein massiv silbernes Rasierset mit Becher und Pinsel gekauft, das ich in einem Antiquitätengeschäft entdeckt hatte. Es war eher etwas für Liebhaber als echt antik, doch ich dachte, daß es etwas wäre, das er entweder benutzen oder bewundern konnte.

Lewis polierte gerade das Silberbesteck, ließ mich aber ein. Er hatte seine Anzugjacke ausgezogen, trug jedoch nach wie vor seine Smokinghose, eine Weste und ein frisches weißes Hemd mit aufgekrempelten Ärmeln. Charlie hatte sich eine von Henrys Schürzen umgebunden und war gerade dabei, Lewis' Geburtstagskuchen den letzten Schliff zu verleihen. Henry hatte mir erzählt, daß Charlie langsam ein wenig unsicher wurde, weil sich sein Gehör so verschlechtert hatte. Vor etwa fünf Jahren hatte er einen Hörtest gemacht. Damals hatte der Audiologe ihm zu einem Hörgerät geraten, das Charlie schließlich angepaßt wurde. Er hatte es etwa eine Woche getragen und dann in eine Schublade gelegt. Er behauptete, das Gerät gäbe ihm das Gefühl, als hätte er in jedem Ohr einen Daumen stecken. Jedesmal, wenn er die Toilettenspülung betätigte, klänge es wie die Niagarafälle. Wenn er sich die Haare kämmte, hörte es sich an, als marschierte jemand einen Kiesweg entlang. Er wollte nicht einsehen, warum die anderen nicht so laut reden konnten, daß er sie verstand. Die meiste Zeit hielt er sich eine gewölbte Hand hinters Ohr. Er sagte ziemlich oft: »Was?« Die anderen ignorierten ihn gern.

Der Kuchen, an dem er sich zu schaffen machte, war auf einer Seite zusammengefallen, und er bemühte sich, ihn mit zweieinhalb Zentimetern weißer Glasur wieder aufzurichten. Er sah zu mir auf. »Bei uns darf das Geburtstagskind seinen Kuchen nicht selbst backen«, sagte er. »Nell macht die Schichten, außer natürlich an ihrem eigenen Geburtstag, und ich mache die gekochte Glasur, die sie nie richtig hinkriegt.«

»Es riecht alles wunderbar.« Ich hob den Deckel einer geschlossenen Kasserolle an. Darin befand sich eine klumpige, weiße Masse mit etwas, das wie Paprikaschoten, harte Eier und Stückchen von Essiggemüse aussah. »Was ist denn das?«

»Wie bitte?«

Lewis meldete sich zu Wort. »Das sollte einmal Kartoffelsalat werden, aber Charlie hat den Kurzzeitmesser eingestellt und ihn dann nicht läuten hören, und so sind die Kartoffeln zu Brei verkocht. Wir haben beschlossen, sämtliche üblichen Zutaten hinzuzugeben und es ›Charlie Pitts' berühmten Kartoffelbreisalat‹ zu taufen. Dazu gibt es Brathühnchen, Bohnen in Tomatensoße, Krautsalat, Teufelseier und in Scheiben geschnittene Gurken und Tomaten mit Essig. Ich habe die letzten sechsundachtzig Jahre, seit ich zwei war, an jedem Geburtstag genau dieses Essen bekommen«, erklärte er. »Jeder von uns hat seine Spezialität, und in unserer Familie herrscht die Vorschrift, daß die Geschwister kochen. Manche können es besser als andere, wie man sieht«, fügte er mit einem Seitenblick auf Charlie hinzu.

Ich wandte mich an Charlie. »Was essen Sie denn an Ihrem Geburtstag?«

»Was sagen Sie?«

Ich wiederholte die Frage mit lauterer Stimme.

»Oh. Hot Dogs, Chilisoße, Dillgurken und Kartoffelchips.

Mutter hat sich immer aufgeregt, weil ich mich gegen ein richtiges Gemüse gesperrt habe, aber ich habe auf Kartoffelchips bestanden, und schließlich gab sie nach. Anstelle eines Geburtstagskuchens wünsche ich mir immer ein Blech mit Henrys Schoko-Nuß-Plätzchen, die er meistens quer durchs ganze Land schicken muß.«

»Was ist mit Henry?«

Charlie hielt sich eine Hand hinters Ohr, und Lewis antwortete an seiner Statt. »Bauernschinken, Brötchen mit Kaffeesoße, Kohlgemüse, Langbohnen und Maisgrütze mit Käse. Nell wiederum besteht auf Hackbraten mit Kartoffelbrei und grünen Bohnen und Apfelkuchen mit einem dicken Keil Cheddarkäse obendrauf. Ändert sich nie.«

William kam gerade noch rechtzeitig in die Küche, um Lewis' letzte Bemerkung aufzuschnappen. »Was ändert sich nie?«

»Ich habe Kinsey gerade von unseren Geburtstagsmenüs erzählt.«

Ich lächelte William zu. »Was ist denn Ihres?«

Lewis schaltete sich erneut ein. »William wünscht sich immer einen New-England-Eintopf mit braunem Corned beef, aber wir überstimmen ihn.«

»Also mir schmeckt das«, behauptete er ungerührt.

»Ach, tut es nicht. Niemandem kann ein New-England-Eintopf schmecken. Das sagst du nur, weil du weißt, daß wir anderen das dann auch essen müßten.«

»Was bekommt er denn statt dessen?«

»Was wir gerade Lust haben zu kochen«, sagte Lewis mit Genugtuung.

Wir hörten ein Klopfen an der Hintertür. Ich drehte mich um und stellte fest, daß Rosie angekommen war. Sowie sie und William einander sahen, begannen ihre Gesichter zu leuchten. Es gab selten irgendwelche öffentlichen Liebesbeweise zwischen ihnen, aber an ihrer Hingabe bestand kein Zweifel. Er ließ sich von ihrer Mißmutigkeit nicht stören, und sie nahm seine Hypochondrie völlig gelassen. Infolgedessen beklagte er sich seltener über eingebildete Leiden, und ihre schlechte Laune hielt sich in Grenzen.

Heute abend war sie mit einem dunkelroten Sackkleid und einem mit lila-blauem Paisleymuster bedruckten Schal bekleidet, und die kräftigen Farben verliehen ihrem leuchtend rot gefärbten Haar eine dramatische Note. Sie wirkte ganz entspannt. Mir war sie stets als eine abgrundtief schüchterne Person erschienen, die sich unter Fremden unwohl fühlte, aber Freunden gegenüber herrisch war. Sie hatte einen Hang dazu, mit Männern zu flirten, Frauen kaum ertragen zu können und Kinder zu übersehen. Zugleich tyrannisierte sie das Personal ihres Restaurants und zahlte so niedrige Löhne wie möglich. William und ich versuchten andauernd, sie dazu zu bringen, ihren Geldbeutel ein bißchen weiter aufzumachen. Was mich betraf, so traktierte sie mich seit dem Tag, an dem ich in dieses Viertel gezogen war, gnadenlos. Sie war nicht bösartig, aber eigensinnig, und sie hielt mit ihrer Meinung nie hinter dem Berg. Seit ich begonnen hatte, mein Abendessen meistens in ihrem Restaurant einzunehmen, hatte sie mir mit schöner Regelmäßigkeit vorgeschrieben, was ich bestellen sollte, und sämtliche Vorlieben oder Wünsche meinerseits ignoriert. Obwohl ich mich selbst gern für resolut halte, habe ich es nie gewagt, mich ihr zu widersetzen. Meine einzige Gegenwehr angesichts ihres diktatorischen Verhaltens war passiver Widerstand. Bislang hatte ich mich standhaft geweigert, mir einen Ehemann oder einen Hund anzuschaffen, zwei (anscheinend) austauschbare Elemente, die sie als unerläßlich für meine Sicherheit erachtete.

Nun, da sie ihrerseits kurz vor dem Schritt ins Eheleben stand, schien sie mit sich selbst Frieden geschlossen zu haben: Sie war stets zu Scherzen aufgelegt und lächelte viel. Williams Geschwister hatten sie ohne jedes Zögern akzeptiert... abgesehen natürlich von Henry, der sprachlos war, als sich die beiden zusammentaten. Langsam begann ich, die Hochzeit weniger als einen Bund zwischen ihr und William zu sehen, sondern vielmehr als offizielle Zeremonie, mit der sie in den Stamm aufgenommen wurde.

Im Nebenzimmer begann Henry in voller Lautstärke seine Version von »Happy Birthday« für Lewis herunterzuhämmern. Wir gesellten uns zu ihm und sangen eine geschlagene Stunde lang, bevor wir uns zum Essen setzten. Henry zog mich beiseite.

»Was ist denn das für eine Geschichte mit diesem Einbruch?«

»Ich weiß es nicht genau. Chester ist anscheinend der Meinung, daß ein ruchloses Komplott im Gange ist, aber ich kaufe ihm das nicht ganz ab. Jemand hat eingebrochen... soviel steht fest. Nur bin ich mir nicht sicher, daß es irgend etwas mit seinem Dad zu tun hat.«

»Chester glaubt, daß ein Zusammenhang besteht?«

»Er denkt, daß *alles* zusammenhängt. Ich glaube, der Typ hat zu viele schlechte Filme gesehen. Er hegt den Verdacht, daß Johnny im Zweiten Weltkrieg Doppelagent war und irgendwie einen Stapel gestohlener Papiere in seinem Besitz hat. Er ist der Meinung, daß der Antrag beim Veteranenamt die Regierung hellhörig gemacht hat, und daß sie die Einbrecher waren.«

Henry sah verwirrt drein. »Wer?«

»Der CIA, nehme ich an. Irgend jemand, der endlich herausgefunden hat, wo sich der alte Mann versteckt hat. Jedenfalls ist das seine Theorie, und er ist einfach nicht davon abzubringen.«

»Es tut mir leid, daß ich dich da hineingezogen habe. Chester ist anscheinend ein Irrer.«

»Mach dir keine Sorgen. Er hat mich ja nicht richtig engagiert, also ist es doch egal.«

»Tja, es klingt, als hättest du getan, was du konntest, und das weiß ich zu schätzen. Jetzt bin ich dir einen Gefallen schuldig.«

»Ach was, bist du nicht«, sagte ich und winkte ab. In den Jahren unserer Freundschaft hatte Henry so viel für mich getan, daß ich es nie aufholen würde.

Als sie gegen zehn das Monopoly und das obligatorische Popcorn herausholten, entschuldigte ich mich und ging nach Hause. Ich wußte, das Spiel würde sich bis Mitternacht oder ein Uhr hinziehen, und das war mir zuviel. Vermutlich war ich nicht alt genug.

Ich schlief wie ein Stein bis sechs Uhr vierzehn und erwischte den Wecker nur Sekunden, bevor er läuten sollte. Ich wälzte mich aus dem Bett und zog für meinen Morgenlauf den Jogginganzug an. In den Frühlings- und Sommermonaten laufe ich um sechs Uhr, doch im Winter geht die Sonne erst kurz vor sieben auf. Dann möchte ich draußen auf meiner Strecke sein. Ich jogge, seit ich fünfundzwanzig bin... drei Meilen täglich, meistens sechs Tage die Woche, außer ich bin durch Krankheit, Verletzung oder einen Anfall von Faulheit, was aber nicht oft vorkommt, verhindert. Mein Eßverhalten ist völlig ungeregelt und meine Ernährung gräßlich, und so ist das Laufen meine Art, meine Sünden wieder gutzumachen. Während mich die Schmerzen nicht gerade begeistern, bin ich süchtig nach der Euphorie. Und ich liebe die Luft zu dieser Tageszeit. Es ist kalt und feucht. Es riecht nach Meer und Kiefern und Eukalyptus und frisch gemähtem Gras. Wenn ich mich auf dem Nachhauseweg abkühle, hat sich die Sonne bereits über die Rasenflächen ausgebreitet, entfaltet all die Schatten hinter den Bäumen und verwandelt den Tau in Dunst. Es gibt keinen befriedigenderen Augenblick als den letzten Moment eines Laufs: Der Brustkorb hebt und senkt sich, das Herz klopft, und der Schweiß läuft mir übers Gesicht. Ich beuge mich aus der Taille herab und stoße einen Laut reinster Wonne aus, befreit von Anspannung, Streß und den Nachwirkungen sämtlicher Viertelpfünder mit Käse.

Ich beendete meinen Lauf und spazierte gemächlich nach Hause. Ich betrat das Apartment, duschte und zog mich an. Ich löffelte gerade meine kalten Corn-flakes aus, als das Telefon klingelte. Ich sah auf die Uhr. Es war sieben Uhr einundvierzig, nicht gerade eine Stunde, zu der ich normalerweise damit rechne, daß die Welt mich bedrängt. Ich ergriff den Hörer beim zweiten Klingeln. »Hallo?«

»He, ich bin's, Chester. Ich hoffe, ich störe Sie nicht«, sagte er.

»Ist schon gut. Was machen Sie denn zu dieser Stunde?«

»Waren Sie das, die ich vor einem Weilchen den Cabana Boulevard habe hinunterlaufen sehen?«

»Jaaaa«, sagte ich vorsichtig. »Haben Sie angerufen, um mich das zu fragen, oder gibt es noch etwas anderes?«

»Nein, nein, ganz und gar nicht. Ich habe nur überlegt«, sagte er. »Ich habe etwas, das ich Ihnen zeigen möchte. Wir haben es gestern abend entdeckt.«

»Was für ein ›es‹?«

»Kommen Sie einfach rüber, und werfen Sie einen Blick drauf. Es ist etwas, das Bucky entdeckt hat, als er Pappys Wohnung ausgeräumt hat. Ich wollte niemanden etwas anfassen lassen, bevor Sie es sich angesehen haben. Vielleicht müssen Sie dann Abbitte leisten.« Er feixte schon beinahe.

»Geben Sie mir fünf Minuten.«

Ich spülte Schüssel und Löffel und wischte mit einem feuchten Schwamm die Arbeitsplatte ab. Eine der Freuden des Alleinlebens ist, daß man nur die Sauerei beseitigen muß, die man selbst produziert hat. Ich steckte meine Schlüssel in die Jackentasche, zog die Tür hinter mir zu und ging. In der Zeit seit meinem Lauf war das Viertel aufgewacht. Ich entdeckte Lewis einen halben Häuserblock weiter unten bei seinem Morgenspaziergang. Moza Lowenstein fegte ihre Veranda, und ein Typ mit einem Papagei auf der Schulter führte seinen Hund Gassi.

Es war einer dieser perfekten Novembertage mit kühler Luft, hochstehender Sonne und dem anhaltenden Duft von Holzfeuern aus der Nacht zuvor. Unsere Häuserzeile entlang bilden Palmen und immergrüne Gewächse die Konstanten in einer Landschaft, die sich mit dem Wechsel der Jahreszeiten leicht zu verschieben scheint. Sogar wir hier in Kalifornien erleben eine

Form von Herbst, eine zeitweilige Vermischung der Farben des Ginkgo, des Amberbaums, der Roteiche und der Weißbirke. Hin und wieder akzentuiert ein Ahorn die Ausläufer der Hügel mit einem flammend roten Ausrufezeichen, doch die leuchtendsten Farben kommen vom Lodern der Waldbrände, die alljährlich toben. Dieses Jahr hatten die Brandstifter über den Bundesstaat verteilt bereits viermal zugeschlagen und Tausende Morgen Land aschgrau zurückgelassen, so unheimlich und öde wie der Mond.

Als ich bei Bucky ankam, ging ich ums Haupthaus herum und lief die Einfahrt hinauf. Die stümperhaft zementierte Parkfläche war mit zahlreichen Pappkartons zugestellt, und ich schloß daraus, daß man mit Johnnys persönlicher Habe vorangekommen war. Ich ging die hölzerne Treppe zu der Wohnung im ersten Stock hinauf. Die Tür stand offen, und ich konnte leises Stimmengewirr vernehmen. Ich trat über die Schwelle und blieb am Eingang stehen. Ohne den Irrgarten aus sperrigen Kisten sah der Raum kleiner und schäbiger aus. Die Möbel waren noch da, doch die Räume wirkten in nicht nachvollziehbarer Weise geschrumpft.

Bucky und Chester standen neben dem Wandschrank, aus dem die restlichen Kleider ausgeräumt worden waren. Beide Männer trugen Versionen des gleichen kurzärmeligen Nylon-Hawaiihemds: Bucky in Neongrün und Chester in Leuchtendblau. Daneben stand Babe, faltete die Kleidungsstücke zusammen und legte sie in einen alten Überseekoffer. Zu ihrer Rechten stapelten sich die Kleiderbügel, als ein Kleidungsstück nach dem anderen entfernt wurde. Sie trug wie üblich ihre Gummilatschen, dazu Shorts und ein ärmelloses Oberteil. Ich mußte die Lässigkeit bewundern, mit der sie ihren aufgeschwemmten Körper einsetzte. Mich hätte es in dieser Aufmachung gefroren, aber sie schien es nicht zu stören.

Chester lächelte, als er mich sah. »He, da sind Sie ja. Wir haben gerade von Ihnen gesprochen. Kommen Sie herüber, und sehen Sie sich das an. Bin gespannt, was Sie davon halten.« Aha, er machte also auf freundlich.

Bucky trat einen Schritt zurück und zeigte mir eine Holzplatte, die er von der Rückwand des Schranks gelöst hatte. Ein kleiner Privatsafe war in die Nische dahinter eingepaßt und offenbar in einen Betonblock eingegossen worden. Die Tür des Safes war ungefähr vierzig Zentimeter breit und fünfunddreißig Zentimeter hoch. Die Holzplatte schien sorgfältig gearbeitet zu sein, eine bündig montierte Trennwand aus Sperrholz mit eingesetzten Scharnieren. Der Magnetverschluß sah aus, als würde er mit Federdruck funktionieren und sprang wahrscheinlich bei Berührung auf.

»Beeindruckend. Wie haben Sie das entdeckt?« fragte ich.

Bucky lächelte einfältig, offenkundig von sich selbst eingenommen. »Wir haben den Schrank leergeräumt, und ich kehrte ihn gerade aus, als ich mit dem Besenstiel gegen die Rückwand stieß. Das Geräusch kam mir merkwürdig vor, also habe ich eine Taschenlampe geholt und angefangen, alles genau zu untersuchen, wissen Sie, indem ich die Wand abgeklopft habe. Es hatte den Anschein, als sei an dieser einen Stelle etwas Eigenartiges, also habe ich dagegengestoßen, und dann ist diese Holzplatte aufgesprungen.«

Ich kauerte mich vor die Öffnung und spähte in den Hohlraum, der in der »entdeckten« Nische zwischen den Balken verborgen war. Die Vorderseite des Safes wirkte imposant, doch das konnte täuschen. Die meisten Heimsafes sind nicht so gebaut, daß sie einem professionellen Einbrecher mit den geeigneten Werkzeugen und genügend Zeit, um sich Zugang zu verschaffen, standhalten könnten. Der Safe vor meinen Augen war eher ein Brandschutzsafe, bei dem das, was aussieht wie eine massive Stahlwand, nur eine dünne metallene Außenhülle ist, die mit Isoliermaterial ausgefüllt ist. Die Funktion eines solchen Safes ist, Schutz vor einem Brand von relativ kurzer Dauer zu gewähren. Die Isolierung in einem alten Safe könnte mit kleinblättrigem Glimmer oder Kieselgur ausgerüstet sein, wovon sich häufig winzige Teilchen auf Werkzeug und Kleidung eines Einbruchsverdächtigen nachweisen und zu dem betreffenden Safehersteller zurückverfolgen lassen.

Bei näherer Betrachtung erkannte ich, daß der Safe gar nicht wirklich in Beton eingelassen war. Der Beton bildete nur eine Art Gehäuse, in das der Safe geschoben worden war.

»Wir haben schon einen Schlosser bestellt«, sagte Chester. »Ich konnte das Warten nicht ertragen, deshalb habe ich einen Notdienst angerufen und gebeten, daß sie uns jemanden schicken. Wir könnten sämtliche Antworten direkt hinter dieser Skalenscheibe finden.« Vermutlich sah er vor seinem geistigen Auge Landkarten und chiffrierte Texte, ein kleines Funkgerät, eine Luger und Sendepläne, die mit unsichtbarer Tinte geschrieben waren.

»Haben Sie nach der Kombination gesucht? Es wäre möglich, daß er sie aufgeschrieben und irgendwo in der Nähe verstaut hat. Die meisten Leute trauen ihrem Gedächtnis nicht, und wenn er an den Safe mußte, hätte er sicher keine Zeit mit Suchen verlieren wollen.«

»Daran haben wir schon gedacht, aber wir haben an jedem erdenklichen Ort gesucht. Was ist mit Ihnen? Sie haben selbst ziemlich gründlich gesucht. Sind Sie auf irgend etwas gestoßen, das die Kombination hierfür sein könnte?«

Ich zuckte die Achseln. »Ich bin auf gar keine Zahlen gestoßen, es sei denn, er hat sein Geburtsdatum oder seine Sozialversicherungsnummer benutzt.«

»Geht denn das?« wollte Bucky wissen. »Eine Kombination auf jede beliebige Ziffernfolge einstellen?«

Ich zuckte erneut die Achseln. »Soweit ich weiß. Ich bin keine Expertin, aber ich bin immer davon ausgegangen, daß das geht.«

»Was meinen Sie? Sollen wir dieses Ding da herausholen?« fragte Chester.

»Kann nicht schaden. Der Schlosser wird es vermutlich sowieso tun müssen, wenn er kommt«, sagte ich.

Ich erhob mich und trat aus dem Wandschrank, wobei ich Bucky und Chester genügend Platz ließ, um den Safe aus seinem Standort herauszumanövrieren. Sie schnauften und keuchten ganz ordentlich, bevor es ihnen gelang, ihn in der Mitte des Zimmers auf den Boden zu stellen. Nachdem sie den Safe aus seinem Betongehäuse befreit hatten, konnten wir ihn genauer betrachten. Zu dritt inspizierten wir die Außenflächen, als handelte es sich um ein mysteriöses Objekt aus dem Weltall. Der Safe war vielleicht vierzig Zentimeter tief, war in Beige-Grau lackiert und hatte Gummifüße. Er sah nicht alt aus. Die Skala wies die Zahlen von eins bis hundert auf, was bedeutete, daß man annähernd eine Million Kombinationen einstellen konnte. Es war zwecklos, zu versuchen, die richtige zu erraten.

Babe hatte aufgehört zu packen und besah sich die ganze Prozedur. »Vielleicht ist er offen«, sagte sie zu niemand Bestimmtem.

Wir wandten uns alle zugleich um und sahen sie an.

»Na ja, *könnte* doch sein«, meinte sie.

»Einen Versuch ist es wert«, sagte ich. Ich streckte den Arm nach unten aus und zog ohne Erfolg an dem Griff. Ich drehte die Skala erst in der einen und dann in der anderen Richtung ein paar Nummern weiter und zog dabei weiterhin am Griff, da ich dachte, die Skalenscheibe könnte ja ganz in der Nähe der letzten Ziffer der Kombination stehengelassen worden sein. Aber nein.

»Was machen wir jetzt?« fragte Bucky.

»Ich schätze, wir warten«, sagte ich.

Nach nicht ganz einer Stunde erschien der Safetechniker mit einem großen, roten Werkzeugkasten. Er stellte sich als Bergan Jones von Santa Teresa Locksmiths vor und schüttelte zuerst Chester, dann Bucky und mir die Hand. Babe hatte wieder angefangen zu packen, doch sie nickte ihm schüchtern zu, als er ihr vorgestellt wurde. Jones wirkte groß und knochig, hatte sandfarbenes Haar, gebeugte Schultern, eine hohe, glänzende Stirn und sandfarbene Augenbrauen und trug eine große Brille mit Horngestell. Ich schätzte ihn auf Mitte fünfzig, aber ich hätte mich sowohl nach oben als auch nach unten um fünf Jahre irren können.

»Ich hoffe, Sie können uns hier weiterhelfen«, sagte Chester und zeigte auf den Safe, den Jones bereits entdeckt hatte.

»Kein Problem. Ich mache vermutlich jeden Monat dreißig Safes auf. Ich kenne dieses Modell. Dürfte nicht lange dauern.«

Wir standen alle vier da und sahen fasziniert zu, wie Jones seinen Werkzeugkasten öffnete. Seine Art hatte etwas von einem alten Arzt auf Hausbesuch. Er hatte seine Erstdiagnose gestellt, der Zustand des Patienten war nicht besorgniserregend, und wir waren alle erleichtert. Nun ging es nur noch um die richtige Behandlung. Er holte ein kegelförmiges Gerät heraus, das er auf die Skalenscheibe legte und fest anschraubte. Binnen Minuten hatte er die Scheibe abmontiert und beiseite gelegt, dann entfernte er die beiden Schrauben, die den Skalenring hielten, zog den Ring ab und legte ihn neben die Scheibe. Als nächstes holte er einen elektrischen Bohrer hervor und begann, an der Stelle, die von der Scheibe und dem Ring bedeckt gewesen war, ein Loch in das Metall zu bohren.

»Sie bohren einfach durch?« fragte Babe. Sie klang enttäuscht; womöglich hatte sie auf Sprengkapseln aus Dynamit und Nitroglyzerin gehofft.

Jones lächelte. »Ganz so würde ich es nicht nennen. Das hier ist ein Feuersafe für den Privatgebrauch. Wenn es ein einbruchsicherer Safe wäre, stünden wir vor einer Panzerung: Isoliermaterial direkt hinter dieser Stahlplatte. Dafür habe ich einen Druckaufsatz, aber ich würde trotzdem eine halbe Stunde brauchen, um ein Loch von einem halben Zentimeter zu bohren. Viele von den Dingern haben federgesteuerte Wiederverschließmechanismen. Wenn man auf die falsche Stelle trifft, löst man sie aus. Und dann wird es erst mal viel übler, bevor es wieder besser wird. Das hier ist leicht.«

Wir schwiegen, während er bohrte, da das leise Jaulen des Metalls ein Gespräch erschwerte. Die Haare auf seinem Handrücken waren zartgolden, seine Finger lang, die Gelenke schmal. Er lächelte vor sich hin, als ob er etwas wüßte, was wir anderen noch nicht bedacht hatten. Oder vielleicht war er einfach ein Mann, dem seine Arbeit Spaß machte. Sobald ein Loch gebohrt war, holte er ein anderes Werkzeug hervor.

»Was ist das?« fragte ich.

»Ein Ophthalmoskop«, sagte er. »Das Ding, das der Doktor benutzt, wenn er Ihnen in die Augen guckt. Es wirft Licht auf die Kombinationsrädchen, damit ich sehen kann, was wir da haben.« Er begann in das frisch gebohrte Loch zu spähen und ging dabei immer näher heran, während er eine außen angebrachte Skala bewegte, um die Brennweite einzustellen. Während er durch sein Ophthalmoskop äugte, ließ er den hervorstehenden Zapfen nach links rotieren. »Das setzt das Antriebsrad in Gang, das wiederum das dritte Kombinationsrad anschiebt. Das dritte Rad treibt das zweite Rad an, und das schließlich das erste«, erklärte er. »Erst nach vier Umdrehungen bewegt sich das erste Rad. Das ist dasjenige, das im Safe am weitesten vorn liegt. Hier kommt es schon. Hervorragend. Der Sperrstift liegt genau unter der Zuhaltung. Jetzt kehren wir einfach die Richtung unserer Drehbewegung um und verringern die Anzahl der Umdrehungen. Wenn ich alle drei Räder eingestellt habe, ist die Zuhaltung so weit, daß sie herabfällt, sobald die Spitze des Hebels auf den Sperrstift im Antriebsrad trifft. Dann drehen wir weiter, der Hebel zieht den Verschlußbolzen zurück, und schon ist alles erledigt.«

Mit diesen Worten versetzte er dem Griff einen Ruck, und die Safetür schwang auf. Chester, Bucky und ich stießen simultan ein »Ooo« aus, als begafften wir ein Feuerwerk.

Babe sagte: »Mist, er ist leer.«

»Sie müssen es bereits haben. *Verdammt*«, sagte Chester.

»Was haben?« wollte Babe wissen, aber er überhörte die Frage und schoß ihr einen bösen Blick zu.

Während Bergan Jones die Kombination notierte und sein Werkzeug aufräumte, spähte Bucky in den Safe, legte sich schließlich auf den Rücken wie ein Automechaniker und leuchtete mit einer Lampe das Innere ab. »Hier oben klebt etwas, Dad.«

Ich beugte mich hinüber und äugte mit ihm hinein. Etwas war an der Oberseite des Safes angebracht worden: ein bucklig aussehendes Quadrat aus beigefarbenem Klebeband im Format fünfundzwanzig mal fünfundzwanzig Zentimeter.

Chester stieg über Buckys Beine, kauerte sich vor den Safe und inspizierte das Quadrat. »Was *ist* denn das? Zieh es ab und gib es mir. Laß mich das Ding ansehen.«

Vorsichtig löste Bucky eine Ecke und zog es dann ab wie Heftpflaster von einer Wunde. Ein großer Eisenschlüssel klebte daran. Er sah aus wie ein altmodischer, eiserner Hausschlüssel mit einfachen Einkerbungen am Ende. Er hielt ihn in die Höhe. »Kennt den jemand?«

»Ich bestimmt nicht«, sagte ich und wandte mich an Chester. »Wissen Sie, was das ist?«

»Nee, aber jetzt fällt mir wieder ein, daß Pappy andauernd an Schlössern herumgebastelt hat. Das hat ihn begeistert. Es hat ihm Spaß gemacht, ein Schloß aus einer Tür auszubauen und einen passenden Schlüssel dafür zurechtzufeilen.«

»Ich habe ihn das nie machen sehen«, meinte Bucky.

»Das war, als ich noch ein Kind war. Er hat während der Depression für einen Schlosser gearbeitet. Ich weiß noch, daß er mir erzählt hat, wie amüsant das war. Er hatte eine ganze Sammlung alter Schlösser – vermutlich an die hundert –, aber die habe ich schon seit Jahren nicht mehr gesehen.«

Ich drehte den Schlüssel in meiner Hand um. Er war aufwendig verziert, der Griff war gewellt und hatte am anderen

Ende ein Loch wie ein Rollschuhschlüssel. Von oben betrachtet hatte das Ding beinahe die Form eines Fragezeichens. »Das Schloß und das Schlüsselloch müssen reichlich seltsam aussehen. Sie erinnern sich nicht, vielleicht etwas in der Art hier gesehen zu haben?«

Chester verzog den Mund nach unten. »Ich nicht. Wie steht's mit euch beiden? Ihr kennt das Haus im Moment besser als ich.«

Bucky schüttelte den Kopf, und Babe zuckte leicht die Achseln.

Ich hielt Bergan Jones den Schlüssel hin. »Fällt Ihnen etwas ein?«

Jones lächelte ein wenig und ließ die Schlösser an seinem Werkzeugkasten einschnappen. »Sieht aus wie der Schlüssel zu einem Tor. Eines dieser großen alten Eisendinger, wie man sie auf Landsitzen hat.« Er wandte sich an Chester. »Soll ich Ihnen dafür eine Rechnung schicken?«

»Ich gebe Ihnen einen Scheck. Kommen Sie mit nach unten in die Küche, dann erledigen wir das. Sie haben wahrscheinlich inzwischen mitbekommen, daß mein Vater vor ein paar Monaten gestorben ist. Wir sind immer noch dabei, seine Sachen zu ordnen. Der Safe war eine Überraschung für uns. Die Leute sollten Anweisungen hinterlassen. Was zum Teufel das ist und wer es bekommen soll. Auf jeden Fall danken wir Ihnen für Ihre Hilfe.«

»Dazu bin ich ja da.«

Die beiden Männer zogen ab und ließen Bucky, Babe und mich in Betrachtung des Schlüssels zurück. Bucky sagte: »Und jetzt?«

»Ich habe einen Freund, der eine Menge über Schlösser weiß«, sagte ich. »Er könnte eine Idee haben, in was für ein Schloß dieses Ding paßt.«

»Nichts dagegen. Sonst kommen wir sowieso nicht weiter.«

Babe nahm den Schlüssel und inspizierte ihn mit gerunzelter

Stirn. »Vielleicht hat Pappy ihn aufgehoben, weil er ihm gefiel«, sagte sie. »Er ist hübsch. Altmodisch.« Sie reichte ihn Bucky, der ihn wieder mir gab.

»Ja, aber weshalb sich die Mühe machen, ihn in einem feuersicheren Safe aufzubewahren? Er hätte ihn auch in eine Schublade legen können. Oder ihn an einer Kette um den Hals tragen«, meinte er.

»Wenn Sie nichts dagegen haben, frage ich mal, was mein hiesiger Experte dazu zu sagen hat.«

»Ist mir recht«, sagte Bucky.

Ich schob den Schlüssel in eine Tasche meiner Jeans, ohne die Tatsache zu erwähnen, daß mein Experte der Einbrecher war, der mir auch den Satz Dietriche geschenkt hatte, die ich in meiner Handtasche herumtrage.

Als ich zu Fuß nach Hause zurückging, ließ ich die ganze Abfolge der Ereignisse noch einmal Revue passieren. Ich muß gestehen, daß die vergangenen vierundzwanzig Stunden meine Neugier geweckt hatten. Es war nicht unbedingt Chesters Spionagetheorie, die mir nach wie vor weit hergeholt vorkam. Was mich störte, waren die schwammigen, unbeantworteten Fragen, die im Leben des alten Mannes auftauchten. Ich mag Ordnung und Sauberkeit: kein Durcheinander und keine Staubflocken unter dem Bett.

Zu Hause angekommen, setzte ich mich an meinen Schreibtisch, holte einen Stapel Karteikarten heraus und fing an, mir Notizen zu machen. Es war erstaunlich, an wie viele Einzelheiten ich mich tatsächlich erinnern konnte, wenn ich erst einmal anfing, sie zu Papier zu bringen. Als ich das Thema erschöpfend behandelt hatte, hängte ich die Karten an die Kork-Pinnwand über meinem Schreibtisch. Ich legte die Füße auf den Tisch, lehnte mich mit hinter dem Kopf verschränkten Armen auf meinem Drehstuhl zurück und studierte die Ansammlung. Irgend etwas stimmte nicht, aber ich kam nicht darauf, was es war. Ich tauschte ein paar Karten aus und hängte sie anders angeordnet wieder auf. Es war etwas, das ich gelesen hatte. Birma. Etwas über Chennault und das Amerikanische Freiwilligenkorps. Im Moment war die Wahrheit für mich nicht greifbar, doch ich wußte, daß sie da war. Ich überlegte, wie man die Einheit ausfindig machen konnte, in der er gedient hatte. War das wirklich der Kernpunkt hier, oder ging es um etwas anderes? Beim Durchblättern von Johnnys Büchern war ich auf mehrere namentlich genannte Kampfflieger des Amerikanischen Freiwilligenkorps gestoßen. Einer oder mehrere von ihnen mußten noch leben. Könnten sie nicht dazu beitragen, Johnnys Kampfeinheit herauszufinden? Es wäre nervtötend, und *ich* würde es garantiert nicht machen, aber zumindest konnte ich Chester in die richtige Richtung lenken. Ich müßte noch einmal die Bücher durchgehen und versuchen, die Hinweise zu finden, aber verflucht noch mal, darüber hinaus würde ich keinen Finger rühren. Außerdem kann ich, wenn ich erst einmal angefangen habe, einen Knoten zu entwirren, nicht mehr damit aufhören.

Ich rief bei meinem Einbrecherfreund an, dessen Anschluß nicht mehr existierte. Mist. Am späteren Vormittag würde ich es bei der Polizei von Santa Teresa versuchen. Detective Halpern von der Kriminalpolizei würde vermutlich wissen, wo er steckte.

5

Um zehn Uhr war ich wieder drüben bei Bucky. Ich klopfte an die Tür, aber als mehrere Minuten verstrichen und niemand reagierte, ging ich die Einfahrt entlang nach hinten. Das Sammelsurium von Pappkartons war auf eine Seite geräumt worden, um die Einfahrt passierbar zu machen. Die Garagentür zur Linken stand offen, und der Buick fehlte. Vielleicht waren die drei frühstücken gegangen. Die andere Hälfte der Doppelgarage war bis obenhin mit Gerümpel vollgestellt, ein undurchdringlicher Berg aus Schachteln, alten Möbeln, Haushaltsgeräten und Rasenpflegeartikeln.

Der Karton mit den Büchern über den Zweiten Weltkrieg stand zuoberst. Ich zerrte ihn zur Treppe hinüber und setzte mich bequem hin, während ich den Inhalt durchging. Schließlich fand ich das, was ich suchte, ganz unten in der Kiste in einem Buch mit dem Titel *Jagdflieger! Die Geschichte des Luftkampfs 1936–1945*, verfaßt von Robert Jackson.

Mit Datum des vierten Juli 1942 war das Amerikanische Freiwilligenkorps keine unabhängige Kampfeinheit mehr, sondern wurde der wieder ins Leben gerufenen China Air Task Force unter dem Oberbefehl der Tenth Air Force angegliedert. Der Oberbefehl der CATF wurde Claire Chennault übertragen, der seine chinesische Uniform gegen eine amerikanische eintauschte und in den Rang eines Brigadegenerals erhoben wurde.

Die Piloten des Freiwilligenkorps, die so lange gegen unvorstellbare Widrigkeiten die Stellung in Birma gehalten hatten, zerstreuten sich in alle Himmelsrichtungen. Wenige von ihnen entschieden sich dafür, in China zu bleiben. Sie bildeten den Kern der neuen 23. Kampffliegergruppe, die immer noch ihre kriegsmüden P-40er flog.

Ein paar Namen folgten: Charles Older, »Tex« Hill, Ed Rector und Gil Bright. Interessant fand ich die Tatsache, daß die Piloten des Freiwilligenkorps zwischen April und Juni 1941 von der Central Aircraft Manufacturing Company rekrutiert worden waren. Sie waren allesamt Soldaten im Dienst der U.S.-Armee und durch Einjahresverträge an die CAMCO gebunden. Aber Bucky zufolge hatte sich Chester daran erinnert, daß sein Vater nach zwei Jahren in Übersee gerade rechtzeitig zu seinem vierten Geburtstag am 17. August 1944 nach Hause kam. Weil er es so genau wußte, war mir das Datum im Gedächtnis geblieben, und ich hatte es auf eine Karteikarte notiert. Das Problem war nun, daß das Freiwilligenkorps zu diesem Zeitpunkt seit zwei Jahren nicht mehr existierte. Wo lag also die Wahrheit? Hatte Johnny tatsächlich beim Freiwilligenkorps gedient? Und, was noch wichtiger war, hatte er überhaupt gedient? Chester würde die Diskrepanz in den Daten als Bestätigung seiner Theorie sehen. Ich konnte mir seine Reaktion lebhaft vorstellen. »*Mann, das mit dem Freiwilligenkorps war nur ein Deckmantel. Das hätte ich Ihnen gleich sagen können.*« Chester sah seinen Vater vermutlich hinter den feindlichen Linien mit dem Fallschirm abspringen und vielleicht eine Gefangennahme inszenieren, damit er mit dem japanischen Oberbefehlshaber ins Gespräch kommen konnte.

Wenn er aber andererseits *nie* Soldat gewesen war, dann hatte er die Bücher womöglich nur gekauft, um über das Thema schwafeln zu können. Und das könnte auch erklären, weshalb er nicht gern über den Krieg sprach. Es wäre stets ein Risiko, weil er durchaus an jemanden geraten könnte, der genau in der Einheit war, in der er gedient zu haben behauptete. Indem er den Eindruck hervorrief, die Regierung wolle etwas vertuschen, machte er seine Weigerung plausibel, über Einzelheiten zu sprechen, die ihn verraten könnten.

Ich ließ meinen Blick über den Garten schweifen und starrte auf den Ford Fairlane, der auf Betonblöcken aufgebockt war. Weshalb kümmerte es mich überhaupt? Der alte Knabe war tot. Wenn der Glaube, er sei ein Kriegsheld gewesen (oder, noch grandioser, ein Spion, dessen Tarnung mittlerweile über vierzig Jahre nicht aufgedeckt worden war), seinen Sohn und seinen Enkel tröstete, was sollte mich das scheren? Ich wurde nicht dafür bezahlt, daß ich Johnnys Geschichte zerfetzte. Ich wurde für rein gar nichts bezahlt. Also warum ließ ich die Sache nicht fallen?

Weil es gegen meine Natur ist, sagte ich zu mir selbst. Ich bin wie ein kleiner Terrier, wenn es um die Wahrheit geht. Ich muß meine Nase in das Loch stecken und graben, bis ich herausfinde, was darin ist. Manchmal werde ich gebissen, aber dieses Risiko gehe ich meistens bereitwillig ein. In mancher Hinsicht lag mir weniger das Wesen der Wahrheit am Herzen als vielmehr das Wissen darum, woraus sie bestand.

Ich spürte, wie sich der große, fünfzehn Zentimeter lange Schlüssel in meine Hüfte bohrte. Ich streckte mein Bein aus und schob die Hand in die Tasche meiner Jeans. Ich zog den Schlüssel heraus, legte ihn auf meine Handfläche und wog ihn. Ich rieb mit dem Daumen die nachgedunkelte Oberfläche auf und ab. Ich blinzelte das verfärbte Metall ebenso an, wie Babe es getan hatte. Der Name des Schloßherstellers schien undeutlich auf dem Schaft eingeprägt zu sein, aber bei diesem Licht konnte ich ihn nicht entziffern. Es schien keiner der Schloßhersteller zu sein, die ich kannte: Schlage, Weslock, Weiser oder Yale. Der Safe war von Amsec gewesen, ein reines Zahlenschloß, und so glaubte ich nicht, daß der Schlüssel irgendwie damit zusammenhing.

Ich erhob mich mühsam und steckte den Schlüssel wieder in die Hosentasche. Ich war unruhig und überlegte, was ich tun sollte, bis Chester nach Hause kam. Es war durchaus möglich, daß ihn sein Gedächtnis im Stich gelassen hatte. Ich hatte die Geschichte lediglich von Bucky gehört, und er könnte ja die Daten verwechselt haben. Ray Rawson hatte mir erzählt, er hätte kurz nach Kriegsbeginn mit Johnny auf der Werft gearbeitet, was irgendwann im Jahr 1942 gewesen sein muß. Es kam mir seltsam vor, daß jemand, der Johnny aus »alten Zeiten« kannte, plötzlich vor der Tür des alten Mannes aufgetaucht war. Trotz der lässigen Erklärung fragte ich mich, ob etwas anderes dahintersteckte.

Das Hotel Lexington stand in einer Seitenstraße einen Block von der unteren State Street entfernt am Strand. Es war ein wuchtiger fünfstöckiger Kasten aus matt wirkendem gelbem Backstein über einem Säulengang, der sich über das gesamte Erdgeschoß erstreckte. Auf der einen Seite des Gebäudes zog sich ein gezackter Riß, der aussah wie ein Blitz, vom Dach bis zum Fundament unregelmäßig durch den Stein und ließ auf einen Erdbebenschaden schließen, der vermutlich 1925 eingetreten war. Die Buchstaben des Wortes *Lexington* standen untereinander auf einem Schild, das an einer Hausecke angebracht war, ein surrender Neonstreifen, in dessen Biegungen tote Insekten lagen. Das Vordach offerierte · TÄGLICHE REINIGUNG · TELEFON · FARB-TV IN ALLEN ZIMMERN. Der Eingang war flankiert von einem mexikanischen Restaurant auf der einen Seite und einer Bar auf der anderen. In jedem Lokal kämpfte eine plärrende Musikbox um Gehör, ein mißtönender Wettstreit zwischen Linda Ronstadt und Helen Reddy.

Ich betrat die Hotelhalle, die spärlich möbliert war und nach Bleichmittel roch. Zwei Reihen Fächerpalmen in Blumentöpfen waren auf beiden Seiten eines abgetreten wirkenden roten Teppichs aufgestellt, der den Weg zur Rezeption markierte. An der Anmeldung war niemand zu sehen. Ich nahm das Haustelefon ab und bat die Vermittlung, mich mit Ray Rawsons Zimmer zu verbinden. Er nahm nach dem zweiten Klingeln ab, und ich meldete mich. Wir sprachen kurz miteinander, dann erklärte er mir den Weg zu seiner Bleibe im vierten Stock. »Nehmen Sie die Treppen. Der Aufzug braucht ewig«, sagte er, bevor er auflegte.

Ich stieg die Treppen hinauf, indem ich jeweils zwei Stufen auf einmal nahm, um die Leistungsfähigkeit meiner Lungen zu testen. Zwischen zweitem und drittem Stock war ich außer Atem und mußte langsamer weitergehen. Auf der letzten Etappe klammerte ich mich ans Treppengeländer. Wenn man in einer Sportart trainiert ist, hat das offenbar keinerlei Auswirkungen auf andere. Ich kenne Jogger, die keine zwanzig Minuten auf einem Heimtrainer durchstehen würden, und Schwimmer, die nicht weiter als eine Meile joggen könnten, ohne zusammenzubrechen.

Ich verschnaufte ein wenig, bevor ich an die Tür von Zimmer 407 klopfte. Ray öffnete mit einem summenden, schnurlosen Rasierapparat in der Hand. Er war barfuß, trug Chinos und ein weißes T-Shirt, und sein kahl werdender Schädel war noch feucht vom Duschen. Der bereits kurz geschnittene Kranz grauen Haares war seit gestern nachgeschnitten worden. Er lächelte verlegen, und die Lücke zwischen seinen Vorderzähnen verlieh ihm einen Anstrich von Unschuld. Er winkte mich herein. »Sie sind zu schnell. Ich wollte das alles erledigen, bevor Sie den Weg hier herauf geschafft hatten. Bin gleich wieder da.«

Er ging ins Badezimmer, und das Summen des Rasierers verklang, als er die Tür schloß.

Sein Zimmer war geräumig und schlicht: weiße Wände, weiße Tagesdecke, grobe, weiße Baumwollvorhänge, die mit dicken Holzstäben aufgezogen worden waren. Es gab nur zwei Fenster, doch waren beide doppelt breit und gingen auf die Rückseite des Hauses auf der anderen Seite der Gasse hinaus. Der Teppich war grau und wirkte relativ sauber. Der Blick, den ich ins Badezimmer hatte werfen können, zeigte mir Wände mit glänzenden, weißen Keramikfliesen und einen Fußboden, der mit kleinen schwarzen und weißen Sechsecken ausgelegt war. Ray kehrte zurück und roch intensiv nach Rasierwasser.

»Gar nicht schlecht hier«, sagte ich und drehte mich halb um.

»Fünfzig Mäuse die Nacht. Ich habe nach Sonderpreisen für die ganze Woche gefragt, nur bis ich eine eigene Wohnung bekomme. Bucky hat vermutlich nichts über die Vermietung gesagt.«

»Zu mir nicht«, sagte ich. »Haben Sie gehört, daß bei ihnen eingebrochen worden ist?«

»Bei wem? Sie meinen, bei Bucky und denen? Wann denn?«

Ich liefere ihm die à la *Reader's Digest* gekürzte Fassung der

Geschichte und beobachtete, wie sein Lächeln von einem Ausdruck der Ungläubigkeit und dann der Besorgnis abgelöst wurde.

»Mein Gott. Das ist ja entsetzlich«, sagte er und bemerkte erst jetzt meinen Gesichtsausdruck. »Warten Sie mal. Warum sehen Sie mich so an? Ich hoffe, Sie glauben nicht, daß ich irgend etwas damit zu tun hatte.«

»Es kommt mir einfach nur seltsam vor, daß es keinerlei Probleme gab, bevor Sie aufgetaucht sind. Johnny ist vor vier Monaten gestorben. Sie schneien letzte Woche herein, und plötzlich hat Chester Ärger.«

»Kommen Sie. He. Ich bin gestern abend in der Bar gesessen und habe auf dem Großbildschirm ferngesehen. Sie können alle fragen.«

»Darf ich mich setzen?«

»Klar, nur zu. Nehmen Sie den guten Stuhl. Ich nehme den hier.«

Es gab einen harten, hölzernen und einen gepolsterten Stuhl. Ray steuerte mich auf letzteren zu und nahm sich den Holzstuhl. Er legte sich die Hände auf die Knie und rieb sie am Stoff, als schwitzte er an den Handflächen. »Ich bin wahrscheinlich der älteste und beste Freund, den Johnny je hatte. Ich würde seinem Sohn oder seinem Enkel nie irgendwelchen Ärger machen. Sie müssen mir glauben.«

»Ich beschuldige Sie ja nicht, Ray.«

»Klingt mir aber schon danach.«

»Wenn ich der Meinung wäre, daß Sie eingebrochen haben, wäre ich vermutlich nicht hier herauf gekommen. Ich wäre zur Polizei gegangen und hätte sie gebeten, nach Fingerabdrücken zu suchen.«

»Das haben Sie nicht getan?«

»Chester ist sich nicht sicher, daß etwas gestohlen wurde, was bedeutet, daß es in den Augen der Bullen gar kein Einbruch war. Die Spurensicherung nimmt nur an Tatorten richtiger Verbrechen Fingerabdrücke. Bei größeren Straftaten, nicht bei Kleindelikten. Auch grober Unfug fiele nicht darunter, es sei denn, es wäre ein Schaden in Höhe von Tausenden von Dollar entstanden, was in diesem Fall nicht zutrifft.« Was ich verschwieg, war, daß es eine langwierige Prozedur und die Abteilung ohnehin stets im Rückstand ist. Drei Wochen sind Standard. In eiligen Fällen könnten allerdings Fingerabdrücke genommen, fotografiert und aufgezeichnet und die fertigen Zeichnungen zur CAL ID nach Sacramento gefaxt werden. Das würde etwa einen oder zwei Tage dauern. In diesem Fall hatten wir nicht einmal einen Verdächtigen. Außer ihm vielleicht, dachte ich. Ich beobachtete ihn und mußte dabei ständig an den Schlüssel in meiner Hosentasche denken. Ich wollte nicht, daß er davon schon erfuhr. Er wirkte auf mich wie ein Mann, der etwas im Schilde führt, und ich wollte seine Geschichte hören, bevor ich ihm meine erzählte. »Was ist denn in Ashland?« fragte ich.

Es entstand eine Pause von einer Millisekunde. »Ich habe dort Verwandte.«

»War Johnny wirklich beim Militär?«

»Ich habe keine Ahnung. Ich habe Ihnen bereits gesagt, daß ich ihn jahrelang aus den Augen verloren hatte.«

»Wie ist der Kontakt wieder aufgelebt?«

»Johnny hat sich gemeldet.«

»Woher wußte er, wo er Sie finden würde?«

Ungeduld blitzte über sein Gesicht, als würde er fotografiert. »Er hatte meine Adresse. Was *soll* denn das? Ich muß Ihnen diesen Kram nicht beantworten. Das geht Sie einen feuchten Kehricht an.«

»Ich versuche ja nur, dieser Sache auf den Grund zu gehen.«

»Tja, versuchen Sie's woanders.«

»Chester glaubt, daß Johnny im Zweiten Weltkrieg Spion war, irgendeine Art Doppelagent für die Japaner.«

Ray rollte kurz die Augen und schüttelte dann hastig den Kopf. »Wo hat er denn das her?«

»Es ist zu kompliziert, um es zu erklären. Er sagt, der alte Knabe war völlig paranoid. Er glaubt, daß es damit zusammenhängt.«

Ray sagte: »Der alte Knabe *war* paranoid, aber das hatte nichts mit den Japsen zu tun.«

»Womit denn?«

»Warum soll ich Ihnen das verraten? Ich habe keinerlei Veranlassung, Ihnen mehr zu vertrauen als Sie mir.«

»Und dabei habe ich gedacht, daß wir so gute Kumpels wären«, sagte ich.

»Tja, sind wir nicht«, sagte er sanft.

Ich zog den Schlüssel aus der Hosentasche und hielt ihn gegen das Licht. »Sagt Ihnen der irgend etwas?«

Sein Blick schnellte zu dem Schlüssel. »Woher haben Sie den?«

»Er war in einem Safe, den Bucky in Johnnys Wohnung gefunden hat. Haben Sie ihn schon einmal gesehen?«

»Nein.«

»Wie steht's mit dem Safe? Wußten Sie davon?«

Er schüttelte langsam den Kopf. Es war wie Zähneziehen.

»Ich begreife nicht, worum es geht«, sagte ich.

»Es geht um nichts. Um gar nichts.«

»Wenn es nichts ist, warum sagen Sie es dann nicht? Es kann nicht schaden.«

»Sehen Sie, ich weiß eventuell, wer eingebrochen hat. Wenn es derjenige war, an den ich denke, dann könnte mir jemand hierher gefolgt sein. Das ist alles, und auch da könnte ich mich irren.«

»Hinter was war er her?«

»Herrgott. Geben Sie nie auf?«

»Sie müssen doch *irgendeine* Ahnung haben.«

»Tja, habe ich nicht.«

»Natürlich haben Sie eine«, sagte ich. »Warum sollten Sie sonst den ganzen Weg von Ashland hierher fahren?«

Erregt erhob er sich und ging zum Fenster hinüber, wobei er seine Hände in die Taschen bohrte. »He, kommen Sie. Es reicht. Ich habe das langsam satt. Sie können mich nicht zwingen zu antworten, also können Sie es genausogut aufgeben.«

Ich stand auf und folgte ihm hinüber zum Fenster. Ich lehnte mich an die Wand, damit ich sein Gesicht beobachten konnte. »Ich sage Ihnen, wie ich es sehe. Für mich klingt es nach etwas Kriminellem.« Ich tippte mir an die Schläfe. »Ich denke mir, was, wenn Johnny nie bei der Air Force war? Ich habe immer noch Probleme mit diesem Teil der Geschichte. Wenn er nicht beim Militär war, dann sieht gleich alles anders aus. Weil man sich dann fragen muß, wo er die ganze Zeit war.«

Rays Blick begegnete meinem. Er wollte etwas sagen, überlegte es sich aber dann offenbar anders.

»Wollen Sie meine Theorie hören? Mir ist folgendes eingefallen«, sagte ich. »Er hätte im Gefängnis gewesen sein können. Vielleicht war diese Geschichte von der Air Force – dieser Schwachsinn vom Freiwilligenkorps – lediglich eine höfliche Erklärung für seine Abwesenheit. Der Krieg hatte damals schon begonnen. Es klingt wesentlich patriotischer, zu sagen, daß der Gatte nach Übersee gegangen ist, als daß er eingebuchtet wurde.« Ich wartete einen Moment, aber Ray reagierte nicht. Ich hielt mir eine Hand hinters Ohr. »Kein Kommentar?«

Er schüttelte den Kopf. »Das ist Ihre Theorie. Sie können denken, was Sie wollen.«

»Sie wollen mir also nicht weiterhelfen?«

»Nicht im geringsten«, sagte er.

Ich stieß mich von der Wand ab. »Nun gut. Vielleicht überlegen Sie es sich ja noch anders. Ich wohne bei Johnny um die Ecke fünf Häuser weiter unten auf der Albanil. Sie können vorbeikommen und plaudern, wenn Sie bereit sind.« Ich ging auf die Tür zu.

»Das begreife ich nicht«, sagte er. »Ich meine, was kümmert es Sie?«

Ich blickte zu ihm zurück. »Ich habe da so eine Ahnung, und ich wüßte gern, ob ich recht habe. In meinem Beruf ist das eine gute Übung.«

Beim Mittagessen gönnte ich mir einen Viertelpfünder mit Käse und verbrachte den Nachmittag gemütlich mit dem neuen Krimi von Elmore Leonard. Ich hatte mir immer wieder gesagt, wie schön es war, nichts zu tun zu haben, doch ich merkte, daß mich die Untätigkeit leicht irritierte. Eigentlich halte ich mich nicht für zwanghaft, aber ich hasse Zeitverschwendung. Ich räumte meine Wohnung auf und machte ein paar Schubladen sauber, setzte mich wieder an mein Buch und versuchte, mich zu konzentrieren. Am Spätnachmittag warf ich mich in meinen Blazer und ging vor an die Ecke, um einen Happen zu essen. Ich hatte eine Frühvorstellung im Kino im Sinn, falls ich mich für einen Film entscheiden konnte.

Die Umgebung war ruhig, und jede zweite Veranda hob sich im Licht hervor. Kühle lag in der Luft, und die Dunkelheit schien immer früher hereinzubrechen. Ich konnte das Abendessen riechen, das sich irgend jemand kochte, und sah anheimelnde Bilder vor mir. Hin und wieder weiß ich nichts Rechtes mit mir anzufangen, und dann spüre ich das Fehlen einer Beziehung. Liebe hat etwas, das dem Leben eine Art Mittelpunkt verleiht. Ich würde mich auch nicht über den Sex beklagen, wenn ich noch wüßte, wie das geht. Ich müßte mir das Handbuch bereitlegen, falls ich es jemals wieder schaffen sollte, mit jemandem ins Bett zu gehen.

Bei Rosie's war es fast leer, doch kurz nachdem ich mich hingesetzt hatte, sah ich Babe und Bucky zur Tür hereinkommen. Ich winkte, und die beiden kamen nach hinten zu meiner Nische, Hüfte an Hüfte, die Arme um die Taille des anderen geschlungen.

Ich sagte: »Wo ist Ihr Vater, Bucky? Ich hatte gehofft, ihm zu begegnen. Wir müssen etwas besprechen.«

»Er hat eine Ladung Zeug zur Müllkippe hinübergefahren, aber er müßte bald zurück sein«, sagte Bucky. »Möchten Sie sich zu uns setzen? Wir wollten uns an der Bar niederlassen und die Sechs-Uhr-Nachrichten ansehen, bis Dad kommt.« Im Dämmerlicht der Kneipe sah er beinahe gut aus. Babe trug Stiefel, einen langen Jeansrock und eine blaue Jeansjacke.

»Danke, aber ich esse nur schnell etwas und gehe dann vielleicht ins Kino.«

»Tja, also wir sind dann da drüben, falls Sie es sich noch anders überlegen.« Sie schlenderten davon an die Bar.

Unterdessen war Rosie aus der Küche hervorgekommen, und ich sah ihr zu, wie sie zwei Bier zapfte, bevor sie zu mir an den Tisch kam. Sie hatte bereits Stift und Bestellungsblock hervorgezogen und kritzelte nun drauflos. »Ich habe ideale Essen für dich«, sagte sie, als sie mir die Speisekarte entriß. »Ist Schweinsleber in Scheiben mit Wurst und eingelegte Knoblauchgemüse, gekocht mit Speck. Dazu ich mach' dir Apfel-Wirsing-Salat mit knusprige Brötchen.«

»Klingt anregend«, sagte ich. Ich sagte nicht, wozu.

»Dazu du trinkst Bier. Ist besser als Wein, der paßt nix gut zu eingelegte Knoblauchgemüse.«

»Allerdings nicht.«

Ich aß, das muß ich sagen, mit herzhaftem Appetit, obwohl ich später wahrscheinlich Verdauungsstörungen bekommen würde. Das Lokal füllte sich allmählich mit dem Happy-Hour-Volk aus der Nachbarschaft und mit Singles, die von der Arbeit kamen. Rosie's war zu einem Lieblingstreff der hiesigen Sportler geworden und damit für diejenigen unter uns verloren, die sich nach Ruhe und Frieden sehnten. Wären meine Zuneigung zu Rosie und die Nähe zu meiner Wohnung nicht gewesen, hätte ich mir vielleicht schon ein anderes Lokal gesucht. Ich sah, wie sich Bucky und Babe an einen Tisch setzten. Chester kam wenige Momente später, und die drei berieten sich, bevor sie ihr Essen bestellten. Inzwischen war es in der Kneipe dermaßen laut, daß es mir nicht taktvoll erschien, mich zu ihnen zu setzen und ein Gespräch über Johnnys Vergangenheit anzufangen.

Um fünf nach halb sieben bezahlte ich meine Rechnung und ging zur Tür hinaus. Ich verlor langsam das Interesse an einem Film, aber es bestand immer noch die Chance, daß ich bei der »Sippschaft« Begeisterung wecken konnte.

Als ich nach Hause kam, überquerte ich den hinteren Innenhof und klopfte am Türrahmen. Ich hörte ein gedämpftes »Juuhuu!«, spähte durch die Fliegentür hinein und entdeckte Nell, die auf einem hölzernen Küchenstuhl direkt neben dem Herd saß. Sie blickte in meine Richtung, und als sie mich sah, winkte sie mich herein.

Ich machte die Tür auf und steckte den Kopf hinein. »Hi, Nell. Wie geht's?« Der Herd war halb zerlegt worden – die Backofentür offen und die Roste entfernt –, offenbar als Vorbereitung auf eine gründliche Reinigung. Die Arbeitsplatte war mit Zeitungen bedeckt, auf denen die Grillroste lagen, die noch vom Backofenreiniger schäumten.

»Ganz wunderbar. Kommen Sie rein, Kinsey. Schön, Sie zu sehen.« Normalerweise trug sie ihr dickes, silberfarbenes Haar in einer komplizierten Frisur mit Schildpattkämmen nach hinten gesteckt, aber heute hatte sie es in die Falten eines Schals gehüllt, was sie ein wenig wie ein altes Aschenputtel aussehen ließ.

»Sie sind aber fleißig«, sagte ich. »Gerade erst angekommen und schon schwer am Arbeiten.«

»Tja, ich bin nicht glücklich, bis ich einen Herd auseinandernehmen und richtig gründlich putzen kann. Henry ist zwar äußerst begabt in Haushaltsdingen, aber ein Herd ist einfach etwas, das die Hand einer Frau braucht. Ich weiß, das klingt sexistisch, aber es ist die Wahrheit«, sagte sie.

»Brauchen Sie Hilfe?«

»Auf jeden Fall könnte ich Gesellschaft brauchen.« Nell trug eine Kittelschürze über ihrem baumwollenen Hauskleid, dessen lange Ärmel sie durch Manschetten aus Küchenkrepp schützte, die sie mit Gummibändern befestigt hatte. Sie war eine hochgewachsene Frau und in jungen Jahren sicherlich fast einen Meter achtzig groß gewesen. Sie hatte breite Schultern, schwere Brüste und stattliche Füße und Hände, obwohl ihre Knöchel mittlerweile unterhalb der Haut so knotig wie Schnüre waren. Ihr Gesicht war lang und knochig und in seinem Ausdruck nahezu geschlechtslos: dünne, weiße Brauen, stahlblaue Augen und die Haut vertikal von Furchen und Runzeln durchzogen.

Der Kühlschrank war vollkommen leergeräumt worden, und sämtliche Abstellflächen waren übersät mit Resten in abgedeckten Schüsseln, Gläsern mit Oliven und eingelegtem Gemüse, Gewürzen und frischem Gemüse. Die Kühlfächer waren herausgenommen worden, und eines davon stand in einem Spülbecken voller Seifenwasser. Sie hatte eine Reihe von Dingen in den Abfalleimer geworfen, und ich sah, daß sie etwas Glitschiges dem Müll überantwortet hatte.

»Sehen Sie nicht da hin. Ich glaube, es lebt noch«, sagte sie. Sie wrang den Lappen aus, mit dem sie die Kühlschrankroste abwischte. »Wenn ich damit fertig bin, nehme ich ein Schaumbad, und dann ziehe ich einen Bademantel und Pantoffeln an. Ich muß mit meinem Lesestoff nachkommen. Ich denke andauernd, daß meine Augen jeden Tag ihren Dienst versagen können, und ich will noch so viel wie möglich aufnehmen.« Sie hatte ein Glas aufgeschraubt und spähte hinein. Sie schnupperte, konnte aber den Inhalt nicht identifizieren. »Was um alles in der Welt ist das?« Sie hielt es gegen das Licht. Die Flüssigkeit war hellrot und sirupartig.

»Ich glaube, das ist die Glasur für die Kirschtorte, die Henry immer backt. Sie wissen doch, daß er den Kühlschrank erst vor zwei Tagen geputzt hat.«

Sie schraubte den Deckel wieder zu und stellte das Glas auf

die Arbeitsplatte. »Das hat er behauptet. Zufälligerweise ist Kühlschrankputzen eine meiner Spezialitäten. Ich habe es Henry 1912 beigebracht. Sein Problem ist, daß er nicht rigoros genug ist. Das sind die wenigsten von uns, wenn es um unseren eigenen Dreck geht. Wenn ich schon einmal hier bin, kann ich gleich alles pieksauber schrubben.«

»War das Ihre Lebensaufgabe – sämtlichen Jungs beizubringen, wie man einen Haushalt in Ordnung hält?«

»Mehr oder weniger. Ich habe Mutter dabei geholfen, uns zehn aufzuziehen. Nach Vaters Tod fühlte ich mich zum Bleiben verpflichtet, bis sie ihren Lebensmut wiedergefunden hatte, was an die dreißig Jahre gedauert hat. Sie war am Boden zerstört, als sie ihn verlor, doch soweit ich mich erinnere, sind die beiden nie so besonders miteinander ausgekommen. O weh. Was hat sie nur um diesen Mann getrauert. Später kam ich darauf, daß sie ein bißchen übertrieben hat, nur um mich an der Kandare zu halten.«

»Zehn Kinder? Ich dachte, Sie wären nur fünf. Sie, Charlie, Lewis, William und Henry.«

Sie schüttelte den Kopf. »Wir waren die fünf *überlebenden* Kinder. Wir schlugen nach den Tilmanns mütterlicherseits. In unserer Familie gab es eine klare Trennung unter den Kindern, die unsere Mutter zur Welt gebracht hat. Die eine Hälfte schlug nach ihrer Seite der Familie und die andere Hälfte nach den Pitts väterlicherseits. Wenn Sie uns zum Fotografieren aufstellen würden, könnten Sie es klar und deutlich erkennen. Es ist unübersehbar. Alle aus Vaters Sippschaft sind einfach gestorben. Im Grunde ein jämmerlicher Stamm, wenn man sich's genau besieht. Es waren kleine Leute mit winzigen Köpfen, und so fehlte ihnen auch der Grips, den unsere Seite der Familie besitzt, und außerdem hatten sie keinerlei körperliche Widerstandskraft. Die Mutter unseres Vaters war eine geborene ›Mauritz‹. Übersetzt heißt das ›maurisch‹, was auf eine Horde Mohren irgendwo weiter oben im Stammbaum schließen läßt. Sie waren allesamt dunkelhäutig und so schwächlich, wie man sich nur vorstellen kann. Unsere Großmutter Mauritz ist an Grippe gestorben, genau wie zwei meiner älteren Brüder. Es war ein Trauerspiel. Erst schied sie dahin, dann der eine und schließlich der andere. Unsere Schwester Alice war die nächste, die wir verloren. Dunkelhäutig und mit einem winzigen Köpfchen, starb sie einen Tag, nachdem sie krank geworden war, auch an der Grippe. Vier Cousins und Cousinen, eine Tante. Manchmal starben zwei am selben Tag, und es gab ein Doppelbegräbnis. Die gesamte Linie wurde in einem Zeitraum von fünf Monaten zwischen November und März ausgelöscht. Diejenigen von uns, die unserer Mutter nachschlugen, sind als einzige übriggeblieben, und wir haben vor, uns noch Jahre zu halten. Unsere Mutter wurde hundertdrei. Mit neunzig wurde sie so boshaft, daß wir drohten, ihr ihren Whiskey zu entziehen, wenn sie sich nicht zusammenriß. Sie verlangte nur sechs Eßlöffel am Tag, aber die hielt sie für absolut lebenswichtig. Wir stellten die Flasche auf das Regal, wo sie sie sehen, aber nicht erreichen konnte. Das beruhigte sie, und die nächsten dreizehn Jahre war sie lammfromm.«

Sie schloß einstweilen die Kühlschranktür und stellte sich wieder an die Spüle, wo das Abwaschwasser inzwischen so weit abgekühlt war, daß sie das Fleischfach spülen konnte. Sie öffnete das Schränkchen unter der Spüle, und ich sah, wie ein finsterer Blick über ihr Gesicht huschte.

»Was ist denn los?«

»Henry hat nichts mehr von dem Backofenreiniger, den ich immer für diese Grillroste nehme.« Sie spähte noch einmal in das Schränkchen. »Na, dann muß ich mich eben ein bißchen mehr ins Zeug legen.«

»Soll ich kurz zum Supermarkt gehen? Ich kann welchen besorgen. Das dauert keine zehn Minuten.«

»Nein, ist schon in Ordnung. Ich kann immer noch einen Scheuerschwamm nehmen. Das wird im Handumdrehen sauber. Sie haben etwas anderes zu tun.«

»Es macht mir überhaupt nichts aus. Ich habe mir zwar überlegt, ins Kino zu gehen, aber ehrlich gesagt, habe ich die Lust dazu verloren.«

»Sind Sie sicher, daß es Ihnen nichts ausmacht?«

»Pfadfinderehrenwort«, sagte ich.

»Ich wäre Ihnen wirklich dankbar. Und Milch haben wir auch fast keine mehr. Wenn die Knirpse heute abend erst einmal ihre Milch mit Plätzchen verdrückt haben, ist nicht mehr genug fürs Frühstück da. Das ist wirklich schrecklich nett von Ihnen.«

»Keine Ursache. Ich bin gleich wieder da. Was für eine Milch? Fettarme?«

»Zwei Liter Magermilch. Ich versuche, den Jungs das Fett abzugewöhnen, wo immer ich kann.«

Ich suchte in meiner Handtasche nach den Autoschlüsseln und schlang mir beim Hinausgehen den Trageriemen über die Schulter. Mein Auto hatte ich etwa zwei Häuser weiter geparkt. Ich ließ den Wagen an und fuhr los. An der Ecke Albanil und Bay bog ich rechts ab und fuhr an Buckys Haus vorbei, das zu meinem neuen Bezugspunkt in unserem Viertel geworden war. Vermutlich würde ich nie wieder an dem Haus vorbeikommen, ohne mich umzudrehen und einen Blick darauf zu werfen. Ich spähte die Einfahrt entlang zu der Wohnung über der Garage. Oben brannte Licht, und ich sah, wie sich ein Schatten an den Vorderfenstern vorbeibewegte.

Ich hielt an und äugte zu der Wohnung hinauf. Ich glaubte nicht, daß jemand von den Lees zu Hause wäre. Meines Wissens saßen die drei noch bei Rosie's beim Abendessen. Das Licht ging aus, und ich sah jemanden auf den dunklen Treppenabsatz herauskommen. Na, das war aber interessant. Ich entdeckte einen Parkplatz und hielt am Randstein an. Dann stellte ich Motor und Scheinwerfer ab. Ich drehte den Rückspiegel so, daß er die Einfahrt abdeckte, und ließ mich dann auf dem Sitz nach unten gleiten.

Ein Mann kam mit einem schwer aussehenden Matchsack in der rechten Hand aus der Einfahrt heraus. Er ging mit gesenktem Kopf und gekrümmten Schultern in meine Richtung. Aufgrund des schwachen Lichtes der Straßenlampe konnte ich sehen, daß es weder Bucky noch Chester, noch Ray war. Dieser Typ hatte einen vollen, dunklen Wuschelkopf. Er war dunkel gekleidet, und er muß Schuhe mit Gummisohlen getragen haben, da seine Schritte beim Gehen kaum ein Geräusch auf dem Straßenbelag verursachten. Er schickte sich an, die Straße zu überqueren. Ich behielt ihn im Blick und sah neugierig zu, als er auf einen weißen Ford Taurus zuging, der auf der anderen Straßenseite in Gegenrichtung geparkt stand. Er nahm den Matchsack in die linke Hand, während er seine Autoschlüssel hervorzog und die Fahrertür aufschloß. Verwirrt blickte ich zurück zu Buckys Haus, aber das Anwesen lag nach wie vor ohne jeglichen Hinweis auf Bewohner im Dunkeln.

Der Mann öffnete die Tür, schob den Matchsack auf den Beifahrersitz, setzte sich hinters Lenkrad und schlug die Autotür zu. Ich beobachtete ihn dabei, wie er sein Konterfei im Rückspiegel betrachtete, sich das Haar zurückstrich und einen Stetson aufsetzte. Ich ließ mich außer Sichtweite gleiten, während er seinen Wagen startete, die Scheinwerfer einschaltete und davonfuhr, wobei seine Lichter meine Windschutzscheibe streiften. Sowie er um die Ecke gebogen war, startete ich meinen Wagen und fuhr los. Ich wendete rasch, machte hastig die Scheinwerfer an und bog vielleicht sechs Sekunden nach ihm um die Ecke. Ich sah seine Rücklichter gerade noch, als er auf der Castle rechts abbog. Ich mußte das Gaspedal durchtreten, um den Blickkontakt nicht zu verlieren. Binnen Minuten befand er sich auf der Autobahnauffahrt Richtung Norden und steuerte auf Colgate zu. Ich gliederte mich zwei Wagen hinter ihm in den fließenden Verkehr ein und hielt den Fuß fest aufs Gaspedal gedrückt.

6

Jemanden mit einem einzigen Auto zu verfolgen ist meist Zeitverschwendung, vor allem bei Nacht, wo ein zweites Paar Scheinwerfer im Rückspiegel des Betroffenen auffällt. In diesem Fall glaubte ich allerdings, daß der Kerl – egal, was er im Schilde führte – keine Ahnung hatte, daß ich ihm folgte. Als er aus Johnnys Garagenwohnung gekommen war, hatte er weder wachsam noch vorsichtig gewirkt, und ich durfte annehmen, daß eine Beschattung das letzte war, womit er rechnete. Ich hatte selbst nicht damit gerechnet, und so war ich mindestens genauso erstaunt wie er. Er unternahm auf der Autobahn nichts – keine trickreichen Spurwechsel, keine plötzlichen Ausfahrten –, was darauf hingewiesen hätte, daß er von meiner Anwesenheit wußte. Die Silhouette des Stetson lieferte mir ein hübsches optisches Merkmal im Kontrast zu der Flut entgegenkommender Scheinwerfer. Er nahm die Ausfahrt an der oberen State Street, und ich ordnete mich hinter ihm ein. Während ich mit der linken Hand lenkte, wühlte ich mit der rechten in meiner Handtasche nach einem Stück Papier und einem Stift. Ich konnte zumindest seine Autonummer aufschreiben, solange er in Sichtweite war. Das Kennzeichen ließ darauf schließen, daß es sich um einen Mietwagen handelte. Ein weiterer Hinweis war die Aufschrift von Penny-Car-Rental auf der Umrandung des Nummernschilds. Ganz toll. Ich notierte mir die Nummer auf der Rückseite eines alten Einkaufszettels. Später würde ich mir jemanden suchen, der die Unterlagen der Autovermietung durchging.

Es war 7.17 Uhr, als der weiße Taurus in den gekiesten Hof des Capri einbog, eines Motels mit zehn Einheiten neben der Parallelstraße. Der Parkplatz wurde von einer durchhängenden Kette elektrischer Christbaumkerzen umgrenzt, die zwischen zwei Pfosten aufgespannt worden war. Das Motel selbst bestand aus zwei Reihen kleiner Holz- und Schindelhäuschen, jedes mit einem Autostellplatz an der Seite. Die Dunkelheit hatte die Fassaden in genügend Schatten getaucht, um die abblätternde Farbe, die verzogenen Fliegenfenster und die Billigbauweise zu verbergen. Die meisten Häuschen schienen leerzustehen: unbeleuchtete Fenster, keine Autos auf den Stellplätzen. Vor einer Einheit stand ein zu klein geratener U-Haul-Transporter. Die ersten beiden Häuschen zur Linken waren bewohnt, ebenso wie das zweite auf der rechten Seite, wo mittlerweile der Taurus geparkt hatte.

Der Fahrer verschloß seinen Wagen und betrat die kleine Betonveranda des Häuschens, deren Beleuchtung vierzig Watt Helligkeit spendete. Ich wartete, bis er das Häuschen aufgeschlossen hatte und hineingegangen war, bevor ich meinen VW langsam auf dem gekiesten Parkplatz zu einer der unbeleuchteten Hütten gegenüber rollen ließ. Ich fuhr rückwärts auf die Stellfläche, machte die Scheinwerfer aus und drehte das Fenster herunter. Die Stille wurde vom Ticken des abkühlenden Metalls meines Motors durchbrochen. Außerdem von einer versagenden grünen Christbaumkerze, die irgendwo über meinem Kopf flackerte und brummte wie eine fröhliche grüne Biene. Ich saß in der Dunkelheit und überlegte, wie lange ich zu warten bereit war, bevor ich nach Hause fuhr. Die arme Nell mußte sich fragen, wie weit der Supermarkt entfernt lag. Ich hatte ihr rasche Erledigung versprochen – höchstens fünfzehn Minuten. Mittlerweile war ich schon doppelt so lange weg. Ich hatte ein zappeliges Gefühl in der Magengrube, ein seltsames emotionales Gebräu aus Angst und Erregung. Was befand sich in dem Matchsack, den der Typ mitgenommen hatte? Könnte Einbrecherwerkzeug sein. Ich ging von der Annahme aus, daß es derselbe Kerl war, der die Bude schon einmal auf den Kopf gestellt hatte, obwohl ich mir nicht vorstellen konnte, was es wert war, noch einmal zu kommen. Ray Rawson hatte ja einen Verdacht, wer der Einbrecher gewesen sein könnte, aber er hatte keinerlei Hinweis darauf geliefert, weshalb sich jemand die Mühe machen sollte. Jetzt wünschte ich, ich hätte ihm diese Information abgerungen. Auf jeden Fall war die Sache es wert, ein Weilchen zu warten. Wenn mir die Geduld ausging, würde ich mir die Adresse des Motels notieren und morgen früh mit Hilfe eines Telefontricks herausfinden, wer sich dort eingemietet hatte.

Ich sah erneut auf die Uhr. Nun war es 7.32 Uhr. Der Knabe war seit etwa einer Viertelstunde in dem Häuschen. Wollte er die Nacht dort verbringen? Ich konnte wirklich nicht ewig hier herumsitzen, und ich hielt es nicht für erfolgversprechend, um die Hütte herumzuschleichen und zu versuchen, in die Fenster zu spähen. Womöglich reiste der Typ mit einem übellaunigen Köter, der einen Riesenstunk machen würde. Das hier war genau die Art von Etablissement, das Kinder und abartige Haustiere aufnehmen *mußte*. Wie sollten sie sonst Kundschaft bekommen, außer durch Zufall?

Als ich gerade meine Zelte abbrechen wollte, sah ich eine Bewegung auf der Veranda des Häuschens. Der Mann kam in Begleitung einer Frau heraus, die nun den Matchsack trug. Er hatte noch immer den Hut auf und schleppte einen Koffer, den er im Kofferraum verstaute. Sie reichte ihm den Matchsack, und er legte ihn neben den Koffer. Dann öffnete er die Autotür und half ihr beim Einsteigen auf der Beifahrerseite. Mir fiel auf, daß sie sich nicht die Mühe mit irgendwelchen Abreiseformalitäten machten. Entweder fuhren sie nur kurz weg, oder sie verschwanden, ohne zu bezahlen. Er ging hinüber zur Fahrertür. Ich ließ meinen Wagen im gleichen Moment an wie er seinen und nutzte seinen Lärm als Tarnung für meinen. Seine Heckscheinwerfer gingen an, und über die zwei leuchtendroten Flecken legte sich das Weiß der Rückfahrscheinwerfer.

Ich ließ meine Scheinwerfer ausgeschaltet und wartete, bis der Taurus rückwärts herausgefahren war und nach rechts auf die Straße bog. Er fuhr in Richtung Landstraße, und ich folgte ihm in diskretem Abstand. Ich war nicht glücklich über diese

Anordnung. Auf der Straße war nicht viel Verkehr, und wenn ich mich auf Dauer an den Kerl anhängen mußte, würde ich Ärger bekommen. Glücklicherweise bog er auf die Auobahnauffahrt Richtung Norden ein, und als ich mich hinter ihm einordnete, befanden sich genügend Autos auf der Straße, um meine Anwesenheit zu verbergen.

Der Fahrer des Taurus blieb auf der rechten Spur und passierte zwei Ausfahrten, bis er schließlich dort abbog, wo es zum Flughafen und zur Universität ging. Angesichts der beiden Gepäckstücke in ihrem Kofferraum nahm ich nicht an, daß sie zu einer Abendvorlesung an der UCST unterwegs waren. Die Abzweigung zog sich nach oben und weiter nach links und verbreiterte sich auf sechs Spuren. Ein Taxi kam von einer Zubringerstraße, und ich nahm den Fuß ein wenig vom Gas, damit es sich zwischen uns schieben konnte. Der Taurus blieb auf der rechten Spur und bog bei Rockpit ab. Am Stopschild bog er ein weiteres Mal rechts ab. Ich hielt mich im Windschatten, als zuerst der Taurus und dann das Taxi zum Flughafen abbogen.

Ich beobachtete, wie der Taurus auf die linke Spur wechselte und am Parkscheinautomaten für den Kurzzeitparkplatz anhielt. Die Sperre ging nach oben wie ein automatischer Salut. Unterdessen hielt das Taxi sich rechts und blieb am Standplatz stehen, wo zwei Fahrgäste mit ihrem Gepäck ausstiegen. Ich wartete, bis der Taurus auf die Parkfläche einbog, bevor ich weiterfuhr. Der Ticketautomat summte, und ein Parkschein schob sich aus dem Schlitz wie eine Zunge. Ich packte ihn und rollte weiter auf die Parkfläche.

Der Taurus war in die erste Gasse links eingebogen und parkte nun in der vordersten Reihe, nahe bei der Straße. Ich erhaschte noch einen Blick auf das Paar, als sie zur Abfertigungshalle hinübergingen. Er trug sowohl den Koffer als auch den Matchsack. Sie trug einen Regenmantel, den sie, um sich zu wärmen, eng um sich gewickelt hatte. Ich taxierte die freien Plätze und fuhr in den erstbesten. Ich stellte mein Auto ab, schloß zu und trottete hinter ihnen her. Die beiden waren ins Gespräch vertieft, und keinem von ihnen schien meine Gegenwart aufzufallen.

Mittlerweile war es vollkommen dunkel geworden, und das Flughafengebäude leuchtete wie eine dieser Miniaturhütten, die man sich unter den Weihnachtsbaum stellt. Am Randstein standen zwei Gepäckträger und klebten Etiketten auf die Koffer der beiden Reisenden, die das Taxi ausgespuckt hatte. Das Paar betrat das Flughafengebäude. Ich bemerkte, daß sie an den Büros der Autovermietungen vorbeigingen. Wollten sie abhauen? Ich verdoppelte mein Tempo, und die Schultertasche schlug mir gegen die Hüfte, als ich den kurzen Weg zum Eingang im Laufschritt zurücklegte. Am Terminal des Santa Teresa Airports sind lediglich sechs Flugsteige in Betrieb.

Die im linken Flügel gelegenen Flugsteige 1, 2 und 3 bedienten den Pendlerluftverkehr: die Klapperkisten, die die Kurzstrecken von und nach Los Angeles, San Francisco, San José, Fresno, Sacramento und anderen Orten im Umkreis von vierhundert Meilen flogen. In der Haupthalle teilte sich United Airlines einen Schalter mit American. Ich verschaffte mir rasch einen Überblick und betrachtete die Passagiere, die in verschiedenen Gruppierungen auf miteinander verbundenen Polsterstühlen saßen. Mit dem Stetson hätte der Typ eigentlich leicht auszumachen gewesen sein sollen, aber das Pärchen war nirgends zu sehen.

Die meisten abfliegenden Passagiere wurden an Flugsteig 5 abgefertigt, der auf der anderen Seite der kleinen Halle deutlich sichtbar war. Zu dieser späten Stunde herrschte nicht mehr viel Flugverkehr, und ein Blick auf den Monitor, der die Abflüge anzeigte, sagte mir, daß nur zwei Flüge anstanden. Einer davon ging mit einem Propellerflugzeug von United nach Los Angeles und der andere mit American Airlines nach Palm Beach, mit einem Zwischenstop in Dallas/Fort Worth. Direkt vor mir lag Flugsteig 4, der die hier landenden Flüge von United bediente.

Bogenfenster gingen auf eine kleine Rasenfläche hinaus, die von Außenlampen markiert und von einer gekalkten Mauer umgrenzt wurde, auf der ein ein Meter hoher Schutzrand aus Fensterglas angebracht war. Ich konnte das hohe Röhren eines Kleinflugzeugs hören, das auf der Rollbahn näherkam. Ich ging auf die Doppeltür zu und musterte den Hof. Dort standen etwa sechs oder acht Leute herum: eine Frau mit einem Kleinkind, drei Studenten, ein älteres Paar mit einem Hund an der Leine. Keine Spur von dem Pärchen, das ich suchte.

Als ich durch die Haupthalle auf den Pendlerflügel zuging, sah ich auf einmal den Stetson, schwarzer Filz mit einem breiten Rand und einem hohen, weichen Kopf. Der Typ stand im Geschenkeladen und bezahlte gerade mehrere Illustrierte. Ich sah ihn nur im Profil, doch die Beleuchtung war hervorragend. Als wollte er mir einen Gefallen tun, nahm er den Hut ab und zerzauste sich das Haar, bevor er sich den Hut im richtigen Winkel wieder aufsetzte. Ich musterte ihn aufmerksam, damit ich ihn später identifizieren konnte, falls es jemals soweit kam. Er sah aus wie Ende fünfzig und hatte kleine dunkle Augen in einem hageren Raubvogelgesicht und einen buschigen graumelierten Schnurrbart. Was unter der Straßenlampe wie ein dunkler Wuschelkopf ausgesehen hatte, war – wie ich nun sehen konnte – von zahlreichen silberfarbenen Strähnen durchzogen. Er trug Cowboystiefel und eine schwere, schwarze Wolljacke. Ich schätzte ihn auf einen Meter achtzig, obwohl ihn die Stiefel um einige Zentimeter größer gemacht haben könnten, und etwa fünfundsiebzig bis achtzig Kilo. Er schob die Zeitschriften unter den Arm und stopfte das Wechselgeld in seine Jackentasche. Ich entfernte mich von der Tür, als er auf mich zukam.

Hinter mir stand eine Reihe Münztelefone. Teils zur Tarnung und teils aus Verzweiflung drehte ich mich zu dem ersten Telefon um und wuchtete das Telefonbuch nach oben, das an das metallene Bord darunter angekettet war. Ich suchte hastig nach Buckys Nummer, während der Kerl hinter mir aus dem Laden herauskam. Von der Seite beobachtete ich ihn, wie er die Halle durchquerte und sich zu der Frau gesellte, die jetzt mit dem Rücken zu mir am Ticketschalter stand, den Matchsack zu ihren Füßen. Woher war sie gekommen? Vermutlich von der Damentoilette. Sie hatte ihren Regenmantel ausgezogen, der ihr nun zusammengefaltet über den Arm hing. Der Passagier vor ihr hatte seine Angelegenheiten erledigt, und sie ging an den Schalter, wo sie einen großen, weichen Koffer auf die Waage stellte. Sie streckte einen Fuß nach hinten und schob den Matchsack vorwärts, bis er neben ihr am Schalter lehnte.

Die Schalterangestellte begrüßte sie, und die beiden wechselten ein paar Worte. Während die Angestellte auf ihrer Computertastatur herumtippte, griff die Frau an ihr vorbei und nahm sich aus einem Behälter auf der Theke einen kartonierten Gepäckanhänger. Sie füllte ihn aus und reichte ihn dann der Schalterangestellten, die gerade dabei war, das Ticket auszustellen. Die Frau legte ein Bündel Geldscheine hin, die die Angestellte zählte und verstaute. Sie brachte den Gepäckanhänger sowie einen Abholaufkleber am Koffer der Frau an und legte ihn dann auf das Förderband. Das fahrende Gepäckstück wurde durch eine kleine Öffnung weggeschafft wie ein Sarg auf dem Weg in die Flammen. Die beiden brachten ihre Transaktion zum Abschluß, und die Schalterdame reichte der Frau den Umschlag mit den Tickets über die Theke.

Als die Frau sich zu ihrem Begleiter umdrehte, konnte ich erkennen, daß sie im sechsten oder siebten Monat schwanger war. War sie seine Tochter? Sie war wesentlich jünger als der Mann neben ihr: Anfang bis Mitte Dreißig, mit grell kastanienrotem Haar, das sie oben zu einem wirren Knoten aufgetürmt trug. Ihr Teint besaß die käsige Färbung von zuviel Make-up, das mit einem Hauch Puder überstäubt war, wodurch ihr Gesicht leicht schmutzig wirkte. Ihre Umstandskluft war eines dieser übergroßen blaßblauen Jeanskleider mit kurzen Ärmeln und einer tief angesetzten Taille, unter der sich ihr

Bauch abzeichnete. Unter dem Kleid hatte sie ein riesiges weißes T-Shirt mit langen Ärmeln an. Dazu trug sie rot-weiß gestreifte Strümpfe und rote Tennisschuhe mit hohem Schaft. Das Kleid hatte ich schon einmal in einem Gartenartikelkatalog gesehen. Dieser Stil war beliebt bei ehemaligen Hippies, die Drogen und Gruppensex gegen organisches Gemüse und Kleidung aus Naturfasern eingetauscht hatten.

Der Typ nahm den Matchsack, und die beiden schritten beiseite, als der nächste Passagier aus der Reihe an den Schalter trat. Er stellte den Matchsack wieder ab, und sie blieben auf der Seite stehen und machten einsilbige Bemerkungen. Die beiden würden gleich ein Flugzeug besteigen, und was sollte ich nun tun? Eine vorläufige Festnahme als Privatperson vorzunehmen, erschien mir reichlich heikel. Ich konnte nicht einmal beschwören, daß eine Straftat begangen worden war. Aber andererseits – was hatte dieser Typ sonst in Johnny Lees Wohnung zu suchen? Ich war lange genug bei der Polizei gewesen, um einen Riecher für solche Dinge zu haben. Allem Anschein nach sollte der Matchsack aus dem Bundesstaat gebracht werden. Ich hatte keine Ahnung, ob das Pärchen vorhatte, nach Santa Teresa zurückzukehren, oder eine gesetzwidrige Flucht plante.

Ich wandte mich wieder dem Telefonbuch zu, blätterte aufgeregt durch die Seiten und sprach mit mir selbst. Komm schon, komm schon. Lawrence. Laymon. Ich fuhr mit dem Finger die Spalten entlang. Leason. Leatherman. Leber. Aha. Fünfzehn Eintragungen unter Lee, aber nur einer in der Bay Street. Bucyrus Lee. Bucky hieß Bucyrus? Ich fand einen Vierteldollar in meiner Jackentasche, warf ihn in den Schlitz und wählte die Nummer. Der Hörer wurde beim zweiten Klingeln abgenommen. »Hallo, Bucky?«

»Hier ist Chester. Wer spricht?«

»Kinsey...«

»Scheiße. Sie kommen besser gleich her. Hier ist der Teufel los.«

»Was ist denn passiert?«

»Wir sind von Rosie's zurückgekommen und haben Ray Rawson gefunden, wie er die Einfahrt entlangkroch. Das Gesicht voller Blut und die Hand auf die Größe eines Baseballhandschuhs angeschwollen. Zwei seiner Finger stehen seitlich ab und Gott weiß was noch alles. Irgend jemand ist noch einmal eingebrochen und hat den Hohlraum unter dem Küchenschränkchen aufgerissen...«

Über die Lautsprecheranlage ertönte eine Durchsage über einen Flug der American Airlines. »Einen Moment bitte«, sagte ich. Ich legte die Hand über die Sprechmuschel. Ich hatte keine Einzelheiten mitbekommen, aber es mußte der Aufruf für die Passagiere des Fluges nach Palm Beach sein. Aus dem Augenwinkel sah ich, wie der Typ den Matchsack nahm und zusammen mit der schwangeren Frau die Schalterhalle verließ und nach links auf den Flugsteig von American Airlines zuging. Ich merkte, wie mir das Herz klopfte. Ich wandte meine Aufmerksamkeit wieder Chester zu. »Ist Rawson außer Lebensgefahr?«

»He, hier wimmelt es von Streifenwagen, und die Sanitäter sind schon unterwegs. Er sieht nicht besonders gut aus. Was ist denn da für ein Lärm? Ich kann Sie kaum verstehen.«

»Deshalb rufe ich ja an. Ich bin am Flughafen«, sagte ich. »Ich habe einen Kerl mit einem Matchsack aus der Wohnung kommen sehen. Es sieht ganz danach aus, als wollten er und irgendeine Frau gleich in ein Flugzeug steigen. Ich habe ihn bis hierher verfolgt, aber wenn wir erst einmal diesen Sack aus den Augen verlieren, steht mein Wort gegen seines.«

»Warten Sie dort. Ich schnappe mir Bucky und komme raus. Bleiben Sie ihm auf den Fersen, bis wir da sind.«

»Chester, der Flug ist bereits *aufgerufen.* Wissen Sie, was er mitgenommen hat?«

»Ich habe keine Ahnung. Ich kann nicht einmal hinein, bis sie dort fertig sind. Wie steht's mit den Wachleuten am Flughafen? Können die Ihnen nicht helfen?«

»Was für Wachleute? Es ist kein einziger in Sicht. Ich bin hier ganz allein.«

»Mann, verflucht noch mal, tun Sie etwas.«

Ich ließ hastig die Möglichkeiten Revue passieren. »Garantieren Sie mir, daß Sie das Ticket bezahlen, dann folge ich ihm«, sagte ich.

»Wohin?«

»Der Flug geht nach Palm Beach mit einem Zwischenstop in Dallas. Entscheiden Sie sich, in zwei Minuten ist er nämlich von hier verschwunden.«

»Machen Sie's. Wir einigen uns später. Rufen Sie mich an, sobald es geht.«

Ich knallte den Hörer auf und überflog im Vorbeigehen den Monitor. Neben der angezeigten Abflugzeit für den American-Airlines-Flug 508 blinkte fröhlich das Wort *abflugbereit*. Die wartenden Passagiere hatten die Schalterhalle verlassen und sammelten sich nun vor dem Flugsteig. Ich trottete durch die Halle zum Ticketschalter von American Airlines. Eine der beiden Angestellten war mit einem Kunden beschäftigt, doch die andere bemerkte mich. »Sie können gern zu mir kommen.«

Ich ging an ihren Schalter. »Gibt es in der Maschine nach Palm Beach noch freie Plätze?« Ich hatte keine Ahnung, ob das Pärchen nach Dallas oder nach Palm Beach unterwegs war, mußte aber letzteres annehmen, wenn ich vorhatte, ihnen auf den Fersen zu bleiben.

»Lassen Sie mich nachsehen, was wir haben. Ich weiß, daß der Flug nicht ausgebucht ist.« Sie begann rasch etwas in die Computertastatur vor ihr einzugeben und hielt inne, um die auf dem Bildschirm erscheinenden Daten abzulesen. »Wir haben siebzehn freie Plätze ... zwölf in der Touristenklasse und fünf in der ersten Klasse.«

»Was kostet ein Ticket in der Touristenklasse?«

»Vierhundertsiebenundachtzig Dollar.«

Das war nicht schlecht. »Und das ist hin und zurück?«

»Einfach.«

»Vierhundertsiebenundachtzig Dollar einfach?« Meine Stimme quiekte, als wäre ich soeben erst in die Pubertät gekommen.

»Ja, Ma'am.«

»Ich nehme es«, sagte ich. »Lassen Sie den Rückflugtermin offen. Ich weiß noch nicht, wie lange ich bleiben werde.« In Wirklichkeit wußte ich nicht einmal, wohin das Pärchen wollte. Ihr eigentliches Ziel könnte Mexiko, Südamerika oder weiß Gott was sein. Ich hatte zwar keine Pässe über die Theke wandern sehen, aber ich konnte die Möglichkeit nicht ausschließen. Da dies nicht dieselbe Angestellte war, die die Schwangere abgefertigt hatte, war es zwecklos, sie zu befragen. Ich holte meine Brieftasche hervor und entnahm ihr eine Kreditkarte, die ich auf die Theke legte. Sie schien die Klugheit meines impulsiven Entschlusses nicht in Frage zu stellen. O Mann. Chester mußte einfach dafür aufkommen, sonst war ich ruiniert.

»Möchten Sie am Gang oder am Fenster sitzen?«

»Am Gang. Möglichst weit vorne.« Das Pärchen könnte ja als erstes aussteigen, und dann wollte ich bereit sein, ihnen unverzüglich zu folgen.

Sie gab noch etwas ein und tippte entspannt vor sich hin. »Haben Sie Gepäck?«

»Nur Handgepäck«, antwortete ich. Ich wollte sie anschreien, daß sie sich beeilen sollte, aber es war zwecklos. Der Ticketdrucker begann zu rattern und zu brummen und produzierte mein Ticket, die Bordkarte und die Kreditkartenquittung, die ich an der bezeichneten Stelle unterschrieb. Ich merkte, wie ich leicht zu schielen begann, als ich sah, was ich bezahlt hatte. Das Ticket für Hin- und Rückflug in der Touristenklasse hatte mich ohne Vielfliegerbonus oder Vorverkaufsrabatt 974 Dollar gekostet. Ich überschlug rasch alles im Kopf. Das Limit für diese Kreditkarte lag bei 2500 Dollar, und ich zahlte immer noch Einkäufe ab, die ich im Sommer getätigt hatte. Meinen Berechnungen zufolge hatte ich jetzt noch ungefähr vierhundert Dollar übrig. Sei's drum. Es war ja nicht so, daß ich nicht noch Geld auf meinem Sparbuch gehabt hätte. Ich kam nur zu dieser späten Stunde nicht dran.

Ich nahm den Umschlag mit meinem Ticket, dankte der Angestellten und eilte vorne aus der Schalterhalle heraus und weiter zu Flugsteig 6, wo ich meine Handtasche auf das Förderband stellte, das sie durch das Röntgengerät schleuste. Ich nahm Johnnys Schlüssel aus meiner Hosentasche und steckte ihn in die Handtasche. Ohne Zwischenfall passierte ich den Metalldetektor und nahm meine Tasche auf der anderen Seite wieder entgegen. Passagiere der ersten Klasse und Eltern mit kleinen Kindern waren zuerst abgefertigt worden und hatten das Flughafengebäude bereits verlassen. Ich konnte sehen, wie sie über den Asphalt auf das wartende Flugzeug zuschlenderten. Mittlerweile war das Einsteigen in vollem Gange, und ich stellte mich ans Ende der sich langsam vorwärts bewegenden Schlange. Der Mann im Stetson war deutlich zu sehen.

Etwa sechs Passagiere vor mir stand das Pärchen nebeneinander und sprach wenig oder gar nichts. Sie hielt mittlerweile die Illustrierten, und er trug den Matchsack. Ihr Verhalten zueinander wirkte angespannt, und ihre Gesichter waren leblos. Ich sah keine Anzeichen für Zuneigung, abgesehen von dem Bauch, der zumindest auf eine Runde Intimität vor sechs oder sieben Monaten schließen ließ. Vielleicht waren sie wegen des Babys gezwungen gewesen, zu heiraten. Was auch immer die Erklärung dafür war, die emotionale Dynamik zwischen ihnen schien abgestorben zu sein.

Als sie am Flugsteig angekommen waren, reichte der Mann ihr den Matchsack und sagte etwas. Sie murmelte ohne ihn anzusehen eine Antwort. Sie wirkte abwesend, und ihre Reaktion auf ihn war unübersehbar frostig. Er legte ihr einen Arm um die Schulter und gab ihr einen Kuß auf die Wange. Dann trat er zurück, steckte die Hände in die Taschen und sah zu, wie sie jemandem vom Bodenpersonal ihre Bordkarte gab und mit dem Matchsack in der Hand hinausging. Oh-oh, was nun? Er wartete vor dem Flugsteig, bis sie nicht mehr zu sehen war. Ich zögerte und erwog meine Alternativen. Ich konnte immer noch ihn verfolgen, aber der Punkt war der Matchsack, zumindest bis ich wußte, was darin steckte. Wenn die Beute erst einmal weg war, wie sollte man sie dann jemals zu ihrem Ursprung zurückverfolgen?

Der Mann drehte sich in meine Richtung um und ging auf den Ausgang zu. Er fing ganz kurz meinen Blick auf, bevor ich wegsehen konnte. Ich sah ihn noch einmal an und machte eine mentale Fotografie seines mißmutigen Gesichts und der Narbe am Kinn, einer tief eingegrabenen weißen Linie, die an seiner Unterlippe begann und sich seinen Hals hinabzog. Entweder war er durch ein Fenster gefallen, oder jemand hatte ihm das Gesicht aufgeschlitzt.

Jemand vom Bodenpersonal nahm mein Ticket entgegen und reichte mir den Abschnitt meiner Bordkarte zurück. Wenn ich noch aussteigen wollte, dann jetzt. Vor mir, auf der anderen Seite des schlecht beleuchteten Asphaltstreifens, sah ich, wie die Schwangere oben an der fahrbaren Treppe anlangte und durch die Tür ins Flugzeug stieg. Ich holte tief Luft und schritt auf den Asphalt hinaus, wo ich die freie Fläche zur Treppe überquerte. Die Luft war frisch, und der ständige Wind, der die Rollbahn entlangwehte, schnitt durch den Stoff meines Tweedblazers. Ich stieg die fahrbare Treppe hinauf, und dabei klirrten meine Schuhe auf den Metallstufen.

Ich war schon froher gestimmt, nachdem ich die Schwelle zu der 737 überschritten hatte und in die erleuchtete Wärme ihres Inneren getreten war. Ich warf einen Blick auf die drei Passagiere der ersten Klasse, doch die Schwangere war nicht unter ihnen. Ich sah nach der Platznummer auf dem Abschnitt meiner Bordkarte: 10D, vermutlich über der Tragfläche auf der linken Seite des Flugzeugs. Während ich darauf wartete, daß die

Passagiere vor mir ihre Reisetaschen verstauten und es sich auf ihren Sitzen gemütlich machten, gelang es mir, meine Blicke über die ersten Reihen der Touristenklasse schweifen zu lassen. Sie saß acht Reihen weiter hinten auf einem Fensterplatz auf der rechten Seite. Sie hatte eine Puderdose herausgeholt und äugte in den Spiegel. Dann zog sie ein Fläschchen Make-up hervor, schraubte es auf und tupfte sich Beige auf die Wangen, das sie anschließend verteilte.

Die meisten der auf Augenhöhe gelegenen Gepäckfächer standen offen. Ich bewegte mich vorwärts und wartete darauf, daß der Student vor mir eine Leinentasche von den Ausmaßen eines Sofas in das Fach legte. Als ich an der achten Reihe vorbeikam, sah ich den Matchsack, halb verborgen vom zusammengelegten Regenmantel der Schwangeren, wobei beide Stücke zwischen einen prallvollen Kleidersack aus Segeltuch, eine Aktentasche und ein Gepäckwägelchen gequetscht waren – genau die Gegenstände, die dazu prädestiniert waren, bei der Landung herauszufallen und einem auf den Kopf zu donnern. Wenn ich die Nerven gehabt hätte, hätte ich den Matchsack einfach herausgezogen, mitgeschleppt und unter meinen Sitz gestopft, bis ich Zeit gehabt hätte, seinen Inhalt zu untersuchen. Die Schwangere blickte in meine Richtung. Ich wandte mich ganz beiläufig von ihr ab.

Ich nahm meinen Platz ein und schob meine Umhängetasche unter den Sitz vor mir. Die beiden Plätze neben mir waren frei, und ich sandte kleine fluglinienartige Gebete nach oben, daß ich die Reihe für mich behalten würde. Notfalls konnte ich die Armlehnen hochklappen und mich zu einem Nickerchen ausstrecken. Genau in diesem Moment erhob sich die Schwangere und trat auf den Gang hinaus, wo sie ins Gepäckfach griff. Sie schob den Kleidersack beiseite und kramte ein gebundenes Buch aus einer Außentasche des Matchsacks. Die Stewardeß ging hinter ihr den Gang entlang und schloß sämtliche Gepäckfächer mit einer Reihe kleiner Knalle.

Kurz nachdem die Türen geschlossen worden waren, stellte sich die Stewardeß vor die Versammelten und gab detaillierte Anweisungen, einschließlich einer praktischen Demonstration, wie die Sicherheitsgurte zu schließen und zu öffnen seien. Ich fragte mich, ob sich irgend jemand unter den Anwesenden befand, den das noch beeindruckte. Außerdem erklärte sie, was zu tun war, wenn wir davorstanden, zertrümmert, zermalmt und verbrannt zu werden, weil wir bei hoher Geschwindigkeit aus unserer Flughöhe von achttausend Metern geradewegs nach unten auf die Erdoberfläche stürzten. Mir erschien die kleine herabhängende Sauerstoffmaske bedeutungslos, aber offenbar fühlte sie sich besser, wenn sie uns Tips für die Anwendung dieses Dings gab. Um uns von der Möglichkeit unseres Ablebens unterwegs abzulenken, versprach sie uns einen Getränkewagen und einen Happen zu essen, wenn wir erst einmal in der Luft wären.

Das Flugzeug rollte vom Flughafengebäude weg und hinaus auf die Rollbahn. Nach einer Pause begann die Maschine vorwärtszubrausen und gewann ganz zielstrebig an Geschwindigkeit. Wir rumpelten und ruckelten, was das Zeug hielt. Das Flugzeug erhob sich in den Nachthimmel, und die Gebäude unter uns wurden rasch kleiner, bis nur noch ein planloses Lichtgitter zurückblieb.

7

Ich sah in die Tasche am Sitz vor mir: Kotztüte, beschichtete Karte mit Anweisungen für den Notfall in Comicfassung, ein langweiliges Fluglinienmagazin und ein Geschenkkatalog für den Fall, daß ich meine Weihnachtseinkäufe in der Luft tätigen wollte. Es würde eine lange Reise werden, und das ohne meinen zuverlässigen Leonard-Krimi. Ich merkte, wie mein Blick langsam wieder zu der Schwangeren wanderte, die auf der anderen Seite des Gangs zwei Reihen vor mir saß. Auf diese Entfernung konnte ich nur einen Teil ihres Gesichts sehen. Das Gewirr rotbraunen Haares weckte in mir den Drang, mit einer Bürste auf sie loszugehen.

Ich konnte immer noch nicht fassen, daß ich das tat. Ich beschloß, lieber erst einmal meine Bestände zu überprüfen, um meine Situation einschätzen zu können. Ich hatte die Kleider, die ich trug, also meine Reeboks und Socken, Unterwäsche, Jeans, Rollkragenpullover und Blazer. Ich steckte die Hände in meine Jackentaschen und fand die Kinokarte von letzter Woche, zwei Vierteldollars und einen Kugelschreiber sowie eine Büroklammer. Ich befühlte meine rechte Hosentasche, die leer war. In der anderen befand sich ein zerknülltes Papiertaschentuch, das ich herausfischte und dazu benutzte, mich zu schneuzen. Eines nach dem anderen holte ich die Dinge aus meiner Handtasche und legte sie auf den Sitz neben mir. Ich hatte meine Brieftasche mit dem kalifornischen Führerschein und meine Lizenz als Privatdetektivin; zwei Kreditkarten von größeren Gesellschaften, von denen die eine bis 2500 Dollar belastet werden konnte (abzüglich des bereits ausgenutzten Betrags natürlich), und die andere, wie ich soeben bemerkte, abgelaufen war. Tja, verdammt. Ich hatte 46 Dollar und 52 Cents in bar, meine Telefonkreditkarte und eine Servicekarte für den Geldautomaten, die außerhalb Kaliforniens nutzlos war. Wo war mein Scheckheft? Ah, es lag zu Hause auf meinem Schreibtisch, wo ich Rechnungen bezahlt hatte. Ich mußte feststellen, daß einem Tugend gar nichts nützt, wenn man in der Klemme sitzt. Hätte ich meine Schulden ignoriert, hätte ich mein Scheckheft dabei, was mein verfügbares Guthaben um drei- bis vierhundert Dollar erhöhen würde. Im Innenfach meiner Brieftasche steckten meine Dietriche, die sich für Spontan-Jetsetter stets als hilfreich erwiesen.

Darüber hinaus besaß ich eine Zahnbürste und Zahnpasta und die saubere Unterhose, die ich immer dabeihabe. Außerdem hatte ich mein Schweizer Offiziersmesser, meine Sonnenbrille, einen Kamm, einen Lippenstift, einen Korkenzieher, den Schlüssel aus Johnnys Safe, zwei Stifte und den alten Einkaufszettel, auf dem ich die Autonummer des Taurus notiert hatte, ein kleines Fläschchen Aspirin und meine Antibabypillen. Was auch immer sonst geschehen mochte, ich würde jedenfalls nicht schwanger werden, also warum machte ich mir Sorgen? Schließlich hatte ich Urlaub und keinerlei sonstige dringende Verpflichtungen.

Ich hatte nicht die leiseste Idee, was ich tun sollte, wenn wir landeten. Vermutlich würde ich warten und beobachten, was meine Reisegefährtin vorhatte. Wenn sie das Land verließ, konnte ich rein gar nichts dagegen unternehmen, da ich nämlich meinen Paß nicht dabeihatte. Vermutlich könnte ich mit dem Führerschein nach Mexiko einreisen, aber das wollte ich nicht. Ich hatte zu viele Geschichten über mexikanische Gefängnisse gehört. Positiv war zu vermerken, daß mein Rückflug bezahlt war und ich mich jederzeit in ein Flugzeug setzen und nach Hause fliegen konnte. In der Zwischenzeit war das Schlimmste, was passieren konnte, daß ich mich lächerlich machte... erfahrungsgemäß nicht das erste Mal.

Sowie das Bitte-anschnallen-Schild ausgegangen war, löste ich meinen Gurt und suchte mir in dem Fach über den Sitzen ein Kissen und eine Decke. Ich ging in den hinteren Teil des Flugzeugs und benutzte die sanitären Anlagen an Bord, wusch mir die Hände, besah meine Erscheinung im Spiegel und nahm mir auf dem Rückweg zu meinem Platz eine Ausgabe von *Time* mit. Der Pilot meldete sich über die Bordsprechanlage und sagte in beruhigendem Ton ein paar pilotentypische Dinge. Er erzählte uns etwas über unsere Flughöhe, das Wetter und die Flugroute sowie unsere voraussichtliche Ankunftszeit.

Der Getränkewagen kam vorbei, und ich leistete mir für drei Dollar schlechten Wein. Ich konnte es kaum erwarten, meinen Vierhundertsiebenundachtzig-Dollar-Snack zu verspeisen, der sich als eine Cocktailtomate, ein Zweiglein Petersilie und ein »delikat belegtes« Brötchen im Format eines Briefbeschwerers entpuppte. Als Dessert gab es eine folienverpackte Schokoladenwaffel. Nachdem wir abgefüttert waren, wurde das Licht in der Kabine gedämpft. Die Hälfte der Passagiere entschied sich für Schlafen, während die andere Hälfte die Leselämpchen einschaltete und entweder las oder Akten bearbeitete. Fünfundvierzig Minuten verstrichen, und dann ging auf einmal die Schwangere an meinem Sitz vorbei.

Ich wandte mich um und sah interessiert zu, wie sie auf die beiden Toiletten im hinteren Teil des Flugzeugs zusteuerte. Ich musterte die anderen Passagiere in der unmittelbaren Umgebung. Die meisten schliefen. Niemand schien mir die geringste Aufmerksamkeit zu schenken. Sowie die Frau die Toilette hinter sich abgesperrt hatte, schob ich mich aus meinem Sitz und ging zwei Reihen weiter vor, wo ich mich auf dem Gangplatz zwei Sitze neben ihrem niederließ. Ich tat kurz so, als sähe ich in die am Sitz angebrachte Tasche und suchte nach etwas, das sich dort befinden müßte. Ich besaß nicht die Zeit (oder die Kühnheit), den Matchsack herunterzuholen. Die Frau hatte offenbar ihre Handtasche mitgenommen – nicht sehr vertrauensvoll von ihr –, und so konnte ich deren Inhalt nicht durchwühlen. Ich sah in ihre Sitztasche. Nichts von Interesse. Das einzige, was sie liegengelassen hatte, war der gebundene Roman von Danielle Steel, der nun zugeklappt auf dem mittleren Sitz lag. Ich sah auf das Vorsatzblatt, doch es war kein Name in das Buch geschrieben worden. Ich bemerkte, daß sie ihre Bordkarte als Lesezeichen verwendete. Ich zog sie heraus, schob den Abriß in meine Jackentasche und kehrte an meinen Platz zurück. Niemand kreischte auf, zeigte mit dem Finger auf mich oder verriet mich postwendend.

Nur Momente später kam die Schwangere auf dem Rückweg zu ihrem Platz erneut an mir vorbei. Ich sah, wie sie ihr Buch in die Hand nahm. Sie erhob sich zur Hälfte und sah unter ihrem

Sitzkissen nach, beugte sich dann herab und suchte unter dem Sitz nach der fehlenden Bordkarte. In der Luft über ihrem Kopf konnte ich das Fragezeichen beinahe entstehen sehen, wie eine Wolke. Sie zuckte leicht mit den Schultern. Dann stand sie wieder auf und nahm ein Kissen und eine winzige Decke aus dem Gepäckfach über ihr, schaltete das Licht aus und machte es sich mit der Decke über dem Oberkörper auf ihrem Sitz bequem.

Ich zog den Abriß ihrer Bordkarte aus meiner Jackentasche und las die Minimalinformation, die darauf abgedruckt war. Ihr Name war Laura Huckaby, ihr Zielort Palm Beach.

Dallas/Fort Worth liegt in der zentralen Zeitzone, zwei Stunden vor uns. Nach gut drei Stunden in der Luft war es 1.45 Uhr, als wir endlich landeten. Wenige Minuten vor unserer Ankunft meldete sich die Stewardeß über die Sprechanlage und gab die Nummern der Flugsteige für verschiedene Anschlußflüge bekannt. Außerdem teilte sie uns mit, daß das Flugzeug etwa eine Stunde und zehn Minuten Aufenthalt hätte, bevor Flug 508 nach Palm Beach fortgesetzt wurde. Falls wir das Flugzeug verlassen wollten, müßten wir zum Wiedereinsteigen unsere Bordkarten bei uns haben. Die arme Laura Huckaby hatte nun dank meiner Bosheit keine Bordkarte mehr. Ich beobachtete sie schuldbewußt und rechnete damit, daß sie ein besorgtes Gespräch mit der Stewardeß führen oder einfach unglücklich auf ihrem Platz sitzen bleiben würde, bis das Flugzeug wieder startete.

Statt dessen erhob sie sich, kaum daß die Maschine am Terminal haltgemacht hatte und das Bitte-anschnallen-Schild ausgegangen war, griff sich ihren Regenmantel und den Matchsack, schob das Buch in die Außentasche und schloß sich der langsam vorwärtsschreitenden Schlange aussteigender Passagiere an. Ich wußte nicht, was ich davon halten sollte, war aber gezwungen, ihr zu folgen. Wir stapften alle durcheinander die Rampe hinunter, ein buntes Sortiment erschöpfter nächtlicher Reisender. Die wenigen Passagiere mit Reisetaschen strömten auf die Ausgänge zu, doch die meisten gingen zur Gepäckabholung. Ich behielt Laura Huckaby fest im Blick. Ihr kastanienrotes Haar war im Schlaf plattgedrückt worden, und die Rückseite ihres Jeanskleids war von Querfalten überzogen. Sie hatte immer noch den Regenmantel über dem Arm hängen, mußte jedoch zweimal innehalten, um den Matchsack von einer Hand in die andere zu nehmen. Wohin wollte sie? Dachte sie, das hier sei Palm Beach?

Der Flughafen von Dallas/Fort Worth war in neutralen und beigen Farbtönen gehalten und mit erdfarbenen Fliesen ausgelegt. Die Korridore waren breit und zu dieser frühen Stunde still. Eine Gruppe asiatischer Geschäftsleute wurde in einem surrenden Elektrowagen an uns vorbeigekarrt, der in regelmäßigen Abständen piepte, um unachtsame Fußgänger zu warnen. Die Deckenbeleuchtung ließ uns alle gelbsüchtig aussehen. Die meisten Ladengeschäfte waren vergittert und finster. Wir passierten ein Restaurant und eine Kombination aus Zeitschriften- und Geschenkladen, wo es gebundene Bücher und Taschenbücher gab, Hochglanzillustrierte, Zeitungen, texanische Grillsaucen, Tex-Mex-Kochbücher und T-Shirts mit Texas-Logos. Die Gepäckabholung für Flug 508 tauchte hinter einer Drehtür auf. Laura Huckaby schob sich vor mir hindurch und zögerte dann auf der anderen Seite, als müßte sie sich erst zurechtfinden. Zuerst dachte ich, sie hielte nach jemandem Ausschau, doch das schien nicht der Fall zu sein.

Ich ging an ihr vorbei und hinüber zu dem Karussell, auf dem das Gepäck ankommen würde. Mir war nicht klar, was sich abspielte. Hatte sie seit jeher geplant, hier schon auszusteigen? War ihr Koffer bis nach Palm Beach aufgegeben worden oder nur bis Dallas/Fort Worth? Eine Reihe aneinanderhängender Chrom-Kunstleder-Stühle stand zur Linken. In einer Ecke war ein Fernsehgerät oben an der Wand angebracht, und die meisten Köpfe reckten sich in diese Richtung. In schreienden Farben war ein jüngst erfolgter Flugzeugabsturz zu sehen, und in einer grell beleuchteten Landschaft stieg der schwarze Rauch noch von dem verkohlten Flugzeugrumpf auf. Die Reporterin sprach direkt in die Kamera. Sie trug einen Mantel aus Kamelhaar, und Schnee umwehte sie. Der Wind peitschte durch ihr Haar und färbte ihre Wangen leuchtend rot. Der Ton war kaum hörbar, aber uns war allen klar, wovon die Rede war. Ich ging zum Trinkbrunnen hinüber und trank ausgiebig und geräuschvoll.

Aus dem Augenwinkel sah ich, wie Laura Huckaby auf das an der Wand befestigte Telefonbuch zuging, wo sie eine Liste von Hinweisen dafür durchlas, wie man den Zubringerdienst für die zahlreichen Hotels in der Umgebung rief. Sie griff nach dem Telefonhörer und drückte vier Ziffern. Ein kurzes Gespräch folgte. Ich wartete, bis sie wieder aufgelegt hatte, setzte mich auf ihre Spur und folgte ihr, als sie auf die Rolltreppe zuging. Wir fuhren ins Erdgeschoß hinab, wo wir mehrere Glastüren durchschritten.

Die Nachtluft draußen war erstaunlich kalt. Trotz der künstlichen Beleuchtung lag eine umfassende Düsternis über dem Abholplatz. Zwischen Gehsteig und Gebäude waren Landschaftsgärtner am Werk gewesen. Die gesamte gelbbraune Fassade entlang waren in akkurat angeordneten Abständen Grasbüschel gepflanzt, wie die Bäusche bei einer Haartransplantation. Ich ging bis zu der Stelle, wo das Schild »Hotelzubringer« stand, drehte mich um, wartete und sah geduldig die Straße hinunter. Laura Huckaby und ich nahmen keinen Blickkontakt auf. Sie wirkte müde und besorgt und zeigte keinerlei Interesse an ihren Mitreisenden. Einmal stöhnte sie auf und preßte sich eine Faust ins Kreuz. Zwei weitere Personen gesellten sich zu uns: ein untersetzter Herr in einem Geschäftsanzug, der eine Aktentasche und einen Kleidersack schleppte, und ein junges Mädchen in einem Skiparka mit einem vollgestopften Rucksack. Ein paar Autos fuhren mit solcher Geschwindigkeit vorbei, daß uns eine Brise aus Auspuffgasen um die

Füße wirbelte. Zu dieser frühen Morgenstunde hatte der Luftverkehr abgenommen, aber ich konnte immer noch hin und wieder das dumpfe Dröhnen von Jets beim Abheben hören.

Nach und nach fuhren mehrere Hotelzubringer an uns vorbei. Sie versuchte nicht, einen davon anzuhalten, ebensowenig wie die anderen beiden, die mit uns warteten. Endlich kam ein roter Kleinbus um die Ecke gefahren. Auf der Seite stand neben einer symbolischen Schloßsilhouette in schwungvollen Goldbuchstaben *The Desert Castle*. Laura Huckaby hob die Hand und winkte dem Wagen. Der Fahrer sah die Geste und hielt am Straßenrand. Er stieg aus dem Bus und half dem Geschäftsmann mit seinem Gepäck, während sie und ich einstiegen und der Geschäftsmann uns folgte. Die junge Frau mit dem Rucksack blieb, wo sie war, den Blick nach wie vor ängstlich auf herannahende Fahrzeuge gerichtet. Ich setzte mich auf einen Platz am hinteren Ende des verdunkelten Busses. Laura Huckaby nahm schließlich vorne Platz und stützte erschöpft die Wange auf die Handfläche. Der größte Teil ihres Haares hatte sich aus dem Knoten auf ihrem Kopf gelöst.

Der Fahrer kehrte zu seinem Platz zurück und schloß die Tür. Dann nahm er ein Klemmbrett zur Hand und drehte sich halb zu uns um, um die Namen auf seiner Liste zu bestätigen.

»Wheeler?«

»Hier.« Das war der Geschäftsmann im Straßenanzug.

»Hudson?«

Zu meinem Erstaunen hob Laura Huckaby die Hand. Hudson? Wie war es dazu gekommen? Interessante Entwicklung. Nicht genug damit, daß sie in einer Stadt das Flugzeug verlassen hatte, die gar nicht ihr ursprünglicher Zielort war, hatte sie offenbar auch unter einem anderen Namen ein Hotelzimmer reserviert. Was versuchte sie hier zu drehen?

»Ich bin mit jemandem verabredet«, sagte ich als Antwort auf seinen fragenden Blick.

Der Fahrer nickte, legte das Klemmbrett beiseite, legte einen Gang ein und fuhr los. Wir folgten einem komplizierten Kurs aus kreuz und quer verlaufenden Fahrspuren um das Flughafengebäude herum und rasten schließlich durch offenes Land. Die Gegend war flach und sehr, sehr dunkel. Hin und wieder schoß ein erleuchtetes Gebäude wie eine schimmernde Fata Morgana aus der Schwärze. Wir fuhren an etwas vorüber, was die Restaurantzeile gewesen sein muß: ein Steakhaus nach dem anderen, so bunt beleuchtet wie eine der Hauptstraßen von Las Vegas. Schließlich kam ein großes Hotel für Geschäftsreisende in Sicht, eine dieser geschmacklosen Bettenburgen, bei denen der Zimmerpreis – Einzelzimmer $ 69,95 – gleich unterhalb des Namens steht. Die roten Neonbuchstaben des Desert Castle schienen sich von Farbe zu leeren und gleich wieder zu füllen. Im Negativ stand auf dem Schild SCHLUMMERN WIE EIN ALTER RITTER. Oh, bitte. Das Logo bestand aus den Umrissen zweier grüner Neonpalmen, die einen roten Neonturm mit Zinnen flankierten.

Wir passierten eine Oase mit hohen Palmen, die um eine Attrappe des auf dem Hotelgebäude abgebildeten Turms herumstanden, ein Bauwerk aus falschem Stein mitsamt einem leeren Burggraben und einer Zugbrücke. Als der Zubringerbus am Zu- und Aussteigeplatz für Hotelgäste anhielt, blieb ich zurück, bis man Laura Huckaby (alias Hudson) aus dem Wagen geholfen hatte. Es schienen keine Pagen im Dienst zu sein. Der Mann im Straßenanzug nahm seine Aktentasche und seinen Kleidersack. Wir drei betraten durch Drehtüren die Hotelhalle, ich als letzte. Außer dem Matchsack hatte Laura Huckaby kein Gepäck.

Drinnen kam das »Merrie-aulde-England«-Motiv zu voller Geltung. Alles war karmesinrot und golden, schwere Samtportieren, Zinnen aus Stuck und Tapisserien an Metallspießen, die aus den »Schloßmauern« ragten. Neben den Aufzügen wies ein Pfeil den Weg zu den Toiletten, die mit »Knappen« und »Mägde« bezeichnet waren. An der Rezeption sorgte ich dafür, daß ich als dritte an die Reihe kam, da ich Laura Huckabys Aufmerksamkeit nicht auf mich lenken wollte. Angesichts der Zimmerpreise konnte ich mir einen Aufenthalt von vielleicht zwei Nächten leisten, müßte mich aber bei zusätzlichen Ausgaben zurückhalten. Ich hatte keine Ahnung, wie lange Laura Huckaby hier bleiben würde. Sie brachte die Anmeldeformalitäten hinter sich und ging mit dem Matchsack im Schlepptau auf die Aufzüge zu. Indem ich den Hals etwas reckte, konnte ich erkennen, daß über den Aufzügen eine Reihe waagerechter Lichter angebracht waren, die anzeigten, wo sich der Aufzug gerade aufhielt. Sie betrat den ersten Aufzug, und als sich die Türen hinter ihr geschlossen hatten, murmelte ich niemand Bestimmtem »Bin gleich wieder da« zu und eilte dorthin. Das rote Licht schritt systematisch von einer Etage zur anderen weiter und blieb bei der zwölften stehen.

Ich kam in dem Moment an die Rezeption zurück, als der Mann vor mir mit seiner Anmeldung fertig war und zu den Aufzügen ging. Ich trat an die Theke. Angesichts der Dekoration hätte ich erwartet, daß die Angestellte einen Schleier oder wenigstens ein Mieder trug. Statt dessen hatte sie das klassische Hotel-Ensemble an: weiße Bluse, marineblauer Blazer und ein schlichter marineblauer Rock. Auf ihrem Namensschild stand Vikki Biggs, Nachtdienst. Sie war Mitte Zwanzig, vermutlich neu hier und deshalb zur Nachtschicht abkommandiert worden. Sie gab mir ein Formular zum Ausfüllen. Ich kritzelte Namen und Adresse hin und sah ihr zu, wie sie eine Kreditkartenquittung ausstellte.

Sie warf einen Blick auf die Adresse, als sie die Quittung an das Anmeldeformular heftete. »Mein Gott. Heute nacht kommen aber auch alle aus Kalifornien«, sagte sie. »Die andere Frau kam auch aus Santa Teresa.«

»Ich weiß. Wir reisen zusammen. Sie ist meine Schwägerin. Könnten Sie mir vielleicht ein Zimmer auf demselben Stockwerk wie ihr geben?«

»Mal sehen, was sich machen läßt«, meinte sie. Sie tippte ein paar Zeilen in die allgegenwärtige Tastatur ein und betrachtete nachdenklich den Bildschirm. Manchmal möchte ich mich über die Theke lehnen und selbst nachsehen. Aus Vikkis Perspektive waren die Neuigkeiten nicht so günstig. »Tut mir leid, aber dieses Stockwerk ist voll. Ich habe noch ein Zimmer im achten.«

»Ist mir recht«, sagte ich. Und dann, wie nachträglich: »Welche Zimmernummer hat sie?« Als hätte Vikki Biggs sie soeben erwähnt, und sie wäre mir lediglich entfallen.

Ms. Biggs war nicht auf den Kopf gefallen. Offensichtlich hatte ich soeben im Hotelmanagement streng verbotenes Terrain betreten. Sie verzog mit einem bedauernden Blick den Mund. »Ich darf leider keine Zimmernummern herausgeben. Aber ich sage Ihnen was: Sie können sie ja anrufen, wenn Sie auf Ihrem Zimmer sind. Die Vermittlung stellt Sie gerne zu ihr durch.«

»Oh, natürlich. Kein Problem. Ich kann mich auch später noch bei ihr melden. Ich weiß ja, daß sie genauso müde ist wie ich. Mit der Nachtmaschine zu fliegen ist zermürbend.«

»Das kann ich mir denken. Sind Sie geschäftlich hier oder auf Urlaub?«

»Ein wenig von beidem.«

Ms. Biggs steckte meinen Zimmerschlüssel in ein Mäppchen und schob beides über die Theke zu mir herüber. »Angenehmen Aufenthalt.«

Als ich mit dem Aufzug nach oben fuhr, wurde ich mit symphonischer Musik berieselt, während ich mich in dem Rauchglasspiegel musterte. »Du siehst ekelhaft aus«, sagte ich zu meinem Ebenbild. Im achten Stock war die Beleuchtung düster, und es herrschte Totenstille. Wie ein Dieb tappte ich den breiten, mit Teppichboden ausgelegten Flur entlang und schloß meine Tür auf. Der mittelalterliche Zierat erstreckte sich nicht bis hierher. Mit einemmal war ich aus dem England des vierzehnten Jahrhunderts im wilden und rauhen Westen angekommen, in einem Dekor, das noch von den Vorbesitzern übriggeblieben war. Das Zimmer war in gebrannten Orange- und Brauntönen gehalten und die Tapete wie eine Holztäfelung strukturiert. Die Tagesdecke war mit Kakteen und Sätteln gemustert und mit verschiedenen Rinderbrandzeichen bestickt. Ich sah mich rasch überall um, um meine Unterkunft würdigen zu können.

Rechts von der Tür befand sich ein doppeltüriger Wandschrank mit vier hölzernen Kleiderbügeln, einem Bügeleisen und einem etwa sechzig Zentimeter langen Bügelbrettlein mit kurzen Metallfüßen. Gegenüber war eine Ankleideecke mit Spiegel und Waschbecken, daneben hing rechts an der Wand ein Fön. Auf der Ablagefläche stand eine Kaffeemaschine für vier Tassen, dazu Zucker und Kaffeeweißer in Portionstüten. Ein Körbchen barg kleine Fläschchen mit Shampoo, Haarspülung und Körperlotion, außerdem ein kleines Nähset und eine Duschhaube in einem Schächtelchen. Im Badezimmer gab es eine Fiberglaswanne mit einer Duschvorrichtung, die etwa auf Nackenhöhe aus der Wand ragte. Der Duschvorhang aus Plastik war mit Hufeisen und sich aufbäumenden Wildpferden bedruckt. Dazu kamen eine Toilette, drei Badetücher, eine Badematte und eine dieser Badewanneneinlagen aus Gummi, die das Risiko eines üblen Sturzes und eines noch übleren Prozesses mindern sollen.

Es gab keine Minibar, aber ein Glas mit cellophanverpackten Bonbons in vier schreienden Farben. He, toll. Was für ein Luxus. Darüber hinaus war ich mit einem Telefon, einem Fernseher und einem Radiowecker gesegnet. Morgen früh würde ich Henry anrufen und mich über die neuesten Entwicklungen in Santa Teresa informieren. Bis dahin zog ich die Vorhänge zu und schälte mich aus meinen Kleidern, die ich ordentlich auf die magere Auswahl an Kleiderbügeln hängte. Aus Gründen der Hygiene wusch ich mit einem Klumpen Haarshampoo mein Höschen aus, solange ich noch dazu kam. Im Notfall konnte ich den Fön und das Bügeleisen dazu verwenden, es zu trocknen, bevor ich es wieder anzog. Ein kurzer Anruf bei American Airlines sagte mir, daß es bis später am Tag keinen einzigen Flug von Dallas nach Palm Beach gab, was hieß, daß Laura die Nacht hier verbringen würde.

Es war fast halb vier Uhr morgens, als ich das Bitte-nicht-stören-Schild außen an die Tür hängte und nackt zwischen die Laken schlüpfte. Ich sank nahezu auf der Stelle in einen tiefen, friedlichen Schlaf. Wenn Laura Huckaby trickreich war und irgendwann im Laufe der nächsten acht Stunden das Hotel verließ, konnte ich es vergessen. Dann würde ich mich in ein Flugzeug setzen und nach Hause fliegen.

Ich wachte um die Mittagszeit auf und benutzte meine Reisezahnbürste, um den Pelz aus meinem Mund zu entfernen. Ich duschte, wusch mir die Haare und stieg wieder in die Kleider vom Vortag, wobei ich meine Ersatzunterhose anzog, da mein frisch gewaschenes Höschen noch feucht war. Dann gönnte ich mir ein kräftiges Mahl aus heißem Kaffee mit zwei Tütchen Zucker und Kaffeeweißer pro Tasse sowie vier Bonbons, zwei Orange und zwei Kirsch. Als ich schließlich die Vorhänge aufzog, wankte ich vor der grellen texanischen Sonne zurück. Vor dem Fenster konnte ich trockenes, flaches Land sehen, das sich fast ohne einen Baum oder Busch bis zum Horizont erstreckte. Lichtblitze schossen vom einzigen anderen Gebäude in Sicht herüber: einem Bürokomplex mit verspiegelter Fassade auf der anderen Seite der Sackgasse. Zur Rechten verschwand eine vierspurige Schnellstraße in beiden Richtungen, ohne irgendeinen Hinweis darauf, wohin sie zur einen oder anderen Seite führte. Das Hotel war offenbar inmitten eines Gewerbe-/Industrieparks mit nur einem einzigen anderen Bewohner gebaut worden. Während ich noch hinaussah, tauchte zu meiner Linken eine Gruppe Läufer auf. Sie sahen aus wie Kinder, vielleicht aus den mittleren Klassen, in jenem Wachstumsstadium, in dem Körpergrößen und -formen in allen Variationen vorkommen. Groß, klein, untersetzt oder dünn wie Bohnenstangen, rannten sie mit knochigen Knien dahin, die Langsameren hinter den Schnellen drein. Sie trugen Shorts und grüne Satintrikots, waren jedoch zu weit von mir entfernt, als daß ich den Namen der Schule auf ihren Uniformen hätte lesen können.

Ich zog die Vorhänge wieder zu und ging zum Bett hinüber, wo ich mich ausstreckte und mir Kissen in den Rücken stopfte, während ich Henry anrief. Sowie er sich meldete, sagte ich: »Rat mal, wo ich bin.«

»Im Gefängnis.«

Ich lachte. »In Dallas.«

»Das überrascht mich nicht. Ich habe heute morgen mit Chester gesprochen, und er hat mir erzählt, daß du irgendeine Spur ins Ungewisse verfolgst.«

»Was gibt's denn Neues bei den Lees? Haben sie inzwischen herausgefunden, was gestern abend gestohlen wurde?«

»Meines Wissens nicht. Chester hat mir erzählt, daß die Sockelleiste unten am Küchenschrank abgerissen wurde. Es hat den Anschein, als hätte der alte Knabe eine Art Geheimfach konstruiert, als er die Spüle eingebaut hat. Der Hohlraum hätte natürlich auch leer sein können, aber es ist doch wahrscheinlicher, daß jemand mit dem, was sich darin befand, davonmarschiert ist.«

»Ein Geheimfach zusätzlich zu dem Safe? Das ist ja interessant. Ich frage mich, was er zu verstecken hatte.«

»Chester glaubt, es waren Kriegsdokumente.«

»Davon hat er mir erzählt. Ich glaube zwar nicht daran, aber das finde ich noch heraus. Der Typ, den ich gesehen habe, hat den Matchsack seiner Frau oder Freundin gegeben, und sie hat ihn gestern abend mit ins Flugzeug genommen. Der Mann selbst war nicht an Bord, aber vermutlich hat er vor, sich mit ihr zu treffen. Sie hatte eigentlich bis Palm Beach gebucht, aber sie ist in Dallas ausgestiegen, also habe ich das natürlich auch getan.«

»Oh, natürlich. Warum auch nicht?«

Ich mußte über seinen Tonfall lächeln. »Auf jeden Fall könntest du die Polizei dazu veranlassen, das Motel Capri zu überprüfen. Ich bin nicht dazu gekommen, Chester davon zu erzählen. Ich weiß die Nummer nicht, aber es war die zweite Hütte von rechts. Ihr Kumpan könnte sich immer noch dort aufhalten, falls er nicht inzwischen abgereist ist.«

»Ich mache mir Notizen«, sagte Henry. »Die gebe ich dann der Polizei, wenn du möchtest.«

»Was ist mit Ray? Glauben sie, daß er etwas damit zu tun hat?«

»Tja, *irgendeinen* Bezug muß er dazu haben. Die Polizei hat versucht, ihn zu befragen, aber er schweigt wie ein Grab. Wenn er irgend etwas darüber weiß, so sagt er es nicht.«

»Klingt, als hätte ihm jemand wegen der Auskunft über die Sockelleiste eines übergezogen.«

»Das vermute ich auch. Einer der Polizisten hat ihn in die Ambulanz im St. Terry's gebracht, doch sowie der Arzt mit seiner Behandlung fertig war, ist er verschwunden, und seitdem hat niemand mehr etwas von ihm gehört.«

»Tu mir einen Gefallen. Geh hinüber ins Hotel Lexington und sieh nach, ob er dort ist. Zimmer 407. Ruf nicht vorher an. Vielleicht geht er nicht ans Telefon –«

Henry fiel mir ins Wort. »Zu spät. Er ist schon weg, und ich glaube kaum, daß er wieder auftaucht. Bucky ist heute morgen hinübergegangen, und da war sein Zimmer schon leer. Natürlich ist die Polizei an ihm als wichtigen Zeugen interessiert. Wie steht's mit dir? Soll ich dem Detective sagen, was du gesehen hast?«

»Das kannst du machen, aber ich weiß nicht, ob es viel nützen wird. Sowie ich herausfinde, was los ist, rufe ich selbst die Polizei von Santa Teresa an. Die Polizei hier wird nicht zuständig sein, und im Moment weiß ich noch nicht einmal genau, um welche Art von Straftat es überhaupt geht.«

»Körperverletzung auf jeden Fall.«

»Ja, aber was ist, wenn Ray Rawson nicht mehr auftaucht? Selbst wenn er sich wieder meldet, weiß er vielleicht gar nicht, wer ihn niedergeschlagen hat, oder er weigert sich, ihn anzuzeigen. Und was den angeblichen Einbruch angeht, wissen wir nicht einmal, was gestohlen wurde, geschweige denn, wer es war.«

»Ich dachte, du hättest den Kerl gesehen.«

»Sicher, ich habe ihn aus Johnnys Wohnung kommen sehen. Ich kann aber nicht beschwören, daß er irgend etwas mitgenommen hat.«

»Was ist mit diesem Mädchen mit dem Matchsack?«

»Sie weiß womöglich nicht einmal, wie wichtig die Tasche ist, die sie mit sich herumschleppt. Auf jeden Fall war sie nicht an dem tätlichen Angriff beteiligt.«

»Hat sie sich dann nicht dadurch strafbar gemacht, daß sie gestohlene Gegenstände entgegengenommen hat?«

»Wir können nicht einmal beschwören, daß ein Diebstahl stattgefunden hat«, sagte ich. »Außerdem hat sie vielleicht nicht die geringste Ahnung davon, daß irgend etwas faul ist. Ehemann kommt nach Hause. Sie fährt weg. Er sagt, tu mir einen Gefallen und nimm das mit.«

»Was hast du jetzt vor?«

»Ich weiß es nicht genau. Ich würde liebend gern diesen Matchsack in die Finger bekommen. Er könnte uns eine Ahnung davon vermitteln, worum es hier geht.«

»Kinsey...« sagte Henry warnend.

»Henry, mach dir keine *Sorgen*. Ich gehe keinerlei Risiko ein.«

»Es paßt mir nicht, wenn du das sagst. Ich weiß doch, wie du bist. Wo wohnst du eigentlich? Ich will die Telefonnummer.«

Ich gab ihm die Telefonnummer, die auf die Unterlage aufgedruckt war. »Es ist ein Hotel namens Desert Castle, in der Nähe des Flughafens von Dallas. Zimmer 815. Die Frau ist oben im zwölften Stock.«

»Was hast du vor?«

»Frag mich nicht«, sagte ich. »Ich werde einfach abwarten und sehen müssen, was sie tut. Sie hat ein Flugticket bis Palm Beach, und wenn sie wieder ins Flugzeug steigt, werde ich schätzungsweise dasselbe tun.«

Er schwieg einen Augenblick. »Wie steht's mit Geld? Brauchst du noch etwas?«

»Ich habe ungefähr vierzig Dollar in bar und ein Flugticket nach Hause. Solange ich mit meiner Kreditkarte vorsichtig umgehe, komme ich bestens aus. Ich hoffe, du wirst Chester mit meiner Professionalität beeindrucken. Ich habe wirklich kein Interesse daran, massenhaft Kosten anzuhäufen.«

»Die Sache gefällt mir nicht.«

»Ich bin auch nicht gerade begeistert von der Situation. Ich wollte nur, daß du weißt, wo ich bin.«

»Versuch, keine Straftat zu begehen.«

»Wenn ich die texanischen Gesetze kennen würde, wäre mir das eine Hilfe«, sagte ich.

8

Ich fuhr in die Hotelhalle hinunter und spazierte umher, um ein Gefühl für das Gebäude zu bekommen. Bei Tag besaßen der rote Samt und das Gold eine ebenso trostlose Ausstrahlung wie ein leeres Kino. Ein Weißer in einer roten Uniform schob einen jaulenden Staubsauger auf dem Teppichboden vor und zurück. Die Angestellte der Nachtschicht war verschwunden, und die Rezeption war mit einem Korps gesund aussehender, marineblau gekleideter junger Leute besetzt. Niemand vom Personal würde mir weiterhelfen. Sämtliche merkwürdigen Anfragen würden an den Schichtleiter, den stellvertretenden Geschäftsführer oder den Geschäftsführer selbst weitergereicht werden, die mich allesamt mit genau der Skepsis beäugen würden, die ich verdiente. Auf meiner Suche nach Informationen würde ich einfallsreich vorgehen müssen, also mit den üblichen Lügen und Täuschungsmanövern.

Die meisten Hotelgäste neigen dazu, eine Einrichtung anhand ihrer eigenen Bedürfnisse zu betrachten: Rezeption, Restaurants, Souvenirladen, Toiletten, öffentliche Telefone, Pagen, Konferenzsäle und Besprechungsräume. Bei meinem ersten Erkundungsgang suchte ich nach den Büros der Direktion. Ich ging an der Wand entlang und drückte mich schließlich durch eine Glastür in einen mit üppigem Teppich ausgelegten Flur, der sich durch holzgetäfelte Wände und indirekte Beleuchtung auszeichnete. Die Büros der verschiedenen Abteilungsleiter waren mit glänzenden Messingbuchstaben markiert.

In diesem Teil des Hotels hatte man keine Bemühungen unternommen, die mittelalterliche oder die Cowboy-Attitüde zu verfolgen. Da wir Samstag hatten, waren die verglasten Büros des Verkaufsleiters und des Sicherheitschefs dunkel und die Türen verschlossen. Die Bürozeiten standen in ordentlichen Goldbuchstaben angeschrieben und versicherten mir, daß ich bis Montag morgen um neun Uhr freie Bahn hätte. Ich nahm an, daß vierundzwanzig Stunden lang Wachmänner im Einsatz waren, hatte aber bisher keinen gesehen. Die Verkaufsleiterin hieß Jillian Brace. Der Name des Sicherheitschefs lautete Burnham J. Pauley. Ich prägte mir beide ein und setzte meinen Spaziergang durch den Verwaltungsflügel und eine Tür am anderen Ende des leeren Flurs fort.

Ich kehrte zur Rezeption zurück und wartete, bis einer der Angestellten frei war. Der Junge, der auf mich zukam, war Mitte zwanzig: sauber rasiert, reine Haut, blaue Augen und leichtes Übergewicht. Seinem Namensschild zufolge hieß er

Todd Luckenbill. Mr. und Mrs. Luckenbill hatten dafür gesorgt, daß seine Zähne gerade, seine Manieren untadelig und seine Haltung gut waren. Keine Ohrringe, kein Nasenschmuck und keine sichtbaren Tätowierungen. Er sagte: »Ja, Ma'am. Kann ich Ihnen helfen?«

»Tja, das hoffe ich, Todd«, sagte ich. »Ich bin wegen einer Familienangelegenheit nur kurz in Dallas, aber zufälligerweise sucht mein Chef schon lange ein Hotel, wo wir nächstes Frühjahr unsere große Absatzkonferenz abhalten können. Ich dachte, ich könnte dieses Haus empfehlen, weiß aber nun nicht, welche Sonderkonditionen Sie gewähren. Ich wollte Sie fragen, ob Sie mich zum Verkaufsleiter bringen könnten. Ist er heute hier?«

Todd lächelte und antwortete in leicht tadelndem Tonfall: »Es ist kein ›er‹. Unsere Verkaufsleiterin heißt Jillian Brace, aber sie arbeitet nicht an den Wochenenden. Sie könnten es am Montag morgen bei ihr versuchen. Sie ist meistens ab neun Uhr hier und würde sich sicher gern mit Ihnen unterhalten.«

»Hm, das würde ich auch gern, aber ich fliege um sechs Uhr ab. Könnten Sie mir vielleicht eine Visitenkarte von ihr geben? Dann kann ich sie von Chicago aus anrufen.«

»Sicher. Wenn Sie einen Moment warten, bringe ich Ihnen eine.«

»Danke. Ach, und eines fällt mir gerade noch ein. Meinem Chef liegt die Sicherheit der Konferenz am Herzen. Wir hatten letztes Jahr ein kleines Problem mit einem der großen Hotels, und ich weiß, daß er nichts buchen möchte, bevor er sich mit den Sicherheitsmaßnahmen vertraut gemacht hat.«

»In welcher Branche arbeiten Sie denn?«

»Investmentbanken. Ganz oben angesiedelt.«

»Darüber müssen Sie mit Mr. Pauley sprechen. Das ist der Sicherheitschef. Soll ich Ihnen auch von ihm eine Karte geben?«

»Sicher, das wäre gut. Ich wäre Ihnen wirklich dankbar, wenn es nicht zuviel Mühe macht.«

»Kein Problem.«

Während er in seiner Mission unterwegs war, nahm ich mir aus einem Ständer auf dem Tresen ein paar Postkarten. Das Hochglanzfoto darauf zeigte die weinrote Hotelhalle mit zwei livrierten Herolden, die in Hörner bliesen, die wesentlich länger waren als ihre Arme. Ich sah mich um, aber sie schienen heute morgen keinen Dienst zu haben. Todd kehrte Momente später mit einer Handvoll der versprochenen Visitenkarten zurück. Ich bedankte mich und ging quer durch die Hotelhalle zu einer mit einem Mahagonitisch und zwei samtbezogenen Bänkchen möblierten Nische.

In der Schublade fand ich mehrere Bogen Hotelbriefpapier und machte mir ein paar Notizen. Dann holte ich tief Luft, nahm den Hörer von einem der Haustelefone ab und bat die Vermittlung, mich mit Laura Huckaby zu verbinden. Es entstand eine Pause, und dann sagte die Telefondame: »Es tut mir leid, aber ich habe keine Eintragung für jemanden dieses Namens.«

»Nicht? Das ist aber seltsam. Ach ja. Einen Moment bitte. Versuchen Sie es mit Hudson.«

Die Telefondame gab keine Antwort, verband mich aber offenbar mit einem Gast dieses Namens. Ich hoffte, daß es die richtige wäre. Ich notierte mir den Namen und malte einen Kreis um ihn herum, damit ich ihn nicht vergaß.

Nach dem ersten Klingeln meldete sich eine Frau, die ängstlich und angespannt klang. »Farley?«

Farley? Was war denn das für ein Name? Ich fragte mich, ob das der Typ war, den sie am Flughafen in Santa Teresa zurückgelassen hatte.

»Ms. Hudson? Hier spricht Sara Fullerton, die Assistentin von Jillian Brace in der Verkaufs- und Marketingabteilung hier im Haus. Wie geht es Ihnen heute?« Ich benutzte diesen falschen, herzlichen Ton, den alle Telefonverkäufer im Telefonverkäuferseminar beigebracht bekommen.

»Gut«, sagte Laura vorsichtig und wartete auf die Pointe.

»Oh, das ist schön. Das freut mich zu hören. Ms. Hudson, wir führen eine vertrauliche Umfrage unter bestimmten ausgewählten Gästen durch, und ich wollte Sie bitten, mir ein paar Fragen zu beantworten. Ich verspreche Ihnen, daß es nicht mehr als zwei Minuten Ihrer Zeit in Anspruch nehmen wird. Können Sie die erübrigen?«

Laura schien nicht interessiert zu sein, wollte aber nicht unhöflich wirken. »In Ordnung, aber fassen Sie sich kurz. Ich erwarte einen dringenden Anruf.«

Mein Herz begann zu klopfen. Wenn das nicht der richtige Gast war, würde es sich bald herausstellen. »Das verstehe ich, und wir sind Ihnen dankbar für Ihre Unterstützung. Also, unserem Melderegister zufolge sind Sie vergangene Nacht mit dem American-Airlines-Flug 508 aus Santa Teresa, Kalifornien, angekommen. Stimmt das?«

Schweigen.

»Entschuldigen Sie bitte, Ms. Hudson. Stimmt das?«

Sie klang argwöhnisch. »Ja.«

»Und Ihre Ankunftszeit war ungefähr ein Uhr fünfundvierzig?«

»Das stimmt.«

»Hatten Sie irgendwelche Schwierigkeiten, den Hotelzubringerbus zu erreichen, als Sie von der Gepäckabholung aus anriefen?«

»Nein. Ich habe einfach den Hörer abgenommen und gewählt.«

»Ist der Zubringerbus gleich gekommen?«

»Im Grunde schon. Es hat etwa fünfzehn Minuten gedauert, aber das ist ja noch im Rahmen.«

»Aha. War der Fahrer höflich und hilfsbereit?«

»Er war in Ordnung.«

»Wie würden Sie den Anmeldevorgang bezeichnen? Hervorragend, sehr gut, angemessen oder schlecht?«

»Ich würde sagen, hervorragend. Ich meine, ich hatte keinerlei Schwierigkeiten oder so.« Sie engagierte sich langsam wirklich für diese Geschichte und bemühte sich, in ihren Antworten objektiv, aber fair zu sein.

»Wir freuen uns, das zu hören. Und wie lange haben Sie vor zu bleiben?«

»Das weiß ich noch nicht. Ich werde mindestens noch eine Nacht hierbleiben, aber darüber hinaus kann ich noch nichts sagen. Möchten Sie, daß ich Sie davon verständige, sobald ich es weiß?«

»Das wird nicht nötig sein. Wir freuen uns, wenn Sie so lange bei uns bleiben, wie Sie möchten. Wenn ich Sie jetzt nur noch darum bitten dürfte, Ihre Zimmernummer zu bestätigen, dann sind wir schon fertig.«

»Ich bin in Nummer 1236.«

»Wunderbar – 1236 stimmt mit unseren Unterlagen überein. Und damit ist die Umfrage schon beendet. Vielen Dank für Ihre Geduld, Ms. Hudson, und wir hoffen, Sie genießen Ihren Aufenthalt. Wenn wir Ihnen irgendwie dienlich sein können, zögern Sie nicht, uns davon zu unterrichten.«

Jetzt mußte ich mir nur noch eine Methode ausdenken, wie ich in ihr Zimmer kam.

Ich drehte eine zweite Runde durch die Hotelhalle, diesmal auf der Suche nach einem Zugang zur Hinterseite des Hauses. Ich interessierte mich für Lastenaufzüge, Personaltreppenhäuser, nicht gekennzeichnete Türen oder Türen, auf denen »Personal« stand. Ich fand eine, die mit »Nur Personal« beschriftet war, ging hinein und stieg eine kurze Betontreppe zu einer Tür mit der Aufschrift »Kein Zutritt« hinab. Das konnte nicht ernst gemeint gewesen sein, da die Tür unverschlossen war und ich ohne weiteres hindurchspazierte.

Jedes Hotel hat sein öffentliches Gesicht: sauber, mit Teppichböden ausgelegt, gepolstert, glänzend, getäfelt und poliert. Wie ein Hotel aber tatsächlich geführt wird, spielt sich unter wesentlich weniger glanzvollen Bedingungen ab. Der Korridor, den ich betrat, hatte einfache Betonwände und einen Fußboden aus braunen Kunststofffliesen. Die Luft hier war viel wärmer und roch nach Maschinen, gekochtem Essen und alten Putzlumpen. Die Decken waren hoch und von Leitungen, dicken Kabeln und Heizungsrohren überzogen. Ich konnte Geschirrklappern hören, doch machte es die Akustik schwer, dessen Herkunft zu orten.

Ich spähte in beide Richtungen. Zu meiner Linken waren breite Metalltüren hochgerollt worden, und ich konnte die Ladezone sehen. Große Lastwagen waren rückwärts an die Laderampen herangefahren, und Überwachungskameras hingen in die Ecken montiert herab, mechanische Augen, die jeden überwachten, der sich in ihrem Umkreis bewegte. Ich wollte meine Gegenwart nicht publik machen, und so drehte ich mich um und ging in die andere Richtung.

Ich schritt den Korridor entlang und bog um die Ecke in die erste von zahlreichen Küchen, die, einem Irrgarten gleich, ineinander übergingen. Sechs Eismaschinen standen vor mir nebeneinander an der Wand. Ich zählte zwanzig rollende, metallene Speisekarren mit Schubleisten für Tablette. Die Böden waren frisch geputzt, glänzten von Wasser und rochen nach Desinfektionsmittel. Ich ging vorsichtig weiter, vorbei an großen rostfreien Mixschüsseln, Suppenkesseln und Industriespülmaschinen, aus denen Dampf quoll. Gelegentlich blickte ein Küchenarbeiter mit weißer Schürze und Haarnetz interessiert zu mir auf, aber niemand schien meine Anwesenheit hier unten in Frage zu stellen. Eine Schwarze hackte grüne Paprikaschoten. Ein Weißer verkleidete einen der Rollkarren mit Plastikfolie, um die Speisen zu schützen. Es gab riesige, zimmergroße Öfen und Kühlschränke aus blitzendem Stahl, größer als die Leichenhalle im St. Terry's Hospital. Weiteres Küchenpersonal in weißen Schürzen, mit Haarnetzen und Plastikhandschuhen wusch Salatzutaten und arrangierte sie auf Tellern, die auf der Arbeitsfläche aus rostfreiem Stahl aufgereiht standen.

Ich steckte den Kopf in einen großen Vorratsraum vom Umfang eines Waffenlagers der Nationalgarde, der angefüllt war mit Kartons voller Ketchupflaschen, Kisten mit Senf-, Oliven- und Mixed-Pickles-Gläsern, Regalen mit abgepacktem Brot, Reihen von Croissants, hausgemachten Torten, Käsekuchen, Obstkuchen und Brötchen. Plastikbehälter waren mit Frischprodukten gefüllt. Die Luft war geschwängert von intensiven Gerüchen: gehackte Zwiebeln, köchelnde Tomatensauce, Kohl, Sellerie, Zitrusfrüchte, Hefe; Schicht um Schicht Küchen- und Putzaromen. Die Flut an Gerüchen hatte etwas Unangenehmes an sich, und mir wurde massiv bewußt, wie meine Geruchsnerven eine verworrene Mischung von Daten zu uralten Teilen meines Gehirns leiteten. Es war geradezu eine Erleichterung, auf der anderen Seite des Komplexes wieder herauszukommen. Die Lufttemperatur fiel, und die Gerüche waren auf einmal so klar wie in einem Wald. Ich fand den Hauptkorridor und bog nach rechts.

Vor mir stand ein regelrechter Zug aus Wäschewagen an der Wand. Ihre Segeltuchflanken waren gelb und wölbten sich von den Bergen verschmutzter Bettwäsche und Handtüchern. Ich machte mich entschlossenen Schrittes auf den Weg und blickte in jeden Raum, an dem ich vorbeikam. An der Tür zur Hotelwäscherei blieb ich stehen: ein riesiger Raum voller an den Wänden montierter Waschmaschinen, von denen die meisten wesentlich höher waren als ich. Eine Laufschiene hing an der Decke, und gewaltige Netzsäcke voller Wäsche schwenkten an einer Reihe von Haken um die Ecke. Irgendwo konnte ich gigantische Trockner laufen hören. Die Luft war durchdrungen vom Geruch feuchter Baumwolle und Waschmitteldämpfen. Zwei Frauen in Uniform arbeiteten gemeinsam an einer Maschine, deren Funktion darin zu bestehen schien, die Hotelbettwäsche zu bügeln und zu falten. Die Bewegungen der

Frauen wiederholten sich ständig, wenn sie die Laken aus der Maschine nahmen, nachdem diese ihren zweifachen Arbeitsgang ausgeführt hatte. Jedes Päckchen wurde noch einmal gefaltet und auf der Seite gestapelt, ohne jeglichen Spielraum für Fehler, während die Maschine das nächste frisch gebügelte Laken entließ.

Ich ging weiter den Korridor entlang und verlangsamte meinen Schritt. Diesmal kam ich an einer niedrigen, geteilten Tür mit einem schmalen Sims vorbei, das eine kleine Theke bildete. Auf dem Schild über der Tür stand »Personalwäsche«. So, so, so. Ich blieb stehen und blickte auf das, was die Wäscherei für die Uniformen der Angestellten gewesen sein muß. Wie in einer chemischen Reinigung waren mehrere hundert zusammengehörige Uniformen gesäubert und gebügelt worden und hingen nun an einer mechanischen Laufschiene, wo sie darauf warteten, vom Personal abgeholt zu werden. Ich lehnte mich über die quergeteilte Tür und äugte durch einen dichten Wald aus Reinigungssäcken. Es schien niemand da zu sein.

»Hallo?«

Keine Antwort.

Ich drehte am Knopf, öffnete die geteilte Tür und schlich mich hinein. Rasch ging ich die Uniformen durch. Offenbar bestand jede von ihnen aus einem kurzen roten Baumwollrock und einem darüberfallenden roten Kittel. Unmöglich zu erraten, was welche Größe war. Ein an jedem Kleiderbügel angebrachter Zettel nannte den Vornamen der Trägerin: Lucy, Guadalupe, Historia, Juanita, Lateesha, Mary, Gloria, Nettie. Es waren endlos viele Namen. Ich wählte aufs Geratewohl drei aus, schlich wieder davon und schloß leise die Tür hinter mir.

»Kann ich Ihnen helfen?«

Ich fuhr zusammen und wäre beinahe mit der stämmigen weißen Frau in der roten Uniform kollidiert, die direkt hinter mir im Korridor stand. In meinem Gehirn herrschte völlige Leere.

Die Nüstern der Frau blähten sich, als witterte sie den Schwindel. »Was machen Sie mit diesen Uniformen?« Ich konnte ihr praktisch die Nase hinaufsehen, was kein schöner Anblick war. Auf ihrem Namensschild stand »Mrs. Spitz, Wäschereileitung«.

»Ah, gute Frage, Mrs. Spitz. Ich habe Sie gerade gesucht. Ich bin die Assistentin von Jillian Brace von der Verkaufs- und Marketingabteilung.« Mit der freien Hand griff ich in meine Jackentasche und zog eine Visitenkarte hervor, die ich vor ihr schwenkte.

Sie schnappte sich die Karte und studierte sie mit scheelem Blick. »Da steht Burnham J. Pauley. Was wird denn hier gespielt?« Sie hatte ein breites Gesicht, und jeder Zug darin schien vor Argwohn zu beben.

»Tja«, sagte ich. »Herrje. Ich bin froh, daß Sie das fragen. Weil nämlich. Offen gestanden erwägt die Geschäftsleitung neue Uniformen. Aus Sicherheitsgründen. Und Mr. Pauley hat Ms. Brace gebeten, ihm ein Exemplar der vorhandenen Uniformen zu zeigen.«

»Das ist das Lächerlichste, was ich je gehört habe«, fauchte sie. »Wir haben diese Uniformen gerade erst bekommen, wie die *Geschäftsleitung* sehr wohl weiß. Außerdem ist das keine korrekte Vorgehensweise, und davon habe ich die Nase voll. Ich habe Mr. Tompkins bei unserer letzten Abteilungsleiterbesprechung gesagt, daß das *mein* Bereich ist und ich auch vorhabe, das so beizubehalten. Sie warten hier. Ich rufe ihn auf der Stelle an. Ich lasse mir von der Geschäftsleitung nicht in meinem Bereich herumpfuschen.« Sogar ihr Atem roch indigniert. Ihr Blick wandte sich wieder mir zu. »Wie heißen Sie?«

»Vikki Biggs.«

»Wo ist Ihr Namensschild?«

»Oben.«

Sie zeigte mit dem Finger auf mich. »Rühren Sie sich nicht vom Fleck. Ich werde dieser Sache auf den Grund gehen. Die

Geschäftsleitung hat vielleicht Nerven, jemanden einfach so hier herunterzuschicken. Welche Nummer hat Ms. Braces Anschluß?«

»202«, sagte ich automatisch. Sehen Sie? Das ist das Schöne daran, wenn man diese Fertigkeiten pflegt. In einer Krisensituation brauche ich nur den Mund aufzumachen, und schon plumpst eine Flunkerei heraus. Ein ungeübter Lügner kann sich nicht immer so ohne weiteres aus einer Situation retten wie ich.

Sie schritt durch die geteilte Tür und bewegte sich dabei mit erstaunlicher Geschwindigkeit. Die Tür fiel hinter ihr ins Schloß. Ich legte mir die Uniformen über den linken Arm und ging zielstrebig und mit klopfendem Herzen weiter. Als ich um die Ecke gebogen war, verfiel ich in den Laufschritt. Ich fand das Treppenhaus und eilte die Treppen hinauf, indem ich zwei Stufen auf einmal nahm. Ich wagte nicht, die Hotelaufzüge zu benutzen. Ich malte mir aus, wie Mrs. Spitz den Sicherheitsdienst alarmierte und Wachleute auf der Suche nach mir die Ausgänge umstellten. In der dritten Etage ging mir die Luft aus, aber ich stieg weiter. Den sechsten Stock passierte ich keuchend, mit brennenden Schenkeln und dem Gefühl, als würden mir gleich die Kniescheiben abfallen. Schließlich wankte ich durch die Tür mit der Acht, endlich wieder auf vertrautem Boden, nur eine Biegung des Korridors von meinem Zimmer entfernt.

Ich schloß die Tür zu Zimmer 815 auf, warf die unrechtmäßig erworbenen Uniformen über eine Stuhllehne und brach auf dem Bett zusammen, das mittlerweile ordentlich gemacht worden war. Ich mußte lachen, als ich dalag und versuchte, wieder ruhig zu atmen. Mrs. Spitz sollte lieber ihren Hormonspiegel überprüfen oder die Dosierung ihrer Medikamente einstellen lassen. Sie würde noch gefeuert werden, wenn sie weiterhin so über die Geschäftsleitung lästerte. Ich erwartete beinahe, daß jemand mit Fragen und Anschuldigungen an meine Tür klopfen und eine detaillierte Erklärung für all die Lügen verlangen würde, die ich erzählt hatte.

Ich stand auf und ging hinüber zur Tür, wo ich die Sicherheitskette vorlegte. Die nächsten Minuten verbrachte ich damit, gestohlene Uniformen anzuprobieren. Die erste paßte mir am besten. Ich musterte mich in dem hohen Spiegel. Der Rock war in der Taille zu weit, aber mit dem Kittel darüber machte das ja nichts. An jedem Kittel waren mit einer Nadel weiße Rüschen befestigt, die eine Art Halskrause bildeten, wenn man sie anknöpfte. Der Kittel selbst hatte leicht gebauschte Ärmel. Mit nackten Beinen und meinen Joggingschuhen sah ich aus, als könnte ich im Handumdrehen ein Badezimmer putzen. Ich schlüpfte wieder in meine Jeans und hängte die Uniform in den Wandschrank. Ich wußte nicht, was ich mit den zwei übrigen Uniformen tun sollte, also faltete ich sie zusammen und legte sie in die Schreibtischschublade. Bevor ich das Hotel verließ, würde ich einen Ort finden, an dem ich sie lassen konnte.

Ich ließ mir vom Zimmerservice etwas zum Mittagessen bringen, da ich es nicht wagte, mich so bald wieder im Hotel blicken zu lassen. Um zwei Uhr betrat ich den Flur zu einer Erkundungstour und machte mich mit den Gegebenheiten des Stockwerks vertraut. Ich entdeckte den Feuerlöscher, zwei Notausgänge und die Eismaschine. Auf einer Konsole gegenüber den Aufzügen stand ein Haustelefon. Im Lagerraum am Ende des Korridors konnte ich zwei Wäschekarren erkennen, die schief hineingeschoben worden waren. Ich ging auf sie zu und verbrachte ein paar Minuten damit, die Bestände zu mustern. Weitere Bügeleisen und Bügelbretter, zwei Staubsauger. Hinten in der Nische stand ein großer Wäscheschrank, dessen Einlegeböden fast bis unter die Decke mit sauberen Laken und Handtüchern beladen waren. Ich konnte Kisten voller Toilettenpapier sehen und kleine Türme aus Plastikpaletten, die die Miniaturtoilettenartikel enthielten. Nett. Das gefiel mir. Ein Arm voller Handtücher ist ein guter Vorwand dafür, in ein

Zimmer einzudringen. Ich fand ein Türschild aus Plastik mit der Aufschrift »Zimmermädchen anwesend«, das ich mir gleich schnappte, wo ich schon dabei war.

Nachdem ich die Möglichkeiten erschöpfend studiert hatte, fuhr ich zum Souvenirladen hinab und kaufte mir ein Buch. Ich sah mich gezwungen, zwischen fünfzehn glühenden Liebesromanen auszuwählen, da das Hotel nichts anderes auf Lager hatte. Zusätzlich kaufte ich eine Handvoll Mini-Pfefferminzplätzchen und hielt mich nur so lange in der Hotelhalle auf, wie es dauerte, um Laura auf ihrem Zimmer anzurufen. Als sie sich meldete, sagte ich »Hoppla, es tut mir leid«, und legte auf. Klang, als hätte ich sie mitten in einem Nickerchen aufgeschreckt. Ich vertrieb mir den Nachmittag mit Lesen und Schlafen. Aus einem phänomenalen Mangel an Einfallsreichtum heraus bestellte ich mir über den Zimmerservice eine Abendmahlzeit, die ein exaktes Abbild meines Mittagessens war: Cheeseburger, Pommes frites und Diät-Pepsi.

Kurz nach sieben streifte ich meine Jeans ab und zog meine schicke rote Uniform an. Ich war nicht gerade begeistert von den nackten Beinen mit den Joggingschuhen, aber was sollte ich machen? Ich stopfte mir die Taschen voller Pfefferminzplätzchen und holte die übrigen gestohlenen Uniformen aus der Schublade, in der ich sie versteckt hatte. Ich schob den Zimmerschlüssel in die Tasche und ging auf die Feuertreppe zu. Auf dem Weg nach oben hielt ich mich lang genug im zehnten Stock auf, um die entwendeten Uniformen in den Lagerraum zu hängen. Ich wollte die anderen Zimmermädchen wegen meines Diebstahls nicht in Schwierigkeiten bringen.

Der zwölfte Stock war genauso angelegt wie der achte, außer daß der Lagerraum nicht so gut bestückt war. Ich schnappte mir ein Staubtuch und einen Staubsauger, suchte mir im Flur eine Steckdose und begann mich staubsaugend auf Laura Huckabys Zimmer zuzubewegen. Der Teppich war eine extravagante Wiese aus geometrischen Formen; Dreiecke überlappten sich auf einem leuchtenden Streifen in Hell-/Dunkelgold und Grün. Staubsaugen ist immer beruhigend: eine langsame, eintönige Bewegung, begleitet von einem tiefen, stöhnenden Geräusch und diesem befriedigenden Knacken, wenn etwas richtig Tolles aufgesaugt wird. Noch nie war der Teppichboden so gründlich gesäubert worden. Ich arbeitete, bis ich schwitzte, doch erlaubte mir diese Mühe, mich nach Belieben hier aufzuhalten.

Um 19.36 Uhr hörte ich das *Ping* des Aufzugs, und jemand vom Zimmerservice erschien mit einem Speisetablett. Er ging auf Zimmer 1236 zu. Er balancierte das Tablett bequem auf Schulterhöhe und klopfte an ihre Tür. Ich saugte in diese Richtung weiter und schaffte es, einen Blick auf sie zu werfen, als sie ihn hereinließ. Sie war barfuß und sah in dem Hotelbademantel, aus dem unten ein Nachthemd heraushing, massig aus. Die lässige Kleidung ließ vermuten, daß sie bald zu Bett gehen wollte, was für meine Zwecke günstig war. Der Kellner kam Momente später wieder heraus. Er ging ohne ein Wort an mir vorbei und verschwand im Aufzug, ohne meine Anwesenheit zur Kenntnis zu nehmen. Da es trotz allem möglich war, daß Laura Besuch bekommen oder ausgehen und sich mit jemandem treffen könnte, blieb ich auf meinem Überwachungsposten.

Als ich zum Staubsaugen keine Lust mehr hatte, zog ich mein Staubtuch hervor, kniete mich hin und wischte Fußleisten ab, die offenbar seit Jahren niemand mehr angefaßt hatte. Manchmal ist es wirklich schwer, sich vorzustellen, wie die männlichen Detektive so etwas machen. In regelmäßigen Abständen wandte ich den Kopf zu Laura Huckabys Tür, ohne je etwas zu hören. Vielleicht würde sie mich hineinlassen, wenn ich bellte und kratzte. Hin und wieder kamen und gingen andere Hotelgäste, doch niemand widmete mir auch nur die geringste Aufmerksamkeit.

Folgendes habe ich über das Dasein eines Zimmermädchens

gelernt: Die Menschen sehen einem selten in die Augen. Gelegentlich huscht einem jemandes Blick übers Gesicht, aber daraufhin könnte einen später niemand bei einer Gegenüberstellung identifizieren. Gut für mich, obwohl ich glaube, daß es nicht einmal in Texas als Verbrechen gälte, sich als Zimmermädchen auszugeben.

Um 20.15 Uhr stellte ich den Staubsauger zurück in die Wäschekammer und bewaffnete mich mit einer Ladung frischer Handtücher. Ich kehrte zu Ziffer 1236 zurück, klopfte und rief gleichzeitig mit glockenheller Stimme: »Das Zimmermädchen.« Wirkte wie ein Zaubertrick. Nur Augenblicke später öffnete Laura Huckaby mit vorgelegter Sicherheitskette die Tür einen Spalt weit. »Ja?«

Ohne Augen-Make-up sahen ihre haselnußbraunen Augen sanft und blaß aus. Ihr Teint wirkte durch die leichte Musterung aus zuvor von Make-up verdeckten Sommersprossen frisch. Außerdem hatte sie ein Grübchen im Kinn, das mir zuvor noch nicht aufgefallen war.

Ich richtete meinen Kommentar an den Türknauf, um nicht hochnäsig zu erscheinen. »Ich bin gekommen, um das Bett aufzudecken.«

»In diesem Hotel wird einem das Bett aufgedeckt?« Sie klang rechtschaffen verblüfft, als wäre allein die Vorstellung grotesk.

»Ja, Ma'am.«

Sie hielt inne und zuckte dann die Achseln. »Einen Moment bitte«, sagte sie und schloß die Tür. Es gab eine Verzögerung von ein paar Minuten, dann löste sie die Kette und trat beiseite, um mich einzulassen.

Es war interessant festzustellen, wieviel ich durch meine Seitenblicke wahrnehmen konnte. Wie eitel war sie eigentlich? Ich hätte schwören können, daß sie die Zeit genutzt hatte, um wieder Make-up aufzulegen. Das wirre kastanienrote Haar war frisch gewaschen und klebte ihr noch am Kopf. Warme, feuchte, nach Shampoo duftende Luft wehte aus dem Badezimmer. Ich legte die frischen Handtücher auf die Ablagefläche neben dem Waschbecken, ging weiter in den Schlafbereich und zog die Vorhänge zu. Der Fernseher lief ohne Ton. Sie hatte ihren Zimmerschlüssel auf den Schreibtisch geworfen. Sofort begann ich zu überlegen, wie ich ihn in die Finger bekommen könnte. An der Unordnung konnte ich sehen, daß sie mit dem Telefon in Reichweite auf dem Bett gelegen war. Vielleicht hatte sie den Anruf bekommen, auf den sie gewartet hatte. Soweit ich erkennen konnte, war der Matchsack nirgends zu sehen.

Sie setzte sich mit ihrer Illustrierten an den Schreibtisch. Als sie die Beine übereinanderschlug, konnte ich einen Streifen blanke Haut sehen. Ihr rechter Knöchel und das Schienbein waren eine dunkle Masse alter Blutergüsse, die an den Rändern grün wurden. Hatte ihr über fünfzig Jahre alter Begleiter sie nach Strich und Faden verprügelt? Das würde jedenfalls erklären, warum sie ihn so eisig behandelt hatte und weshalb sie so um ihr Aussehen bemüht war. Ihr Essenstablett stand immer noch vor ihr auf dem Tisch, eine zerknitterte weiße Serviette achtlos über die schmutzigen Teller geworfen. Was auch immer sie bestellt hatte, sie hatte nicht viel gegessen. Obwohl es ja vermeintlich mein Job war, schien ihr meine Anwesenheit im Raum peinlich zu sein, was sich im Endeffekt zu meinem Vorteil auswirkte. Sie ignorierte mich weitestgehend, obwohl sie mir hin und wieder einen verunsicherten Blick zuwarf. Langsam begann ich meine Unsichtbarkeit zu genießen. Ich konnte sie, ohne lästige Floskeln zu wechseln, aus nächster Nähe beobachten. War das der Schatten eines blauen Flecks an ihrem rechten Kiefer, oder bildete ich mir da etwas ein? Mit was für einem Mann war sie zusammen? Allem Anschein nach hatte er Ray Rawson wüst zugerichtet, also könnte er auch sie verprügelt haben.

Meine Uniform machte ein emsiges, kleines raschelndes Geräusch, als ich die Tagesdecke zweimal faltete. Ich rollte sie zu einem dicken Wulst zusammen und stopfte sie in eine Ecke.

Dann deckte ich das Bett halb auf, schüttelte die Kissen und ließ eines der einzeln verpackten Pfefferminzplätzchen auf dem Nachttisch liegen.

Ich ging wieder zu der Spiegelkommode und putzte das Waschbecken, wobei ich ständig das Wasser an- und ausdrehte, auch wenn ich sonst nicht viel tat. Ich musterte ihre Schminksachen: Abdeckstift, Make-up, Puder, Rouge. In einem kleinen runden Behälter hatte sie ein Produkt namens DermaSeal, »ein wasserfestes Kosmetikum zum Kaschieren kleiner Unregelmäßigkeiten«. Ich äugte kurz um die Ecke zu ihr hinüber, nur um festzustellen, daß sie ihrerseits in meine Richtung äugte. Hinter mir war der Wandschrank, den ich liebend gern durchsucht hätte. Ich ging ins Badezimmer und hob ein feuchtes Handtuch auf, das sie über den Badewannenrand gehängt hatte. Ich zog den Duschvorhang gerade und spülte die Toilette, als hätte ich sie soeben geschrubbt. Dann ging ich zurück in die Ankleideecke und öffnete die Schranktür. Bingo. Der Matchsack.

Ich hörte sie rufen: »Was machen Sie da?« Sie klang verärgert, und ich fürchtete, meine Grenzen übertreten zu haben.

»Brauchen Sie noch mehr Kleiderbügel, Miss?«

»Was? Nein. Ich habe jede Menge.«

Wollte ja nur hilfsbereit sein. Sie brauchte nicht so gereizt zu reagieren.

Ich schloß die Tür des Wandschranks und nahm die restlichen sauberen Handtücher wieder an mich. Sie stand nun auf der anderen Seite des Zimmers und beobachtete mich genau, während ich meine Aufgaben erledigte. Ich richtete meinen Blick auf einen Punkt links von ihr. »Was ist mit dem Tablett? Ich kann es mitnehmen, wenn Sie fertig sind.«

Sie warf einen raschen Blick auf den Schreibtisch. »Bitte.«

Ich legte die Handtücher beiseite und ging zum Schreibtisch hinüber, wo ich den Zimmerschlüssel ergriff und auf das Tablett schob, während ich ihn mit der zerknitterten Serviette bedeckte. Ich ging zur Tür hinüber und hielt sie mit der Hüfte auf, während ich das Tablett im Flur auf den Fußboden stellte. Dann nahm ich die Handtücher wieder an mich.

Sie stand neben der Tür und hielt mir etwas entgegen. Zuerst dachte ich, sie reichte mir eine Nachricht. Dann wurde mir klar, daß sie mir ein Trinkgeld gab. Ich murmelte »Dankeschön« und ließ den Geldschein in die Tasche meines Kittels gleiten, ohne nachzusehen, wieviel es war. Ihn zu beäugen hätte Habgier meinerseits vermuten lassen. »Einen angenehmen Abend noch«, wünschte ich.

»Danke.«

Sowie ich zur Tür draußen war, zog ich den Schein hervor und sah nach, wieviel es war. Oh, wow. Sie hatte mir fünf Dollar gegeben. Nicht schlecht für ein simples zehnminütiges Aufräummanöver. Vielleicht konnte ich noch an der Tür gegenüber klopfen. Wenn ich die ganze Etage durchmachte, könnte ich mir mein Zimmer heute nacht gerade so leisten. Ich nahm ihren Zimmerschlüssel von dem Tablett herunter und ließ es stehen, wo es war. Es sah zwar eklig aus, wie es da so stand, und seine Wirkung auf meinen frisch gesaugten Flur gefiel mir gar nicht, aber im Jargon meines derzeitigen Jobs ausgedrückt, fiel das Abservieren von Tabletts nicht in meinen Bereich.

9

Als ich wieder in meinem Zimmer ankam, war es 20.45 Uhr. Ich fühlte mich schmuddelig und halbtot von der Kombination aus körperlicher Arbeit, Streß, fettigem Zimmerservice-Essen und Jetlag. Ich schälte mich aus meiner Uniform und hüpfte unter die Dusche, wo ich mir das heiße Wasser wie einen Wasserfall über den Leib prasseln ließ. Ich trocknete mich ab und zog einen der vom Hotel bereitgestellten Unisex-Bademäntel an.

Mein Ersatzslip war mittlerweile trocken, wenn auch ein wenig steif, und hing wie der Balg eines seltenen Tieres über dem Handtuchhalter. Als ich aus dem Badezimmer in die Ankleideecke trat, sah ich, daß das Lämpchen an meinem Telefon blinkte. Es mußte also geklingelt haben, während ich unter der Dusche stand – garantiert Henry, da er der einzige war, der wußte, wo ich mich aufhielt. Es sei denn, die Hotelleitung war hinter mir her.

Mit leichtem Unbehagen rief ich die hausinterne Vermittlung an. »Hier ist Ms. Millhone. Das Lämpchen an meinem Telefon blinkt.«

Der Angestellte ließ mich kurz warten und meldete sich dann wieder. »Es ist eine Nachricht für Sie eingegangen. Ein Mr. Pitts hat um 20.51 angerufen. Dringend. Bitte rufen Sie zurück.«

»Danke.« Ich wählte Henrys Nummer. Noch bevor ich überhaupt den Apparat an seinem Ende klingeln hörte, nahm er den Hörer ab. Ich sagte: »Das ging aber schnell. Du mußt ja buchstäblich auf dem Telefon gesessen haben. Was ist denn los?«

»Ich bin ja so froh, daß du anrufst. Ich wußte nicht, was ich tun sollte. Hast du etwas von Ray Rawson gehört?«

»Warum sollte ich von ihm hören? Ich dachte, er sei verschwunden.«

»Tja, das war er auch, aber er ist wieder da, und ich fürchte, es hat gewisse Komplikationen gegeben. Nell und ich sind heute morgen einkaufen gegangen, kurz nachdem du angerufen hast. William und Lewis waren drüben bei Rosie, um bei den Vorbereitungen fürs Mittagessen zu helfen, und somit ist Charlie allein hier zurückgeblieben. Bist du noch dran?«

»Ja, ich bin noch dran«, antwortete ich. »Ich habe zwar keine Ahnung, worauf du hinauswillst, aber ich höre.«

»Ray Rawson ist bei Chester aufgetaucht, und Bucky hat ihm erzählt, was los ist.«

»Daß *was* los ist? Daß ich den Kerl gesehen habe, der ihn zusammengeschlagen hat?«

»Ich weiß nicht genau, was man ihm erzählt hat, außer daß du engagiert worden bist. Bucky wußte, daß du die Stadt verlassen hattest, aber er wußte nicht, wo du warst. Ray muß schnurstracks hierhergekommen sein, und da ich nicht da war, hat er Charlie ein ellenlanges Märchen darüber erzählt, in welcher Gefahr du angeblich stecktest.«

»Gefahr? Das ist ja interessant. Was für eine Gefahr?«

»Diesen Teil hat Charlie nicht ganz begriffen. Irgend etwas mit einem Schlüssel, hat er gesagt.«

»Aha. Vermutlich der, den Johnny in seinem Safe hatte. Ich wollte ihn einem Freund von mir zeigen, der sich mit Schlössern auskennt. Ich fürchte nur, daß er infolge seiner Talente leider in Haft sitzt.«

»Wo ist dieser Schlüssel jetzt? Bucky hat Ray erzählt, daß du ihn seines Wissens bei dir hättest.«

»Habe ich auch. Er steckt ganz unten in meiner Handtasche«, sagte ich. »Du klingst besorgt.«

»Hm, ja, aber nicht deswegen.« Ich konnte die Beklemmung aus Henrys Tonfall heraushören. »Es ist mir peinlich, das sagen zu müssen, aber Charlie hat Ray deinen derzeitigen Aufenthaltsort verraten, weil Ray ihn davon überzeugt hat, daß du Hilfe brauchst.«

»Woher wußte Charlie, wo ich bin?«

Henry seufzte unter der Belastung, daß er nun ein vollständiges Geständnis ablegen mußte. »Ich habe Namen und Telefonnummer des Hotels auf einen Block neben dem Telefon geschrieben. Du kennst ja Charlie. Er hört auch unter den günstigsten Umständen kaum noch etwas. Irgendwie ist er auf die Idee gekommen, daß Ray ein guter Freund sei und du nichts dagegen hättest, wenn er ihm die Auskunft gäbe. Vor allem, da du ja in Schwierigkeiten stecktest.«

»O Mann. Einschließlich der Zimmernummer?«

»Leider ja«, sagte Henry. Er klang so schuldbewußt und zerknirscht, daß ich nicht protestieren konnte, obwohl mir der Gedanke, daß Rawson wußte, wo ich war, nicht gefiel. Henry fuhr fort. »Ich glaube kaum, daß der Kerl tatsächlich die ganze Strecke bis nach Dallas fliegt, aber vermutlich wird er anrufen, und ich wollte nicht, daß du dann erstaunt oder verärgert bist. Mir ist das alles gar nicht recht, Kinsey, aber ich kann nichts machen.«

»Mach dir keine Sorgen, Henry. Danke für die Warnung.«

»Ich könnte Charlie den Hals umdrehen.«

»Ich bin mir sicher, daß er nur hilfsbereit sein wollte«, sagte ich. »Außerdem macht es wahrscheinlich gar nichts. Ich glaube nicht, daß Ray Rawson eine Bedrohung ist.«

»Das hoffe ich auch. Es ist mir furchtbar peinlich, daß ich diese Information offen herumliegen lassen habe.«

»Sei doch nicht albern. Du hattest keinen Grund anzunehmen, daß irgend jemand danach fragen würde, und du konntest auch nicht wissen, daß Rawson so unvermittelt auftauchen würde.«

»Tja, das weiß ich«, meinte er, »aber ich hätte der Sippschaft etwas sagen können. Ich habe zwar Charlie zur Schnecke gemacht, aber ich gebe mir selbst die Schuld. Ich bin wirklich nicht auf die Idee gekommen, daß er so etwas tun könnte.«

»He, was passiert ist, ist passiert. Es ist nicht deine Schuld.«

»Es ist lieb von dir, das zu sagen. Mir ist nichts anderes mehr eingefallen, als so schnell wie möglich anzurufen. Ich finde, du solltest ausziehen oder dir wenigstens ein anderes Zimmer geben lassen. Mir gefällt der Gedanke nicht, daß er plötzlich vor deiner Tür steht. An der ganzen Sache stimmt was nicht.«

»Da muß ich dir zustimmen, aber ich weiß nicht, was ich tun soll. Im Moment versuche ich hier möglichst nicht aufzufallen«, sagte ich.

Ich merkte genau, daß bei Henry nun die Alarmglocken läuteten. »Warum das?« fragte er.

»Darauf möchte ich jetzt eigentlich nicht näher eingehen. Sagen wir einfach, daß ich es im Moment nicht für einen klugen Schachzug halte.«

»Ich will nicht, daß du irgendwelche Risiken eingehst. Es war von vornherein dumm von dir, überhaupt in dieses Flugzeug zu steigen. Die Sache ist nicht dein Problem, und je länger es dauert, desto unangenehmer wird es.«

Ich lächelte. »Chester hat mich engagiert. Es ist Arbeit. Außerdem macht es Spaß. Ich kann auf Fluren herumschleichen und Leute ausspionieren.«

»Bleib nicht zu lange weg. Die Hochzeit steht vor der Tür.«

»Die werde ich nicht vergessen. Ich komme. Das verspreche ich.«

»Ruf mich an, wenn ich dir irgendwie helfen kann.«

Sowie er aufgelegt hatte, ging ich zur Tür hinüber und legte die Sicherheitskette vor. Ich überlegte, ob ich draußen das »Bitte-nicht-stören«-Schild aufhängen sollte, aber das würde nur aller Welt kundtun, daß ich mich tatsächlich im Zimmer aufhielt. Ich ging auf und ab und dachte ernsthaft über die Situation nach. Ich fühlte mich seltsam verletzlich, nun, da Rawson wußte, wo ich mich aufhielt, obwohl mir im Grunde nicht klar war, weshalb das von Belang sein sollte. Demzufolge, was Chester gesagt hatte, war er in ziemlich schlechter Verfassung, was eine Reise zumindest unangenehm werden ließe. Darüber hinaus würde es ihn eine Stange Geld kosten, und das ohne jede Garantie, daß ich immer noch in Dallas war. Wenn er natürlich von der Polizei in Santa Teresa zum Verhör gesucht wurde, wäre es von seinem Standpunkt aus nicht unklug, von dort zu verschwinden. Ich glaubte eigentlich nicht, daß ich in Gefahr war, schloß die Möglichkeit aber nicht ganz aus. In welchem Zusammenhang Rawson auch mit den Ereignissen der jüngsten Zeit stand, es war offensichtlich, daß er mir die ausschlaggebenden Informationen verschwiegen hatte. Ich würde mich wesentlich sicherer fühlen, wenn ich in einem anderen Zimmer wäre.

Andererseits gefiel mir der Gedanke nicht, um ein anderes Zimmer zu bitten. Die Hotelleitung war nicht auf den Kopf gefallen. Mrs. Spitz dürfte keine Minute gebraucht haben, um darauf zu kommen, daß ich nichts Gutes im Schilde führte. Hotels pflegen Witzbolde und Diebe nicht auf die leichte Schulter zu nehmen. Sie hatte mich aus nächster Nähe gesehen, und mittlerweile verfügten die Sicherheitsleute gewiß über eine ziemlich genaue Beschreibung von mir. Ein Aufruf – eine Art hotelinterner Haftbefehl – wäre inzwischen an sämtliche relevanten Personaleinheiten geleitet worden. Falls Vikki Biggs, die Angestellte von der Nachtschicht, sich an meinen Namen erinnerte, würde schon sehr bald jemand an meine Tür klopfen. Wenn die Geschäftsleitung jedoch andererseits noch nicht auf mich gekommen war, wäre es idiotisch, hinunterzugehen und die Aufmerksamkeit auf mich zu lenken. Also kein Zimmerwechsel.

Was eine eventuelle Abreise betraf, so hatte ich bereits fast einen Tausender für Flugtickets und andere Kosten ausgegeben. Ich konnte jetzt nicht zurückkommen und Chester erzählen, daß ich die Verfolgung aufgegeben hatte, weil Ray Rawson womöglich unangemeldet vor meiner Tür stehen könnte. Am besten war wohl, da zu bleiben, wo ich war, vor allem jetzt, da ich Zugang zu Laura Huckabys Zimmer hatte. Ich zog meine Kleider wieder an. Wenn mitten in der Nacht jemand gegen meine Tür hämmerte, wollte ich nicht unvorbereitet sein. Ich steckte die Gratis-Toilettenartikel in meine Handtasche und legte meine Zahnpasta und die Reisezahnbürste dazu, um im Notfall fluchtbereit zu sein.

Ich nahm den Schlüssel aus meiner Handtasche und überlegte, ob es vielleicht einen sichereren Aufbewahrungsort für ihn gab. Morgen früh würde ich ihn in einen Umschlag stecken und an Henry schicken. Unterdessen studierte ich das Zimmer und die verschiedenen Möbelstücke und erwog mögliche Verstecke. Ich war zwiespältig, was die Aussichten anging. Falls ich gezwungen sein sollte, überstürzt abzureisen, wollte ich mich nicht damit aufhalten müssen, den Schlüssel hervorzukramen. Ich nahm das Gratis-Nähzeug aus meiner Umhängetasche. Dann zog ich meinen Blazer aus und untersuchte seine Machart. Schließlich öffnete ich mit der Schere an meinem Schweizer Offiziersmesser einen kleinen Schlitz neben dem Schulterpolster. Ich ließ den Schlüssel neben die Polsterung gleiten und nähte das Ganze zu. Damit würde ich es nie durch den Metalldetektor einer Sicherheitsschleuse am Flughafen schaffen, aber ich konnte ja jederzeit den Blazer ausziehen und ihn durch das Röntgengerät schicken.

Ich schlief in meinen Kleidern und Schuhen. Mit übereinandergeschlagenen Füßen lag ich flach auf dem Rücken, die Tagesdecke zum Wärmen über mich geworfen.

Als um 8.00 Uhr das Telefon klingelte, hatte ich das Gefühl, als hätte ich einen tödlichen Stromschlag bekommen. Mein Herz sprang von fünfzig Schlägen in der Minute auf erstaunliche hundertvierzig, und das ohne jegliche Aktivität – abgesehen von dem Schrei, den ich ausstieß. Ich schnappte mir den Hörer, während mir der Puls in der Kehle pochte. »Was?«

»O je. Ich habe Sie aufgeweckt. Das wollte ich nicht. Hier ist Ray.«

Ich schwang die Füße über die Bettkante, setzte mich auf und rieb mir mit einer Hand das Gesicht, um wach zu werden. »Das habe ich schon mitbekommen. Wo sind Sie?«

»Unten in der Hotelhalle. Ich muß mit Ihnen reden. Haben Sie etwas dagegen, wenn ich hinaufkomme?«

»Ja, allerdings«, sagte ich gereizt. »Was wollen Sie hier?«

»Auf Sie aufpassen. Ich finde, Sie sollten wissen, womit Sie es zu tun haben.«

»Wir treffen uns in fünfzehn Minuten im Coffee Shop.«

Ich ließ mich wieder aufs Bett fallen und blieb eine Minute liegen, während ich versuchte, mich zu sammeln. Half nicht viel. In mir rumorte es vor leisem Grauen. Schließlich schleppte ich mich ans Waschbecken, wo ich mir die Zähne putzte und mir das Gesicht wusch. Ich schnupperte an meinem Rollkragenpullover, der langsam begann, nach etwas zu riechen, das ich seit zwei Tagen trug. Eventuell müßte ich mich dazu überwinden, mir etwas Neues zu kaufen. Wenn ich meine gesamte Kleidung zum Waschen und Bügeln schickte, säße ich bis sechs Uhr abends in meiner roten Uniform fest. Wenn Laura Huckaby unterdessen aufbrach, müßte ich sie im Aufzug eines Zimmermädchens quer durch Texas verfolgen. Ich rieb mir ein bißchen Hotellotion auf die entsprechenden Körperteile und hoffte, daß die Parfümierung den reifen Geruch ungewaschener Kleidung überdecken würde.

Ich steckte die beiden Zimmerschlüssel in meine Jackentasche – meinen und den, den ich von Laura Huckabys Tisch entwendet hatte – und äugte durch den Türspion. Wenigstens lauerte mir Rawson nicht im Flur auf. Ich ging die Feuertreppe hinunter, um den Aufzug zu umgehen, und kam auf der anderen Seite der Hotelhalle wieder heraus.

Als ich am Coffee Shop des Hotels anlangte, blieb ich in der Tür stehen. Rawson war nicht schwer zu erkennen. Er war im ganzen Lokal der einzige Mann mit einem geschwollenen, grün-violett verfärbten Gesicht. Er hatte eine Bandage über der Nase, ein blaues Auge, eine aufgeplatzte Lippe sowie verschiedenste Schnittwunden, und drei Finger seiner rechten Hand waren mit Pflaster zusammengeklebt. Er nahm seinen Kaffee mit dem Löffel zu sich, vermutlich um sich den Schmerz zu ersparen, den abgebrochene, beschädigte oder fehlende Zähne verursachen. Sein weißes T-Shirt war so neu, daß ich noch die Falten von der Verpackung erkennen konnte. Entweder kaufte er seine T-Shirts eine Nummer zu klein, oder er war besser gebaut als in meiner Erinnerung. Wenigstens erlaubten mir die kurzen Ärmel, seine Drachentätowierung zu bewundern.

Ich durchquerte den Raum und ließ mich ihm gegenüber in die Nische gleiten. »Wann sind Sie hier angekommen?«

Auf dem Tisch lagen zwei Speisekarten, von denen er mir eine reichte. »Heute morgen um halb vier. Das Flugzeug hatte Verspätung wegen Nebels. Ich habe mir am Flughafen einen Leihwagen genommen. Ich habe versucht, Sie in Ihrem Zimmer anzurufen, sowie ich angekommen war, aber die Vermittlung wollte mich nicht durchstellen, also habe ich bis acht gewartet.« Seine Augen waren von der Prügelei blutunterlaufen, was seinen ansonsten sanften Gesichtszügen einen dämonischen Anstrich verlieh. Ich konnte sehen, daß sein linkes Ohrläppchen wieder angenäht worden war.

»Was sind Sie nur rücksichtsvoll«, sagte ich. »Haben Sie ein Zimmer?«

»Ja, 1006.« Sein Lächeln flackerte und verschwand. »Sehen Sie, ich weiß, daß Sie keine besondere Veranlassung haben, mir zu trauen, aber es ist Zeit, mit offenen Karten zu spielen.«

»Das hätten Sie vor zwei Tagen schon tun können, bevor wir in dieses... was auch immer geraten sind.«

Die Bedienung erschien mit der Kaffeekanne in der Hand. Sie war der mütterliche Typ und sah aus, als würde sie streunende Hunde und Katzen aufnehmen. Ihr gekräuseltes graues Haar wurde von einem Haarnetz gehalten, das wie ein Spinnennetz über ihrem Kopf lag, und ihre rauhe Stimme ließ eine lebenslange Vorliebe für filterlose Zigaretten vermuten. Sie warf Ray einen forschenden Blick zu. »Was ist denn mit Ihnen passiert?«

»Autounfall«, sagte er kurz angebunden. »Wenn Sie mir ein Aspirin bringen, vermache ich Ihnen etwas in meinem Testament.«

»Ich sehe hinten mal nach. Ich werde schon was finden.« Sie wandte sich mir zu. »Wie wär's mit Kaffee? Sie sehen aus, als könnten Sie welchen gebrauchen.«

Stumm hielt ich meine Kaffeetasse in die Höhe, die sie bis unter den Rand füllte. Sie stellte die Kaffeekanne beiseite und griff nach ihrem Bestellblock. »Möchten Sie schon bestellen, oder brauchen Sie noch ein bißchen?«

»Das tut's schon«, sagte ich und meinte damit, daß die Tasse Kaffee reichen würde.

Ray meldete sich zu Wort. »Frühstücken Sie doch etwas. Ich lade Sie ein. Das ist das mindeste, was ich tun kann.«

Ich sah wieder die Bedienung an. »In diesem Fall hätte ich gern Kaffee, Orangensaft, Speck, Würstchen, drei Rühreier und Roggentoast.«

Er hielt zwei Finger in die Höhe. »Ich auch.«

Nachdem sie abgezogen war, stützte er sich nach vorn auf die Ellbogen. Er sah aus wie ein Halbschwergewichtler am Tag, nachdem der Meistertitel wieder an den anderen zurückgefallen war. »Ich nehme es Ihnen nicht übel, daß Sie sauer sind, aber ehrlich gesagt... nach dem Einbruch bei Johnny habe ich nicht gedacht, daß er noch einmal kommen würde. Ich war der Meinung, daß es damit erledigt wäre, aber wer konnte das schon wissen?«

»›Er‹ – wer?«

»Darauf komme ich noch«, sagte er. »Ach, bevor ich es vergesse. Erinnern Sie sich an den Schlüssel, den Bucky aus Johnnys Safe geholt hat?«

»Ja«, sagte ich vorsichtig.

»Haben Sie ihn noch?«

Ich zögerte einen Sekundenbruchteil und log dann instinktiv. Warum sollte ich mich ihm anvertrauen? Bis jetzt hatte er mir auch nichts gesagt. »Ich habe ihn nicht bei mir, aber ich weiß, wo er ist. Weshalb?«

»Ich habe über ihn nachgedacht. Ich meine, er muß ja wichtig sein. Warum sollte ihn Johnny sonst in seinem Safe aufbewahren?«

»Ich dachte, Sie wüßten das. Haben Sie Charlie nicht erzählt, daß ich wegen des Schlüssels in Gefahr sei?«

»Gefahr? Ich nicht. Das habe ich niemals gesagt. Ich frage mich, wie er auf diese Idee kommt.«

»Ich habe gestern abend mit Henry gesprochen. Er sagt, auf diese Weise hätten Sie Charlie dazu gebracht, Ihnen zu verraten, wo ich bin. Sie haben gesagt, ich sei in Gefahr, und deshalb hat Ihnen Charlie die Information ja auch gegeben.«

Ray schüttelte verblüfft den Kopf. »Er muß mich falsch verstanden haben«, sagte er. »Klar, ich habe nach Ihnen gesucht, aber ich habe nichts von Gefahr gesagt. Das ist ja merkwürdig. Der alte Knabe hört schlecht. Vielleicht hat er sich geirrt.«

»Macht ja nichts. Lassen wir das beiseite. Sprechen wir von etwas anderem.«

Er blickte hinüber zum Eingang des Restaurants, wo sich eine buntgemischte Truppe Heranwachsender zu sammeln begann. Es mußten dieselben Kinder gewesen sein, die ich am Vortag die Straße hinauslaufen gesehen hatte. Sie mußten zu irgendeiner Leichtathletikveranstaltung hier gewesen sein. Der Geräuschpegel stieg an, und Ray erhob die Stimme, um sich gegen den Lärm durchzusetzen. »Wissen Sie, Sie haben mich neulich in meinem Hotelzimmer wirklich erstaunt.«

»Wie das?«

»Sie hatten recht in bezug auf Johnny. Er war nie bei der Armee. Er war im Gefängnis, genau wie Sie gesagt haben.«

Ich liebe es, recht zu haben. Es hebt regelmäßig meine Stimmung. »Was ist mit der Geschichte, wie Sie sich kennengelernt haben? War daran irgend etwas Wahres?«

»Im wesentlichen schon«, antwortete er. Er hielt inne und lächelte und entblößte dabei eine Lücke anstelle des ersten Backenzahns. Dann legte er sich eine Hand auf eine Stelle seiner Wange, wo ein tiefblauer Bluterguß von einem dunkelvioletten Ring umgeben war. »Sehen Sie jetzt nicht hin, aber wir sind umzingelt.«

Das Läuferteam schien sich auszudehnen und uns zu umgeben wie eine Flüssigkeit, während es sich in Nischen auf allen

Seiten um uns herum niederließ. Die einsame Kellnerin teilte Speisekarten aus wie Programme für eine Sportveranstaltung.

»Hören Sie auf, Zeit zu schinden«, sagte ich.

»Entschuldigung. Wir haben uns in Louisville kennengelernt, aber nicht bei den Jefferson Boat Works. Und auch nicht 1942. Es war schon früher. Etwa 39 oder 40. Wir haben zusammen in der Ausnüchterungszelle gesessen und uns angefreundet. Ich war damals neunzehn und schon ein paarmal im Knast gewesen. Wir sind ein bißchen zusammen herumgezogen, Sie wissen schon, einfach Mist bauen. Keiner von uns ist zur Armee gegangen. Wir waren beide 4-F. Ich weiß nicht mehr, was für ein Leiden Johnny hatte. Irgend etwas mit einer Bandscheibenfraktur. Ich hatte zwei geplatzte Trommelfelle und ein kaputtes Knie. Bei schlechtem Wetter macht mir das Ding immer noch Ärger. Auf jeden Fall mußten wir *irgend* etwas tun – wir langweilten uns zu Tode –, und so haben wir angefangen, Einbrüche zu machen und Lagerhäuser, Läden und so auszuräumen, Sie wissen schon. Ich nehme an, wir haben ein Ding zuviel gedreht und sind dabei auf frischer Tat ertappt worden. Ich mußte dann ins Bezirksgefängnis, aber ihn haben sie in die staatliche Besserungsanstalt nach Lexington geschickt. Er hat zwanzig Monate einer Strafe von fünf Jahren abgesessen und ist mit seiner Familie nach Kalifornien gezogen. Danach ist er sauber geblieben, soweit ich gehört habe.«

»Wie steht's mit Ihnen?«

Er senkte den Blick. »Tja, wissen Sie, nachdem Johnny weg war, bin ich in schlechte Gesellschaft geraten. Ich hielt mich für schlau, aber ich war genauso eine Niete wie alle anderen. Ein Typ hat mir bei einem anderen Ding, das wir gedreht haben, einen falschen Tip gegeben. Die Bullen haben uns erwischt, und ich wurde in die Federal Correctional Institution droben in Ashland, Kentucky, geschickt, wo ich weitere fünfzehn Monate absaß. Danach war ich ein Jahr draußen und dann wieder drin. Ich hatte nie das Geld für einen noblen Anwalt, also mußte ich mich mit meinem Schicksal abfinden. Eines kam zum anderen, und so war ich bis jetzt im Knast.«

»Sie haben über vierzig Jahre lang im Gefängnis gesessen?«

»Mehr oder weniger. Sie glauben, es gäbe keine Leute, die so lange im Knast waren? Ich hätte wesentlich früher 'rauskommen können, aber mein Temperament hat mich immer wieder in der Gewalt gehabt, bis ich endlich herausgefunden habe, wie man sich benimmt«, sagte er. »Ich litt unter etwas, was die Docs ›mangelnde Impulskontrolle‹ nennen. Das habe ich im Bau gelernt. So zu reden. Wenn ich damals an etwas gedacht habe, habe ich es eben getan. Ich habe aber nie jemanden umgebracht«, fügte er hastig hinzu.

»Das ist mir eine große Erleichterung«, sagte ich.

»Na ja, später im Knast schon, aber das war Notwehr.«

Ich nickte. »Aha.«

Rawson fuhr fort. »Jedenfalls, Ende der vierziger Jahre habe ich angefangen, dieser Frau namens Marla zu schreiben, die ich durch eine Anzeige für Brieffreundschaften kennengelernt hatte. Ich schaffte es einmal, auszubrechen, und das reichte uns, um zu heiraten. Sie wurde schwanger, und wir bekamen ein kleines Mädchen, das ich seit Jahren nicht mehr gesehen habe. Viele Frauen verlieben sich in Häftlinge. Sie würden staunen.«

»Mich erstaunt nichts, was Menschen tun«, sagte ich.

»Ein anderes Mal, als ich draußen war, habe ich schließlich die Bewährungsauflagen gebrochen. Manchmal glaube ich, Johnny fühlte sich verantwortlich. Als ob ich mich, wenn er nicht gewesen wäre, nie so tief mit dem kriminellen Element eingelassen hätte. War nicht so, aber ich glaube, er hat das gedacht.«

»Möchten Sie damit sagen, daß Johnny den Kontakt über all die Jahre aus Schuldgefühlen heraus gehalten hat?«

»In erster Linie schon«, sagte er. »Und vielleicht auch, weil ich außer seiner Frau der einzige war, der wußte, daß er im Gefängnis war. Bei allen anderen tat er immer so, als wäre er etwas ganz anderes. Diese ganzen Geschichten über Birma und Claire Chennault. Das hatte er aus Büchern. Seine Kinder hielten ihn für einen Helden, aber er wußte, daß er keiner war. Bei mir konnte er er selbst sein. Unterdessen hatte ich mich in schweren Diebstahl und bewaffneten Raubüberfall verstrickt, wodurch ich schließlich ein Anrecht auf Kost und Logis auf Staatskosten erwarb. Ich habe eine Zeitlang in Lewisburg und ein Weilchen in Leavenworth gesessen, aber die meiste Zeit war ich in Atlanta inhaftiert. Das trainiert die Überlebensfähigkeiten ungemein. In Atlanta bringen sie nämlich all die kubanischen Kriminellen unter, die Castro rüberschickt, damit sie uns Gesellschaft leisten.«

»Was ist mit Marla geschehen? Sind Sie immer noch mit ihr verheiratet?«

»Nee. Sie hat sich schließlich von mir scheiden lassen, weil ich mich nicht zusammenreißen und anständig werden konnte, aber das war meine Schuld, nicht ihre. Sie ist eine gute Frau.«

»Es muß beunruhigend sein, nach vierzig Jahren wieder frei zu sein.«

Rawson zuckte die Achseln und blickte ziellos in den Raum. »Sie haben getan, was sie konnten, um mich für draußen vorzubereiten. Als ich sechzig wurde, hat die Haftbehörde begonnen, mir den harten Vollzug abzugewöhnen. Mein Sicherheitsniveau ist immer weiter gefallen, bis ich den Bau verlassen durfte. Ich wurde zurück in die FCI Ashland überstellt. Das war vielleicht ein Erwachen. Fünfunddreißig Jahre war es her, seit ich den Schuppen zuletzt gesehen hatte, und dann steh' ich Knilchen gegenüber, die genauso alt sind, wie ich es war, als ich zum ersten Mal verknackt wurde. Mit einem Mal ›kapier‹ ich es, verstehen Sie? Als hätte ich den großen Durchblick. Ich habe mich innerhalb eines Jahres komplett verändert, habe meinen Schulabschluß nachgemacht und angefangen, Collegekurse zu belegen. Dann habe ich begonnen, mich um mich selbst zu kümmern, habe das Rauchen aufgegeben, angefangen, Gewichte zu heben und so. Hab' mich aufgemöbelt. Dann bin ich noch einmal vor die Bewährungskommission getreten und bekam einen Teil der Haftzeit erlassen.«

Ray hielt inne, um die Jugendlichen um uns herum zu betrachten. Sie drängten sich in Nischen und an Tischen, an die sie weitere Stühle herangezogen hatten. Die Speisekarten wanderten über ihren Köpfen von Hand zu Hand, während das Rauschen unermüdlichen Lachens in Wellen über sie hinwegschwappte. Es war ein Geräusch, das ich mochte, energiegeladen, unschuldig. Ray schüttelte den Kopf. »Die Kids sind auf meinem Stockwerk, ungefähr zwei Zimmer weiter. Mein Gott, das Gekreische und Getrample die Flure auf und ab. Bis spät in die Nacht hinein.«

»Haben Sie noch Kontakt zu Marla?«

»Ab und zu. Sie hat wieder geheiratet. Soweit ich zuletzt gehört habe, lebt sie noch irgendwo in Louisville. Ich würde gern hinfahren und sie besuchen, sobald ich hiermit fertig bin. Ich möchte auch meine Tochter sehen und alles wieder gutmachen. Ich weiß, daß ich kein guter Vater war – ich war zu sehr damit beschäftigt, Mist zu bauen –, aber ich würde es gern versuchen. Auch meine Mutter möchte ich wiedersehen.«

»Ihre *Mutter* lebt noch?«

»Klar. Sie ist fünfundachtzig, aber unglaublich zäh.«

»Nicht, daß es mich etwas anginge, aber wie alt sind Sie?«

»Fünfundsechzig. Alt genug, um in Rente zu gehen, wenn ich je einen richtigen Job gehabt hätte.«

»Sie sind also erst vor kurzem entlassen worden«, sagte ich.

»Vor ungefähr drei Wochen. Nach Ashland habe ich noch ein halbes Jahr in einer Resozialisierungseinrichtung verbracht. Sowie ich rauskam, bin ich zur Küste gefahren. Ich habe Johnny im April geschrieben und ihm meinen Entlassungstermin mitgeteilt. Er sagte, ich solle ruhig kommen, er würde mir helfen. Und das habe ich auch gemacht. Der Rest ist genau so, wie ich Ihnen schon gesagt habe. Ich wußte nicht, daß er tot war, bis ich an Buckys Tür geklopft habe.«

»Inwiefern wollte Johnny Ihnen helfen?«

Rawson zuckte die Achseln. »Unterkunft. Eine Partnerschaft. Er hatte ein paar Ideen für ein kleines Geschäft, das wir betreiben könnten. Ich habe im Knast gearbeitet – jeder körperlich dazu fähige Häftling arbeitet –, aber ich habe nur vierzig Cents in der Stunde verdient, von denen ich mir Schokoriegel, Limonade, Deo und solches Zeug selbst kaufen mußte, so daß ich mir nichts auf die hohe Kante legen konnte.«

»Wie haben Sie die Reise hierher bezahlt?«

»Meine Mutter hat mir das Geld geliehen. Ich habe gesagt, ich würde es ihr zurückzahlen.«

»Wer ist der Kerl, der in Johnnys Wohnung eingebrochen ist?«

»Er heißt Gilbert Hays und ist ein früherer Zellengenosse von mir. Vor ein paar Jahren waren wir zusammen eingebuchtet. Ich habe meine blöde Schnauze aufgerissen, weil ich diesen Dreckskerl beeindrucken wollte. Fragen Sie mich nicht, weshalb. Er ist ein derart mieses Stück Scheiße, daß ich mich immer noch in den Hintern beißen könnte.« Seine Grimasse ließ den Riß in seiner Unterlippe aufplatzen. Ein Faden Blut quoll hervor. Er preßte sich eine Papierserviette auf den Mund.

»Die Schnauze worüber aufgerissen?«

»Passen Sie auf, wir sitzen also im Knast. Was haben wir denn schon groß zu tun, außer uns gegenseitig wilde Storys zu erzählen? Er prahlte andauernd mit irgendwas herum, und so habe ich ihm von Johnny erzählt. Der gute Mann war ein Geizkragen und hat ständig Geld beiseite geschafft. Johnny hat es nicht offen gesagt, aber er hat immer wieder durchblicken lassen, daß er die dicke Kohle auf seinem Grundstück versteckt hätte.«

»Und Sie wollten es ihm abknöpfen?«

»Ich doch nicht. He, kommen Sie, das würde ich ihm nicht

antun. Wir haben nur großspurige Märchen verzapft. Später haben Hays und ich uns verkracht. Vermutlich hat er sich eingebildet, er könnte sich ein Bündel Bares schnappen, und ich käme nie dahinter.«

»Sie haben ihm verraten, wo Johnny wohnt?«

»Ich habe nur Kalifornien gesagt. Er muß mir quer durchs Land gefolgt sein, dieser schleimige Drecksack.«

»Woher hat er gewußt, daß Sie draußen sind?«

»Also, das weiß ich wirklich nicht. Vielleicht hat er mit meinem Bewährungshelfer gesprochen. Ich erinnere mich dunkel, daß ich ihn einmal bedroht habe. Vermutlich hat er ihm erzählt, daß er Angst davor hätte, ich sei hinter ihm her. Was ich immer noch tun könnte.«

»Wie haben Sie herausgefunden, daß er es war?«

»Zuerst wußte ich es ja gar nicht. Sowie ich von dem Einbruch erfuhr, merkte ich, daß etwas faul war, aber ich habe nicht an Hays gedacht. Dann wurde mir klar, was passiert war, und daß er es gewesen sein mußte. Andere Möglichkeiten kamen einfach nicht in Frage, weil ich nie jemand anderem gegenüber ein Wort über Johnny habe verlauten lassen.« Ray nahm die Serviette von seiner blutenden Lippe. »Wie sieht's aus?«

»Tja, das Blut *strömt* nicht gerade«, sagte ich. »Können wir ein bißchen zurückgehen? Als Sie erfahren haben, daß Johnny tot ist, warum waren Sie sich da so sicher, daß er immer noch irgendwo Geld versteckt hatte?«

»Ich war mir nicht *sicher*, aber es lag auf der Hand. Wenn ein Typ mit einem Herzinfarkt tot umfällt, hat er keine Zeit mehr, irgend etwas zu unternehmen. Als ich mit Bucky gesprochen habe, habe ich herausgefunden, daß der Junge keinen Cent hat, also ist das Geld, falls es überhaupt existiert, wahrscheinlich noch irgendwo auf dem Anwesen versteckt. Ich denke mir, wenn ich Johnnys Wohnung miete, kann ich mich in aller Ruhe umsehen.«

»Und in der Zwischenzeit haben Sie Bucky kein Wort von alledem erzählt.«

»Von dem Geld? Selbstverständlich nicht. Wissen Sie, warum? Angenommen, ich liege falsch. Warum soll ich ihnen Hoffnungen machen, wenn gar nichts da ist? Wenn ich Geld finde, kann ich sie um einen Anteil bitten.«

»Oh, sicher. Es handelt sich um Geld, von dem sie gar nichts wissen, und Sie wollen mir erzählen, daß Sie es ihnen geben würden?«

Er lächelte schüchtern. »Vielleicht würde ich einen kleinen Prozentsatz abschöpfen, aber wem täte das weh? Sie bekommen immer noch mehr, als sie sich je erhoffen konnten.«

»Und in der Zwischenzeit ist Ihnen dieser frühere Zellengenosse bis zu Johnnys Türschwelle gefolgt?«

»Das nehme ich an.«

»Woher wußte er von der Sockelleiste?«

Ray hielt seine verletzte Hand in die Höhe. »Weil ich es ihm gesagt habe. Sonst hätte er mir jeden Knochen in der Hand gebrochen. Er war mir gegenüber im Vorteil, weil ich ihn nicht erwartet hatte. Das nächste Mal weiß ich Bescheid, und das wird einer von uns nicht überleben.«

»Woher wußten Sie von der Sockelleiste?«

Ray tippte sich an die Schläfe. »Ich weiß, wie Johnnys Kopf funktioniert hat. An dem Tag, als ich hier aufgetaucht bin und Sie seine Bücher durchsucht haben? Da habe ich eine kleine Inspektion vorgenommen. Er hatte zuvor schon einmal eine Sockelleiste benutzt – nämlich seinerzeit –, und so habe ich mir gedacht, daß ich es zuerst damit versuchen würde.« Er rutschte auf seinem Stuhl herum. »Sie glauben mir nicht. Das sehe ich an Ihrem Blick.«

Ich lächelte verhalten. »Sie sind ein sehr raffinierter Mann. Sie lügen mindestens so gut wie ich, nur daß Sie schon mehr Übung haben.«

Er wollte etwas sagen, doch die Bedienung war mit zwei

dampfenden Tellern auf einem Tablett zurückgekehrt. Sie sah mehr als erledigt aus. Sie stellte Saft, zwei Portionen gebutterten Toast und eine Auswahl Marmelade auf den Tisch. Dann holte sie zwei kleine Papierpäckchen aus der Tasche ihrer Uniform und legte sie neben seinen Teller. »Ich hab' Ihnen die mitgebracht«, sagte sie.

Ray nahm eines der Päckchen in die Hand. »Was ist Midol?«

»Gegen Krämpfe, aber es hilft bei allem, was einen plagt. Nehmen Sie nur nicht zu viele. Sonst bekommen Sie PMS.«

»PMS?« sagte er verständnislos.

Keine von uns antwortete. Sollte er es selbst herausfinden. Sie füllte unsere Kaffeetassen auf und ging zum nächsten Tisch weiter, während sie ihren Bestellblock herauszog. Ray öffnete eines der Papierpäckchen und schluckte mit seinem Orangensaft zwei Tabletten. Wir verbrachten eine kurze, intensive Phase damit, Nahrung unsere Schlünde hinabzuschaufeln.

Schließlich tupfte sich Rawson sachte mit einer Papierserviette das Kinn. »Wenn Sie mich fragen, würde ich sagen, hören wir auf, auf Vergangenem herumzureiten, und denken wir lieber darüber nach, was als nächstes ansteht.«

»Ach. Jetzt sind wir Partner. Das Kumpelsystem«, sagte ich.

»Klar, warum nicht? Gilbert Hays hat Johnnys Geld genommen, und ich will es zurück. Nicht nur für mich. Ich spreche von Bucky und Chester. Haben sie Sie nicht deswegen engagiert? Um das wiederzubeschaffen, was Hays gestohlen hat?«

»Ich nehme es an«, sagte ich.

Er zuckte lakonisch die Achseln. »Was meinen Sie dann dazu? Was haben Sie für einen Plan?«

»Wieso ist das meine Sache? Lassen Sie sich doch etwas einfallen«, sagte ich.

»Sie sind diejenige, die bezahlt wird. Ich bin nur zur Assistenz da.«

Ich musterte ihn und dachte über die verworrene Geschichte nach, die er gerade erzählt hatte. Ich glaubte eigentlich nicht, daß er mir die Wahrheit gesagt hatte, aber ich kannte ihn nicht gut genug, um zu wissen, zu welcher Art Lügen er neigte. »Offen gestanden gibt es eine Möglichkeit, und ich könnte ein bißchen Hilfe brauchen«, sagte ich.

»Gut. Worum geht's?«

Ich zog Lauras Zimmerschlüssel hervor und legte ihn auf den Tisch. »Ich habe den Schlüssel zu Laura Huckabys Zimmer.«

Seine Miene wurde zuerst völlig ausdruckslos, dann setzte er einen schiefen Blick auf. Er beugte sich vor und starrte mich an. Dann sagte er: »Was?«

»Die Frau mit dem Matchsack. Sie benutzt den Namen Hudson, aber das hier ist der Schlüssel zu ihrem Zimmer.«

10

Ich zerrte einen der Wäschekarren aus dem Abstellraum auf Laura Huckabys Stockwerk. Ich war wieder in meine rote Uniform geschlüpft, bereit, mich an die Arbeit zu machen. Zuerst zog ich einen Stapel sauberer Laken und Handtücher aus dem Regal in der Wäschekammer und legte sie auf meinen Karren. Dazu stellte ich Schachteln mit Papiertaschentüchern, Toilettenpapier, Toilettenartikel und das beschichtete Schild mit der Aufschrift »Zimmermädchen anwesend«, das ich zuvor stibitzt hatte. Ich studierte das Klemmbrett, das am einen Ende des Karrens hing. Daran war an einer schmuddeligen Schnur ein Kugelschreiber befestigt. Soweit ich sehen konnte, war noch keines der Zimmer gemacht worden. Auf dem Arbeitsplan waren Bernadette und Eileen eingetragen, aber bislang waren ihre Aufgaben noch nicht abgehakt worden. Ich wußte nicht, was geschehen würde, wenn eine von ihnen mitten unter meinen vorgetäuschten Mühen auftauchte. Bestimmt hätte niemand etwas dagegen, daß ich mit anpackte... es sei denn, diese Frauen meldeten Gebietsansprüche in bezug auf Kloschüsseln an. Ich schob den Wäschekarren vor mir den mit Teppich ausgelegten Flur entlang. Die Räder blieben immer wieder in dem unregelmäßigen Flor hängen, und ich mußte darum kämpfen, daß der Karren nicht gegen die Wände prallte.

Der Plan, den Ray Rawson und ich ausgeheckt hatten, funktionierte folgendermaßen: Rawson würde vom Haustelefon auf der anderen Seite der Lobby, in Sichtweite der Rezeption, in Lauras Zimmer anrufen. Er würde sich als Angestellter der Rezeption ausgeben und behaupten, daß ein Päckchen für sie angekommen sei, für das sie eine Unterschrift leisten mußte. Er würde ihr sagen, daß er jetzt in die Pause ginge, das Päckchen aber auf dem Tisch des Geschäftsführers auf sie wartete. Wenn sie so bald wie möglich herunterkäme, würde einer der Angestellten es ihr gerne holen. Sollte sie darum bitten, es aufs Zimmer gebracht zu bekommen, müßte er ihr zu seinem Bedauern erklären, daß das gegen die hauseigenen Vorschriften verstieße. Kürzlich sei ein Päckchen fehlgeleitet worden, und der Geschäftsführer bestand nun darauf, daß die Gäste persönlich erschienen.

Unterdessen sollte ich mich auf dem Flur in der Nähe ihres Zimmers aufhalten und genau darauf achten, wann sie ging. Sobald sich die Türen des Aufzugs nach unten hinter ihr geschlossen hatten, würde ich mit Hilfe ihres Schlüssels Zimmer 1236 betreten. Laura würde in der Hotelhalle ankommen, wo jemand von der Rezeption ohne Erfolg nach ihrem nicht vorhandenen Päckchen suchen würde. Verwirrung, Ärger und baldige Entschuldigungen. Jeder würde versichern, weder von einem Paket noch von irgendwelchen Vorschriften zu wissen. Verzeihen Sie die Umstände. Sowie das Päckchen auftauchte, würde es hinaufgesandt werden.

Wenn sie sich von der Rezeption abwandte, um wieder nach oben zu fahren, würde Ray Rawson im Zimmer anrufen und das Telefon einmal klingeln lassen. Das wäre mein Stichwort, mich davonzumachen, falls ich noch da war. Da ich genau wußte, wo der Matchsack lag, dürfte es nicht mehr als zehn Sekunden in Anspruch nehmen, den Inhalt an mich zu nehmen. Wenn Laura im zwölften Stock aus dem Aufzug käme, würde ich bereits die Feuertreppe zum achten hinabsteigen. Dort würde ich meine Straßenkleidung anziehen und mir meine Umhängetasche schnappen. Ich würde mich mit Rawson in der Hotelhalle treffen, und noch bevor Laura überhaupt merkte, daß sie bestohlen worden war, wären wir schon unterwegs zum Flughafen, wo wir den nächsten Flug nehmen würden. Es verursachte mir keinerlei Kopfzerbrechen, Diebe zu bestehlen. Nur der Gedanke daran, erwischt zu werden, ließ mein Herz pochen.

Ich postierte meinen Karren zwei Türen von Lauras Zimmer entfernt und sah auf die Uhr. Rawson wollte seinen Anruf um 10.00 Uhr tätigen, was mir Zeit gab, mich vorzubereiten. Jetzt war es 9.58 Uhr. Ich beschäftigte mich mit einem Packen Handtücher, die ich immer wieder aufs neue zusammenlegte, da ich eifrig beschäftigt wirken wollte, wenn Laura Huckaby herauskam. Der Flur war totenstill und die Akustik so beschaffen, daß ich das Telefon klingeln hörte, als er bei ihr anrief. Der Hörer wurde nach dem zweiten Klingeln abgenommen, und deutliche Stille folgte. Ich spürte, wie mein Magen vor Spannung rumorte. Im Geiste ging ich alles durch, malte mir aus, wie sie den Flur hinab, in den Aufzug und hinüber zur Rezeption ging. Der Wortwechsel mit dem Angestellten, die Suche nach dem Päckchen, Frustration und Versicherungen, und schon käme sie zurück. Ich hätte eine Zeitspanne von mindestens fünf Minuten zur Verfügung, mehr als genug Zeit für die Aufgabe, die ich mir selbst gestellt hatte.

Ich sah erneut auf die Uhr: 10.08 Uhr. Wozu brauchte sie so lange? Ich hätte gedacht, daß sie die Ankunft eines Päckchens wahnsinnig neugierig machen würde, erst recht, wenn es ihre Unterschrift erforderte. Was auch immer sie aufhielt, es war 10.17 Uhr, als sie herauskam. Ich hielt mein Gesicht abgewandt und wich ihrem Blick aus, als ich mein Klemmbrett zur Hand nahm und willkürliche Vermerke machte. Sie schloß die Tür hinter sich und sah mich. »Oh, hi. Erinnern Sie sich noch an mich?«

Ich sah zu ihr hinauf. »Ja, Ma'am. Wie geht es Ihnen?« sagte ich. Ich legte das Klemmbrett beiseite und nahm ein Handtuch, das ich zusammenfaltete.

»Haben Sie vielleicht meinen Schlüssel gesehen, als Sie gestern abend mein Zimmer aufgeräumt haben?« Sie trug ihr übliches dickes Make-up, und ihr Haar war zu einem Pferdeschwanz zurückgekämmt, den sie mit einem hellgrünen Chiffonschal zusammengebunden hatte.

»Nein, Ma'am, aber wenn er weg ist, können Sie an der Rezeption einen Ersatzschlüssel bekommen.« Ich faltete ein zweites Handtuch zusammen und legte es auf den Stapel.

»Ich glaube, das werde ich tun«, sagte sie. »Danke. Schönen Tag noch.«

»Ihnen auch.« Ich musterte Lauras Rückseite, als sie auf die Aufzüge zuging. Sie trug einen weißen Baumwoll-Rollkragenpulli unter einem dunkelgrünen Trägerrock aus Cordsamt, der für Umstandszwecke geschnitten gewesen sein konnte oder auch nicht. Der Saum war hinten länger als vorne. Sie zerrte an dem Kleidungsstück, das sich um ihre Leibesmitte bauschte. Dazu trug sie ihre roten Tennisschuhe mit dem hohen Schaft und heute dunkelgrüne Strümpfe. Falls meine Vermutungen zutrafen und sie das Opfer ehelicher Gewalt war, könnte das ihre Neigung erklären, sich überall zu bedecken. Ich ließ die Hand in die Tasche gleiten, wo ihr Fünf-Dollar-Trinkgeld vom Vorabend nach wie vor ordentlich gefaltet lag. Dieser Geldschein war der einzige Funken an Anerkennung, den mir meine Verkleidung als Putzfrau bisher eingebracht hatte. Ich wünschte, sie wäre nicht so freundlich gewesen. Plötzlich fühlte ich mich aufgrund dessen, was ich vorhatte, wie ein Schwein.

Sie bog um die Ecke. Ich legte die Handtücher beiseite und

holte den Schlüssel hervor. Dann geschah eine Weile gar nichts. Ich wartete darauf, daß ein Startschuß abgefeuert würde. Schließlich hörte ich, wie die Anzeige *ping* machte, als der Aufzug das Stockwerk erreichte, und dann das gedämpfte Geräusch von Türen, die sich wieder schlossen. Schon bewegte ich mich auf die Tür von Zimmer 1236 zu. Ich schob den Schlüssel ins Schloß, drehte ihn um und schmückte den Türknauf mit dem »Zimmermädchen-anwesend«-Schild – für den Fall, daß sie ohne Vorwarnung zurückkam. Ich sah mich rasch um, um sicherzugehen, daß Zimmer und Badezimmer wie erwartet leer waren. Dann machte ich das Licht in der Ankleideecke an.

Seit gestern waren weitere Toilettenartikel ausgepackt und ums Waschbecken herum angeordnet worden. Ich ging an den Wandschrank und öffnete die Tür. Der Matchsack stand noch da, wo ich ihn zuvor gesehen hatte, und ihre Handtasche direkt daneben. Ich zerrte den Matchsack aus dem Schrank und hievte ihn auf die Abstellfläche. Zuerst nahm ich eine oberflächliche Untersuchung vor, um sicherzugehen, daß die Tasche nicht mit irgendeiner versteckten Sprengladung präpariert war. Der Matchsack war aus strapazierfähigem beigem Segeltuch, vermutlich wasserdicht, mit dunklen Lederhenkeln und einer Seitentasche für Zeitschriften. An jedem Ende der Tasche gab es ein Fach mit Überklappe, in das man kleinere Gegenstände stecken konnte. Ich zog den Reißverschluß des großen Fachs auf und untersuchte mit halsbrecherischer Geschwindigkeit den Inhalt. Socken, Flanellschlafanzug, saubere Unterwäsche, Strumpfhose. Ich sah in die Fächer an beiden Enden, doch sie waren leer. Nichts in der Außentasche. Vielleicht hatte sie das Geld herausgenommen und woanders untergebracht. Ich sah auf die Uhr: 10.19 Uhr. Ich hatte schätzungsweise noch gut drei Minuten.

Ich stellte den Matchsack zurück und nahm ihre Handtasche, deren Inhalt ich durchsuchte. In ihrer Brieftasche steckte ein Führerschein aus Kentucky, verschiedene Kreditkarten, mehrere Identitätsnachweise und vielleicht hundert Dollar Bargeld. Ich stellte die Handtasche wieder neben den Matchsack. Um wieviel Geld ging es wohl, und wieviel Platz konnte es in Anspruch nehmen? Ich stellte mich auf die Zehenspitzen und untersuchte das Einlegebrett im Wandschrank, das sich leer anfühlte. Ich faßte in die Taschen ihres Regenmantels und ließ schließlich eine Hand in die Taschen des Jeanskleids gleiten, das sie getragen hatte und das nun neben dem Regenmantel hing. Ich sah im Schränkchen unter dem Waschbecken nach, aber es enthielt weiter nichts als Wasserrohre und ein Absperrventil. Ich betrachtete kurz die Duschkabine und den Spülkasten der Toilette. Dann ging ich in den Hauptraum, wo ich eine Schublade nach der anderen aufzog. Alle waren leer. Nichts im Fernsehschrank. Nichts im Nachttisch.

Plötzlich klingelte das Telefon. Einmal. Dann Stille.

Mein Herz begann zu hämmern. Laura Huckaby war auf dem Weg nach oben. Mir ging die Zeit aus. Ich trat an den Schreibtisch und zog die Stiftablage heraus, um nachzusehen, ob etwas darundergeklebt worden war. Ich ließ mich auf alle viere hinab und spähte unter die Betten; dann zog ich die Tagesdecke zurück und hob eine Ecke der Matratze des nächstgelegenen Betts. Fehlanzeige. Ich versuchte es beim anderen Bett, indem ich den Arm zwischen Matratze und Sprungfedern schob. Dann richtete ich mich wieder auf und strich die Bettdecken glatt. Schließlich durchsuchte ich den Matchsack noch einmal, wühlte mich durch das Gewirr aus Kleidungsstücken und fragte mich, was ich übersehen hatte. Vielleicht gab es innerhalb des ersten Reißverschlußfachs noch ein zweites. Ach, zum Teufel damit. Ich schnappte mir den Matchsack und ging zur Tür. Ich riß das »Zimmermädchen-anwesend«-Schild vom Türknauf und zog hinter mir die Tür zu. Ich hörte, wie der Aufzug *ping* machte und dann das Geräusch der sich öffnenden Türen. Hastig schob ich den Matchsack unter einen Stapel sauberer Bettwäsche und begann den Karren den Flur entlangzuschieben.

Laura Huckaby ging eiligen Schritts an mir vorüber. Sie hatte einen Zimmerschlüssel in der Hand, so daß ihre Fahrt nach unten zumindest nicht völlig umsonst gewesen war. Diesmal würdigte sie mich keines Blickes. Sie schloß ihre Zimmertür auf und knallte sie hinter sich zu. Ich schob den Karren in die Nische am Ende des Korridors, zog den Matchsack heraus und eilte auf den Feuerausgang zu. Dann drängte ich mich ins Treppenhaus und begann, im Laufschritt nach unten zu rasen, wobei ich jede zweite Stufe übersprang. Wenn Laura Huckaby überhaupt Verdacht geschöpft hatte, würde sie nicht lange brauchen, bis sie die leichte Unordnung bemerkte. Ich malte mir aus, wie sie schnurstracks auf den Wandschrank zuging und ihre Dummheit verfluchte, wenn sie sah, daß der Matchsack fehlte. Sie mußte wissen, daß sie hereingelegt worden war. Ob sie dann Stunk machte oder nicht, hinge davon ab, wie gut ihre Nerven waren. Wenn sie eine große Summe legalen Geldes bei sich hätte, warum sollte sie dann nicht den Hotelsafe nutzen? Es sei denn, die Beute selbst war es, worüber Ray Rawson die Unwahrheit gesagt hatte.

Ich kam im achten Stock an, stieß die Tür auf und ging auf Zimmer 815 zu. Ein Mann im Straßenanzug stand vor meinem Zimmer auf dem Flur. Ich blieb auf der Stelle stehen. Er drehte sich um, als er mich sah. Ich konnte einen Blick auf das Namensschild an seinem Jackett werfen. Der Matchsack kam mir mit einem Mal riesig und ziemlich auffällig vor. Warum sollte ein Zimmermädchen eine Segeltuchtasche von solchen Ausmaßen mit sich herumschleppen? Ich bewegte mich automatisch auf den Abstellraum zu. In meinem Brustkasten brannte es, und ich begann zu hyperventilieren. Aus dem Augenwinkel beobachtete ich, wie er noch einmal an meine Tür klopfte. Ganz unauffällig musterte er den Flur in beiden Richtungen, holte dann einen Hauptschlüssel heraus und ging in mein Zimmer. O Gott, was nun?

Ich stellte den Matchsack auf ein Regalbrett in der Wäschekammer und legte einen Stapel sauberer Bettwäsche darüber. Die Laken purzelten zu Boden, und der Matchsack kippte hinterher. Ich hob ihn auf und stopfte ihn übergangsweise in einen riesigen Wäschesack, der für Schmutzwäsche gedacht war. Dann kniete ich mich hin und begann, die Bettwäsche wieder zusammenzufalten. Ich mußte etwas tun, während ich darauf wartete, daß der Typ wieder aus meinem Zimmer verschwand. Ich spähte um die Tür herum. Nichts von ihm zu sehen, also mußte ich annehmen, daß er nach wie vor in meinem Zimmer war und meine Habseligkeiten durchstöberte. Meine Umhängetasche war im Wandschrank, und ich wollte nicht, daß er sie durchsuchte, aber ich sah im Grunde keine Möglichkeit, ihn davon abzuhalten, außer indem ich das Haus in Brand steckte. Ich hörte, wie die Tür zum Feuerausgang auf- und wieder zuging. Bitte, bitte, bitte, laß es nicht eines der echten Zimmermädchen sein, dachte ich. Jemand trat in mein Blickfeld. Ich sah auf. Nun, meine Gebete waren erhört worden. Es war nicht das Zimmermädchen, es war der Wachmann.

Ich spürte, wie ein Blitzstrahl der Angst mich von oben bis unten durchzuckte und die Hitze mein Gesicht rötete. Er war Mitte Vierzig, hatte kurzes Haar und eine Brille, war sauber rasiert und zu dick. Meiner Meinung nach hätte er bei seinem Wanst Bauchgymnastik treiben sollen. Er stand da und sah mir dabei zu, wie ich einen Kopfkissenbezug faltete. Ich lächelte nichtssagend. Ich fühlte mich wie eine Schauspielerin, die mitten auf der Bühne einen Anfall von Lampenfieber bekommt. Sämtliche Spucke verschwand aus meinem Mund und sickerte am anderen Ende hinaus.

»Darf ich fragen, was Sie hier machen?«

»Ah. Ich wollte nur die Bettwäsche in Ordnung bringen. Mrs. Spitz hat mich gebeten, den Wäschebestand hier oben zu überprüfen.« Ich richtete mich schwerfällig auf. Nicht einmal in meiner Verkleidung als demütiges Zimmermädchen wollte ich, daß er mich überragte.

Er musterte mich eingehend. Sein Blick war flach und sein Tonfall eine Mischung aus Autorität und Beurteilung. »Darf ich um Ihren Namen bitten?«

»Ja.« Mir war klar, daß ich ihm besser einen nannte. »Katy. Ich bin neu. Ich werde noch angelernt. Eigentlich ist das die Schicht von Eileen und Bernadette. Ich sollte ihnen helfen, aber jetzt sind mir diese Laken heruntergefallen.« Ich versuchte, erneut zu lächeln, doch mein Gesichtsausdruck ähnelte eher einem aufgesetzten Grinsen.

Er studierte mich nachdenklich und erwog offenbar den Wahrheitsgehalt der Äußerung, die ich gerade getan hatte. Sein Blick wanderte meine Uniform hinab. »Wo ist denn Ihr Namensschild, Katy?«

Ich legte mir die Hand aufs Herz wie bei einem Treueschwur. Mir wollte einfach keine Antwort einfallen. »Ich hab's verloren. Ich soll ein neues bekommen.«

»Was dagegen, wenn ich mir das von Mrs. Spitz bestätigen lasse?«

»Klar, kein Problem. Machen Sie ruhig.«

»Wie heißen Sie mit Nachnamen?« Er hatte bereits sein Walkie-talkie herausgezogen, und sein Daumen bewegte sich auf den Knopf zu.

»Beatty, wie Warren Beatty«, sagte ich ohne nachzudenken. Zu spät wurde mir klar, daß mein Name nun Katy Beatty lautete. Ich schwafelte weiter. »Falls Sie auf der Suche nach dem Geschäftsführer heraufgekommen sind, der ist auf 815. Die Frau, nach der er sucht, ist gerade auf dem Weg nach unten«, sagte ich. Ich wies in die Richtung von Zimmer 815. Meine Hand zitterte, aber das schien ihm nicht aufzufallen. Er hatte sich herumgedreht, um den Flur hinter sich entlangzublicken.

»Mr. Denton ist hier oben?«

»Ja. Zumindest glaube ich, daß er es ist. Ich hatte den Eindruck, daß er nach dieser Frau sucht, aber sie ist kurz zuvor gegangen.«

»Wo liegt denn das Problem?«

»Das hat er nicht gesagt.«

Er ließ das Walkie-talkie sinken. »Wie lange ist das her?«

»Fünf Minuten. Ich kam gerade aus dem Aufzug, als sie einstieg.«

Er hielt inne und starrte mich an, während er nach hinten griff und das Sprechgerät an seinem Gürtel befestigte. Sein Blick fiel auf meine Füße und wanderte dann wieder nach oben. »Diese Schuhe sind gegen die Vorschrift.«

Ich sah zu meinen Füßen hinab. »Ehrlich? Das hat mir kein Mensch gesagt.«

»Wenn Mrs. Spitz die sieht, bekommen Sie eine Abmahnung.«

Mir brannte das ganze Gesicht. »Danke. Ich werd's mir merken.«

Er ging den Flur hinab. Ich stand wie angewurzelt da, sehnte mich danach zu fliehen, zögerte aber, mich zu bewegen, da ich fürchtete, Aufmerksamkeit zu erregen. Er klopfte an meine Tür. Ein Moment verstrich, dann wurde die Tür einen Spalt weit geöffnet. Der Wachmann besprach sich mit dem Mann in meinem Zimmer. Dann kam der Typ im Anzug heraus und zog meine Zimmertür hinter sich zu. Die beiden Männer gingen rasch den Flur hinab und auf die Aufzüge zu. Ich wartete, bis ich den Aufzug *ping* machen hörte, und holte dann den Matchsack aus seinem Versteck. Die Aufzugtüren hatten sich kaum geschlossen, als ich im Eiltempo den Flur hinabschritt, mein Zimmer betrat und die Kette vorlegte. Wie lange würde es dauern, bis sie herausfanden, daß Kinsey Millhone und das nicht vorschriftsmäßige Zimmermädchen ohne Namensschild ein und dieselbe Person waren?

Ich griff nach unten und streifte hastig die Schuhe ab. Dann zog ich mir den roten Kittel über den Kopf, machte den Reißverschluß an meinem Uniformrock auf und ließ ihn fallen. Ich lehnte mich an die Wand, um meine Tennissocken anzuziehen. Ich packte meine Jeans, schlüpfte hinein und hüpfte, aus dem Gleichgewicht geraten, herum, als ich sie hochzog. Ich zerrte mir den Rollkragenpulli über den Kopf, schob die Füße wieder in die Schuhe und ließ die Schnürsenkel offen baumeln. Dann öffnete ich den Wandschrank. Meine Handtasche stand immer noch auf dem Boden, wo ich sie hingestellt hatte, aber es bedurfte nur eines einzigen Blicks, um festzustellen, daß der Typ im Anzug darin herumgewühlt hatte. Verdammter Mist. Ich riß den Blazer vom Kleiderbügel und wand mich hinein. Ich sah mich rasch im Zimmer um, um sicherzugehen, daß ich nichts zurückgelassen hatte. Ich erinnerte mich an das Fünf-Dollar-Trinkgeld in meiner Uniformtasche und nahm den Schein an mich. Dann packte ich den Matchsack und wollte mich schon davonmachen. Aber ich ging noch einmal zurück, schnappte mir die rote Uniform vom Fußboden und knüllte sie zu einer Kugel zusammen. Dann stopfte ich sie in das Reißverschlußfach des Matchsacks. Wenn sie noch einmal suchten, warum ihnen dann die Befriedigung gönnen, sie zu finden? Ich zog die Zimmertür hinter mir zu und ging teils gemächlich, teils eilig auf die Feuertreppe zu.

Ich stieg acht Stockwerke hinab. Als ich an der Tür zur Hotelhalle angekommen war, öffnete ich sie einen Spalt weit und blickte hinaus. Ein kleiner Trupp Geschäftsleute hielt offenbar in einer der Sitzgruppen eine Spontanbesprechung ab. Papiere lagen auf dem Tisch verstreut. Ich spähte nach links hinüber. Ein Pärchen sprach mit einem Angestellten der Rezeption, der eine Landkarte der Umgebung in der Hand zu halten schien. Keine Spur von Mr. Denton oder dem Wachmann. Übrigens ebensowenig von Ray Rawson. Er hatte gesagt, er würde am Haustelefon auf mich warten, das ich auf der anderen Seite der Halle deutlich sehen konnte. Die Stelle war menschenleer, aber für meinen Geschmack zu exponiert.

Ich sah nach rechts. Etwa anderthalb Meter entfernt stand eine Reihe Münztelefone und dahinter die »Knappen« und

»Mägde«. Mir gegenüber zur Linken befand sich der Eingang zum Coffee Shop. Ich ließ die relative Sicherheit des Treppenhauses hinter mir, schlich den Flur entlang und in die Damentoilette. Zwei der fünf Kabinentüren waren abgeschlossen, doch als ich unter die Trennwände blickte, waren keine Füße zu sehen. Ich schloß mich in die Behindertentoilette ein, hockte mich auf den Toilettensitz und band mir die Schuhe zu. Dann leerte ich den Matchsack und schüttete seinen Inhalt auf den Fußboden.

Zuerst untersuchte ich die Tasche selbst, äugte in jedes Fach und jede Falte und fuhr mit den Fingern in sämtliche Ecken. Ich hatte gedacht, daß ich vielleicht irgendein Geheimfach finden würde, doch es schien nichts dergleichen vorhanden zu sein. Ich fummelte an jeder Naht, jedem Stift und jeder Verbindung herum. Ich inspizierte jedes Kleidungsstück, das ich auf den Boden geworfen hatte, wobei ich die gestohlene Uniform zusammenlegte und wieder einpackte, dazu einen baumwollenen Schlafanzug, zwei Paar Strümpfe, T-Shirts, Tampons, zwei Büstenhalter und unzählige Höschen und Socken. Hier war absolut nichts.

Ich merkte, wie meine Unruhe wuchs. Ich war diesem sinnlosen Gepäckstück über drei Bundesstaaten hinweg gefolgt, ausgehend von der Annahme, daß es etwas enthielt, was die Verfolgung wert war. Nun sah es danach aus, als hätte ich es zu nichts als einem Haufen gebrauchter Unterwäsche gebracht. Was sollte ich Chester sagen? Er würde toben, wenn ich ihm erzählte, daß ich *dafür* den ganzen Weg nach Dallas geflogen war. Der Mann hatte nicht das Geld dazu, mich auf der Spur einiger Baumwollslips quer durchs Land jetten zu lassen. Ich hatte das Gesetz gebrochen. Ich stand mit einem Bein im Gefängnis. Ich hatte sowohl meine Lizenz als auch meinen Broterwerb aufs Spiel gesetzt. Ich begann, das Zeug wieder in das Reißverschlußfach zu schieben. Zum Glück sahen die Höschen so aus, als ob sie mir passen würden, und ich konnte ein sauberes Paar gebrauchen. Ich zögerte. Nee, vermutlich keine gute Idee. Falls ich wegen Diebstahls verhaftet würde, wäre es besser, wenn ich das Beweisstück nicht über meinem Hintern trüge.

Ich verließ die Toilettenkabine und versuchte, lässig zu wirken und nicht wie eine schwerkriminelle Dessous-Diebin auf der Flucht. Ich konnte mich nicht dazu überwinden, den Matchsack zurückzulassen. Im Grunde klammerte ich mich immer noch an die Idee, daß er einen seltenen und unbezahlbaren Gegenstand darstellte anstatt meine Fahrkarte ins Kittchen. Ich spähte nach links durch die Hotelhalle zum Haustelefon, doch von Ray war noch immer nichts zu sehen. Ich postierte mich an einem der öffentlichen Telefone und wühlte in meiner Jackentasche, deren Inhalt ich auf der Suche nach Kleingeld auslerte. Auf das metallene Bord legte ich eine Kinokarte, den Kugelschreiber, mein Fünf-Dollar-Trinkgeld, zwei Vierteldollars und die Büroklammer. Ich warf eine der beiden Münzen in den Schlitz und meldete ein Gespräch an Chester in Kalifornien an, mit dem ich meine Telefonkreditkarte belastete. Ich bekam meinen Vierteldollar zurück, legte ihn zum ersten und schob zur Beruhigung gedankenlos die Gegenstände hin und her. Ich nahm nicht an, daß Chester beglückt sein würde. Ich hoffte, daß er nicht zu Hause wäre, aber beim dritten Klingeln nahm er höchstpersönlich den Hörer ab. »'Lo.«

»Hallo, Chester? Hier ist Kinsey.«

»Können Sie lauter sprechen? Ich kann Sie nicht verstehen. Wer ist dran?«

Ich wölbte eine Hand über die Sprechmuschel und drehte den Körper zur Seite, damit ich meinen Namen nicht quer durch die Hotelhalle brüllen mußte. »Ich bin's. Kinsey«, zischte ich. »Ich habe den Matchsack, aber darin ist nichts von Belang.«

Totenstille. »Das soll wohl ein Witz sein.«

»Äh, nein, eigentlich nicht. Entweder sind die Sachen woanders hingebracht worden, oder es ist überhaupt nichts gestohlen worden.«

»Natürlich haben sie *etwas* gestohlen! Sie haben die verfluchte Sockelleiste vom Küchenschränkchen abgerissen. Pappy hatte wahrscheinlich Bargeld versteckt.«

»Haben Sie jemals Bargeld *gesehen*?«

»Nein, aber das besagt nicht, daß es nicht da war.«

»Das ist reine Spekulation. Vielleicht ist der Kerl eingebrochen und hat nichts gefunden. Der Matchsack hätte ja auch leer sein können.« Ich begann die Gegenstände auf dem Bord umzugruppieren und legte einen der Vierteldollars über Lincolns Gesicht auf dem Fünf-Dollar-Schein. George Washington auf der Münze wirkte nackt, während Lincoln auf dem Schein mit seinem Sonntagsstaat ausstaffiert war. Sie mußten George mit zurückgekämmtem Haar in der Sauna erwischt haben.

In unwirschem Ton sagte Chester: »Das kapiere ich nicht. Warum rufen Sie mich an, nur um mir einen solchen Bockmist zu verzapfen?«

»Ich fand, Sie sollten über die neuesten Entwicklungen Bescheid wissen. Ich hielt es für angemessen.«

»Angemessen? Sie halten es für angemessen, daß ich das ganze Geld dafür ausgegeben habe, damit Sie nach Dallas und zurück fliegen können? Ich habe Ergebnisse erwartet.«

»Moment mal. Bislang haben Sie keinen Cent ausgegeben. *Ich* hatte die Unkosten. Sie sollen sie mir zurückzahlen.« Ich nahm die Kappe von meinem Kugelschreiber ab und malte Lincoln einen Schnurrbart an, wodurch seine Nase kleiner wirkte. Es war mir nie aufgefallen, was für einen Riesenzinken er hatte.

»Wofür zurückzahlen? Frische Luft und Sonnenschein? Vergessen Sie's.«

»Hören Sie mal. Wir haben eine Entscheidung getroffen, die sich als falsch erwiesen hat.«

»Weshalb soll ich dann bezahlen? Ich bezahle Sie doch nicht für Ihre Inkompetenz.«

»Chester, glauben Sie mir. Ich bin mein Geld wert. Ich könnte schon für die Hälfte der Dinge, die ich riskiert habe, meine Lizenz entzogen bekommen. Ich darf in diesem Bundesstaat nicht einmal arbeiten.« Ich legte die beiden Münzen auf entgegengesetzte Ecken des Fünf-Dollar-Scheins, um ihn zu fixieren.

»Das ist Ihr Problem, nicht meines. Ich wäre nicht einverstanden gewesen, wenn ich gewußt hätte, daß Sie einem Phantom nachsetzen.«

»Tja, ich auch nicht. Das ist eben das Risiko, das wir eingegangen sind. Am Anfang waren Sie genauso schlau wie ich.« Zum Spaß schrieb ich ein schlimmes Wort auf die Vorderseite des Fünf-Dollar-Scheins. Es war die einzige Methode, die mir einfiel, um ihn nicht anzuschreien.

»Zum Teufel damit. Sie sind gefeuert!« hörte ich ihn fauchen. »Verflucht noch mal!« sagte er zu sich selbst, als er mir direkt ins Ohr den Hörer aufknallte.

Ich schnitt dem toten Hörer eine Grimasse und rollte mit den Augen. Dann hievte ich ein Telefonbuch nach oben und begann nach der Reservierungsnummer von American Airlines zu suchen. Es war peinlich, zuzugeben, daß das alles umsonst gewesen war, aber ich sah nicht, was für einen Sinn es haben sollte, wenn ich in Dallas blieb. Ich hatte einen Fehler gemacht. Ich hatte von Anfang an gewußt, daß meine Handlungsweise impulsiv war. Ich war anhand der Informationen, die ich eben besaß, vorgegangen, und wenn sich mein Urteil als falsch erwies, konnte ich nun nichts mehr daran ändern. Ich merkte, daß ich mich eifrig darum bemühte, mich selbst in Schutz zu nehmen, aber nach Chesters Entrüstung war das ja nur allzu verständlich. Wer konnte es ihm schon übelnehmen?

Ich nahm den Fünfer zur Hand und studierte ihn genauer, wobei ich besonders auf die Feinheiten achtete. Auf Geldscheinen tummelt sich ein barockes Sortiment verwischter Namen und Ziffern neben verschnörkelten Schneckenmustern und amtlichen Siegeln. Hm, *das* war aber seltsam. Seit wann war Henry Morgenthau Finanzminister? Und wer war dieser ominöse Julian, dessen winzige Unterschrift so unleserlich war?

Genau rechts von Lincolns Porträt stand »Serie 1934 A«. Ich kramte in meiner Handtasche, holte meine Brieftasche hervor und musterte die wenigen Geldscheine, die ich dabeihatte. Der einzige andere Fünfer in meinem Besitz war ein Buchanan-Regan, Serie 1981. Die Ein-Dollar-Scheine waren 1981er Buchanan-Regans und ein 1981-A-Ortega-Regan, dazu ein paar nagelneue Ortega-Bakers von 1985. Ein Zwanziger und ein Zehner stammten offenbar aus demselben Jahrgang. Wenn ich mich nicht irrte, hieß das, daß das Fünf-Dollar-Trinkgeld, das Laura Huckaby mir gegeben hatte, ein Geldschein von 1934 war. Wies das nicht darauf hin, daß sie es eilig hatte, Scheine aus einem Lager alter Banknoten auszugeben? Bestimmt hatte sie einen solchen Schein nicht zufällig in ihrem Besitz.

Ich legte das Telefonbuch weg und verabschiedete mich von dem Gedanken, wieder in ein Flugzeug zu steigen. Vielleicht war doch nicht alles verloren. Ich nahm den Matchsack in die Hand und ging weiter, während ich stets die gesamte Hotelhalle im Blick behielt. Die fünf Geschäftsleute beugten sich einander zu und reichten sich gegenseitig die Blätter irgendeines Berichts. Wie in einer solchen Gruppe üblich, steuerte offenbar einer von ihnen die Aufmerksamkeit der anderen. Hinter mir öffnete sich abrupt die Tür, und bevor ich mich umdrehen konnte, wurde ich am Ellbogen gepackt und ins Treppenhaus gezerrt.

11

»Wo zum Teufel sind Sie gewesen?«

Ich wandte mich erstaunt um. Es war Ray, dessen zerschundenes Gesicht etwa fünfzehn Zentimeter von meinem entfernt war. Er hatte das Pflaster von seiner Nase entfernt, aber es sah immer noch so aus, als stecke in seinen Nasenlöchern Watte. Seine Haut roch medizinisch, der gleiche Duft, der in einer Notaufnahme vorherrscht, eine Zusammensetzung aus gleichen Teilen Alkohol, Verbandsmaterial und chirurgischem Nähzeug. Er hielt mich immer noch mit seiner verletzten Hand umklammert, wobei seine geschienten Finger steif abstanden.

»Wo *ich* gewesen bin? Wo sind *Sie* gewesen?« Unsere Stimmen hallten im Treppenhaus wider wie das Kreischen einer Vogelschar. Wir blickten beide nach oben und senkten unsere Lautstärke auf heiseres Flüstern. Ray drängte mich in die Nische, den der letzte Treppenabsatz dort bildete, wo die Stufen an der Wand endeten.

»Herrgott, diese Typen sind hinter Ihnen her«, zischte er. »Irgend so ein Heini mit einem Walkie-talkie hat mich massiv ins Verhör genommen. Ich warte am Haustelefon, und er fragt mich, ob ich etwas dagegen hätte, ›kurz ins Büro zu kommen‹. Was hätte ich denn machen sollen? Er weiß, wer Sie sind, und er will wissen, was Sie hier tun.«

»Weshalb hat er Sie gefragt?«

»Er hat sich umgehört. Die Kellnerin muß ihm gesagt haben, daß sie uns zusammen gesehen hat. Es war nicht schwer, mich ausfindig zu machen. Mit einer solchen Visage? Ich habe ihm gesagt, daß Sie Privatdetektivin seien und verdeckt an einem Fall arbeiten, über den ich nicht sprechen dürfte.«

»Für wen hat er Sie denn gehalten, für einen Polizisten?«

»Ich habe ihm erzählt, daß ich im Zuge eines Zeugenschutzprogramms in einen anderen Bundesstaat gebracht werden solle. Ich mußte es so darstellen, als wäre alles streng geheim und ginge um Leben und Tod.«

»Das können sie Ihnen nicht abgenommen haben. Wie haben Sie sich losgeeist?«

»Es ist ihnen scheißegal, wer ich bin. Sie wollen mich nur loswerden. Ich habe gesagt, ich würde in mein Zimmer hinauffahren und meine Sachen holen. Dann haben sie mich zum Aufzug begleitet, und sowie sie mich allein ließen, habe ich mich umgedreht und bin wieder nach unten gefahren. Ist das der Matchsack? Geben Sie her.«

Ich riß ihn aus seiner Reichweite. »Hören Sie mal, Sie Komiker. Schwören Sie auf einen Stapel Bibeln, daß Sie mir die Wahrheit gesagt haben? Suchen wir wirklich nach Bargeld und nicht nach Drogen oder Diamanten oder gestohlenen Dokumenten, hm?«

»Es ist Geld. Ich schwöre es. Sie haben es nicht gefunden?«

»Ich habe überhaupt nichts gefunden. Um wieviel geht es eigentlich?«

»Achttausend Dollar, mittlerweile vielleicht ein bißchen weniger.«

»Das ist *alles*?«

»Kommen Sie. Das ist eine Menge, wenn man keinen Cent hat, so wie ich.«

»Irgendwie hatte ich den Eindruck, daß es mehr sei«, sagte ich.

Unsere Stimmen hatten wieder zu hallen begonnen. Er legte sich einen Finger auf die Lippen.

»Woher stammt denn das Geld?« flüsterte ich heiser.

»Das sage ich Ihnen später. Sehen wir erst mal zu, daß wir einen Weg hier herausfinden.«

»Unter diesem Flur verläuft ein Betriebskorridor, aber er ist von hier aus nicht zugänglich«, erklärte ich.

»Wie wär's mit dem Stockwerk darüber?«

»Das wird nicht gehen.« Er begann die Stufen hinaufzusteigen, aber ich packte ihn am Arm. »Moment mal. Immer mit der Ruhe. Wir brauchen einen Plan.«

»Wir brauchen das Geld«, korrigierte er mich, »bevor uns das Wachpersonal wieder auf den Fersen ist. Vielleicht hat diese Huckaby das Geld ja bei der Geschäftsleitung deponiert.«

»Das kann nicht sein. Ich stand mit ihr in der Schlange, als sie sich hier eingetragen hat. Sie hat keine Wertsachen deponiert. Das hätte ich gesehen.«

»Wo ist es dann? Sie wird das Geld nicht aus den Augen lassen. Wenn wir herausfinden, wo sie es hat, können Sie es sich schnappen und abhauen.«

»Oh, *ich* kann das? Das ist ja reizend. Und was ist mit Ihnen?«

»Ich habe bildlich gesprochen«, meinte er.

»Jedenfalls ist das Geld nicht in ihrem Zimmer, denn das habe ich durchsucht.«

»Dann muß sie es bei sich haben.«

»Hat sie *nicht*. Das habe ich Ihnen doch gesagt. Ah!« Ich vernahm das Geräusch, das ein Einfall auslöst, wenn das Gehirn zündet, eine winzige Implosion, wie eine spontane Selbstentzündung an der Schädelbasis. »Moment mal. Ich hab's. Ich glaube, ich weiß, wo es ist.«

Ich klopfte an Laura Huckabys Tür. Eine Weile geschah gar nichts. Vermutlich blickte sie durch den Spion, um zu sehen, wer es war. Ray stand links von der Tür an der Wand und trug einen gequälten Gesichtsausdruck zur Schau. »Ich weiß, woher Gilbert das Datum meiner Haftentlassung kannte«, sagte er tonlos. »Ich wollte es Ihnen eigentlich nur im Notfall sagen.«

»Still«, sagte ich ganz leise. Ich hatte keine Ahnung, wo sein Problem lag – vom Offensichtlichen abgesehen. Er hatte sich auffällig heftig dagegengestemmt, mit mir hier heraufzukommen, und alle möglichen Gründe dafür angeführt, daß ich es allein tun sollte. Ich war unerbittlich gewesen. Zum einen konnten wir ja, wenn wir erwischt wurden, so tun, als gingen wir gerade. Und zum anderen wollte ich jetzt, da Chester erbost war, nicht die alleinige Verantwortung auf mich nehmen. Wie zuvor öffnete Laura die Tür einen Spalt breit und ließ die Kette vorgelegt.

Ich hielt ihr den Matchsack entgegen. »Hi, ich bin's. Ich bin gerade nicht im Dienst. Ich habe das hier in der Hotelhalle gefunden.«

»Ist das meiner?«

»Ich glaube schon. Lag er nicht gestern abend in Ihrem Wandschrank?«

»Wie ist er denn von dort verschwunden?«

»Keine Ahnung. Ich habe ihn im Vorübergehen gesehen und dachte, ich klopfe mal bei Ihnen«, sagte ich. »Es ist doch Ihrer, oder nicht?«

Sie musterte ihn rasch. »Einen Moment bitte. Ich sehe mal nach.« Sie ließ die Tür offenstehen, nach wie vor durch die Kette gesichert, während sie in die Ankleideecke ging und den Schrank aufmachte. Ray und ich wechselten einen Blick. Ich wußte, daß sie ihren Matchsack nicht finden würde, wartete aber pflichtbewußt und spielte die Farce bis zum Ende mit. Mit verblüffter Miene kam sie wieder an die Tür. »Es muß wohl meiner sein.« Es war offensichtlich, daß sie mir kein Vertrauen schenken wollte, aber was blieb ihr schon anderes übrig? Aus ihrer Sicht war sie zum Opfer unerklärlicher Ereignisse geworden. Ein verschwundener Schlüssel, ein fehlendes Päckchen und jetzt der wandernde Matchsack.

»Ich kann ihn hier draußen abstellen. Soll ich das tun?«

»Nein, ist schon in Ordnung.« Sie schloß die Tür und ließ die Kette aus der Schiene gleiten. Dann öffnete sie die Tür exakt so weit, daß der Matchsack hindurchpaßte, und streckte die Hand aus, als wolle sie ihn mir abnehmen. Ich legte eine Hand um die Türkante und hinderte sie so daran, die Tür zu schließen.

Die Geste schien sie zu überrumpeln, und sie sagte gereizt: »He!«

Ich hoffte, daß mein Lächeln beruhigend wirkte. »Darf ich hereinkommen? Wir müssen uns unterhalten.« Ich drückte die Tür auf.

»Verschwinden Sie«, sagte sie und drückte dagegen.

Wir kämpften um die Tür, aber inzwischen hatte sich Ray eingeschaltet, und sie gab nach wortlosem Ringen auf. Langsam wurde ihr klar, daß etwas ganz massiv im argen lag.

»Mein Name ist Kinsey Millhone«, sagte ich, als wir das Zimmer betraten. »Und das ist mein Freund Ray.«

Sie trat einen Schritt zurück und betrachtete Rays verletztes und geschwollenes Gesicht. »Was *soll* das?«

»Wir haben eine Besprechung über das Geld einberufen«, sagte ich nur. »Nur zwischen Ihnen, mir und ihm.«

Sie wirbelte herum und eilte hastig auf den Nachttisch zu, wo sie den Telefonhörer packte. Ray fing sie ab und drückte auf die Gabel, bevor sie »0« wählen konnte.

»Immer mit der Ruhe. Wir wollen nur mit Ihnen reden«, sagte er. Er nahm ihr den Hörer aus der Hand und legte ihn auf den Apparat zurück.

»Wer sind Sie? Was soll das Ganze; wollen Sie mich erpressen?«

»Ganz und gar nicht«, sagte ich. »Wir sind Ihnen von Kalifornien aus gefolgt. Ihr Freund Gilbert hat Geld gestohlen, und Ray möchte es gern zurückhaben.«

Ihr Blick heftete sich zuerst auf mich und wechselte dann ruckartig zu ihm, während sie zu begreifen begann. »Sie sind Ray Rawson.«

»Genau.«

Sie ließ eine Hand nach oben schnellen, als wollte sie ihn ins Gesicht schlagen. Ray hielt sie in der Bewegung auf und bekam den Schlag auf den Arm. Mit seiner heilen Hand packte er sie am Handgelenk. »Laß das«, sagte er.

»Nimm deine dreckigen Pfoten von mir.«

»Gib uns einfach das Geld, dann lassen wir dich in Ruhe.«

»Es gehört nicht dir. Es gehört Gilbert.«

Ray schüttelte den Kopf. »Leider nicht. Die Kohle gehört mir und einem Mann namens Johnny Lee. Johnny ist vor vier Monaten gestorben, also gebe ich seinen Anteil an seinen Sohn und seinen Enkel weiter. Gilbert hat versucht, uns übers Ohr zu hauen.«

»Du verdammter Scheißkerl! Das stimmt nicht! Das Geld

gehört ihm, und das weißt du ganz genau. Du bist derjenige, der gesungen hat. Sein Bruder ist deinetwegen ums Leben gekommen.«

»Das ist doch Schwachsinn. Hat er das behauptet?«

»Ähm – ja. Er hat mir gesagt, es sei irgendein Trick gewesen und daß das Ganze abgekartet war. Du hast den Bullen einen Tip gegeben, und Donnie ist bei der Schießerei getötet worden«, sagte sie.

»Moment mal, Leute. Was wird hier eigentlich gespielt?« sagte ich.

Ray gab sich ungerührt und ignorierte mich vollkommen, während er sich auf sie konzentrierte. »Er hat dich angelogen. Das mußte er wahrscheinlich tun, damit du mitmachst, stimmt's? Denn wenn du die Wahrheit wüßtest, würdest du ihm nicht helfen. Hoffe ich.«

»Du Arschloch. Er hat mir schon gesagt, daß du genau das versuchen würdest: die Wahrheit so lange verdrehen, bis sie dir in den Kram paßt.«

»Du willst die Wahrheit wissen? Ich sage sie dir. Möchtest du hören, was passiert ist?«

Sie hielt sich die Ohren zu, als wolle sie ihn aussperren. »Das brauche ich mir nicht anzuhören. Gilbert hat mir gesagt, was passiert ist.«

Ich hob die Hand. »Würde mir bitte mal einer von Ihnen erklären, worum es hier geht? Kennen Sie sich?«

»Nicht direkt«, sagte Ray. Er wandte sich um, um sie anzusehen, und die Blicke der beiden verhakten sich ineinander. Rays Blick wanderte wieder zu mir. »Sie ist meine Tochter. Ich habe sie seit Jahren nicht mehr gesehen.«

Sie stürzte sich auf ihn und hämmerte mit den Fäusten auf seine Brust. »Du bist ein solches Dreckschwein«, schrie sie und brach unvermittelt in Tränen aus.

Ich sah vom einen zum anderen. Zwar stand ich nicht mit offenem Mund da, aber es fühlte sich so an.

Ray nahm sie in die Arme. »Ich weiß, Baby, ich weiß«, murmelte er und tätschelte sie. »Ich habe ein so schlechtes Gewissen wegen alledem.«

Es dauerte vermutlich weitere fünf oder sechs Minuten, bis Lauras Tränen versiegten. Ihr Gesicht war an seine Schulter gepreßt, wobei ihr gewölbter Bauch die Umarmung linkisch aussehen ließ. Ray hatte seine zerschlagene Wange auf ihr wirres Haar gebettet, das sich mittlerweile zum größten Teil gelöst hatte und in dunklen, kastanienbraunen Klumpen herabhing. Ray quoll angesichts ihrer geräuschvollen Unglücksäußerung, die sie mit einem kindlichen Mangel an Zurückhaltung auszudrücken verstand, beinahe über vor Zerknirschtheit. Keiner von beiden war an den körperlichen Kontakt gewöhnt, und ich hatte den Verdacht, daß die vorübergehende Verbindung keineswegs eine Lösung bedeutete. Wenn ihre Entfremdung ein Leben lang gedauert hatte, bedurfte es mehr als eines Bilderbuch-Moments, um alles in Ordnung zu bringen. Unterdessen verdrängte ich jeglichen Gedanken an meine Cousine Tasha und meine Entfremdung von meiner Großmutter.

Ich ging ans Fenster und sah auf den kahlen Streifen texanischer Landschaft hinaus. Ich fühlte mich genauso trocken. Ebenso wie in Kalifornien war auch hier die großzügige Verwendung importierten Wassers das einzige Mittel, durch das der Wüste Land abgerungen werden konnte. Wenigstens verstand ich jetzt, warum er nicht mit nach oben kommen wollte. Er muß den Moment gefürchtet haben, in dem sie sich gegenüberstehen würden, vor allem, nachdem er begriffen hatte, wie Gilbert Hays sie benutzt hatte. Warum müssen die rührendsten Momente im Leben so oft auch die deprimierendsten sein?

Hinter mir schien das Weinen langsam nachzulassen. Sie sprachen im Murmelton miteinander, und ich hörte höflich weg. Als ich mich wieder umwandte, saßen die beiden Seite an Seite auf einem der Doppelbetten. Lauras Tränen hatten sich in Streifen durch die vielen Schichten Make-up gegraben und alte Blutergüsse zum Vorschein gebracht. Es war eindeutig, daß sie erst kürzlich ein blaues Auge gehabt hatte. Ihr Kiefer war in einem Mattgrün gefärbt, das zu den Rändern hin gelb wurde, Farben, die sich in den frischeren Verletzungen im Gesicht ihres Vaters wiederholten. Seltsamer Gedanke, daß derselbe Mann sie beide geschlagen hatte. Er musterte ihr Gesicht, und das verfehlte seine Wirkung nicht. »Hat er dir das angetan? Denn wenn er es war, dann bringe ich ihn um, das schwöre ich bei Gott.«

»Es war nicht so«, sagte sie.

»Es war nicht so. *Schwach*sinn.«

Ihre Augen flossen erneut über. Ich ging in die Ankleideecke und holte ein paar Papiertaschentücher. Als ich zum Bett zurückkam, nahm mir Ray den Packen ab und reichte ihr die Tücher. Sie schneuzte sich und sah mich dann vorwurfsvoll an. »Sie sind gar nicht das Zimmermädchen«, sagte sie zornig. »Sie haben nicht einmal die Betten richtig gemacht.«

»Ich bin Privatdetektivin.«

»Ich wußte doch, daß einem in diesem Hotel nicht das Bett aufgedeckt wird. Ich hätte mich auf meinen Instinkt verlassen sollen.«

»*Wie* wahr«, sagte ich. Ich setzte mich auf das andere Bett. »Würde mich jetzt bitte einer von Ihnen aufklären?«

Ray wandte sich mit einem erwartungsvollen Blick zu mir. »Moment mal. Was ist mit der Abmachung?«

»Die Abmachung?«

»Ich weiß nicht, wo das Geld ist. Ich dachte, es wäre irgendwo hier oben.«

»Ah, das Geld. Warum fragen Sie nicht sie?«

»Mich? *Ich* habe es nicht. Wovon reden Sie überhaupt?«

»O doch, Sie haben es.« Ich streckte die Hand nach Lauras Bauch aus und klopfte gegen die Wölbung. Das dumpfe Geräusch war nicht ganz das, was man von warmem, mütterlichem Fleisch erwarten würde. Aufgebracht schlug sie meine Hand weg. »Lassen Sie das!«

Ray riß die Augen auf. »Es ist in ihrem Bauch? Sie meinen, in den Hintern geschoben?«

»Nicht ganz. Der Bauch ist nicht echt.«

»Woher wissen Sie das?«

»Sie hat Tampons im Matchsack. Wenn sie schwanger wäre, bräuchte sie die nicht. Frauensache«, antwortete ich.

»Ich *bin* schwanger. Was bilden Sie sich eigentlich ein? Das Baby kommt im Januar. Am sechzehnten, genauer gesagt.«

»Wenn dem so ist, dann ziehen Sie doch bitte Ihr Kleid hoch, damit wir es strampeln sehen können.«

»Das *muß* ich nicht tun. Ich finde es unerhört, daß Sie so etwas verlangen.«

»Ray, ich sage Ihnen, sie hat das Geld in einer Art Gurt. So hat sie es auch ins Flugzeug gebracht, ohne daß es beim Sicherheitscheck auffiel. Bei achttausend in einem Matchsack hätten sie womöglich zu viele Fragen gestellt.«

»Das ist ja albern. Es gibt kein Gesetz, das es verbietet, Bargeld in einen anderen Bundesstaat zu transportieren.«

»O doch, wenn das Geld gestohlen ist«, sagte ich in meinem gekonntesten Gouvernanten-pfui-bäh-Tonfall. Ehrlich, wir beide waren wie Schwestern, wir zankten uns wegen allem.

»Kommt schon, Ladies. Bitte.«

Ich ballte die Hand zur Faust. »Soll ich sie in den Bauch boxen? Das wäre ein guter Test.«

»Herrgott noch mal! Das geht Sie nichts an.«

»O doch. Chester hat mich engagiert, damit ich das Geld finde, und genau das habe ich getan.«

»Ich - habe - das - Geld - nicht«, sagte sie überdeutlich.

Ich zog meine Faust wieder ein.

»Okay! Verdammt noch mal. Es ist in einer Leinenweste, die man vorne aufschnallt. Ich hoffe, jetzt sind Sie zufrieden.«

Ich genoß ihre Pikiertheit. Als ob ich diejenige gewesen wäre, die sie angelogen hatte. »Na, das ist ja toll. Dann lassen Sie mal sehen. Ich bin neugierig, wie es aussieht.«

»Ray, würdest du ihr sagen, daß sie die Finger von mir lassen soll?«

Ray sah mich an. »Lassen Sie es. Das ist doch unsinnig. Ich dachte, Sie hätten gesagt, daß Sie die Geschichte hören wollten.«

»Das will ich auch.«

»Dann Schluß mit dem Quatsch und weiter im Text.« Er sah wieder seine Tochter an. »Du fängst an. Ich möchte Gilberts Version hören. Er sagt was – daß ich die anderen verraten hätte?«

»Ich muß mir erst das Gesicht waschen. Ich fühle mich gräßlich«, sagte sie. Ihre Nase war rot und die Augen von ihrem Gefühlsausbruch geschwollen. Sie stand auf und ging in die Ankleideecke, wo sie Wasser ins Waschbecken laufen ließ.

»Ihre Tochter? Das hätten Sie mir aber sagen können«, meinte ich.

Ray wich meinem Blick aus wie ein Hund, der auf dem guten Teppich das Bein gehoben hat.

Als Laura zurückkam, ließ er sie auf dem Bett Platz nehmen, während er sich den Schreibtischstuhl nahm und ihn näher heranzog. Ihr Teint, der nun frei von Make-up war, wies all die fleckigen Unregelmäßigkeiten auf, die zu erwarten gewesen waren. Sie warf mit zweifelnder Miene einen Blick auf Ray. Dann nahm sie ein Papiertaschentuch und wickelte es sich um den Zeigefinger. Nun, da sie im Mittelpunkt des Geschehens stand, gab sie sich seltsam zögerlich. »Gilbert sagt, daß 1941 ein Bankraub stattgefunden hat.«

»Das stimmt.«

Ich warf ihm einen raschen Blick zu. »Das *stimmt*?«

»Ihr wart insgesamt zu fünft. Du, Gilbert, sein Bruder Donnie, der Typ, den du erwähnt hast ...«

»Johnny Lee«, ergänzte Ray.

»Genau. Der und ein Mann namens McDermid.«

»Eigentlich waren wir zu sechst. Zwei McDermids, Frank und Darrell«, verbesserte Ray.

Sie zuckte die Achseln und nahm die Korrektur zur Kenntnis, die ihre Auffassung des Ereignisses offenbar nicht beeinflußte. »Gilbert behauptet, daß du den Bullen einen Tip gegeben hättest und sie mitten während des Einbruchs aufgetaucht seien. Es kam zu einer Schießerei, und sein Bruder Donnie kam ums Leben. Genau wie McDermid und ein Polizist. Das Geld verschwand, aber Gilbert war überzeugt davon, daß du und Johnny wüßtet, wo es versteckt war. Johnny saß zwei Jahre im Gefängnis, und als er herauskam, ist er untergetaucht. Gilbert konnte ihn nicht aufspüren, also hat er gewartet, bis du rausgekommen bist, ist dir gefolgt, und siehe da, da war das Geld. Gilbert hat sich nur seinen Anteil genommen. Tja, und vermutlich auch den Anteil seines Bruders. Er findet, daß du und Johnny jahrelang den Nutzen davon hattet und ihm nun rechtmäßig der Rest zusteht.«

»Könnte ich bitte etwas klären?« sagte ich zu Laura.

»Sicher.«

»Ich nehme an, es war Ihre Mutter, die Ihnen gesagt hat, wann Ray aus dem Gefängnis entlassen würde?«

Sie nickte. »Sie hat es mir anvertraut. Gilbert hatte mir bereits erzählt, was passiert war, und ich war wütend. Ich meine, es war schon schlimm genug, daß mein Vater sein ganzes Leben im Gefängnis war, aber auch noch zu erfahren, daß er alle seine Freunde verraten hatte? Das war das Mieseste vom Miesen.«

»Baby, ich muß dir etwas sagen. Ich weiß nicht, was du für eine Beziehung zu Gilbert hast, aber bist du eigentlich nicht auf die Idee gekommen, daß er sich dir nur genähert hat, um an mich heranzukommen?«

»Nein. Ganz und gar nicht. Das kannst du nicht *wissen*«, sagte sie.

»Sieh dir mal die Fakten an. Ich meine, es liegt doch auf der Hand«, meinte er. »Hat er nicht von Anfang an nach mir gefragt? Vielleicht nicht namentlich, aber eben nach der familiären Situation, bla bla bla, nach deinem Vater und deinem Stiefvater und dergleichen?«

»Und wenn schon? Jeder fragt zu Anfang solche Dinge.«

»Tja, kommt dir das nicht seltsam vor? Da stellt sich ›ganz zufällig‹ heraus, daß wir beide vor gut vierzig Jahren zusammen ein Ding gedreht haben?«

»Eigentlich nicht. Gilbert kannte Paul von der Arbeit... das ist mein Stiefvater«, sagte sie beiseite zu mir. »Ich nehme an, daß Paul irgendwann den Namen Rawson erwähnt hat.«

»O ja, bestimmt«, sagte Ray bissig. »Als ob dein Stiefvater herumsäße und mit seinen Arbeitskollegen über mich palavern würde.«

»Was macht es schon?« sagte Laura. »Irgendwie kam es eben zur Sprache. Vielleicht war es Karma.«

Rays Miene war ungeduldig – er nahm ihr das nicht eine Minute lang ab –, machte aber eine Drehbewegung mit der Hand, die bedeutete: »Weiter mit der Geschichte.«

»Ich spreche nicht weiter, wenn du dich so benimmst, Ray«, sagte sie geziert. »Du hast mich nach meiner Sicht gefragt, und davon versuche ich dir zu erzählen, okay?«

»Okay. Du hast recht. Es tut mir leid. Aber laß mich folgendes fragen...«

»Ich behaupte nicht, sämtliche Einzelheiten zu kennen«, warf sie ein.

»Das ist mir klar. Ich frage ja nur nach der Logik. Hör mal, wie kommt es denn nach Gilberts Weisheit – falls er die Wahrheit sagt – dazu, daß ich vierzig Jahre im Gefängnis verbracht habe? Wenn ich gesungen hätte, hätte ich einen Handel vereinbart. Ich wäre keinen einzigen Tag gesessen. Oder ich hätte meine Beteiligung heruntergespielt und wäre ins Bezirksgefängnis gegangen, nur damit es gut aussieht.«

Laura schwieg, und ich sah ihr an, daß sie darum rang, eine Erklärung zu liefern, die sinnvoll war. »Das weiß ich auch nicht. Dazu hat er sich nie geäußert.«

»Tja, denk mal drüber nach.«

»Ich weiß, daß Gilbert nicht lange in Haft war«, sagte sie zögerlich.

»Ja, aber er war auch erst siebzehn. Er war noch Jugendlicher, und das war seine erste Straftat. Johnny war immer der Überzeugung, daß es der jüngere McDermid war, Darrell. Frank war viel zu aufrichtig. Darrell war derjenige, der vor Gericht gegen uns ausgesagt hat und schließlich weniger als ein Jahr absitzen mußte. Willst du wissen, warum? Weil er uns ans Messer geliefert hat und sie ihm im Ausgleich dafür ein geringfügigeres Strafmaß zugestanden haben. Gilbert will mir die Schuld in die Schuhe schieben, weil der kleine Scheißkerl gierig ist und eine Rechtfertigung dafür haben möchte, daß er sich die ganze Beute allein unter den Nagel reißt. Übrigens, du hast es nicht erwähnt, seid ihr beiden verheiratet?«

»Wir leben zusammen.«

»Ihr lebt zusammen. Das ist ja reizend. Ein Jahr, zwei Jahre?«

»Ungefähr«, sagte sie.

»Weißt du denn nicht, wie er ist?«

Laura sagte nichts. Den blauen Flecken zufolge wußte sie eine ganze Menge über Gilbert. »Ich glaube nicht, daß er gelogen hat. Du bist der Lügner.«

»Warum wartest du mit deinem Urteil nicht ab, bis du meine Schilderung hörst?«

Ich hielt eine Hand hoch. »Äh, Ray? Werde ich mich über das, was als nächstes kommt, wundern? Wird es irgendwie alles ganz neu sein und mich tierisch ärgern?«

Er lächelte dämlich. »Warum?«

»Weil ich mich langsam frage, wie viele Versionen der Geschichte Sie erzählen. Das ist meiner Zählung nach die dritte.«

»Damit hat sich's. Es ist die letzte. Bei Gott.«

Ich sah Laura an. »Der Mann lügt wie gedruckt.«

»Ich habe nicht *gelogen*«, widersprach er. »Ich habe vielleicht ein paar Dinge unerwähnt gelassen.«

»Eine Schießerei mit der Polizei? Was haben Sie sonst noch unerwähnt gelassen? Interessiert mich brennend«, sagte ich.

»Auf den Sarkasmus kann ich verzichten.«

»Und ich kann auf die Märchen verzichten! Sie haben behauptet, Gilbert sei ein ehemaliger Zellengenosse.«

»Irgendwas mußte ich Ihnen ja sagen«, meinte er. »Kommen Sie. Es ist nicht so leicht. Ich habe vierzig Jahre lang den Mund gehalten. Johnny Lee und ich haben geschworen, daß wir nie etwas verraten würden. Das Problem ist nur, daß er gestorben ist, ohne mir dringend notwendige Informationen zu geben.«

»Langsam wird's gemütlich«, sagte ich. Ich beugte mich hinüber, zog die Kissen unter der Tagesdecke hervor, lehnte sie gegen den Kopfteil und streifte die Schuhe ab, bevor ich es mir bequem machte. Es war wie eine Gutenachtgeschichte, und ich wollte sie nicht verpassen.

»Haben Sie's bequem?« fragte er.

»Ganz hervorragend.«

»Johnny hat sich diesen Plan einfallen lassen und mich dazu überredet, mitzumachen. Sie müssen ein wenig Hintergrundwissen dazu haben. Ich hoffe, Sie haben nichts dagegen.«

»Wenn Sie zur Abwechslung mal die Wahrheit sagen wollen, nehmen Sie sich ruhig Zeit«, sagte ich.

Ray stand auf und begann hin und her zu gehen. »Ich überlege gerade, wie weit ich ausholen soll. Versuchen wir's mal so. Im Winter 1937 trat der Ohio über seine Ufer. Ich glaube, es fing irgendwann im Januar zu regnen an, und das Wasser stieg immer weiter. Schließlich standen flußaufwärts und -abwärts an die zwölftausend Morgen Land unter Wasser. Damals war Johnny in der staatlichen Besserungsanstalt in Lexington. Nun, die Insassen zettelten einen Aufstand an. Sechzig von ihnen brachen aus, und Johnny Lee war einer von ihnen. Er schafft es bis Louisville und taucht in dem Trubel unter. Er fängt an, bei den Hilfsmaßnahmen gegen die Überschwemmung mitzuarbeiten.« Er hielt inne und sah von Laura zu mir. »Nur Geduld«, sagte er. »Ihr müßt nämlich begreifen, wie dieser Plan überhaupt zustande kam.«

»Nichts dagegen«, sagte sie.

Er sah mich an.

»Erzählen Sie nur weiter«, sagte ich.

»Okay. Also, Tausende von Freiwilligen strömten in die Stadt. Und niemand stellte Fragen. Johnny hat erzählt, wenn man einfach mit anpackte, kümmert es keinen, wer man war oder woher man kam. Er rudert also durchs Westend und rettet Leute von Hausdächern. An den meisten Stellen reicht das Wasser bis zum ersten Stock – ich habe Fotos davon gesehen –, also so hoch wie Verkehrsampeln. Gräßliche Geschichte. Johnny hat sich aus vier Fässern und ein paar Kisten ein Boot gebaut und rudert mitten auf der Straße entlang. Für ihn war es ein Riesenspaß. Er ist sogar hinterher noch dageblieben und hat beim Aufräumen geholfen, und dabei hat er sich diesen Bruch ausgedacht.«

»Viele Gebäude sind eingestürzt. Ich meine, die ganze Innenstadt stand wochenlang unter Wasser, und als der Fluß zurückging, haben sie Mannschaften aufgestellt, die alles reparieren sollten. Johnny war schlau. Er wußte alles mögliche. Er erzählte herum, daß er auf dem Bau gearbeitet hätte, und so hat man ihn mitarbeiten lassen. Jedenfalls, wie er da so eines Tages in einem Keller herumkriecht, fällt ihm auf, daß er auf die Unterseite einer Bank blickt. Der Strom ist schon seit Tagen ausgefallen, eine Menge Ablaufkanäle sind unbrauchbar geworden, und das ganze Wasser fließt an den Fundamenten vorbei. Oben in der Wand ist ein Riß, den er beseitigen soll. Er pfuscht irgend etwas hin, auf das ein Fachmann nie hereinfallen würde, aber es ist ja keiner da. Alle haben viel zuviel zu tun, um auf ihn zu achten. Und so erzählt er ihnen, er hätte ihn beseitigt, obwohl er doch nichts anderes getan hat, als ihn zu kaschieren. Er zeichnet sogar die Inspektion mit gefälschten Unterschriften ab. Nicht daß tatsächlich jemand dagewesen wäre, der seine Arbeit überprüft hätte.«

»Als wir zwei uns kennenlernen ... das ist dann vier Jahre später. Damals hat man große Tresorräume an Ort und Stelle gegossen, mit Fünfer-Stahlbeton, also mit fünf Achtel Durchmesser, in der Mitte zehn Zentimeter, mit mehreren versetzten Schichten. Verstehen Sie, nicht daß ich der Experte wäre. Ich habe das alles von ihm gelernt. Dieser spezielle Tresorraum wurde während der Depression gebaut – als eine Art Arbeitsbeschaffungsmaßnahme –, und so können Sie sich vorstellen, wie gut er wirklich konstruiert war. Zu einem solchen Tresorraum kann man sich Zutritt verschaffen, wenn man das Werkzeug und die Zeit dazu hat. Er hat gesagt, er hätte es schon immer im Hinterkopf gehabt, aber er wußte, daß er im Fall des Falles Unterstützung bräuchte, und da komme ich mit ins Spiel.«

»Johnny fängt also an, mit seinem Maurerwerkzeug am Fundament zu arbeiten. Nachts und an den Wochenenden schleicht er sich durch den Keller des benachbarten Gebäudes ein und bearbeitet den Unterbau. Es kostet ihn schätzungsweise einen Monat, aber schließlich kommt er direkt am Boden des Tresorraums an.

Heutzutage macht man solchen Mist mit High-Tech-Ausrüstung, aber damals war ein erfolgreicher Bankraub das Ereignis ungetrübten Muts und harter Arbeit. Man mußte geduldig und geschickt sein. Johnny hielt die Alarmanlage für problematischer als den Tresorraum. An diesem Punkt mußten wir noch ein paar Knaben einsteigen lassen, weil wir ihre Hilfe brauchten. Johnny hat bei einem Schlosser gelernt, daher hatte er sämtliche Handbücher studiert und wußte genau, was uns erwartete, aber wir brauchten einen Fachmann für Alarmanlagen, der die Anlage außer Betrieb setzte. Ich hatte mit einem Mann im Gefängnis gesessen, den ich für vertrauenswürdig hielt. Das war Donnie Hays, und er brachte seinen Bruder Gilbert mit. Wie sie schon gesagt hat, ist Donnie inzwischen tot, und bei Gilbert kann ich mich hierfür bedanken.« Er hielt seine verletzte und bandagierte Hand in die Höhe.

Ich sah, wie Lauras Aufmerksamkeit sich verlagerte, und sie wechselte einen Blick zu mir. Offenbar war sie zuvor noch nicht auf die Idee gekommen, daß Gilbert der Urheber der Verletzungen in Ray Rawsons Gesicht war.

»Johnny hat noch zwei Jungs namens McDermid mitmachen lassen. Ich glaube, sie waren Vettern, mit denen er in Lexington eingesessen hat. Donnie Hays setzte die Alarmanlage außer Betrieb, und wir machten uns mit Schneidbrennern und Vorschlaghämmern ans Werk und hämmerten drauflos wie die Verrückten, bis wir schließlich durchkamen. Johnny hatte angefangen, Banksafes aufzubohren, und wir anderen räumten die Beute beiseite, während er die Fächer aufmachte und den Inhalt ausräumte.«

»Moment mal. Wer ist eigentlich Farley? Was hat er mit dem Ganzen zu tun?« wollte ich wissen.

»Gilberts Neffe«, antwortete Laura. »Wir sind zu dritt an die Westküste gefahren.«

»Oh. Entschuldigen Sie die Unterbrechung. Erzählen Sie weiter.«

»Auf jeden Fall haben wir eine regelrechte Kette gebildet und Bargeld und Schmuck aus den Banksafes gezerrt, die Schätze in Leinensäcke gestopft und sie dann durch das Loch nach unten und hinaus zu dem Auto gereicht, das in der Gasse wartete. Wir haben geschuftet wie die Tiere, und alles schien wie geplant zu laufen, bis auf einmal die Bullen auftauchen und die Hölle losbricht. Dann geht die Schießerei los, bei der sowohl Frank McDermid als auch Donnie Hays ums Leben kommen, genau wie dieser eine Bulle. Ich war damals ein Heißsporn und habe den Schuß abgefeuert, der den Bullen erwischt hat. Gilbert wurde gefaßt, ebenso Darrell McDermid. Später hörte ich, daß Darrell bei einem Unfall ums Leben gekommen ist, aber das wurde mir nie bestätigt.«

»Sie und Johnny wurden nicht gefaßt?« fragte ich.

Er schüttelte den Kopf. »Damals nicht. Er und ich konnten

entkommen, aber wir wußten, daß es nur eine Frage der Zeit war, bis sie uns faßten. Wir waren verzweifelt, wie wir da auf diesem Haufen Zeug saßen und angestrengt einen sicheren Aufbewahrungsort dafür suchten, bevor uns die Bullen auf den Fersen waren. Wir beschlossen, uns zu trennen. Johnny sagte, er wüßte den idealen Ort, um das Geld zu verstecken, meinte aber, es sei besser, wenn nur einer von uns davon wußte. Ich hätte ihm mein Leben anvertraut. Er schwor, er würde es nicht anrühren, bis wir beide frei seien und es nutzen könnten. Wir gingen jeder seiner Wege, und als wir gefaßt wurden, hatte er nichts in Händen. Die Bullen schlugen ihn nach allen Regeln der Kunst zusammen und versuchten, aus ihm herauszupressen, wo er die Beute versteckt hatte, aber er sagte kein Sterbenswort. Schließlich gestand er den Einbruch, erzählte aber nie jemandem, was mit dem Geld geschehen war. Der Witz daran war, daß seine Verurteilung verworfen wurde, weil die Bullen das Geständnis aus ihm heraugeprügelt hatten.«

»Unterdessen hegten wir beide den Verdacht, daß es Darrell war, der uns verpfiffen hatte. Wie gesagt, nachdem wir festgenommen worden waren, sagte er vor Gericht gegen uns aus. Er schwor Stein und Bein, daß nicht er es war, der uns ans Messer geliefert hatte, und versuchte, seinem Bruder Frank die Schuld dafür in die Schuhe zu schieben. Johnny und ich wurden zu fünfundzwanzig Jahren bis lebenslänglich verurteilt, aber Johnnys Strafe wurde in der Revision aufgehoben. Er geht nach Hause zu seiner Familie, während ich mir den Hintern im U.S. Penitentiary in Atlanta, Georgia, plattsitze. Johnny kehrte später zurück und holte sich genug von dem Haufen, um sich und meine Ma, die immer noch in Kentucky lebt, zu unterstützen.« Er wies auf ihren Bauch. »Das ist der Rest.«

»Moment mal. Woher wollen Sie so genau wissen, daß es achttausend sind?«

»Weil er mir gesagt hat, wieviel er geholt hat und was er seither ausgegeben hat. Ich habe ein bißchen subtrahiert und ausgerechnet, was noch da sein mußte.«

»Wo ist der Rest?«

»Naja. Ich schätze, es ist immer noch da, wo es war.«

Ich starrte ihn an. »Ich hoffe, Sie wollen mir nicht erzählen, daß er gestorben ist, ohne jemandem mitzuteilen, wo er es versteckt hat.«

Ray zuckte verlegen die Achseln. »So in etwa.«

12

Laura stöhnte und beugte sich vornüber, als stünde sie kurz vor einem Ohnmachtsanfall. Sie versuchte, den Kopf zwischen die Knie zu stecken, doch ihr sperriger Bauch behinderte sie. Sie lehnte sich seitlich gegen die Kissen und zog die Knie an wie ein Kind, das Bauchweh hat.

»Was ist denn los?« fragte Ray.

»O Gott, ich dachte, es wäre mehr. Ich dachte, du wüßtest, wo es ist«, flüsterte sie und fing wieder an zu weinen. Ich bin ein hartherziges Persönchen. Ich saß da und fragte mich, warum Weinen gelegentlich mit den Silben »buu-hu« bezeichnet wird. Ich habe noch nie jemanden beim Weinen auch nur entfernt verwandte Laute benutzen hören.

Ray ging hinüber und setzte sich zu ihr. »Alles in Ordnung?«

Sie schüttelte den Kopf und schaukelte vor und zurück.

»Laura fehlt nichts«, sagte ich angeödet. Mir war bewußt, daß mein Tonfall barsch war, aber ich wußte, was sie im Schilde führte, und dieses Heulsusen-Getue war einfach nervig. Ray rieb ihr den Rücken und tätschelte ihr die Schulter mit einer Reihe nutzloser Bewegungen, die trotz allem sein Mitgefühl und seine Betroffenheit kundtaten. »He, komm schon. Ist ja gut. Sag mir einfach, was dir fehlt, dann helfe ich dir. Ich versprech's. Nicht weinen.«

»Entschuldigen Sie bitte, Ray, aber Sie sollten sich vorsehen. Sie ist bereits eifrig damit beschäftigt, Gilbert zu hintergehen, und in den ist sie angeblich verliebt. Weiß der Himmel, was sie dann mit Leuten macht, die ihr scheißegal sind. Äh, das sind Leute wie wir, falls Sie nicht mitgekommen sind«, sagte ich.

Er sah sie mit gerunzelter Stirn an. »Stimmt das? Versuchst du, dich von ihm abzusetzen?«

»Indem sie bei *uns* eine Schau abzieht«, sagte ich giftig. Keiner von beiden beachtete mich. Ich hätte mir den Atem sparen können.

Ich reichte ihr einen weiteren Packen Kleenex, und sie absolvierte noch einmal die ganze Schneuzprozedur. Sie preßte sich ein Taschentuch auf die Augen, um den Tränenstrom zu stoppen. Dann setzte sie zu einer bruchstückhaften Erklärung an, schaffte es aber nicht ganz, und so war es an mir, zu dolmetschen. Ich sagte: »Sie und Farley haben sich verbündet. Sie brennt mit dem Geld durch. Das ist aber nur eine Vermutung meinerseits.«

»Du und Farley habt beschlossen, ihn auszubooten?« fragte er. Er versuchte, gelassen zu klingen, aber ich merkte, daß er ernsthaft beunruhigt war. Er kannte Gilbert gut genug, um zu wissen, wie tief sie in Schwierigkeiten steckte. Sie nickte, und die Tränen liefen ihr die Wangen hinunter.

»Oh, mein Gott, Baby. Ich wünschte, ich hätte gewußt, was du vorhast. Das ist wirklich kein guter Plan.«

»Ich kann es nicht ändern. Farley liebt mich. Er hat gesagt, er würde mir helfen. Er weiß, daß Gilbert mich schlägt. Ich muß verschwinden, bevor er mich umbringt.«

»Ich verstehe, Herzchen, aber Gilbert ist ein Wahnsinniger. Das wird ihm nicht gefallen. Wenn er es herausfindet, möchte ich lieber nicht wissen, was er tut, um abzurechnen. Jetzt komm und laß uns reden. Vielleicht finden wir ja einen Weg, wie wir dich da herausholen können.«

Ich fand es herzzerreißend, wie er das Wort »wir« benutzte.

Sie seufzte und setzte sich auf. Ohne die Maske ihres Make-ups wirkten ihre Augen, als wären sie in ihrem Gesicht einen guten Zentimeter nach oben verrutscht. Ihre Nase war verstopft, und ihre Stimme war in die tieferen Lagen abgesunken. Ihr Teint war in einem fleckigen Pink gefärbt, und ihre haselnußbraunen Augen leuchteten im Kontrast zum Dunkelrot ihrer Haare. Der dunkelgrüne Cordsamt-Trägerrrock war hoffnungslos zerknittert und der Kragen ihres weißen Rollkragenpullovers von Make-up verschmiert. »Ich weiß nicht, was ich mir dabei gedacht habe. Ich mußte einfach weg.« Sie zog den Ärmel hoch. »Sieh dir das an. Ich bin grün und blau. Ich sehe schlimmer aus als du, mit dem Unterschied, daß es schon seit Monaten so geht.«

»Du mußt dich von ihm trennen. Das ist keine Frage. Warum hast du es überhaupt mitgemacht?«

»Weil ich keine Wahl hatte. Ich bin ins Frauenhaus gegangen. Zweimal habe ich mich bei Freunden versteckt. Mittlerweile sorgt er dafür, daß ich zu niemandem Kontakt habe. Ich muß über jede Minute Rechenschaft ablegen. Er läßt mich nicht arbeiten gehen. Ich darf kein eigenes Geld haben. Als ich das hier vor mir sah, wußte ich, daß es die einzige Chance war, die ich je haben werde. Ich dachte, wenn ich nur das Geld hätte. Wenn ich nur einen Weg wüßte, wie ich von ihm loskommen kann...«

»Dann nimm das Geld«, sagte er. »Es gehört dir. Ich konnte es nicht glauben, als Kinsey deinen Namen erwähnt hat. Du kannst sie fragen. Ich war perplex...«

»›Perplex‹ würde ich nicht sagen, aber er wurde ziemlich still.«

»Ich hatte ja keine Ahnung, daß du mit in dieser Sache steckst«, fuhr er fort.

»Was hätte das schon geändert?« sagte sie und schneuzte sich. Die Tatsache, ihn verblüfft zu haben, schien sie irgendwie zu trösten.

»Ich wäre nie gekommen. Ich hätte dir die acht Riesen gelassen. Das meine ich ernst. Es gehört dir. Behalt es. Es ist ein Geschenk.«

»Vergiß es. Ich will es nicht.«

»Ich dachte, du hättest gesagt, du hättest keine Wahl?«

»O doch.«

»Was denn?«

»Ich weiß es nicht. Ich werde mit Farley darüber reden. Wir lassen uns etwas einfallen.«

»Laura, sei doch nicht verrückt. Vorher warst du auch nur allzugern bereit, es zu nehmen. Warum jetzt nicht?«

Sie fuhr ihn barsch an: »Ich war bereit, es zu nehmen, weil ich dachte, du hättest deine Freunde betrogen, um es zu kriegen. Ich dachte, es geschähe dir recht. Ich fand nicht, daß du es verdient hattest, nach dem, was du getan hast.«

Langsam ging mir das Melodram auf die Nerven, und ich wünschte, sie würden es hinter sich bringen. »Warum teilen Sie sich nicht das Geld und beenden diese Debatte?«

Ray schüttelte den Kopf. »Wir brauchen es nicht zu teilen. Sie kann die ganzen achttausend behalten. Ich kann immer noch nach Louisville fahren und nach dem Rest suchen.«

»Wie groß sind Ihre Chancen, es nach vierzig Jahren zu finden?« fragte ich.

»Vermutlich nicht besonders groß, aber mir wäre einfach wohler dabei, wenn sie genug hätte, um zu fliehen.«

»Ray, ich habe gesagt, ich komme klar, und das werde ich auch«, sagte sie.

»Warum läßt du mich nichts tun?«

»Es ist zu spät.«

Er wandte sich mit bestürztem Blick zu mir. »Reden Sie mit ihr. Sagen Sie es ihr. Ich begreife nicht, was in ihr vorgeht.«

Ich sagte: »Es läuft folgendermaßen, Ray, und da können Sie mir vertrauen. Sie will Ihre Liebe. Sie will Bestätigung. Sie will, daß Sie sie um Verzeihung dafür bitten, was Sie ihr ein Leben lang zugemutet haben. Sie will weiter nichts mit Ihnen zu tun haben. Ganz sicher will sie keine Hilfe von Ihnen. Sie würde lieber sterben.«

»Weshalb?«

»Weil sie Ihnen nichts *schuldig* sein möchte«, fauchte ich.

Er blickte wieder zu ihr. »Stimmt das, was sie sagt?«

»Ich weiß nicht. Ich glaube schon.« Sie hielt inne, um sich die Augen zu wischen und sich noch einmal zu schneuzen. »Ich dachte, es wäre mehr. Ich dachte, du hättest Millionen. Ich habe mich darauf verlassen.«

»Es waren nie *Millionen*. Hat Gilbert das behauptet?«

»Woher sollte ich das wissen? Er hat seit Jahren davon gesprochen«, wandte sie ein. »Vielleicht ist die Summe im Lauf der Zeit in seiner Phantasie angewachsen. Der Punkt ist, mit achttausend Dollar komme ich nicht weit. Ich hatte vor, ins Ausland zu gehen und mich irgendwo zu verkriechen, aber wie lang reichen schon achttausend Dollar?«

»Die reichen lang genug. Geh in einen anderen Bundesstaat. Ändere deinen Namen. Such dir Arbeit. Die achttausend werden dir zumindest dabei helfen, einen Anfang zu machen.«

Lauras Gesichtsausdruck war voller Verzweiflung. »Er wird mich finden. Ich weiß es. Ich dachte, ich hätte mit Farley eine Chance, aber jetzt fürchte ich mich zu Tode.«

»Wo steckt Farley eigentlich die ganze Zeit?« wollte ich wissen.

»Er ist bei Gilbert in Santa Teresa. Wir wollten nicht, daß er Verdacht schöpft.«

Ich hob die Hand. »Moment mal. Da kann ich nicht folgen. Wie lautete denn der ursprüngliche Plan?«

»Als ich in Santa Teresa abgeflogen bin? Ich sollte nach Palm Beach in Florida fliegen, wo ein Freund von Gilbert auf mich wartete. Das ist irgendein Kumpel, den er angeheuert hat, damit er mich im Auge behält. Gilbert wollte das Geld so bald wie möglich aus Kalifornien herausbringen, aber er dachte, daß wir zu auffällig wären, wenn wir alle drei gemeinsam reisten. Außerdem mußten er und Farley darauf warten, daß ihre Pässe ausgestellt würden. Ich hatte meinen bereits, deshalb sollte ich in Palm Beach auf sie warten. Später wollten wir nach Rio fliegen.«

»Also mußte Farley zurückbleiben und allein mit Gilbert fertig werden? Das ist eine miserable Idee. Ich kenne Farley nicht einmal und könnte jetzt schon darauf wetten, daß er nicht schlau genug ist, um Gilbert zu überlisten.«

»Das stimmt, Kleines. Gilbert ist unberechenbar, vor allem, wenn er glaubt, verraten worden zu sein«, sagte Ray zu ihr.

»Sieh dir nur an, was er mit mir gemacht hat. Meinst du etwa, das war schon alles?«

»Was soll ich denn tun? Jetzt ist es schon passiert. Es ist vorbei. Ich habe das Geld genommen und bin abgehauen. Sowie ich hier angekommen war, habe ich es gezählt. Ich dachte, ich würde sterben, als ich herausfand, wie wenig es war.«

Ich sagte: »Gehen wir mal einen Schritt zurück. Wann sollte Farley wieder zu Ihnen stoßen?«

»Sobald er konnte. Sie haben beim Paßamt angerufen, und der Typ dort hat geschworen, daß er die Papiere bereits abgeschickt hätte. Farley weiß, wo ich bin, und wir haben vereinbart, daß er mich aus der Telefonzelle unten an der Straße anruft.«

»Und er hat Sie nie angerufen?«

»Einmal. Heute morgen. Er mußte warten, bis Gilbert das Haus verlassen hatte. Als ich ihm von den achttausend erzählte, war mir klar, daß er Angst hatte. Er sagte, er würde sich etwas einfallen lassen und mich eine Stunde später wieder anrufen.«

Ray fragte: »Und du hast nichts mehr von ihm gehört?«

Laura schüttelte den Kopf.

Ich sagte: »Aber Gilbert muß doch wissen, daß Sie das Flugzeug nicht in Palm Beach verlassen haben. Hat ihn sein Kumpel nicht auf der Stelle angerufen, um ihm zu sagen, daß Sie nicht aufgetaucht sind?«

»Natürlich hat er angerufen, aber Gilbert hat keine Ahnung, wo ich bin.«

»Tja, das ist wirklich ein äußerst raffinierter Plan«, sagte ich. »Was ist mit Farley? Gilbert wird *ihn* natürlich verdächtigen.«

»Sie glauben, er hat es herausgefunden?«

»Aber natürlich!« rief Ray. »Er hat vierzig Jahre darauf gewartet, dieses Geld in die Finger zu bekommen. Gilbert ist ein Psychopath. Er ist so paranoid, daß er schon beinahe das zweite Gesicht hat. Ihr seid Amateure. Glaubst du etwa, er durchschaut euch nicht?«

»Aber Dallas ist riesig. Er wird mich nie finden«, beharrte sie. »Ich habe das Hotel in bar bezahlt und verwende einen falschen Namen.«

»Farley weiß, wo du bist.«

»Ja, sicher, aber ich kann ihm vertrauen«, meinte sie.

Ray schloß die Augen. »Du solltest dich lieber auf die Socken machen.«

»Aber wohin denn?«

»Wen kümmert das? Nur verschwinde von hier.«

»Was ist mit Farley? Dann weiß er ja nicht, wo ich bin.«

»Genau das ist der Punkt«, erklärte ich. »Ich bin einer Meinung mit Ray. Kümmern Sie sich nicht um Farley. Sie müssen so viel Abstand zwischen sich und Gilbert schaffen wie möglich.«

»Nee, das mache ich nicht. Ich habe Farley gesagt, daß ich hier wäre, und ich bleibe hier«, widersprach sie.

Ich sagte: »O Mann.«

»Gilbert ist nicht Superman. Er hat keine Röntgenaugen oder sowas.«

»Ja, sicher«, sagte ich. Ich wühlte in meiner Handtasche, bis ich mein Flugticket fand. Dann fing ich an, auf der Suche nach einem Telefonbuch Nachttischschubladen aufzuziehen. »Also, Leute – ich weiß nicht, wie ihr diesen kleinen Konflikt lösen wollt, aber ich verschwinde jedenfalls.«

»Sie verlassen uns?« fragte Ray verblüfft. »Und was ist mit Chester?«

»Er hat mich gefeuert«, antwortete ich. Ich fand die Gelben Seiten in einem separaten Band, der vermutlich zehn Pfund wog. Ich zerrte ihn aus der Schublade, hievte ihn auf meinen Schoß und ging die mit »Fluggesellschaften« überschriebenen Spalten durch. »Sehen Sie, was auch immer Sie und Laura beschließen, geht nur Sie beide etwas an. Ich bin gekommen, um bei der Suche nach dem Geld zu helfen, das Sie so eifrig verschenken. Ich bin schon Geschichte. Es hat keinen Sinn, wenn ich noch länger hier bleibe. Wenn es Chester nicht paßt, kann er es ja mit Ihnen ausmachen. Er ist jetzt schon so sauer, daß er meine Rechnung vermutlich nicht bezahlen wird, was heißt, daß ich Pech hatte. Ich kann genausogut nach Hause fahren. Wenigstens den Schaden so gering wie nur irgend möglich halten.« Ich fand die Nummer von American Airlines und legte meinen Finger auf die Stelle, während ich den Hörer abnahm.

»Aber Sie können uns doch nicht einfach sitzenlassen«, sagte Ray.

»So würde ich es nicht nennen«, sagte ich.

»Wie dann?«

»Ray, wir sind keine siamesischen Zwillinge. Ich bin ganz spontan hierhergekommen, also dachte ich, daß ich genauso spontan wieder nach Hause fahren würde.« Ich klemmte mir den Telefonhörer in die Halsbeuge und wählte die Nummer von American Airlines. Sowie der Anruf durchgekommen war, wurde ich auf eine Warteleitung geschaltet, während mir eine mechanische Stimme versicherte, daß mein Anliegen über alle Maßen geschätzt würde. »Das Geld ist sowieso gestohlen«, fuhr ich im Plauderton fort, »was ein weiterer Grund dafür ist, daß ich nichts damit zu tun haben will.«

»Es ist jetzt vierzig Jahre her, daß wir diesen Tresorraum ausgeräumt haben«, protestierte Ray. »Die Bank existiert überhaupt nicht mehr. Hat 1949 den Geist aufgegeben. Die meisten Kunden sind tot, also selbst wenn ich ehrlich sein wollte, wem sollte ich das Geld zurückgeben? Dem Staat Kentucky? Zu welchem Zweck? Ich habe für diese Kohle mein Leben im Knast verbracht, und ich habe jeden Cent davon verdient.«

»Trotzdem ist es eine Straftat«, sagte ich höflich, da ich nicht streitsüchtig erscheinen wollte.

»Was ist eigentlich mit der gesetzlichen Verjährung? Wer soll denn nach so langer Zeit noch mit dem Finger auf mich zeigen? Außerdem bin ich schon einmal verurteilt worden und habe für meine Sünden bezahlt.«

»Besprechen Sie das mit einem Anwalt. Vielleicht haben Sie ja recht. Nur für den Fall, daß Sie nicht recht haben, halte ich mich lieber raus«, sagte ich.

Laura wurde langsam ungeduldig. Sie hatte offenbar kein Interesse an unserer Debatte über juristische Feinheiten. Sie lehnte sich näher zu mir und zischte: »Ich wünschte, Sie würden den Hörer auflegen. Was, wenn Farley mich zu erreichen versucht?«

Ich hielt eine Hand in die Höhe wie eine Verkehrspolizistin. Der Angestellte von American Airlines war soeben an den Apparat gekommen und hatte sich mit Namen gemeldet. Ich sagte: »Oh, hallo, Brad. Mein Name ist Kinsey Millhone. Ich habe ein Hin- und Rückflugticket von Santa Teresa, Kalifornien, nach Palm Beach, Florida, ohne festen Termin für den Rückflug, und den würde ich jetzt gern buchen. Ich bin jetzt in Dallas, also brauche ich nur den Teil von Dallas nach Santa Teresa.«

»Und an welchem Tag soll es sein?«

»So bald wie möglich. Heute, wenn es geht.«

Während Brad und ich unsere Geschäfte abwickelten, handelten Ray und Laura offenbar eine Art Vater-Tochter-Waffenstillstand aus, eine Art finanzieller Feuerpause. Offenbar erlaubte sie ihm, ihr die heftig umkämpften acht Riesen zu verehren. Ich bekam am Rande mit, wie er ihr erklärte, daß er nach unten in sein Zimmer im zehnten Stock gehen und sein Gepäck holen müsse. Er bat sie um die Erlaubnis, sein Gepäck in ihrem Zimmer lassen zu können, bis er beschlossen hatte, wo er von hier aus hinwollte.

Unterdessen begann sie auf und ab zu gehen und wurde immer aufgeregter, während der Angestellte und ich versuchten, einen Reiseplan für mich auszuarbeiten. Es gab ein paar alternative Routen, auf denen ich über San Francisco oder Los Angeles nach Hause kommen könnte, wenn ich für den letzten Teil Kurzflüge nahm. Da heute Sonntag war, waren beide Direktflüge komplett ausgebucht, und sein einziger Vorschlag war, daß ich mich auf Standby setzen ließ und das Beste hoffte. Er trug mich bei zwei Flügen auf die Warteliste ein, einem Nonstop-Flug und einem mit Zwischenstop. Der nächste Flug sollte um 14.22 Uhr starten. Ich sah auf die Uhr. Es war kurz nach 12.30 Uhr, und mit dem Zubringerbus des Hotels oder einem Taxi konnte ich es vermutlich in fünfunddreißig oder vierzig Minuten zum Flughafen schaffen.

Laura war wieder an den Nachttisch zurückgekehrt, wo sie ihr Gesicht direkt vor meines schob und mit lautlosen Lippenbewegungen »*Auf*legen« formulierte. Sie setzte sich auf das andere Bett und begann ihre hohen Tennisschuhe aufzuschnüren.

Ich schenkte ihr ein affektiertes Lächeln, während ich das Gespräch beendete und mir meine Notizen über die in Frage kommenden Flüge bestätigen ließ. Als ich den Hörer auflegte, fiel mir auf, daß Ray immer noch im Zimmer war. »Ich dachte, Sie wollten nach unten gehen und Ihr Gepäck holen«, sagte ich.

»Ich hatte Angst, daß Sie bei meiner Rückkehr weg wären, wenn ich jetzt ginge.«

»Das kann gut sein. Was haben Sie denn vor? Fliegen Sie nach Kalifornien zurück?«

»Nee, das glaube ich nicht. Ich glaube, ich bleibe bei Laura, bis sie von Farley hört. Sowie ihre Situation geklärt ist, fahre ich nach Louisville. Ich habe einen Mietwagen unten stehen. Wenn ich mich in der Zwischenzeit unauffällig verhalte, wird die Geschäftsleitung gar nicht merken, daß ich da bin.«

»Was ist mit Chester? Ich möchte Ihnen ja nur ungern den Spaß verderben, aber die Hälfte des Geldes gehört ihm, wissen Sie?«

»Sagt wer?«

»Haben Sie gesagt. Sie haben gesagt, Sie würden es ihm geben.«

»Dann habe ich Neuigkeiten für Sie. Er hat Pech gehabt. Ich hatte nie ernsthaft vor, ihn zu beteiligen.«

»Ah. Das hätte ich wohl wissen müssen, was?«

»Sie sind doch diejenige, die darauf hingewiesen hat, wie sehr ich lüge«, sagte er.

»Also bin ich auch diejenige, die ihm das beibringen soll? Herzlichen Dank, Ray. Ganz schön fies. Was soll ich ihm denn sagen?«

»Ihnen fällt schon was ein. Machen Sie auf unwissend. Erfinden Sie etwas.«

»Oh, natürlich.«

»Der Typ ist sowieso ein Arsch. Ich wette, Sie bekommen Ihre Auslagen nie erstattet.«

»Ihr Vertrauen in ihn ist ja rührend.«

Laura schmollte immer noch, und so sparten wir uns zärtliche Abschiedsszenen. Ich packte meine Handtasche, hängte sie mir über die Schulter und verließ das Zimmer. Dann machte ich mich auf den Weg zur Feuertreppe und stieg die zwölf Etagen bis zur Hotelhalle hinab.

Ich fuhr mit dem Taxi zum Flughafen. Ich hätte auch auf den kostenlosen Zubringerbus warten können, aber ich wollte es einfach nicht riskieren, jemandem von der Geschäftsleitung zu begegnen. Bis jetzt hatte ich die Hoteldirektion erfolgreich überlistet, und es war mir ganz recht, wenn ich Texas ohne einen Zusammenstoß mit dem Gesetz verlassen konnte. Im

Taxi sah ich in meine Brieftasche. Da ich auf dem Nachhauseweg war, nahm ich an, daß das Geld für die Reise reichen würde... also plus/minus fünfunddreißig Dollar. Ich hatte ein wenig für Kleinigkeiten ausgegeben, aber insgesamt hatte ich es geschafft, mit meinen geringen Mitteln auszukommen. Ich müßte mich zwar noch mit den Parkgebühren herumschlagen, wenn ich zu Hause ankam – sieben Dollar täglich für die zwei oder drei Tage, die ich weg gewesen war –, aber im Notfall konnte ich ja Henry anrufen und mir von ihm das nötige Bargeld bringen lassen. Ich hatte mich nicht förmlich an der Rezeption abgemeldet, aber die Angestellte hatte bei der Anmeldung einen Abdruck von meiner Kreditkarte gemacht, und ich war mir sicher, daß die Kosten auf der nächsten Abrechnung erscheinen würden. Hotels sind in solchen Dingen immer extrem findig.

Das Taxi setzte mich am Abflugschalter der Amerian Airlines ab. Ich ging ins Flughafengebäude und durchquerte die Halle, wobei ich auf dem Monitor nach den Flugnummern spähte, die mir genannt worden waren. Der erste sollte um 14.22 Uhr starten, der zweite erst um 18.10 Uhr. Der spätere Flug war noch nicht einmal aufgeführt, aber ich entdeckte die Flugsteignummer für den um 14.22 Uhr. Wenigstens vereinfachte das Reisen ohne Gepäck die Prozedur in gewissem Maße. Ich ging am Ticketschalter vorbei und stellte mich in die Reihe der Passagiere, die vor der Sicherheitsschleuse warteten. Meine Handtasche passierte das Röntgengerät, doch als ich den Metalldetektor durchschritt, ertönte ein verräterisches Piepen. Ich betastete meine Taschen, in denen sich außer der Büroklammer und dem bißchen Kleingeld, das ich für das Münztelefon benutzt hatte, nichts Metallisches befand. Ich trat zurück und warf die Gegenstände auf eine Plastikschale. Ich versuchte es noch einmal. Das Piepen schien zu anklägerischem Getöse anzuschwellen. Ich wußte genau, daß die Sicherheitsbeamtin gleich meinen ganzen Körper mit ihrer Wünschelrute abtasten würde, als mir der Schlüssel wieder einfiel, den ich in mein Schulterpolster eingenäht hatte. »Moment mal, jetzt hab' ich's.« Zum Ärger der hinter mir Stehenden ging ich ein weiteres Mal zurück, zog den Blazer aus und legte ihn auf das Fahrband. Diesmal kam ich durch. Ich rechnete schon beinahe damit, über den ins Schulterpolster eingenähten Schlüssel befragt zu werden, aber niemand sagte etwas. Diese Leute sahen vermutlich tagtäglich wesentlich merkwürdigere Dinge. Ich sammelte meine Umhängetasche und den Blazer wieder ein und ging auf den Flugsteig zu.

Ich nahm mein Ticket aus der Handtasche, zeigte es der Dame am Schalter und erläuterte ihr meine Situation. Der Flug war komplett ausgebucht, und sie zeigte sich nicht besonders optimistisch, was einen Platz betraf. Ich saß im Wartebereich, während die anderen Passagiere eincheckten. Offensichtlich gab es noch andere, die auf denselben Flug hofften, der, wie es aussah, hoffnungslos überbucht war. Ich beäugte meine Konkurrenten, von denen einige wie streitsüchtige Typen aussahen, die sofort Krach schlagen, wenn irgend etwas nicht klappt. Vielleicht hätte ich das ja selbst versucht, wenn ich der Meinung gewesen wäre, es könnte irgend etwas nutzen. Soweit ich weiß, gibt es eben nur soundso viele Plätze. Das Flugzeug ist entweder flugtüchtig oder nicht. Entsprechend fliegt man, oder man fliegt nicht. Ich habe noch nie von einer Fluggesellschaft gehört, die sich nach lautstarken Beschwerden von Passagieren gerichtet hätte, also wozu nörgeln und schimpfen?

Ich holte meinen Liebesroman heraus und begann zu lesen. Als die Abflugzeit nahte, ließ man die Passagiere den Reihen nach einsteigen, von hinten nach vorn, wobei die Privilegierten den Vorzug bekamen. Schließlich wurden sechs Namen der Standby-Liste aufgerufen. Meiner war nicht darunter. Na ja. Die Schalterdame sandte mir ein entschuldigendes Lächeln herüber, aber es war nichts zu machen. Sie schwor, mich beim nächsten Flug ganz oben auf die Liste zu setzen.

In der Zwischenzeit mußte ich fast vier Stunden totschlagen. Soweit ich mitbekommen hatte, flogen die Besatzungen täglich zweimal die Schleife von Dallas nach Santa Teresa, immer vom selben Flugsteig, und zwar sieben Tage die Woche. Jetzt mußte ich nur noch eine Methode finden, wie ich meine Zeit herumbrachte, und mich dann wieder hier anstellen, bevor der Flug aufgerufen wurde. Wenn ich Glück hatte, bekäme ich einen Platz und wäre unterwegs nach Hause. Hatte ich Pech, saß ich bis Montag nachmittag, 14 Uhr, in Dallas fest.

Ich spazierte ein oder zwei Kilometer im Flughafengebäude umher, nur um mir die Beine zu vertreten. Ich benutzte die Damentoilette, wo ich mich sehr damenhaft benahm. Als ich sie wieder verließ und nach rechts abbog, kam ich an der Flughafenversion eines Straßencafés vorbei, dessen Tische vom Korridor durch einen niedrigen, schmiedeeisernen Zaun und falsche Pflanzen abgetrennt waren. Die kleine Bar offerierte die üblichen Weine, Biere und exotischen Mixgetränke, während unter Glas verschiedene frische Meeresfrüchte auf einem Hügel aus zerstoßenem Eis lagerten. Ich hatte noch nicht zu Mittag gegessen, und so bestellte ich mir ein Bier und eine Portion frische Shrimps, zu denen Cocktailsauce, Austerncracker und Zitronenschnitze serviert wurden. Ich schälte meine Shrimps und tunkte sie in die Sauce, während ich zum Vergnügen ein bißchen die Leute beobachtete. Als ich fertig war, spazierte ich wieder zum Flugsteig.

Ich setzte mich auf einen Platz am Fenster, las in meinem Buch und sah zwischendurch den Flugzeugen beim Starten und Landen zu. Hin und wieder nickte ich ein, aber die Sitze waren nicht für richtigen Schlaf gebaut. Mehr schlecht als recht schaffte ich es, die vier Stunden bis auf gut eine herumzubringen. Gegen Ende dieser Zeit trottete ich hinüber zum Zeitungsstand und kaufte mir eine hiesige Zeitung. Um fünf Uhr kehrte ich zum Flugsteig zurück, gerade als der Flug aus Santa Teresa ankam. Ich fragte bei einer der Schalterdamen nach und vergewisserte mich, daß mein Name auf der Standby-Liste stand.

Die meisten Plätze im Wartebereich waren mittlerweile besetzt, und so lehnte ich mich an eine Säule und überflog die Zeitung. Der Durchgang zwischen Flugzeug und Terminal war bereits geöffnet, die Passagiere der ersten Klasse begannen herauszukommen und sahen dabei wesentlich frischer aus als die Reisenden hinter ihnen. Als nächste kamen die Passagiere der Touristenklasse, die ihre Blicke über die Menge schweifen ließen, um die Personen ausfindig zu machen, die gekommen waren, um sie abzuholen. Viele freudige Wiederbegegnungen. Großmütter rissen kleine Kinder in ihre Arme. Ein Soldat umarmte seine Liebste. Ehefrauen und Ehemänner tauschten Pflichtküsse aus. Zwei Teenager mit einer Traube gasgefüllter Luftballons begannen angesichts eines verlegenen winkenden Typs, der den Durchgang herabkam, zu quieken. Alles in allem war es eine sehr angenehme Art, ein paar Minuten zu verbringen, und ich merkte, wie ich mich nur zu gern von der düsteren Auswahl der Meldungen in der Zeitung ablenken ließ. Ich wollte gerade zu den Cartoons umblättern, als das letzte Häuflein Passagiere aus dem Flugzeug trottete. Es war der Stetson, der mir ins Auge fiel. Ich wandte den Blick ab und sah nur flüchtig auf, als Gilbert an mir vorbeiging.

13

Ich sah auf die Uhr. Mein Flugzeug würde vermutlich erst in zwanzig oder dreißig Minuten abgefertigt werden. Die Putzkolonne müßte sich durcharbeiten und ausgelesene Zeitungen, zerknüllte Taschentücher, Kopfhörer und vergessene Gegenstände aufsammeln. Ich legte meine Zeitung beiseite und folgte Gilbert, dessen Stetson mitsamt der blaßblauen Jeansjacke und den Cowboystiefeln es leichtmachten, ihn im Auge zu behalten. Er mußte Rays Jahrgang wesentlich näher kommen, als ich auf den ersten Blick gemerkt hatte. Ich hatte ihn auf Ende fünfzig geschätzt, aber er war vermutlich zweiundsechzig, dreiundsechzig, irgend etwas in dieser Gegend. Ich begriff nicht, was Laura an ihm gefunden hatte, es sei denn, sie war buchstäblich auf der Suche nach einem Vater. Worin auch immer die Anziehungskraft bestand, die sexuelle Chemie muß mit seiner Brutalität verwoben gewesen sein. Allzu viele Frauen verwechseln die Feindseligkeit eines Mannes mit Geist und sein Schweigen mit Tiefe.

Er ging durch die Drehtüren zur gleichen Gepäckabholung wie ich am frühen Samstagmorgen. Der Bereich war voller Menschen und gab mir eine natürliche Deckung. Während Gilbert auf seine Koffer wartete, sah ich mich nach einem Münztelefon um. Vermutlich gab es um die Ecke welche, aber ich wollte ihn nicht aus den Augen verlieren. Ich ging hinüber zum Telefon der Hotelvermittlung und suchte die Nummer für das Desert Castle heraus. Das Telefonsystem verband sämtliche Hotels, die den Flughafen bedienten, aber man konnte damit nicht woanders anrufen. Ich zog Zettel und Stift aus meiner Tasche, während es am anderen Ende klingelte. »Desert Castle«, sagte die Frau, die schließlich abnahm.

»Hallo, ich bin drüben am Flughafen. Können Sie mir bitte Ihre Vermittlung geben?«

»Nein, Ma'am. Ich bin nicht an die interne Vermittlung angeschlossen. Das hier ist ein separater Anschluß.«

»Tja, können Sie mir dann vielleicht die Telefonnummer von drüben geben?«

»Ja, Ma'am. Möchten Sie mit der Zimmerreservierung, der Verkaufsabteilung oder mit der Gastronomie sprechen?«

»Geben Sie mir einfach die Hauptnummer.«

Sie nannte mir die Nummer, die ich pflichtbewußt notierte. Ich würde mir ein Münztelefon suchen, sobald die Gelegenheit günstig war.

Hinter mir ertönte schließlich ein Klingeln, das dem einer Alarmanlage ähnelte. Die überlappenden Metallsegmente des Karussells machten einen Ruck und setzten sich entgegen dem Uhrzeigersinn in Bewegung. Zwei Koffer kamen um die Ecke, dann ein dritter und ein vierter, die das Förderband von unten heraufkarrte. Die wartenden Passagiere drängten vorwärts und suchten sich einen Platz, während das Gepäck die schiefe Ebene herabpurzelte und seine langsame Fahrt auf dem kreisförmigen Metallband antrat.

Solange Gilbert nach seinem Gepäck Ausschau hielt, holte ich zwei Vierteldollars aus der Jackentasche und spielte nervös mit ihnen, während ich abwartete, was er tun würde. Er nahm eine Reisetasche vom Förderband und drängte sich durch die Menge auf den Korridor zu. Lange bevor er vorüberkam, wandte ich mich ab, da ich mir bewußt war, daß jede plötzliche Bewegung seine Aufmerksamkeit erregen könnte. Auf dem Weg zur Rolltreppe trat er zur Seite und hockte sich hin, zog den Reißverschluß seiner Reisetasche auf und entnahm ihr eine Handfeuerwaffe von beachtlicher Größe, auf die er einen Schalldämpfer aufschraubte. Mehrere Leute sahen hinab und bemerkten, was er tat, aber sie kümmerten sich weiter um ihre Angelegenheiten, als wäre es nichts Besonderes. Für sie sah er offenbar nicht wie ein Mann aus, der inmitten einer Menschenmenge losballerte und jeden in Reichweite niedermähte. Er steckte sich die Pistole in den Gürtel und zog die Jeansjacke darüber.

Er setzte seinen Stetson gerade, zog den Reißverschluß an seiner Tasche wieder zu und spazierte gemächlich zur Autovermietung hinüber. Er hatte eindeutig keine Reservierung, da ich ihn erst bei Budget nachfragen und dann zu Avis weitergehen sah. Ich entdeckte eine Reihe Telefone und suchte mir den einzigen freien Apparat unter den fünfen. Dann quetschte ich einen Vierteldollar in den Schlitz und wählte die Nummer des Desert Castle. Ich drehte mich um und musterte meine unmittelbare Umgebung, aber es war niemand vom Flughafen-Wachpersonal zu sehen.

»Desert Castle. Wen möchten Sie sprechen?«

»Könnten Sie in Laura Hudsons Zimmer anrufen? Es ist Nummer 1236«, bat ich.

Bei Laura war besetzt. Ich wartete, bis sich die Vermittlung wieder einschaltete, aber die Angestellte hatte offensichtlich ihren Platz verlassen und eine Stellung bei einem Arbeitgeber in einem anderen Bundesstaat angetreten. Ich drückte auf die Gabel und fing noch einmal von vorne an, wobei ich meinen letzten wertvollen Vierteldollar dafür ausgab, es noch einmal im Hotel zu versuchen.

»Desert Castle. Wen möchten Sie sprechen?«

»Hallo, ich versuche, Laura Hudson auf Nummer 1236 zu erreichen, aber bei ihr ist besetzt. Können Sie mir sagen, ob Ray Rawson noch bei Ihnen wohnt?«

»Einen Moment, bitte.« Sie klickte sich aus der Leitung. Totenstille. Dann klickte sie sich wieder ein. »Ja, Ma'am. Soll ich in seinem Zimmer anrufen?«

»Ja, aber würden Sie sich bitte wieder melden, wenn er nicht abnimmt?«

»Gewiß.«

Das Telefon in Rays Zimmer klingelte fünfzehnmal, bevor sie sich wieder einschaltete. »Mr. Rawson meldet sich nicht. Möchten Sie eine Nachricht hinterlassen?«

»Ist es irgendwie möglich, ihn statt dessen ausrufen zu lassen?«

»Nein, Ma'am. Tut mir leid. Hatten Sie noch irgendein anderes Anliegen, bei dem ich Ihnen behilflich sein könnte?«

»Ich glaube nicht. Oder doch, Moment mal. Könnten Sie mich mit dem Geschäftsführer verbinden?«

Sie hatte aufgelegt, bevor ich meinen Satz zu Ende gesprochen hatte.

Mittlerweile floß so viel Adrenalin durch meinen Körper, daß ich kaum noch atmen konnte. Gilbert Hays stand am Schalter von Avis und füllte Formulare aus. Er schien eine dieser bunten, faltbaren Landkarten der Umgebung zu konsultieren, wobei sich die Schalterdame hilfsbereit zu ihm hinüberlehnte und ihm den Weg zeigte. Ich fuhr mit der Rolltreppe nach unten.

Draußen waren mittlerweile die Lichter angegangen, die jedoch die Düsternis des Abholplatzes nur zum Teil vertreiben konnten. Eine Luxuslimousine hielt vor mir am Randstein, der uniformierte weiße Chauffeur kam herüber zur Tür auf der Beifahrerseite und half einem silberhaarigen Paar beim Aussteigen. Die Frau trug einen Pelz von einem Tier, das ich noch nie gesehen hatte. Sie sah sich besorgt um, als sei sie daran gewöhnt, Beleidigungen abwehren zu müssen. Der Chauffeur holte ihr Gepäck aus dem Kofferraum. Ich musterte die Umgebung und hielt Ausschau nach der Flughafenpolizei. Licht und Schatten spielten in sich schablonenhaft wiederholenden Mustern über den Beton. Aufgrund der Architektur des Gebäudes war ein Windkanal entstanden, durch den ein dieselgeschwängerter Luftstrom fegte, erzeugt vom ständigen Ansturm des Durchgangsverkehrs. Ich sah keinen der Kleinbusse vom Hotel. Ebensowenig konnte ich einen Taxistand oder vorbeifahrende Taxis entdecken. Gilbert hatte wahrscheinlich bereits die Schlüssel zu seinem Mietwagen erhalten. Er würde hinter mir zur Tür herauskommen und auf der Wartefläche nach dem Zubringerdienst Ausschau halten, der ihn zu dem Parkplatz bringen würde, wo sein Wagen auf ihn wartete. Oder womöglich – weit schlimmer – stand der Mietwagen im Parkhaus direkt gegenüber, und er brauchte lediglich die Straße zu überqueren. Mein Blick wanderte zu der Luxuslimousine. Der Fahrer hatte sein Trinkgeld erhalten, tippte sich an die Mütze und schloß die hintere Tür auf der Beifahrerseite. Er ging um den Wagen herum zur Fahrerseite, wo er die Tür öffnete und sich hinters Lenkrad gleiten ließ. Ich begann hektisch an das vordere rechte Fenster zu klopfen. Das Glas war so dunkel gefärbt, daß ich überhaupt nicht hineinsehen konnte. Das Fenster wurde mit einem Surren heruntergelassen. Der Fahrer sah mit neutraler Miene zu mir herüber. Er war Mitte Dreißig, hatte ein rundes Gesicht und spärliches rotes Haar, das er vom Ansatz aus gerade nach hinten gekämmt trug. Um seine Ohren herum konnte ich erkennen, wo die Mütze gesessen hatte.

Ich beugte mich etwas hinein und hielt ihm meine Brieftasche so entgegen, daß mein kalifornischer Führerschein und meine Lizenz als Privatdetektivin aufgeschlagen waren. Ich sagte: »Bitte hören Sie mir genau zu. Ich brauche Hilfe. Ich bin Privatdetektivin aus Santa Teresa, Kalifornien. Irgendwo hinter mir kommt ein Kerl mit einer Pistole, der nach Dallas gereist ist, um zwei Freunde von mir umzubringen. Ich muß unbedingt ins Desert Castle. Wissen Sie, wo das ist?«

Er nahm vorsichtig meine Brieftasche, wie eine Katze, die sich dazu herabläßt, einen Leckerbissen aus unbekannter Hand entgegenzunehmen. »Ich kenne das Desert Castle.« Er betrachtete das Foto auf meinem Führerschein. Ich sah, wie er die Daten auf meiner Lizenz als Privatdetektivin studierte. Er begann, einige meiner anderen Identitätsnachweise durchzublättern. Er reichte mir die Brieftasche zurück und saß dann einfach da und starrte mich an. Schließlich ließ er die Türverriegelung aufschnappen und griff nach dem Zündschlüssel.

Ich öffnete die Beifahrertür und stieg ein.

Die Limousine glitt so leise vom Randstein davon wie ein Zug, der den Bahnhof verläßt. Die Sitze waren aus grauem Leder und das Armaturenbrett aus von Astlöchern durchzogenem Walnußholz, das wie Plastik glänzte. Direkt neben meinem linken Knie lag der Hörer des Autotelefons. »Darf ich damit die Polizei anrufen?« fragte ich.

»Nur zu.«

Ich wählte 911 und erklärte der Dame von der Notrufzentrale die Situation, woraufhin sie nach meinem ungefähren Standort fragte und sagte, sie werde veranlassen, daß ein Hilfssheriff am Desert Castle auf mich wartete. Ich versuchte es noch einmal im Hotel, aber diesmal konnte ich die Vermittlung erst gar nicht dazu bringen, überhaupt abzunehmen.

Wir umrundeten den Flughafen und fuhren aufs offene Land zu. Mittlerweile war es völlig dunkel geworden. Das Land wirkte weit und flach. Die Scheinwerfer beleuchteten langgezogene Grünstreifen, zwischen denen hin und wieder am Horizont ein monolithisches Bürogebäude aufragte. Beleuchtete Reklametafeln tauchten auf wie Dias bei einem Vortrag. Als wir eine Anhöhe hinauffuhren, sah ich die Schlingen sich kreuzender Highways, deren Umrisse von den Lichtern des schnell fließenden Verkehrs markiert wurden. Angst surrte und knisterte in meinem Bauch wie eine kaputte Neonröhre, die die lebenswichtigen Organe konturiert.

»Wie heißen Sie?« fragte ich. Wenn ich nicht redete, würde ich wahnsinnig werden.

»Nathaniel.«

»Wie sind Sie hierzu gekommen?«

»Das ist nur ein Mittel, um Geld zu verdienen, bis ich meinen Roman fertig habe.« Sein Tonfall war bedrückt.

»Ah.«

»Ich habe früher in Südkalifornien gelebt. Andauernd habe ich darauf gehofft, ein Drehbuch unterzubringen, deshalb bin ich nach Hollywood gezogen und habe für diese Schauspielerin gearbeitet, die in einer Fernsehserie über eine Kellnerin mit fünf hinreißenden Kindern die verrückte Schwägerin gespielt hat. Die Serie hielt sich lediglich zwei Staffeln lang, aber sie hat sich dumm und dusselig verdient. Ehrlich gesagt, glaube ich, daß das meiste Geld ihre Nase hinauf verschwand. Ich habe sie jeden Tag zum Studio und wieder zurück gefahren, habe ihr Auto gewaschen und so weiter. Auf jeden Fall hat sie zu mir gesagt, daß sie, wenn ich eine Idee für einen Film hätte, mein Buch an ihren Agenten weiterreichen würde und mir vielleicht helfen könnte, Fuß zu fassen. Und ich hatte dann diesen Einfall über diese durchgeknallte Mutter-Tochter-Beziehung, wo das Mädchen an Krebs stirbt. Ich erzählte ihr davon, und sie sagt, sie wird sehen, was sie tun kann. Und ehe ich mich's versehe, gehe ich in ein Kino auf dem Westwood Boulevard und sehe diesen Film über ein Mädchen, das an Krebs stirbt. Ist es zu fassen? Wie heißt sie noch, Shirley MacLaine und diese andere da, Debra Winger. Da hatte ich es. Ich hätte meine Idee bei der Gewerkschaft registrieren lassen sollen, nur daß mir das keiner gesagt hat. Glutheißen Dank, Kumpels.«

Ich sah zu ihm hinüber. »Sie hatten die Idee für die Handlung von *Zeit der Zärtlichkeit*?«

»Nicht die Handlung an sich, aber das Grundkonzept. Mein Mädchen hat nicht geheiratet und so viele Kinder bekommen. Wenn Sie mich fragen, das war übertrieben.«

»War *Zeit der Zärtlichkeit* nicht ein Roman von Larry McMurtry?«

Er schüttelte mit einem Seufzer den Kopf. »Genau das sage ich ja. Was glauben Sie, wo er das herhatte?«

»Was ist mit dem Astronauten? Den Jack Nicholson gespielt hat?«

»Damit habe ich mich nicht aufgehalten, und ich persönlich finde auch nicht, daß das so gut gepaßt hat. Später habe ich erfahren, daß diese Schauspielerin bei dem Agenten war, der früher einmal der Partner von Shirley MacLaines Agent war. So läuft es eben in Hollywood. Echt inzestuös. Die ganze Geschichte hat mich ziemlich sauer gemacht, muß ich sagen. Ich habe nie einen Cent gesehen, und als ich sie danach gefragt habe, hat sie mich angestarrt, als wüßte sie gar nicht, wovon ich rede. Dann habe ich ihren Zweitwagen zu Klump geschlagen und in Brand gesteckt.«

»Tatsächlich.«

Er warf mir einen Seitenblick zu. »Sie machen vermutlich eine Menge interessanter Erfahrungen in Ihrer Branche.«

»Nein. Es ist in erster Linie Papierkram.«

»Geht mir genauso. Die Leute bilden sich ein, ich müßte all diese Rockstars kennen. Das höchste der Gefühle, was ich einmal erlebt habe, war, als ich Sonny Bono zu seinem Hotel gefahren habe. Die Trennscheibe war die ganze Zeit hochgekurbelt, was mich ziemlich angekotzt hat. Als ob ich beim *National Enquirer* anrufen würde, wenn er irgendeinem Häschen die Hand unter den Rock schiebt.«

Ich drehte mich auf meinem Sitz um. Die Trennscheibe war unten, und ich spähte durch den gesamten Innenraum der Limousine und durch die dunkel getönte Heckscheibe hinaus. Hinter uns kam ein fließender Strom von Autos, die allesamt mit halsbrecherischer Geschwindigkeit den Highway entlangrasten. Wir bogen von der Hauptstraße in den Gewerbe-/Industriepark ein. In der Ferne sah ich das Desert Castle auftauchen, rotes Neon, das flammend unter dem Nachthimmel glühte. Ich sah zu, wie das Rot aus den Buchstaben lief und wieder hineinfloß. Das Verhältnis der erleuchteten Zimmer zu den dunklen erzeugte ein unregelmäßiges Schachbrettmuster, wobei die Häufigkeit der schwarzen Vierecke auf eine Auslastung von fünfzehn Prozent schließen ließ. Nun folgten uns nur noch ganz wenige Autos. Da es Sonntagabend war, war kaum anzunehmen, daß sie zu den Büros rechts und links der Straße unterwegs waren. Wir passierten die Miniatur-Oase mit ihrem falschen Steinturm, einem Bauwerk, das vermutlich nur geringfügig höher war als ich. Nathaniel schwenkte mit der Limousine in die kreisförmige Hotelzufahrt ein und bremste unter den Säulen sachte ab.

Ich merkte, wie sich Unruhe in mir regte, als ich mich fragte, ob er eine Bezahlung für seine Dienste erwartete. »Ich habe nicht genug, um Ihnen ein Trinkgeld zu geben. Sorry.«

»Schon in Ordnung.« Er reichte mir seine Visitenkarte. »Wenn Sie irgendwelche Ideen für einen Film über einen weiblichen Sam Spade haben, könnten wir vielleicht zusammenarbeiten. Mädels, die sich prügeln und solches Zeug.«

»Ich werd's mir durch den Kopf gehen lassen. Jedenfalls herzlichen Dank für Ihre Hilfe.«

Ich stieg aus, schloß die Tür hinter mir und merkte gerade noch, daß die Limousine bereits davonfuhr. Vom Hilfssheriff war nichts zu sehen, aber Dallas County ist groß, und so lange war es ja noch nicht her, daß ich angerufen hatte. Ich ging auf die Drehtür zu und verfiel in meiner Eile beinahe in Trab. Die Hotelhalle wurde von dem abreisenden Leichtathletikteam bevölkert, Halbwüchsigen in Shorts, Jeans und identischen Satinjacken, auf deren Rückseite ihr Schulmaskottchen gestickt war. Allesamt trugen sie Laufschuhe, die ihre Füße riesig aussehen und ihre präpubertären Beine zu Stecken schrumpfen ließen. Sporttaschen und überdimensionale Matchsäcke aus Segeltuch waren zu ungeordneten Haufen aufgetürmt worden, während die Kids selbst ziellos herumliefen und sich mit Unfug aller Art beschäftigten. Ein paar von den Mädels saßen auf dem Fußboden und benutzten ihr Gepäck als Rückenlehne. Einem Jungen wurde gegen seinen Willen das T-Shirt ausgezogen und er war gerade dabei, mit zwei Teamkameraden zu ringen, um es zurückzuerobern. Das Lachen hatte einen nervösen Unterton. Ehrlich, die Jungs erinnerten mich an Welpen, die mit einer alten Socke Tauziehen spielten. Die aufsichtsführenden Erwachsenen schienen all das ungerührt hinzunehmen und hofften wahrscheinlich, daß die Kids erschöpft wären, wenn sie endlich im Bus säßen.

Ich ging an ihnen vorbei zu den Aufzügen und drückte den »Aufwärts«-Knopf. Die Aufzugstüren öffneten sich, ich stieg ein und warf noch einen Blick über die Schulter durch die Hotelhalle, um zu sehen, ob Gilbert in Sicht war. Ein silberner Trailways-Bus fuhr gerade mit brummendem Motor vor dem Hotel vor, während seine Tür mit einem Blähungen nicht unähnlichen Geräusch aufging. Ich drückte auf Zwölf, und die Aufzugtüren schlossen sich.

In Lauras Stockwerk angekommen, trabte ich den Flur entlang und klopfte bei Zimmer 1236 an. Ich murmelte vor mich hin und schnippte hektisch mit den Fingern. Komm schon, komm schon, komm schon.

Laura öffnete die Tür und zeigte sich leicht verblüfft, als sie mich sah. »Was machen Sie denn hier? Ich dachte, Sie wären abgereist.«

»Wo ist Ray? Ich muß mit ihm sprechen.«

»Er schläft. Hier bei mir. Was ist denn passiert?«

»Ich habe Gilbert am Flughafen gesehen. Er ist mit einer Pistole auf dem Weg hierher. Holen Sie Ray, schnappen Sie sich Ihre Sachen und dann nichts wie weg hier.«

»O nein.« Sie erbleichte angesichts dieser Neuigkeit und fuhr sich mit der Hand an den Mund

»Was ist denn los?« fragte Ray hinter ihr. Er war bereits auf den Beinen und stopfte beim Näherkommen sein Hemd in die Hose. Ich betrat den Raum und Laura schloß die Tür hinter mir. Sie lehnte sich gegen die Wand und schloß für einen Moment entsetzt die Augen. Ich schob die Sicherheitskette in die Schiene.

Dann sagte ich: »Los.«

Das Wort versetzte sie offenbar in Bewegung. Laura ging an den Wandschrank und zerrte ihren Regenmantel und den Matchsack heraus.

»Was soll denn das?« fragte Ray und blickte von einer zur anderen.

»Sie hat Gilbert gesehen. Er hat eine Pistole und ist unterwegs hierher. Sie hätten anrufen sollen, anstatt den ganzen Weg zurückzufahren«, sagte sie vorwurfsvoll. Sie zog den Reißverschluß ihres Matchsackes auf und begann, Kosmetikartikel von der Abstellfläche in die Tasche zu fegen.

»Ich habe angerufen. Es war besetzt.«

»Ich habe mit dem Zimmerservice telefoniert. Wir mußten etwas essen«, sagte sie.

»Ladies, würdet ihr bitte das Streiten aufhören und euch beeilen!«

»Tu ich doch!« Sie fing an, Nachthemd, Pantoffeln und schmutzige Unterwäsche aufzusammeln. Ihr Jeanskleid hatte sie über eine Stuhllehne gehängt und nun griff sie danach und hielt es sich gegen die Brust, damit sie es zuerst zweimal längs und dann noch einmal quer falten konnte. Ray nahm es ihr weg, rollte es zu einer Kugel zusammen und stopfte es in den Matchsack, den er anschließend zumachte.

Ich sah seine beiden Koffer links von der Tür aufeinander stehen. Ich schnappte mir den kleineren und sah ihm dabei zu, wie er den anderen nahm. »Nehmen Sie nur das Nötigste mit und lassen Sie den Rest liegen«, sagte ich. »Haben Sie ein Auto?«

»Draußen auf dem Parkplatz.«

»Kommt Gilbert eher mit dem Aufzug nach oben oder über die Treppe?«

»Wer weiß?«

Ich sagte: »Passen Sie auf. Ich finde, Sie beide sollten hinten herum gehen. Gilbert wird mit Sicherheit dadurch Zeit verlieren, daß er hier oben an die Tür klopft. Womöglich versucht er es auch an Rays Zimmer, wenn er auf die Idee kommt, daß Sie hier sind. Geben Sie mir die Autoschlüssel und sagen Sie mir, wo Sie geparkt haben.«

»Was sollen wir in der Zwischenzeit tun?« fragte Laura.

»Warten Sie draußen bei diesem unechten steinernen Turm neben der Einfahrt auf mich. Ich komme mit dem Auto vorbei und hole Sie dort ab. Er kennt mich nicht; wenn wir uns also in der Halle begegnen sollten, wird ihm nichts auffallen.«

Ray gab mir eine rasche Beschreibung des Wagens und nannte mir dessen ungefähren Standort. Auf dem Plastikanhänger am Schlüssel stand die Autonummer und so war ich mir ziemlich sicher, daß ich den Wagen ohne Probleme finden würde. Ich reichte Ray seinen Koffer, während Laura sich rasch im Zimmer umsah, um sich zu vergewissern, daß sie nichts Unerläßliches vergessen hatte. Ich nahm die Kette aus der Schiene, spähte in beiden Richtungen den Korridor entlang und winkte den beiden. Ray und Laura gingen nach rechts, auf die Feuertreppe am Ende des Flurs zu.

Ich wandte mich nach links, in Richtung Aufzug.

Der Aufzug kam mir vor, als führe er mit halber Geschwindigkeit. Ich sah, wie die Nummern der Stockwerke von rechts nach links aufleuchteten und in Zeitlupe rückwärts zählten. Als er in der Hotelhalle angekommen war, ertönte das gewohnte *ping*, und die Türen gingen auf. Einen halben Meter vor mir stand Gilbert und wollte einsteigen. Einen Moment lang trafen sich unsere Blicke und blieben kurz aneinander haften. Seine Augen waren abgründige schwarze Löcher. Ich ließ meinen Blick beiläufig weiterschweifen, als ich an ihm vorüberging und nach rechts bog, als wäre ich ein ganz normaler Hotelgast. Hinter mir glitten die Türen wieder zu. Ich suchte die Halle nach irgendeinem Hinweis auf den Hilfssheriff ab. Keine Spur von einem Gesetzeshüter. Ich ging schnelleren Schrittes weiter und warf automatisch einen Blick zurück auf die leuchtende Stockwerksanzeige. Der Aufzug hätte nach oben fahren sollen. Statt dessen blieb das Licht unbeweglich dort stehen, wo es war. Ich hörte ein *ping*, und die Aufzugtüren gingen wieder auf. Gilbert kam heraus. Er stand auf der weiten, mit Teppichboden ausgelegten Fläche direkt vor den Aufzügen und starrte in meine Richtung. Kriminelle und Polizisten verfügen häufig über eine erhöhte Aufmerksamkeit, ein messerscharfes Wahrnehmungsvermögen, das vom Adrenalin herrührt. Ihre Arbeit – und eigentlich ebensooft ihr Leben – ist abhängig von Scharfsinn. Gilbert war offenbar ein Mensch, der die Realität mit nachtwandlerischer Genauigkeit registrierte. Etwas an seinem Gesichtsausdruck verriet mir, daß er sich aufgrund unserer einzigen, kurzen Begegnung auf dem Flughafen in Santa Teresa an mein Gesicht erinnerte. Wie er mich mit Laura Huckaby in Verbindung brachte, werde ich nie begreifen. Der Moment war wie elektrisiert, das Erkennen funkte zwischen uns wie ein Blitz.

Ich behielt meine »normale« Gangart bei, als ich um die Ecke bog. Ich ging am Eingang zum Coffee Shop vorbei und bog noch einmal rechts ab, in einen kurzen Korridor mit drei Türen: eine ohne Schild, eine mit der Aufschrift »Nur für Zutrittsberechtigte« und eine, auf der »Wartung« stand. Sowie ich aus Gilberts Blickfeld verschwunden war, rannte ich los, und meine Umhängetasche schlug mir gegen die Hüfte. Ich zwängte mich hastig durch die unbeschriftete Tür und fand mich in einem kahlen Flur wieder, den ich noch nie gesehen hatte. Der Betonfußboden und die nackten Betonwände machten eine Linkskurve. Die Wände zogen sich im fahler werdenden Licht nach oben, bis die oberen Bereiche in der Finsternis verschwanden. Ich konnte keine Decke erkennen, aber eine Reihe dicker Seile und Ketten, die bewegungslos unter den Schatten hingen. Ich passierte leere Wagen für Tablette, hölzerne Paletten voller Glaswaren, Berge von Leinentischtüchern und Karren voller Teller in den verschiedensten Größen. Türme über Türme gestapelter Stühle standen an den Wänden und machten den Durchgang an manchen Stellen enger.

Meine Schritte polterten leise, wobei das Geräusch von den Gummisohlen meiner Reeboks gedämpft wurde. Ich vermutete, daß ich mich hier in einem Servicekorridor befand, der an einen Bankettsaal angrenzte, ein Kreis innerhalb eines Kreises mit Zugang zu Lastenaufzügen und den Küchen eine Etage tiefer. Eine kurze Treppe führte nach oben. Ich ergriff den Handlauf, zog mich hinauf und übersprang im Laufschritt einige Stufen. Die Umhängetasche gab mir das Gefühl, als schleppte ich einen Anker hinter mir her, aber ich konnte sie nicht zurücklassen. Oben ging der Korridor weiter. Hier standen, an die Wände gelehnt, zahlreiche Dekorationsartikel für verschiedene Jahreszeiten: Weihnachtsengel, künstliche Tannenbäume, zwei riesige, ineinander übergehende Komödien-/Tragödienmasken, vergoldete hölzerne Putten und Amors und gigantische Valentinsherzen, die von goldenen Pfeilen durchbohrt wurden. Ein

Hain aus seidenem Ficus bildete einen kleinen Zimmerwald ohne Vögel oder sonstige Lebewesen.

Hinter mir hörte ich eine Türangel quietschen. Ich beschleunigte meinen Schritt und folgte weiter dem verlassenen Korridor. Eine metallene Leiter, die wie eine Innen-Feuerleiter aussah, verlief zu meiner Linken die Wand hinauf. Ich vollzog den Anstieg zuerst mit den Augen, ungewiß, was da oben sein mochte. Ich warf einen Blick zurück, da mir vage bewußt war, daß jemand hinter mir den Korridor entlangkam. Ich packte die erste Sprosse und stieg hinauf, wobei meine Reeboks leise tappende Geräusche verursachten. Am anderen Ende, das heißt sieben Meter weiter oben, hielt ich inne. Ein metallener Steg zog sich vor mir die Wand entlang. Ich war so nahe an der Decke, daß ich nur den Arm auszustrecken und sie zu berühren brauchte. Der Steg war nicht einmal einen Meter breit. Durch die aufragenden Schatten wirkte der Fußboden unter mir wie ein flacher, ruhiger Fluß aus Beton. Das einzige, was mich vor dem Herabfallen schützte, war eine Kette als Handlauf, die von senkrechten Metallstreben getragen wurde. Wie üblich, wenn ich mit Höhen konfrontiert wurde, war meine größte Angst der unwiderstehliche Drang, mich hinabzustürzen.

Ich verlangsamte meinen Schritt auf Kriechtempo und drückte mich gegen die Wand. Ich wagte es nicht, schneller zu gehen, da ich fürchtete, der Steg könne sich aus den in der Wand befestigten Trägern lösen, die ihn hielten. Ich nahm an, daß ich nicht gesehen werden konnte, da mich hier oben die Dunkelheit umfing, aber der Korridor selbst wirkte wie ein Hallraum und tat meine Anwesenheit kund. Irgendwo hinter mir hörte ich harte Sohlen auf Beton, einen Laufschritt, der sich mit einem Mal zu einem verstohleneren Schleichen verlangsamte. Ich ließ mich auf Hände und Füße herab und kroch vorsichtig rückwärts, während die metallene Fläche unter mir wankte und bebte. Meine Umhängetasche mußte ich mir dabei vor die Brust drücken. Ich versuchte, keine Aufmerksamkeit auf mich zu ziehen, aber der wackelige Steg klapperte und hüpfte unter meinem Gewicht.

Ich entdeckte eine kleine Tür an der Wand. Mit unendlicher Sorgfalt schob ich den Riegel auf und öffnete sie. Vor mir lag ein nur fahl erleuchteter, modrig riechender Durchgang von etwa einem Meter achtzig Höhe, den oben eine durchgehende Reihe Fenster mit Handkurbel umrundete, von denen manche offenstanden und künstliches Licht hereinließen. Der Fußboden des Durchgangs war mit Teppich ausgelegt und roch nach Staubfusseln. Ich tastete mich nach vorn, immer noch auf allen vieren, zerrte die Tasche aber mittlerweile hinter mir her. Die Stille wurde nur vom Geräusch meines gehetzten Atems durchbrochen.

Ich drehte mich um und schloß sacht die Tür hinter mir, dann kroch ich zum nächstgelegenen Fenster hinüber und stand vorsichtig auf. Unter mir war einer dieser riesigen Säle für Bankette und Großversammlungen. Ein sich ständig wiederholendes Lilienmuster zog sich über den Teppichboden, stahlblau auf grauem Grund. Mehrere Schiebetüren ließen sich in der Mitte zusammenziehen, womit man den Raum geschickt in zwei Hälften teilen konnte. Acht gleichmäßig angeordnete Kronleuchter hingen wie Eiszapfenbündel herab und verströmten ein gedämpftes Licht. Außen herum, knapp unterhalb der Decke, verbarg die lückenlose Reihe verspiegelter Fenster den Raum, in dem ich stand. Ich warf einen Blick über die Schulter. Durch die Finsternis konnte ich den auffälligen Mechanismus eines Beleuchtungssystems erkennen, das sicher bei speziellen Gelegenheiten zum Einsatz kam, Flutlicht und Spot-Scheinwerfer mit verschiedenfarbigen Einsätzen.

In dem durch die Fenster einfallenden Licht bückte ich mich, öffnete meine Tasche und holte meine Brieftasche heraus. Ich entnahm ihr meinen Führerschein, die Detektivlizenz und andere Identitätsnachweise, einschließlich Bargeld und Kreditkarten, was ich alles zusammen hastig in die Taschen meines

Blazers stopfte. Ich packte Rays Autoschlüssel, meine Anti-Baby-Pillen, die Dietriche und mein Schweizer Offiziersmesser und verfluchte die Tatsache, daß Damenjacken nicht mit einer Innentasche ausgestattet sind. Ich kramte meine Zahnbürste heraus und steckte sie zu den anderen Gegenständen. Meine Jackentaschen platzten fast aus den Nähten, aber ich konnte es nicht ändern. Im Notfall bin ich bereit, schmuddelige Unterhosen zu ertragen, aber keine ungeputzten Zähne.

Mir fiel auf, daß der Boden unter meinen Füßen kaum merklich vibrierte. In Kalifornien würde ich daraus schließen, daß ein Erdbeben von Stärke 2,2 wie eine Meereswoge durch die Erde schwappte. Ich warf den Kopf herum und sah zur Tür. Dann stellte ich meine Tasche beiseite, ging in die Hocke und watschelte durch den schmalen Durchgang. Ich befühlte den Türrahmen und suchte nach dem Riegel auf meiner Seite. Auf der anderen Seite der Wand bewegte sich jemand unsicher auf dem Steg vorwärts, genau wie ich es getan hatte. Ich fand den Riegel und schob ihn so leise wie nur möglich durch den Bügel.

Ich hatte noch die Hand auf dem Riegel, als wie wild an der Tür gerüttelt wurde. Jemand auf der anderen Seite stellte das Türschloß auf die Probe. Eine Welle der Furcht durchfuhr mich und ließ mir die Tränen in die Augen schießen. Ich preßte mir eine Hand gegen den Mund, um ein Keuchen zu unterdrücken. Die Tür donnerte derart heftig gegen das Schloß, daß ich schon dachte, es würde nachgeben und so die Sicht auf mich freimachen. Stille. Dann begann der Boden wieder zu zittern, als Gilbert davonging. Ich blickte nach links und sah ihm nach, wie er den Steg hinabging. Ich betete darum, daß nicht ein Stück weiter unten noch eine hölzerne Tür wäre.

Er mußte in eine Sackgasse geraten sein, da ich ein paar Minuten später erneut den Fußboden unter seinem Gewicht erzittern spürte, als er ein zweites Mal an mir vorbeikam, diesmal auf dem Weg zu der Leiter, die in den Korridor hinabführte.

Ich wartete, bis ich mich sicher fühlte. Es kam mir vor wie eine Ewigkeit, lag aber eher bei fünfzehn Minuten. Dann streckte ich vorsichtig die Hand aus und schob den Riegel zurück. Ich neigte den Kopf, um zu lauschen, hörte jedoch nichts. Als ich die Tür öffnete, schrillte der Feueralarm los.

14

Das Öffnen der Tür und das gellende Läuten lagen so eng beieinander, daß ich schon glaubte, Gilbert hätte die Tür irgendwie präpariert. Die Sprinkler über mir begannen einen Sturzbach internen Regens zu versprühen. Der entfernte Geruch von Rauch wehte mir entgegen, so unverwechselbar wie der anhaltende Duft von Parfüm, wenn eine Frau vorübergeht. Ich ging wieder zurück zu den Fenstern mit der Aussicht auf den Ballsaal. Weder waren Flammen zu sehen noch dichte schwarze Rauchschwaden. Der Saal wirkte leer, hell und kahl. Jemand machte eine Durchsage durch die öffentliche Sprechanlage und gab Anweisungen oder Ratschläge dafür, wie sich die Hotelgäste verhalten sollten. Das einzige, was ich heraushören konnte, war die erstickte Dringlichkeit der Erklärung. Wo der Brandherd lag, wußte niemand.

Die Lichter gingen aus und stürzten mich in völlige Finsternis. Ich tastete mich hinüber zu der Holztür und konnte ungehindert von irdischen Besitztümern hindurchkriechen. Ich trug nur noch das Nötigste am Leib und fühlte mich leicht und frei und zugleich bange. Meine Handtasche war mein Talisman, so tröstlich wie eine Sicherheitsdecke. Ihr Umfang und Gewicht waren vertraut, ihr Inhalt Gewißheit dafür, daß bestimmte Dinge stets in Reichweite waren. Die Tasche hatte mir bereits als Kissen und als Waffe gedient. Es war ein merkwürdiges Gefühl, ohne sie weiterzugehen, aber ich wußte, daß es sein mußte. Blind schätzte ich die Breite des Stegs ab und spürte den höhlenartigen Abgrund zu meiner Linken, wo meine Hand unvermittelt ins Nichts stürzte.

Die gesamte Umgebung war stockdunkel, aber ich konnte ein bedrohliches Knacken und Knistern hören. Es wehte ein scharfer Wind, der einen Funkenregen in meine Richtung trieb. Ich roch heißes, trockenes Holz, unterlegt mit dem beißenden Geruch petroleumhaltiger Produkte, die ihren chemischen Zustand änderten. Zögernd schlich ich vorwärts. Vor mir konnte ich mittlerweile einen sanften, rötlichen Schimmer ausmachen, der sich dort an der Wand abzeichnete, wo der Korridor nach links abbog. Ein langer Rauchschwaden wand sich mir um die Ecke entgegen. Wenn mich das Feuer auf diesem Steg erwischte, würde es vermutlich einfach vorüberziehen, aber die aufsteigende Wolke aus giftigen Gasen würde mich genauso radikal auslöschen wie die Flammen.

Das Wasser aus dem Sprinklersystem zischte zwar gleichmäßig, schien jedoch – soweit ich sehen konnte – keinerlei Wirkung auf das Feuer zu haben. Das Spiel des fahlgelben Lichts an den Wänden begann sich auszubreiten und zu tanzen, schob feine Asche und schwarzen Rauch vor sich her und verschlang sämtlichen vorhandenen Sauerstoff. Der Metallsteg war glitschig, und die Kette an den Rändern schwang heftig hin und her, als ich mich vorwärts bewegte. Die Sprechanlage meldete sich erneut zu Wort. Dieselbe Ansage ertönte noch einmal, eine verworrene Mischung aus Konsonanten. Ich erreichte das obere Ende der Leiter. Ich hatte Angst davor, dem um sich greifenden Feuer den Rücken zuzukehren, aber ich hatte keine andere Wahl. Mit dem rechten Fuß tastete ich nach der ersten Sprosse und maß den Abstand, während ich mich von einer Sprosse zur nächsten abwärts bewegte. Ich trat den Abstieg mit Vorsicht an, da meine Hände an dem nassen Metallgeländer abrutschten. Herabhängende Ketten färbten sich in dem Licht golden, Funken stoben und blinkten wie vereinzelte Glühwürmchen in einer heißen Sommernacht. Mittlerweile lieferte das Feuer genug Licht, um zu sehen, wie sich die Luft infolge der zunehmenden Rauchkonzentration grau färbte.

Ich erreichte das untere Ende der Leiter und wandte mich nach rechts. Das Feuer erhitzte die Luft auf ein unangenehmes Maß. Ich hörte ein knackendes Geräusch, zerbrechendes Glas, das fröhliche Knistern der Zerstörung, als die Flammen auf mich zutosten. Trotz der großzügigen Verwendung von Beton enthielt das Hotel genügend brennbare Stoffe, um der sich rasch ausbreitenden Feuersbrunst Nahrung zu geben. Ich vernahm das dumpfe Donnergrollen, als irgend etwas hinter mir nachgab und zusammenbrach. Dieser gesamte Teil des Hotels war offenbar von Flammen umgeben. Ich sah eine Tür zu meiner Linken und faßte nach dem Türknopf, der sich kühl anfühlte. Ich drehte ihn und zwängte mich hindurch, womit ich plötzlich in einem Flur im ersten Stock stand.

Hier war die Luft wesentlich kühler. Die Regenvögel in der Decke besprühten den verlassenen Korridor mit unregelmäßigen Schauern. Ich gewöhnte mich langsam an die Dunkelheit, eine kalkige Düsternis anstelle des undurchdringlichen Schwarz im inneren Korridor. Der Teppich hatte sich vollgesogen und quatschte feucht unter meinen Füßen, als ich den finsteren Flur hinabstolperte. Da ich meinen Augen nicht zu trauen wagte, hielt ich die Arme steif ausgestreckt und wedelte mit den Händen vor mir her wie beim Blindekuhspielen. Der Feueralarm setzte sein monotones Gellen fort, zu dem sich eine zweite Sirene gesellt hatte, die heiser heulte. In einem U-Boot-Film wären wir mittlerweile auf Tauchstation. Ich betastete den nächsten Türrahmen. Wieder fühlte sich der Türknauf kühl an und ließ zumindest für den Moment vermuten, daß das Feuer nicht auf der anderen Seite tobte. Ich drehte den Knopf und stieß die Tür vor mir auf. Ich fand mich auf der Feuertreppe wieder, die ich inzwischen bis ins Detail kannte. Durch die Schwärze stieg ich hinab, doch die Vertrautheit des Treppenhauses beruhigte mich. Die Luft war kalt und roch sauber.

Als ich im Erdgeschoß ankam, schalteten sich die Notstromaggregate ein, und kurz darauf gingen die Lichter flackernd wieder an. Der Korridor war verlassen, die Türen geschlossen. Hier gab es keinerlei Hinweise auf Bewegung, keine Spur von Rauch, und die Sprinkleranlage hatte sich ausgeschaltet. Jeder öffentlich zugängliche Raum, an dem ich vorüberkam, war leer. Ich entdeckte eine Tür mit der Aufschrift »Notausgang«, über der ein großer, beweglicher Balken lag, der mit Warnhinweisen beklebt war. Als ich durch die Tür ging, begann hinter mir noch eine Sirene zu jaulen. Ich ging rasch und ohne einen Blick zurückzuwerfen, bis ich den Parkplatz neben dem Hotel erreicht hatte, wo Rays Mietwagen geparkt war.

Die Feuerwehrautos fuhren am Hoteleingang vor, wo die evakuierten Hotelgäste in Trauben herumstanden. Der Nachthimmel war glühend gelb gefärbt, das an den Stellen, wo Feuer und Löschwasser aufeinandertrafen, von Säulen weißen Rauchs erstickt wurde. Neben dem Gebäude kreuzten sich zwei Wasserstrahlen mitten in der Luft wie ein Paar Suchscheinwerfer. Teile des Hotels waren völlig von dem Feuer eingeschlossen, Glas zerbarst, Flammen stiegen auf, und eine Wolke schwarzen Rauchs quoll hervor. Der Teil der Einfahrt, den ich sehen konnte, wurde durch die Feuerwehrautos und -schläuche blockiert, während Rettungsfahrzeuge bernsteinfarbenes Stroboskoplicht ausstrahlten. Über uns kreiste ein Hubschrauber, in dem ein Nachrichtenteam des Lokalfernsehens Aufnahmen machte und live vom Schauplatz berichtete.

Ich fand Rays Autoschlüssel in meiner Jackentasche und stieg in seinen Mietwagen. Ich ließ den Motor an und drehte die Heizung auf. Meine Kleider waren völlig durchnäßt, und das Wasser lief mir aus dem wie angeklebt am Kopf haftenden Haar immer noch übers Gesicht. Ich wußte, daß ich nach Rauch, nasser Wolle, nassen Jeans und feuchten Socken roch. Die texanische Nacht war kalt, und ich merkte, wie ich von einem bis in die Knochen gehenden Schüttelfrost erfaßt wurde.

Ich ließ den Motor warmlaufen. Der Wagen war ein Ford im »Familienformat«: ein Viertürer mit Automatikschaltung, außen weiß und innen rot. Ich legte den Rückwärtsgang ein und fuhr aus der Parklücke, während ich den leeren Parkplatz nach Gilbert absuchte.

Ich ließ die Scheinwerfer aus, als ich langsam um den Parkplatz herum und auf die andere Seite fuhr. Die Ausfahrt wurde von einem Polizisten mit Taschenlampe verstellt, der sämtliche Autofahrer dazu zwang, eine Umleitung zu fahren. Ich suchte mir eine Stelle an einer Hecke aus und fuhr über den Randstein, wobei ich den Wagen durch dichtes Buschwerk zwängte. Ich kam etwa dreißig Meter hinter der gesperrten Stelle auf der Zufahrtsstraße wieder heraus. Der Polizist sah mich vermutlich, konnte aber nicht viel machen. Er hatte alle Hände voll zu tun, den Ansturm von Gaffern in Schach zu halten. Ich bog in die Straße ein, die auf die Hauptstraße führte. Als ich an dem Miniaturschloß vorbeikam, verlangsamte ich das Tempo und hupte einmal kurz. Eilig traten Ray und Laura aus dem Schatten. Ray schleppte die drei Gepäckstücke und war beladen wie ein Packesel. Laura hatte immer noch die trügerische Weste umgeschnallt und trug die achttausend Dollar an ihrem Bauch wie einen Säugling. Die Vorspiegelung einer Schwangerschaft war so überzeugend, daß Ray sich fürsorglich um sie kümmerte. Ich hörte, wie der Kofferraum aufging, gefolgt von heftigem Poltern, als Ray alles hineinwarf und den Deckel wieder zuschlug. Er öffnete die Beifahrertür und setzte sich neben mich, während Laura hinten einstieg. Ich drückte den Fuß aufs Gas und fuhr fröhlich davon, bestrebt, Abstand zwischen uns und dem Feind zu schaffen.

Ray sagte: »Wir haben geglaubt, Sie würden nicht auftauchen. Wir wollten gerade zu Fuß losmarschieren.« Er wandte sich um und spähte durch die Heckscheibe auf das brennende Hotel hinter uns. »War das Gilbert?«

»Ist anzunehmen«, sagte ich.

»Natürlich war er das«, sagte Laura gereizt. »Er hat vermutlich vorne gewartet, um uns abzufangen, sowie wir zur Drehtür herauskämen.«

Ich warf ihr im Rückspiegel einen Blick zu. Wie Ray hatte sie sich umgewandt, um das Feuer zu beobachten. Das Glühen am Horizont ging von Blutrot ins Lachsrosa über, und eine weiße Wolke stieg dort auf, wo das Wasser aus den Feuerwehrschläuchen zu Dampf wurde. »Das ist ja ein Wahnsinnsfeuer. Wie hat er denn das ohne Beschleuniger hingekriegt?«

»Das mußt du ihm schon lassen. Der Mann hat Ideen. Er ist flink und kann gut improvisieren«, sagte sie.

Ray drehte sich wieder nach vorn um, griff nach seinem Sicherheitsgurt und ließ ihn einrasten. Ich merkte, wie er mich noch einmal ansah und meinen durchnäßten Zustand studierte. Ich fühlte mich wie ein Hund, den man während eines plötzlichen Regengusses im Hinterhof vergessen hat. Er beugte sich zur Seite und zog ein Taschentuch hervor, das er mir reichte. Dankbar wischte ich die Rinnsale ab, die mir das Gesicht hinunterliefen. »Danke.«

»Fahren Sie wieder zum Flughafen?«

»Nicht in diesem Aufzug. Ich habe meine Maschine sowieso verpaßt... Scheiße!« Schlagartig fiel mir ein, daß ich mein Flugticket in meiner zurückgelassenen Umhängetasche vergessen hatte. Ich betastete meine Jackentaschen, doch es hatte keinen Zweck. Ich konnte es nicht fassen. Ausgerechnet. In meiner Hast hatte ich den Umschlag der Fluggesellschaft einfach übersehen. Wenn ich mir nur das Ticket geschnappt oder besser noch die Tasche selbst bei mir behalten hätte. Nun besaß ich nur noch die Habseligkeiten, die ich direkt am Leib trug. Mir war fast schlecht vor Zorn. Das Flugticket repräsentierte nicht nur meine Heimreise, sondern auch den größten Teil meines flüssigen Vermögens. Ich schlug aufs Lenkrad. »Verdammt noch mal«, sagte ich.

Laura beugte sich zum Vordersitz. »Was ist denn passiert?«

»Ich habe mein Flugticket dort drin vergessen.«

»Oh-oh. Tja, dann ist es jetzt weg«, sagte sie und konstatierte das Offenkundige mit etwas, das mir wie ein Grinsen vorkam. Wenn ich nicht am Steuer gesessen hätte, wäre ich auf den Rücksitz gesprungen und hätte sie gebissen.

Ray mußte meinen Gesichtsausdruck gesehen haben. »Wo fahren wir hin?« fragte er, vermutlich um einer Quarantäne wegen Tollwut zu entkommen.

»Ich weiß ja nicht einmal, wo wir sind«, grollte ich. Ich zeigte aufs Handschuhfach. »Haben Sie eine Karte da drinnen?«

Er klappte das Fach auf, das abgesehen von dem Mietvertrag für das Auto und einem Wischbesen mit abgekaut aussehenden Borsten leer war. Er schlug es wieder zu und sah in der Tasche an der Beifahrertür nach. Ich fuhr mit der Hand in die Tasche auf meiner Seite und zog verschiedene Papiere heraus, darunter eine ordentlich zusammengefaltete Karte der Vereinigten Staaten. Ray grunzte zufrieden und knipste die Innenbeleuchtung an. In ausgebreitetem Zustand nahm die knisternde Karte fast den gesamten zur Verfügung stehenden Raum ein. »Sieht so aus, als müßten Sie nach der U.S. 30 in Richtung Nordosten Ausschau halten.«

»Wohin?«

Laura sah zu ihm hinüber. »Ich wette, nach Louisville, stimmt's?«

Er drehte sich zu ihr um. »Hast du damit ein Problem?«

»Gilbert ist nicht blöd, Ray. Was glaubst du wohl, wo er hinfährt?«

»Soll er doch nach Louisville fahren. Wen juckt das schon? Hier geht's um eine Fahrt von zwölf Stunden. Er wird nie rauskriegen, welche Route wir genommen haben.«

»Hör mal, Einstein. Es gibt nur *eine*«, belehrte sie ihn.

»Ausgeschlossen. Das ist Schwachsinn. Es muß mindestens ein halbes Dutzend geben«, widersprach er.

Sie griff hinüber und schnappte sich die Karte. »Du hast zu

lang im Gefängnis gesessen.« Ich konnte hören, wie sie im Fond des Wagens lautstark mit der Karte hantierte und sie neu faltete, während sie den Teil mit Dallas und dessen östlicher Umgebung suchte. »Seht euch das an. Es gibt vielleicht eine andere mögliche Strecke, aber die 30 ist die erste Wahl. Gilbert braucht lediglich zu fahren wie ein Wilder, um als erster anzukommen.«

»Wie soll er uns denn finden? Wenn wir in der Stadt eintreffen, nehmen wir uns zwei Hotelzimmer und verwenden erfundene Namen. Wir zahlen in bar und nennen uns, wie es uns paßt. Hast du es nicht auch so gemacht?«

»Ja und jetzt siehst du, was passiert ist. Kinsey hat mich in Null Komma nichts gefunden. Und Gilbert übrigens auch.«

»Das war Glück. Daß sie dich gefunden hat, war der reine Zufall. Frag sie«, sagte er.

»Ich würde es nicht *Glück* nennen«, sagte ich beleidigt.

»Sie wissen schon, was ich meine. Der Punkt ist doch, daß Sie nicht *geraten* haben, wie sie sich nennt, und sie daraufhin aufgespürt haben. Sie sind ihr lediglich gefolgt, stimmt's?«

»Ja, aber was ist mit Gilbert? Wie hat er es geschafft?« fragte ich.

Ray zuckte die Achseln. »Vermutlich hat er Farley dazu überredet, alles auszuplaudern.«

Vom Rücksitz ertönte ein Seufzer. »Oh, mein Gott. Stimmt das? Daran habe ich nicht gedacht. Glaubst du, daß Farley in Sicherheit ist?«

»Darüber kann ich mir jetzt nicht den Kopf zerbrechen«, sagte Ray.

Ich sah nach hinten zu Laura, die immer noch über die Karte wachte. »Was ist die nächste große Stadt zwischen hier und dort?«

Laura sah erneut in die Karte. »Wir kommen zuerst nach Texarkana und dann nach Little Rock. Danach folgt Memphis, dann Nashville und so weiter. Wieso?«

»Weil ich nach Hause möchte. Wir werden in Little Rock einen Abstecher zum Flughafen machen, und ich steige in ein Flugzeug.«

»Was ist mit Ihrem Ticket?« wollte Ray wissen.

»Ich rufe einen Freund von mir an. Er hilft mir.«

Laura sagte: »Wie wäre es in der Zwischenzeit mit einem Boxenstop, bevor ich in die Hose mache?«

»Klingt gut«, meinte Ray.

Ich achtete auf die Schilder am Straßenrand, bis ich eine Ausfahrt entdeckte, die mit den internationalen Symbolen für Nahrung und Töpfchen geschmückt war. Einen halben Block weiter unten an der Straße stießen wir auf eine schlecht beleuchtete freie Tankstelle mit Café. Nicht einmal Gilbert wäre so gerissen, uns hier aufzustöbern. Der Tank war noch beinahe voll, und so fuhr ich an den Zapfsäulen vorbei und parkte auf der von der Straße abgewandten Seite. Ray machte sich auf den Weg zur Herrentoilette, während Laura den Kofferraum öffnete und ihren Matschsack herausholte. »Sie können sich mein Kleid ausleihen.«

In dem unangenehmen Licht der Damentoilette streifte ich meine Reeboks und die nassen Socken ab und schälte mich aus meinem feuchten Blazer, den Blue jeans, dem Rollkragenpullover und der durchnäßten Unterwäsche. Ich erschauerte erneut, aber Lauras trockene Kleider begannen mich zu wärmen, kaum daß ich sie angezogen hatte. Sie trug immer noch den dunkelgrünen Trägerrock aus Cordsamt mit einem weißen Rollkragenpullover darunter, während ich das Jeanskleid, eine Strumpfhose und etwas zu große Tennisschuhe bekam. »Bis gleich«, sagte sie. Sie verließ die Toilette und gönnte mir ein paar Minuten allein.

Ich ließ Wasser in das Waschbecken laufen, bis es heiß wurde, wusch mir das Gesicht und tauchte meinen Kopf ein, um den Rauchgeruch auszuwaschen. Dann benutzte ich die harten Papierhandtücher, um mir das Haar trockenzureiben, und kämmte die einzelnen Strähnen anschließend mit den Fingern zurecht. Ich merkte, wie mich eine Woge der Übelkeit durchzuckte wie ein heißer Blitz. Ich stützte die Hände aufs Waschbecken und hielt mich fest, während ich mich sammelte. Es war Sonntag abend, und ich saß mit einem Ex-Sträfling, seiner Tochter und einem Bündel geklautem Bargeld in irgendeinem namenlosen Vorort von Dallas. Ich stieß einen tiefen Seufzer aus und starrte mein Ebenbild in dem schmuddeligen Spiegel an. Trübselig zuckte ich die Achseln. Es könnte (vermutlich) schlimmer sein. Bis jetzt war zumindest niemand zu Schaden gekommen, und ich hatte noch ein paar Dollar übrig. Ich freute mich auf eine Mahlzeit, obwohl ich mich darauf verlassen mußte, daß sie meine Reisegefährten bezahlen würden. Sowie wir nach Little Rock kamen, würde ich Henry anrufen, der mich retten würde. Er konnte mir telegraphisch Geld anweisen, das Flugticket auf seine Kreditkarte kaufen oder irgend etwas in der Richtung. Morgen früh läge ich sicher in meinem Bett, holte den entgangenen Schlaf nach und schätzte mich glücklich.

Ich ging zurück zum Wagen und stopfte den größten Teil meiner feuchten Kleider neben Rays Gepäck in den Kofferraum. Den Blazer nahm ich, obwohl er noch feucht war, mit hinüber ins Café, da ich ihn nicht aus den Augen lassen wollte. Das Lokal war fast leer und besaß eine reizlose, vernachlässigte Atmosphäre. Sogar die Einheimischen müssen das Etablissement gemieden haben, das vermutlich als Familienbetrieb begonnen hatte und seit geraumer Zeit seinem derzeitigen verwaisten Zustand anheimgefallen war. Ich sah zwar keine Fliegen, aber die Geister der Fliegen vergangener Tage schienen in der Luft zu hängen. Die Fenster zur Straße waren vom Staub eines halbfertigen Neubaus auf der anderen Straßenseite überzogen. Sogar auf den falschen Topfpflanzen lag eine Rußschicht.

Ray und Laura saßen einander gegenüber in einer Ecknische. Ich setzte mich neben Ray, da ich nicht besonders erpicht darauf war, sein zerschlagenes und geschundenes Gesicht vor Augen zu haben, während ich zu essen versuchte. Laura sah nicht viel besser aus. Wie ich trug sie kein Make-up, aber während bloße Haut mein bevorzugter Zustand ist, hatte sie stets sorgfältig die Blessuren kaschiert, die Gilbert ihr systematisch zugefügt hatte. Ich konnte ihr ansehen, daß sie die meisten Verletzungen bereits vor einiger Zeit erlitten hatte, da die dunkelsten Verfärbungen bereits zu zarten Grün- und Gelbtönen verblaßt waren. Ray war dagegen ein wahrer Regenbogen der Mißhandlung, verschorft, zerschnitten und hier und da wieder zusammengeflickt. Ich konzentrierte meinen Blick auf die Speisekarte, die sämtliche Standardgerichte bot: paniertes und fritiertes Steak, paniertes und fritiertes Hühnchen, Hamburger, Pommes frites, Sandwich mit Speck, Salat und Tomaten, gegrilltes Käsesandwich und »frische« Suppen, die vermutlich hinten in der Küche aus großen Dosen gekippt wurden. Wir bestellten Cheeseburger, Pommes frites und große Cokes, die fast überhaupt nicht sprudelten. Ohne Kohlensäure schmeckte die Cola wie der Sirup, den man früher als Hausmittel gegen Frauenleiden zu verabreichen pflegte. Die Bedienung war so freundlich, meine Tischgenossen nicht nach ihren Verletzungen zu fragen.

Beim Essen sagte ich zu Ray: »Ich frage nur aus Neugier, aber wie wollen Sie denn herausfinden, wo das Geld versteckt ist, wenn Sie in Louisville angekommen sind?«

Er schluckte einen Bissen Cheeseburger hinunter und wischte sich den Mund mit einer Papierserviette ab. »Weiß ich noch nicht. Johnny sagte, er würde bei meiner Ma Nachricht hinterlassen, für den Fall, daß ihm etwas zustieße, aber wer weiß, ob er das je getan hat. Vereinbart war, daß ich aus dem Gefängnis schnurstracks zu ihm nach Kalifornien kommen sollte. Dann wollten wir zu zweit nach Louisville fahren und das Geld holen. Er hatte es gern zeremoniell, wissen Sie, wollte die lange Wartezeit und die harte Arbeit, die dafür nötig waren, feiern.

Auf jeden Fall kann ich sagen, daß man – wo immer sich das Geld befindet – einen Schlüssel braucht, um ranzukommen.«

»Den habe ich«, sagte ich.

»Was für einen Schlüssel?« wollte Laura wissen. Das war ihr offensichtlich neu, und es schien sie zu ärgern, daß ich mehr wußte als sie.

Ray ignorierte sie. »Haben Sie den noch?«

»Wenn ich es rechtzeitig weiß, kann ich ihn organisieren«, sagte ich.

»Gut. Ich möchte nicht, daß Sie davonspazieren, ohne ihn herzugeben.«

»Glauben Sie, daß ich Ihnen helfen werde, um Chester um seinen rechtmäßigen Anteil zu betrügen?«

»He, er würde das gleiche tun. Er wird Sie vermutlich auch betrügen.«

»Darauf möchte ich wirklich nicht eingehen«, sagte ich. »Glauben Sie, daß Johnny tatsächlich sein Wort gehalten hat?«

»Ich kann mir einfach nicht vorstellen, daß er einen solchen Batzen Geld einfach abschreibt. Er muß noch einen Plan in der Hinterhand haben, irgend etwas Idiotensicheres für den Fall, daß er vom Auto überfahren wird oder so. Warum fragen Sie? Haben Sie selbst irgendwelche Ideen?«

Ich schüttelte den Kopf. »Es ist lediglich ein interessantes Projekt. Was ist Ihre Strategie?«

»Meine Strategie ist, dieses Problem dann zu lösen, wenn es ansteht«, sagte er.

Nachdem wir uns wieder auf den Weg gemacht hatten, verkroch sich Ray auf die Rückbank, um zu schlafen, während ich fuhr und Laura seinen Platz auf dem Beifahrersitz einnahm. Wir sahen zu, wie das silberne Band des Highways unter uns abrollte. Die Lichter am Armaturenbrett strahlten eine sanfte Beleuchtung aus. Ray zuliebe stellten wir das Radio ganz leise und beschränkten unsere Konversation auf eine gelegentliche Bemerkung. Ray begann zu schnarchen, ein abgehacktes, von

Stille unterbrochenes Ausatmen, als hielte ihm jemand in regelmäßigen Abständen die Nase zu. Als sich abzeichnete, daß ihn höchstens eine Karambolage mit vier Autos aus dem Schlaf reißen könnte, begannen wir leise zu plaudern.

»Sie haben also nie Gelegenheit gehabt, Zeit mit ihm zu verbringen«, sagte ich.

Laura zuckte die Achseln. »Im Grunde nicht. Meine Mutter hat mich gezwungen, ihm einmal im Monat zu schreiben. Sie hat immer großen Wert darauf gelegt, sich um Leute zu kümmern, denen es nicht so gut ging wie uns. Ich weiß noch, wie ich mich umsah und mich fragte, von wem zum Teufel sie denn redete. Dann heiratete sie wieder und schien nicht mehr an Ray zu denken. Zuerst bekam ich deshalb Schuldgefühle, bis ich ihn selbst vergaß. Kleine Kinder sind nicht gerade bekannt dafür, die Bedürfnisse anderer Menschen zu erfüllen.«

Ich sagte: »Ich bin eigentlich der Meinung, daß Kinder versuchen, es jedem recht zu machen. Was haben sie sonst schon für eine Wahl? Wenn man von jemandem abhängig ist, paßt man besser auf, daß man ihn bei Laune hält.«

»Sagte die wahre Neurotikerin. Leben Ihre Eltern noch?«

»Nein. Sie kamen gemeinsam bei einem Unfall ums Leben, als ich fünf war.«

»Aha. Nun stellen Sie sich vor, einer von beiden würde eines Tages plötzlich auftauchen. Da bringt man sein Leben damit zu, sich einen Vater zu wünschen. Dann hat man auf einmal einen und merkt, daß man nicht die leiseste Ahnung hat, was man mit ihm anfangen soll.« Sie warf Ray auf dem Rücksitz einen beklommenen Blick zu. Wenn er nur so tat, als ob er schliefe, dann machte er es wirklich gut.

Ich fragte: »Stehen Sie Ihrer Mutter nahe?«

»Bevor ich Gilbert traf, schon. Sie mag ihn nicht besonders, aber das kommt vermutlich daher, daß er sie nie richtig beachtet hat. Sie ist so eine Art Südstaatenschönheit. Sie mag Männer, die sie umgarnen.«

»Und was gibt's von ihrem Stiefvater zu erzählen?«

»Er und Gilbert sind dicke Freunde. Er wollte nie glauben, daß Gilbert mich schlug, ohne daß ich ihn provoziert habe. Nicht, daß er es *gutgeheißen* hätte. Er geht nur einfach immer davon aus, daß es auch eine andere Sichtweise gibt. Er ist einer von denen, die sagen: ›Tja, das ist *deine* Meinung. Bestimmt hätte Gilbert etwas anderes dazu zu sagen.‹ Er brüstet sich damit, fair zu sein und keine vorschnellen Schlüsse zu ziehen. Wie ein Richter, wissen Sie. Er möchte die Argumente der Anklage und der Verteidigung hören, bevor er seine Strafe verkündet. Er sagt, er möchte nicht voreingenommen sein. Was er eigentlich damit meint, ist, daß er mir kein Wort glaubt. Was immer Gilbert tut, ich habe es verdient, wissen Sie? Vermutlich wünscht er sich, er könnte selbst mal auf mich losgehen.«

»Was ist mit Ihrer Mutter? Hatte sie nichts dagegen, daß Gilbert Sie geschlagen hat, oder wußte sie nichts davon?«

»Sie sagt dasselbe wie Paul. Es ist wie ein stilles Übereinkommen. Sie will ihre Ehe nicht gefährden. Sie mag keine Konflikte oder Meinungsverschiedenheiten. Sie will nur Ruhe und Frieden. Sie ist so begeistert davon, daß sie jemanden hat, der sich um sie kümmert, daß sie keinen Wirbel machen will. Paul tut immer so, als täte er ihr einen Riesengefallen damit, daß er mit ihr verheiratet ist. Ich glaube, sie war vierundzwanzig, als sie sich kennengelernt haben. Ich war vielleicht fünf Jahre alt. Da stand sie nun, mit einem Ex-Ehemann im Knast und ohne Rücklagen. Der einzige Job, den sie hatte, war als Aushilfe in einem Drugstore. Sie verdiente nicht genug zum Überleben. Sie mußte Sozialhilfe beantragen, was für sie das Allerletzte bedeutete. Ihre große Schande. Wie auch immer. Sie brauchte Hilfe. Ich war zwar nicht unehelich, aber in ihren Augen war es das Schlimmste. Sie will nie wieder so tief sinken. Außerdem braucht sie bei Paul überhaupt nicht zu arbeiten. Er will nicht, daß sie arbeitet. Er will, daß sie den Haushalt macht und sich seinen Launen beugt. Kein übles Abkommen.«

»O doch. Es klingt grauenhaft.«

Laura lächelte. »Ja, eigentlich schon, oder? Na, auf jeden Fall, als ich aufwuchs, war Paul kritisch und autoritär. Er war der Herr im Haus. Er hätte sich beinahe den Arm dabei gebrochen, daß er sich für alles, was er für uns tat, ständig selbst auf die Schulter geklopft hat. Auf seine Art war er gut zu ihr. Um mich hat er sich nie geschert, aber um fair zu sein, muß ich sagen, daß ich wohl ätzend war. Bin ich vermutlich immer noch, wenn man's genau nimmt.« Sie lehnte ihren Kopf gegen den Sitz. »Sind Sie verheiratet?«

»Ich war's mal.« Ich hielt zwei Finger in die Höhe.

»Sie waren zweimal verheiratet? Ich auch. Einmal mit einem Typen mit einem ›Drogenproblem‹«, sagte sie und markierte die Gänsefüßchen um das Wort mit den Fingern.

»Kokain?«

»Das und Heroin. Speed, Gras, solches Zeug. Mein anderer Ehemann war ein Muttersöhnchen. Mein Gott, so ein Schwächling. Er ist mir mit seiner Unsicherheit auf die Nerven gegangen. Er hatte keine Ahnung von irgendwas. Außerdem brauchte er ständig Bestätigung. Aber was verstehe ich schon davon? Ich bin weiß Gott nicht dazu in der Lage, jemand anderen aufzubauen.«

»Und was ist mit Gilbert?«

»Er war toll, am Anfang. Sein Problem ist, daß er einem nicht vertraut, verstehen Sie? Er kann sich nicht öffnen. Dabei kann er im Grunde so lieb sein. Machmal wenn er trinkt, fängt er an zu weinen wie ein kleines Baby. Bricht mir das Herz.«

»Und die Nase«, sagte ich.

15

Wir fuhren durch Greenville, Brashear, Saltillo und Mt. Vernon und durchquerten dabei spärlich bewaldetes Ackerland auf sanft gewölbten Hügeln. Der Verkehr war mäßig und die Straße hypnotisch. Zweimal wachte ich ruckartig auf, da ich in eine Art Sekundenschlaf verfallen war. Um wach zu bleiben, rief ich mir meinen geistigen *Atlas von Texarkana* in Erinnerung. Allerdings barg diese Datei nur zwei Informationshäppchen. Erstens, die Staatsgrenze zwischen Arkansas und Texas teilte die Stadt Texarkana in zwei Hälften, so daß die eine Hälfte der Bevölkerung in Texas und die andere in Arkansas lebt. Und zweitens ist die Stadt Sitz eines Staatsgefängnisses. Damit war diese Form der geistigen Anregung auch erledigt.

Am Stadtrand bog ich zu einer die ganze Nacht geöffneten Tankstelle ab, wo ich anhielt, um die Beine auszustrecken. Ray war noch immer nicht wieder unter den Lebenden, also tauschten Laura und ich die Plätze, und sie setzte sich ans Steuer. Laura rückte fünf Dollar heraus, und für genau diese Summe tankten wir. Es war schon fast halb elf, als wir die Staatsgrenze überquerten, und es würde noch etwa zwei Stunden dauern, bis wir in Little Rock wären. Ich machte es mir auf dem Beifahrersitz bequem, mit krummem Rücken, angewinkelten Knien und auf dem Armaturenbrett abgestützten Füßen. Um mich warm zu halten, verschränkte ich die Arme. Die in meinem Blazer zurückgebliebene Nässe umhüllte mich mit einer feuchten Wolke muffiger Gerüche. Das Dröhnen des Motors, vermischt mit Rays stakkatoartigem Schnarchen, übte eine einlullende Wirkung aus. Ich nahm die Füße herunter und setzte mich aufrecht hin. Ich fühlte mich erschöpft und orientierungslos. Wir kamen an einem Straßenschild vorbei, das besagte, daß wir die U.S. 30 verlassen hatten und nun auf der U.S. 40 in Richtung Norden fuhren. »Wie weit ist es noch bis Little Rock?«

»Wir sind schon an Little Rock vorbeigefahren. Als nächstes kommt Biscoe.«

»Wir sind an Little Rock *vorbeigefahren*? Ich habe Ihnen doch gesagt, daß ich dort aussteigen will«, flüsterte ich heiser.

»Was hätte ich denn tun sollen? Sie hatten die Landkarte und schliefen tief und fest. Ich hatte keine Ahnung, wo der Flughafen sein sollte, und ich wollte nicht in der Gegend herumfahren und ihn auf gut Glück suchen.«

»Warum haben Sie mich nicht aufgeweckt?«

»Ich habe es einmal versucht. Ich habe Ihren Namen gesagt und keine Antwort bekommen.«

»Gab es denn keine Wegweiser?«

»Soweit ich gesehen habe, nicht. Außerdem startet dort um diese Zeit sowieso kein Flugzeug. Wir sind hier in der finstersten Provinz. Sehen Sie's ein«, flüsterte sie zurück. Sie schlug wieder einen normalen Tonfall an, dämpfte jedoch Ray zuliebe ihre Stimme. »Es ist höchste Zeit, daß wir uns ein Motel suchen, damit wir ein paar Stunden Schlaf bekommen. Ich bin halbtot. Ich wäre in der letzten Stunde mehr als einmal fast von der Straße abgekommen.«

Ich musterte die Gegend und konnte in der Dunkelheit nur wenig mehr ausmachen als Farmhäuser und vereinzelte, dichte Waldstücke. »Suchen Sie sich eines aus«, sagte ich.

»Es kommt bald wieder ein Ort«, meinte sie ungerührt.

Und tatsächlich gelangten wir in ein Städtchen mit einem einstöckigen Motel in einer Seitenstraße, dessen »Zimmer-frei«-Schild blinkte. Sie bog in den kleinen gekiesten Parkplatz ein und stieg aus. Dann drehte sie sich mit dem Rücken zum Wagen und griff unter ihren Trägerrock, wobei sie vermutlich ein Bündel Bares aus dem Bauchgurt hervorholte, den sie trug. Ich stieß Ray an, der aus den Tiefen aufstieg wie ein Taucher bei der Druckentlastung.

Ich sagte: »Laura möchte hier haltmachen. Wir sind beide völlig erledigt.«

»Ist mir recht«, sagte er. Er richtete sich in Sitzposition auf und blinzelte verwirrt. »Sind wir noch in Texas?«

»In Arkansas. Wir haben Little Rock hinter uns und Memphis vor uns.«

»Ich dachte, Sie wollten uns verlassen?«

»Das dachte ich auch.«

Er gähnte und rieb sich mit den Händen das Gesicht. Dann warf er einen Blick auf seine Uhr und versuchte, in dem spärlichen Licht die Zeit abzulesen. »Wie spät ist es?«

»Nach eins.«

Ich konnte Laura am Eingang des Motels sehen. Die Lichter drinnen waren trübe und die Tür muß abgeschlossen gewesen sein, da ich sah, wie sie mehrmals klopfte und schließlich die Hände vor dem Glas wölbte, um hineinzuspähen. Schließlich schleppte sich eine unglücklich dreinblickende Seele aus dem Büro des Geschäftsführers. Längerer lebhafter Wortwechsel, Gestikulieren und Äugen in unsere Richtung. Laura wurde eingelassen, und ich sah sie dort an der Rezeption stehen, wie sie das Anmeldeformular ausfüllte. Ich vermutete, daß ihre scheinbare Schwangerschaft ihr ein Flair von Verletzlichkeit verlieh, insbesondere zu dieser Stunde. Ein Bündel Bargeld schadete ihrem Anliegen sicher auch nicht. Augenblicke später verließ sie das Büro und kehrte zum Wagen zurück, wobei sie zwei Zimmerschlüssel in der Hand baumeln ließ, die sie mir reichte, als sie sich wieder hinters Steuer setzte. »Ray bekommt ein eigenes Zimmer. Ich kann bei diesem Krach nicht schlafen.«

Sie ließ den Wagen an und fuhr hinters Haus. Wir hatten die beiden letzten Zimmer am hinteren Ende. Es stand nur ein einziges anderes Auto da und das hatte Nummernschilder aus Iowa, so daß ich uns momentan vor Gilbert in Sicherheit wähnte. Ray zerrte einen seiner Koffer aus dem Kofferraum, während Laura sich den Matchsack schnappte und ich den Armvoll feuchter Kleider, die ich hineingeworfen hatte. Vielleicht würde es den Trockenprozeß abschließen und sie wieder tragbar machen, wenn ich sie über Nacht aufhängte.

Ray blieb an seiner Tür stehen. »Wann morgen früh?«

»Ich finde, wir sollten um sechs wieder unterwegs sein. Wenn wir schon fahren, dann zügig. Sinnlos, herumzutrödeln«, meinte Laura. »Zieh die Vorhänge beiseite, wenn du auf bist. Wir machen es genauso.« Sie warf mir einen Blick zu. »Ist Ihnen das recht?«

»Klar, keine Einwände.«

Ray verschwand in seinem Zimmer, und ich folgte ihr in unseres: zwei Doppelbetten und ein tristes Interieur, Modergeruch inbegriffen. Wenn die Farbe Beige einen Geruch hätte, würde sie so riechen. Es sah aus wie ein Raum, in dem man nicht aus dem Bett steigen wollte, ohne vorher irgendwie Lärm zu machen. Sonst träte man womöglich auf eines dieser huschenden, hartschaligen Insekten. Das kleine Kerlchen in meinem Blickfeld saß in der Ecke fest, wo es geduldig gegen die Wände scharrte wie ein Hund, der hinauswill. Man kann diese Tierchen nicht zertreten, ohne Gefahr zu laufen, unvermittelt einen Schwall Zitronenpudding an die Schuhsohle gespritzt zu bekommen. Ich hängte meine Kleider in den Wandschrank, den ich zuerst vorsichtig inspiziert hatte. Keine braunen Einsiedlerspinnen oder pelzigen Nagetierchen in Sicht.

Das Badezimmer prangte mit braunen Vinylfliesen, einer Duschkabine aus Fiberglas, zwei cellophanverpackten Plastikbechern und zwei papierverpackten Seifchen in Visitenkartenformat. Ich zog meine Reisezahnbürste mitsamt der winzigen Zahnpastatube hervor und putzte mir in wortloser Verzückung die Zähne. Mangels eines Nachtgewands schlief ich in meiner (geborgten) Unterwäsche und faltete die baumwollene Tagesdecke einmal zusammen, um es wärmer zu haben. Laura ging ins Badezimmer und schloß pietätvoll die Tür, bevor sie ihren Bauchgurt entfernte. Ich war binnen Minuten eingeschlafen und hörte gar nicht, wie sie in ihr knarrendes Bett stieg.

241

Es war noch dunkel, als sie mich um Viertel vor sechs anstieß. »Wollen Sie zuerst duschen?« fragte sie.

»Gehen Sie vor.«

Das Licht im Badezimmer blitzte auf und schoß mir kurz übers Gesicht, bevor sie die Tür schloß. Sie hatte die Vorhänge aufgezogen, wodurch Licht von den Lampen draußen auf dem Parkplatz hereinkam. Durch die Wand glaubte ich die Dusche von nebenan zu hören, was hieß, daß Ray wach war. Im Gefängnis war er vermutlich immer um diese Zeit aufgestanden. Jetzt bedeutete eine Dusche Luxus, da er sie für sich allein hatte und nicht jedesmal, wenn er die Seife fallen ließ, eine sexuelle Attacke befürchten mußte. Ich stützte mich auf einen Ellbogen und sah zu der Autowerkstatt auf der anderen Straßenseite hinaus. Eine Vierzig-Watt-Birne brannte über dem Servicebereich. Es war Montag morgen, und wo war ich? Ich sah auf dem bedruckten Streichholzbriefchen im Aschenbecher nach. Ach ja. Whiteley, Arkansas. Ich erinnerte mich an das Ortsschild vor der Stadt, das eine Bevölkerungszahl von 523 genannt hatte. Vermutlich übertrieben. Ich empfand ein kurzes Aufwallen von Melancholie und sehnte mich nach zu Hause. In den wilden Tagen meiner Jugend, vor Herpes und Aids, bin ich gelegentlich in Zimmern wie diesem aufgewacht. Es birgt einen gewissen Schrecken, wenn man sich nicht mehr genau daran erinnern kann, wer da so fröhlich hinter der Badezimmertür pfeift. Wenn es mir wieder eingefallen war, konnte ich oft nicht umhin, meinen Geschmack hinsichtlich männlicher Gesellschaft in Zweifel zu ziehen. Ich brauchte nicht lange, um Tugendhaftigkeit als den schnellsten Weg zur Vermeidung von Selbsthaß zu erkennen.

Als Laura das Badezimmer freimachte, vollständig angezogen und den Bauchgurt an Ort und Stelle, putzte ich mir die Zähne und wusch mir mit dem zusammenschrumpfenden Seifenstückchen die Haare. Meine Jeans waren zwar trocken, erinnerten aber immer noch an Aschenbecher und erloschene Lagerfeuer, und so zog ich wieder Lauras Jeanskleid an. Sauber zu sein, hob meine Stimmung bereits enorm. Ich sammelte den Rest meiner aufgehängten Kleidungsstücke aus dem Wandschrank zusammen und brachte sie hinaus zum Auto.

Die Route hatte uns auf einer geraden Linie in Richtung Norden geführt. Hier war die Kälte spürbarer. Die Luft wirkte dünner und der Wind schneidender. Ray hatte eine mit Webpelz gefütterte Jeansjacke angezogen, und als wir ins Auto stiegen, warf er jeder von uns ein Sweatshirt zu. Dankbar zog ich es über den Kopf und meinen Blazer darüber. Über dem Volumen des Sweatshirts saß er so eng, daß ich kaum die Arme bewegen konnte, aber wenigstens war mir warm. Laura legte sich ihr Sweatshirt wie eine Stola um die Schultern. Ich setzte mich auf den Rücksitz und wartete im Wagen, während Laura die Schlüssel abgab und Ray Kleingeld in den Automaten warf, der bei der Rezeption um die Ecke stand. Sie kehrten mit verschiedenen Knabbereien und Erfrischungsgetränken, die Ray verteilte, zum Wagen zurück. Nachdem Laura losgefahren war, verzehrten wir ein Frühstück aus No-name-Cola, Erdnüssen, Schokoriegeln, Erdnußbutterkeksen und Käsecrackern ohne jeden Nährwert.

Laura drehte die Heizung auf, und schon bald war der Wagen erfüllt vom seifigen Duft von Rays Rasierwasser. Abgesehen von seinem zerschundenen Gesicht und den gebrochenen Fingern, was beides übel aussah, war seine äußere Erscheinung untadelig. Offenbar verfügte er über einen endlosen Vorrat an weißen T-Shirts und Chinos. Für einen Mann Mitte sechzig schien er in guter körperlicher Verfassung zu sein. Unterdessen sahen Laura und ich von Stunde zu Stunde abgerissener aus. In der Enge des Mietwagens konnte ich sehen, daß ihr dunkles, kastanienrotes Haar zu diesem flammenden Ton gefärbt war. Die Farbe wuchs sich am Scheitel langsam aus und brachte einen breiter werdenden grauen Streifen zum Vorschein. Die Strähnen um ihr Gesicht herum bildeten einen weißen Saum wie die schmale Umrandung in einem Bilderrahmen. Ich überlegte, ob vorzeitiges Ergrauen wohl in der Familie lag.

Die Sonne ging hinter einem Gebirge frühmorgendlicher Wolken am Horizont auf, und der Himmel wechselte von Apricot über Buttergelb hin zu einem weichen, klaren Blau. Die Landschaft um uns herum war flach. Ein Blick auf die Karte sagte mir, daß dieser Teil des Bundesstaates zur Schwemmebene des Mississippi gehörte und alle Flüsse östlich und südlich auf den Mississippi zuflossen. Seen und heiße Quellen tüpfelten die Landkarte wie Regentropfen, während die Nordwestecke des Bundesstaates von den Boston und den Ouachita Mountains geprägt war. Laura hielt den Fuß fest aufs Gaspedal gedrückt und fuhr konstant sechzig Meilen die Stunde.

Um sieben Uhr waren wir in Memphis. Ich hielt Ausschau nach einer Telefonzelle, da ich Henry anrufen wollte, als mir einfiel, daß es in Kalifornien zwei Stunden früher war. Er pflegte zwar früh aufzustehen, aber fünf Uhr morgens war wirklich übertrieben. Laura merkte, was ich dachte, und fing meinen Blick im Rückspiegel auf. »Ich weiß, daß Sie nach Hause wollen, aber können Sie nicht bis Louisville warten?«

»Was spricht denn gegen Nashville? Wir kommen am späteren Morgen dort an, was ideal für mich wäre.«

»Sie würden uns Zeit kosten. Sehen Sie auf die Karte, wenn Sie es nicht glauben. Wir kommen auf der 40 herein und fahren auf der 65 weiter über die Staatsgrenze. Der Flughafen von Nashville liegt auf der anderen Seite der Stadt. Damit verlieren wir eine Stunde.« Sie reichte mir die Karte, aufgeschlagen bei der Gegend, von der sie sprach, wieder nach hinten.

Ich überschlug die ungefähren Entfernungen. »Sie verlieren keine Stunde. Es dreht sich höchstens um zwanzig Minuten. Ich dachte, Sie wollten gar nicht nach Louisville, also weshalb plötzlich so eilig?«

»Ich habe nie gesagt, daß ich nicht dorthin will. Ich *lebe* dort. Ich habe nur gesagt, daß Gilbert dorthin fährt. Ich möchte meine Sachen aus der Wohnung holen, bevor er auftaucht.«

»Vergiß deine Sachen. Kauf dir was Neues. Halt dich von dort fern. Wenn du in die Wohnung gehst, läufst du ihm direkt in die Arme.«

»Nicht, wenn ich vor ihm dort bin«, wandte sie ein. »Deshalb will ich ja keine Zeit verlieren, Sie zum Flughafen zu bringen. Sie können von Louisville abfliegen. Das ist nicht so viel weiter.«

Ich merkte, wie meine Körpertemperatur mit meiner anschwellenden Wut stieg. »Es sind noch einmal drei Stunden.«

»Ich halte nicht an«, sagte sie.

»Wer hat Ihnen denn das Kommando übertragen?«

»Und wer *Ihnen*?«

»Ladies, he! Hört auf. Ihr geht mir auf die Nerven. Wir müssen schon mit Gilbert fertig werden. Das reicht.« Ray wandte sich um, um mich anzusehen, und gab sich bemüht. »Ich mache Ihnen einen Vorschlag. Ich weiß, daß Sie unbedingt nach Hause wollen, aber ein paar Stunden Verzögerung spielen doch keine Rolle. Kommen Sie mit uns nach Louisville. Wir nehmen Sie mit zu meiner Ma. Dort sind wir in Sicherheit. Sie können heiß duschen und sich waschen, während Sie Ihre Kleider durch die Waschmaschine laufen lassen.« Er sah Laura an. »Du kommst auch mit. Sie würde sich freuen, dich zu sehen, da bin ich mir sicher. Vor wie vielen Jahren hast du denn deine Grandma zum letzten Mal besucht?«

»Vor fünf oder sechs«, sagte sie.

»Siehst du? Sie hat dich bestimmt schrecklich vermißt. Da bin ich mir sicher«, meinte er. »Sie wird uns phantastische Hausmannskost vorsetzen, und dann bringen wir Sie zum Flughafen. Wir zahlen Ihnen sogar das Flugticket.«

Laura wandte den Blick von der Straße ab. »*Wir*? Seit wann?«

»Komm schon. Sie hängt nur unseretwegen mit drin. Chester wird sie vermutlich nie bezahlen, also kann sie die Knete abschreiben. Was kostet uns das schon? Es ist das mindeste, was wir tun können.«

»Du bist sehr großzügig mit Geld, das du nicht hast«, bemerkte sie.

Rays Lächeln versiegte. Sogar vom Rücksitz aus konnte ich seinen Stimmungsumschwung sehen. »Du willst sagen, daß ich keinen Anspruch auf das hier drin habe?« sagte er und wies auf ihren Bauch.

»Natürlich hast du einen Anspruch. Ich habe es nicht so gemeint, aber es kostet uns ohnehin schon eine ganze Menge«, sagte sie.

»Und?«

»Und du könntest mich wenigstens fragen. Ich habe auch etwas zu sagen. Und außerdem habe ich erst kürzlich von dir gehört, daß du mir die ganzen acht Riesen schenken wolltest.«

»Du hast abgelehnt.«

»Habe ich nicht!«

»Sie haben in meiner Gegenwart abgelehnt«, sagte ich und streckte ihr damit praktisch die Zunge heraus.

»Würdest du ihr bitte sagen, daß sie sich heraushalten soll! Das hat nichts mit Ihnen zu tun, Kinsey, also kümmern Sie sich bitte um Ihren eigenen Kram.«

Ich merkte, wie mir ein Lachen in die Kehle stieg. »Seien Sie keine Spielverderberin. Mir macht das Spaß. Ich bin die Adoptivtochter. Das hier ist ›Familiendynamik‹. Heißt es nicht so? Ich habe davon gelesen, es aber nie selbst erlebt. Rivalität in der Familie ist zum Brüllen.«

»Was wissen Sie schon von Familien?«

»Gar nichts. Das ist es ja gerade. Langsam gefällt mir all dieses Gezänk, seit ich kapiert habe, wie es funktioniert.«

Ray fragte: »Stimmt das? Sie haben keine Familie?«

»Ich habe Verwandte, aber keine nahen. Ein paar Cousinen oben in Lompoc, aber nicht diese Alltagskiste, wo sich die Leute gegenseitig angiften, Stunk machen und fies sind.«

»Ich habe jahrelang ohne Familie gelebt. Das ist etwas, was ich sehr bedauere«, sagte er. »Also, kommen Sie nun mit uns nach Louisville? Wir bringen Sie auf den Nachhauseweg. Ich schwöre es.«

Ich falle grundsätzlich darauf herein, wenn mich jemand nett fragt, vor allem ein ehrenamtlicher Vater, der so gut roch wie er. Ich sagte: »Klar. Warum nicht? Ihre Mutter scheint eine Reise wert zu sein.«

»Das ist sie allerdings«, bekräftigte er.

»Wie lange haben Sie sie nicht gesehen?«

»Siebzehn Jahre. Ich war auf Bewährung draußen, bin aber wegen einer Verletzung der Auflagen wieder eingebuchtet worden, bevor ich so weit kam. Sie hat mich nie im Gefängnis besucht. Ich schätze, sie wollte sich nicht damit auseinandersetzen.«

Nachdem wir uns soweit geeinigt hatten, fuhren wir friedlich weiter. Wir kamen um 10.35 Uhr in Nashville an, allesamt hungrig. Laura entdeckte einen McDonald's, dessen goldene Bogen vom Briley Parkway herab zu sehen waren. Sie nahm die nächste Ausfahrt. Sowie wir auf den Parkplatz einbogen, sah ich, wie sie mit einer Hand unter ihren Rock griff und eine diskrete Abhebung von der Bauchnabel-Staatsbank vornahm. Da meines das einzige nicht von jüngst verabreichten Schlägen gezeichnete Gesicht war, wurde ich dazu bestimmt, in das Lokal zu gehen und unser zweites Frühstück zu besorgen. Um unsere Ernährung variabel zu gestalten, kaufte ich ein Sortiment aus Hamburgern, Big Macs und Viertelpfündern mit Käse. Dazu erstand ich zwei verschieden große Portionen Pommes frites, Zwiebelringe und Cokes, die so groß waren, daß wir garantiert alle zwanzig Minuten pinkeln müßten. Außerdem nahm ich dreimal Kekse in Tierform in Schachteln mit schicken Henkeln aus Schnur mit, gedacht für diejenigen von uns, die brav ihren Teller leeraßen. Um zu demonstrieren, wie kultiviert wir waren, speisten wir, solange das Auto noch hinter dem Lokal auf dem

Parkplatz stand, und bedienten uns dann der Sanitäranlagen, bevor wir uns wieder auf den Weg machten. Diesmal fuhr Ray, Laura wechselte auf den Beifahrersitz, und ich streckte mich hinten aus und machte ein Nickerchen.

Als ich aufwachte, hörte ich Ray und Laura leise miteinander reden. Irgendwie versetzte mich das Gemurmel zurück zu den Autofahrten meiner Kindheit, bei denen meine Eltern vorne saßen und unzusammenhängende Bemerkungen austauschten. Dabei habe ich vermutlich bereits lauschen gelernt. Ich hielt die Augen geschlossen und hörte ihrem Gespräch zu.

Ray sagte: »Ich weiß, daß ich dir kein Vater gewesen bin, aber ich würde es gern versuchen.«

»Ich habe einen Vater. Paul ist mir bereits ein Vater gewesen.«

»Vergiß ihn. Der Typ ist ein Scheißhaufen. Ich habe es dich selbst sagen hören.«

»Wann?«

»Letzte Nacht im Auto, als du mit Kinsey geredet hast. Du hast erzählt, er hätte dich in deiner Jugend in Grund und Boden kritisiert.«

»Genau. Ich hatte einen Vater. Wozu sollte ich also zwei brauchen?«

»Nenn es eine Beziehung. Ich möchte ein Teil deines Lebens sein.«

»Wozu?«

»Wo*zu*? Was soll denn das für eine Frage sein? Du bist das einzige Kind, das ich habe. Wir sind Blutsverwandte.«

»Blutsverwandte? So ein Schrott.«

»Von wie vielen Menschen kannst du das sagen?«

»Zum Glück nicht von vielen«, sagte sie bissig.

»Vergiß es. Ganz wie du willst. Ich dränge mich dir nicht auf. Du kannst machen, was du willst.«

»Du brauchst nicht beleidigt zu sein. Es geht nicht um dich«, meinte sie. »So ist das Leben eben. Seien wir doch ehrlich. Ich habe nie etwas anderes von Männern bekommen als Kummer.«

»Danke für das Vertrauensvotum.«

Das Gespräch verstummte. Ich wartete einen angemessenen Zeitraum ab und gähnte dann hörbar, als erwachte ich gerade erst. Ich setzte mich auf dem Rücksitz auf und blinzelte in die Landschaft hinaus, die an den Autofenstern vorbeischwirrte. Die Sonne war herausgekommen, doch das Licht wirkte blaß. Ich sah von mattem Novembergrün überzogene Hügelketten. Das Gras war noch nicht abgestorben, aber sämtliche Laubbäume hatten bereits ihre Blätter verloren. Die kahlen Äste bildeten einen grauen Schleier, der sich dahinzog, so weit das Auge reichte. An manchen Stellen, an denen wir vorbeifuhren, erkannte ich Hemlocktannen und Kiefern. Ich malte mir aus, daß das Land im Sommer in einem intensiven Grün gefärbt und die Anhöhen dicht bewachsen wären. Ray beobachtete mich im Rückspiegel. »Sind Sie schon einmal in Kentucky gewesen?«

»Nein, nie«, antwortete ich. »Ist das hier nicht die Pferdegegend? Ich hatte blaues Gras und weiße Gatter erwartet.«

»Das ist eher bei Lexington, nordöstlich von hier. Die Gatter sind heutzutage schwarz. Drüben, im östlichen Teil des Staats, liegen die Kohlenreviere von Harlan County. Das hier ist West-Kentucky, wo der meiste Tabak angebaut wird.«

»Sie will keinen Reisebericht hören, Ray.«

»Doch, will ich«, sagte ich. Sie versetzte ihm ständig Seitenhiebe, was bei mir Beschützerinstinkte auslöste. Wenn sie die böse Tochter sein wollte, wäre ich eben die liebe. »Zeigen Sie es mir auf der Karte.«

Er wies auf eine Gegend nördlich der Grenze zu Tennessee, zwischen dem Barren River Lake und dem Nolan River Lake. »Wir sind soeben durch Bowling Green gefahren, und vor uns zur Linken kommt gleich der Mammoth Cave National Park. Wenn wir Zeit hätten, könnten wir die Führung mitmachen. Da ist es vielleicht dunkel, wenn man in die Höhlen hintersteigt und der Führer die Lichter ausmacht. Man sieht ums Verrecken nichts. Es ist schwärzer als schwarz und totenstill.

Zwölf Grad. Wie in einer Großschlachterei. Bislang haben sie dreihundert Meilen Gänge gefunden. Das letzte Mal, daß ich dort war, war vermutlich 1932. Auf einem Wandertag mit der Schule. Hat mich schwer beeindruckt. Als ich im Knast saß, habe ich immer wieder daran gedacht. Verstehen Sie? Daß ich eines Tages wieder dorthin kommen und noch einmal die Führung mitmachen würde.«

Laura sah ihn befremdet an. »*Daran* hast du gedacht? Nicht an Frauen oder Whiskey oder schnelle Autos?«

»Ich wollte nichts als von der grellen Deckenbeleuchtung und dem Lärm wegkommen. Der Krach kann einen wahnsinnig machen. Und der Geruch. Das ist noch ein Punkt von Mammoth Cave: Es riecht nach Moos und nassen Felsen. Nicht nach Schweiß und Testosteron. Es riecht wie das Leben vor der Geburt... wie heißt das Wort – primordial.«

»Mann, es tut mir richtig leid, daß ich so bald schon wieder nach Kalifornien zurück muß. Sie bringen mich echt auf den Geschmack«, sagte ich trocken.

Ray lächelte. »Sie machen Witze, aber es würde Ihnen gefallen. Garantiert.«

»Primordial?« wiederholte Laura ungläubig.

»Was, du wunderst dich, daß ich solche Wörter kenne? Ich habe meinen Schulabschluß nachgemacht. Ich habe sogar Collegekurse besucht. Wirtschaft und Psychologie und solchen Scheiß. Bloß weil ich im Gefängnis war, heißt das nicht, daß ich ein Idiot bin. Gibt 'ne Menge schlauer Jungs im Knast. Du würdest staunen«, sagte er.

»Tatsächlich«, sagte sie, ohne überzeugt zu klingen.

»Ja, tatsächlich. Ich wette, ich kann besser mit einer Nähmaschine umgehen als du – und das ist nur der Anfang.«

»Dazu gehört nicht viel«, meinte sie.

»Das ist ja sehr aufbauend, hier zu sitzen und mit dir zu reden. Du weißt wirklich, wie du einem Menschen Selbstbewußtsein einflößen kannst.«

»Leck mich am Arsch.«

»Du bist doch diejenige, die sich darüber beklagt, daß ihr Stiefvater sie ständig niedermacht. Warum machst du es dann nicht besser und schaffst eine freundlichere Stimmung, anstatt dich genau wie er zu verhalten?«

Laura sagte nichts. Ray studierte ihr Profil und blickte schließlich wieder auf die Straße.

Das Schweigen dehnte sich beklemmend aus, und ich merkte, wie ich mich wand. »Wie weit ist es noch?«

»Ungefähr anderthalb Stunden. Wie geht's Ihnen da hinten?«

»Mir geht's gut«, sagte ich.

Wir kamen kurz vor zwölf Uhr mittags in Louisville an und näherten uns der Stadt auf dem Highway 65. Ich konnte den Flughafen zu unserer Linken sehen und hätte vor Sehnsucht beinahe gewinselt. Wir bogen auf einen anderen Highway in Richtung Westen ab und fuhren durch einen Stadtteil namens Shively, wobei wir am größten Teil des Geschäftsviertels in der Innenstadt vorbeikamen. Zu unserer Rechten konnte ich zahlreiche hohe Gebäude sehen, robuste Betonklötze, von denen die meisten viereckig zuliefen. Vor uns lag der Ohio, an dessen anderem Ufer man Indiana sehen konnte.

Wir fuhren in einem Viertel namens Portland ab. Hier war Ray Rawson aufgewachsen. Ich sah, wie sein Lächeln breiter wurde, als er die Gegend betrachtete. Er drehte sich halb zu mir um und schlang die Arme um die Sitzlehne. »Dort unten ist der Portland-Kanal. Die Schleusen sind vor hundert Jahren gebaut worden, um den Schiffsverkehr an den Wasserfällen vorbeizubringen. Mein Urgroßvater hat beim Bau mitgearbeitet. Ich führe Sie hin, wenn wir die Zeit dazu haben.«

Ich war mehr daran interessiert, einen Flug zu bekommen, als irgendwelche lokalen Sehenswürdigkeiten zu besichtigen, aber ich wußte, daß das Angebot seiner Begeisterung darüber entsprang, nach Hause zu kommen. Nachdem er den größten Teil der letzten fünfundvierzig Jahre inhaftiert gewesen war, fühlte er sich vermutlich wie Rip van Winkle, der sich über all die Veränderungen auf der ganzen Welt wundert. Es mochte ein Trost sein, daß sein gesamtes Viertel vom Lauf der Zeit unberührt geblieben zu sein schien. Die Straßen waren breit, und die Bäume trugen die letzten Überreste des Herbstlaubs. Die meisten waren bereits kahl, doch einen Block weiter konnte ich noch vereinzelte Farbtupfer an den Zweigen erkennen. In der Straße, auf die wir nach der Abfahrt vom Highway eingebogen waren, hatte man viele Vorderhäuser zu Geschäften umgewandelt: Schilder warben für eine Kindertagesstätte, einen Friseursalon und einen Anglerladen. Die Vorgärten waren gleichförmig klein und flach und voneinander durch Maschendrahtzäune mit klapperigen Toren getrennt. Herabgefallene Blätter, die aussahen wie braune Papierfetzen, verstopften die Dachrinnen und lagen auf den Gehwegen verstreut. Zehn und zwölf Jahre alte Autos parkten am Straßenrand. Ältere Modelle standen in Einfahrten und trugen »Zu verkaufen«-Schilder an den Windschutzscheiben. Es gab mehr Telefonmasten als Bäume, und die Drähte zogen sich kreuz und quer über die Straßen, wie Schnüre für Zelte, die noch nicht aufgestellt worden waren. Am Ende einer Seitenstraße konnte ich Eisenbahnwaggons auf einem Nebengleis stehen sehen.

Ich hätte Geld darauf verwettet, daß das Viertel seit den vierziger Jahren so aussah. Es gab keine Baustellen, keinen Hinweis darauf, daß irgendwelche Altbauten abgerissen worden waren. Büsche wucherten. Die Baumstämme waren massiv und verdunkelten Fenster und Veranden, wo einst die überhängenden Zweige lediglich Halbschatten gespendet hatten. Gehwege hatten sich aufgeworfen, von Wurzeln durchbrochen. Vierzig Jahre lang hatten die Unbilden des Wetters an manchen Häuserverkleidungen aus Asphalt genagt. Hier und da konnte ich frische Farbe erkennen, aber ich vermutete, daß sich in den Jahren, seit Ray hier gelebt hatte, nicht viel verändert hatte.

Als wir vor dem Haus seiner Mutter vorfuhren, senkte sich ein Gefühl der Bedrücktheit auf mich herab. Es war wie die tiefe, dröhnende Note in der Partitur für einen Horrorfilm, der Mollakkord, der eine dunkle Gestalt im Wasser ankündigt oder etwas Unbekanntes, das in den Schatten hinter der Kellertür lauert. Das Gefühl war vermutlich nichts als eine simple Depression, gewachsen aus geliehenen Kleidern, schlechtem Essen und unregelmäßigem Schlaf. Woher es auch immer stammte, ich wußte, daß es noch Stunden dauern würde, bis ich mich in ein Flugzeug nach Kalifornien setzen konnte.

Laura stellte den Motor des Mietwagens ab und stieg aus. Ray kam auf seiner Seite heraus und musterte staunend die Fassade des Hauses. Ich hatte keine andere Wahl, als mich zu ihnen zu gesellen. Ich fühlte mich wie eine Gefangene und machte eine vorübergehende Klaustrophobie durch, die so ausgeprägt war, daß meine Haut zu jucken begann.

16

Das Haus von Rays Mutter lag auf einem schmalen Grundstück in einer ausnahmslos von Einfamilienhäusern gesäumten Straße. Es war ein zweistöckiges Gebäude aus rotem Backstein mit einem ebenfalls aus rotem Backstein errichteten einstöckigen Anbau, der vorn herausragte. Die beiden schmalen Vorderfenster saßen dicht nebeneinander, waren mit einbruchsicheren Gittern versehen und schlossen mit identischen Fensterstürzen ab. Drei Betonstufen führten zur Tür hinauf, die bündig mit dem Haus abschloß und von einem kleinen Holzdach geschützt wurde. Auf der rechten Seite des Hauses konnte ich am Ende eines kurzen Weges einen zweiten Eingang erkennen. Das Haus nebenan war eine Art Zwilling, da es sich lediglich durch das Fehlen der Verandaüberdachung unterschied, womit seine Haustür den Elementen ausgesetzt blieb.

Ray ging auf den Seiteneingang zu, während Laura und ich wie Entenküken hinterhertappten. Die Luft zwischen den beiden Häusern wirkte eisig. Ich verschränkte die Arme, um mich warm zu halten, und trat ruhelos von einem Fuß auf den anderen, da ich es kaum abwarten konnte, in einen geschlossenen Raum zu kommen. Ray klopfte gegen die Tür, auf deren Glaseinsatz ein Ziergitter angebracht war. Durch das Fenster konnte ich aus einem Raum auf der linken Seite helles Licht strahlen sehen, doch war keinerlei Bewegung zu sehen. Beiläufig sprach mich Ray über die Schulter an. »Diese Häuser nennt man ›Flintenhäuschen‹, da sie ein Zimmer breit und vier Zimmer tief sind und man so an der Vordertür stehen und eine Kugel durchs gesamte Haus feuern konnte.« Er wies nach oben zum ersten Stock. »Das von meiner Mutter nennt man Buckelhäuschen, da es noch ein zweites Schlafzimmer über der Küche hat. Mein Urgroßvater hat diese beiden Häuser 1880 gebaut.«

»Sieht ganz danach aus«, bemerkte Laura.

Er drohte ihr mit dem Finger. »He, paß bloß auf. Ich will nicht, daß du Grandmas Gefühle verletzt.«

»Oh, natürlich. Als ob ich mich allen Ernstes hinstellen und ihr Haus beleidigen würde. Mein Gott, Ray. Trau mir wenigstens ein *bißchen* Intelligenz zu.«

»Was ist nur mit dir los? Du bist so ein bescheuertes Opfer«, sagte er.

Im Haus ging ein zweites Licht an. Laura verkniff sich die scharfe Bemerkung, die sie ihrem Vater an den Kopf werfen wollte. Der Vorhang wurde zur Seite gezogen, und eine ältere Frau äugte heraus. Aufgrund des fehlenden Gebisses war ihr Mund eingefallen und hatte sich nach innen gerollt. Sie war klein und stämmig, hatte ein weiches, rundes Gesicht und trug ihr weißes Haar stramm zu einem festen Knoten zusammengebunden, den sie mit Gummibändern umwickelt hatte. Sie blinzelte durch eine Nickelbrille mit starken Gläsern. »Was wollen Sie?« brüllte sie uns durch das Glas entgegen.

Ray erhob die Stimme. »Ma, ich bin's, Ray.«

Sie brauchte ein paar Sekunden, um diese Information zu verarbeiten. Ihre Verwirrung legte sich, und sie fuhr sich mit ihren schwieligen Händen an den Mund. Dann begann sie sich an den Schlössern zu schaffen zu machen – Sicherheitsschloß, Riegel und Vorlegekette – und drehte zum Schluß einen alten Hausschlüssel um, der einiger Bearbeitung bedurfte, bevor er nachgab. Die Tür flog auf, und sie warf sich in seine Arme. »Oh, Ray«, sagte sie mit zitternder Stimme. »Oh, mein Ray.«

Ray lachte und schloß sie in die Arme, während sie wortlose, miauende Laute der Freude und der Erleichterung ausstieß. Obwohl sie drall war, war sie vermutlich nur halb so groß wie er. Sie trug eine weiße Kittelschürze über einem Baumwollkleid, das handgenäht aussah: rosafarbene Baumwolle mit einem Aufdruck aus weißen, in diagonalen Reihen angeordneten Knöpfen, die Ärmel mit pinkfarbenen Zackenlitzen besetzt. Als sie sich von ihm löste, saß ihr die Brille schief auf der Nase. Ihr Blick wanderte zu Laura, die hinter ihm auf dem Weg stand. Es war offensichtlich, daß es ihr in der trüben Welt einer Sehbehinderten schwerfiel, Gesichter zu unterscheiden. »Wer ist das?« fragte sie.

»Ich bin's, Grandma. Laura. Und das ist Kinsey. Wir haben sie von Dallas mitgenommen. Wie geht es dir?«

»Oh, meine Sterne. Laura! Mein Liebes. Ich kann es gar nicht glauben. Das ist ja herrlich. Ich freue mich so, euch zu sehen. Seht euch bloß meinen Aufzug an. Hat mir ja niemand gesagt, daß ihr kommt, und jetzt habt ihr mich in diesem alten Ding ertappt.« Laura umarmte und küßte sie und hielt sich seitwärts, um die auffällige Wölbung ihres Bauchgurtes zu verbergen.

Rays Mutter schien es ohnehin nicht zu bemerken. »Laß dich mal ansehen.« Sie legte eine Hand auf jede Seite von Lauras Gesicht und studierte es gewissenhaft. »Ich wünschte, ich könnte dich besser sehen, Kind, aber ich glaube, du schlägst nach deinem Großvater Rawson. Bei meiner Seele. Wie lange ist es schon her?« Tränen liefen ihr die Wangen hinunter, und schließlich zog sie sich die Schürze vors Gesicht, um ihre Verlegenheit zu verbergen. Dann fächelte sie sich Luft zu und schüttelte ihre Emotionen ab. »Was ist nur mit mir los? Kommt jetzt rein hier, ihr alle. Sohn, das werde ich dir nie verzeihen, daß du nicht vorher angerufen hast. Ich sehe schrecklich aus. Im Haus sieht's schrecklich aus.«

Wir marschierten in den Flur. Zuerst Laura, dann Ray und ich am Schluß. Wir blieben stehen, während die alte Frau die Türen wieder zusperrte. Mir fiel auf, daß niemand ihren Vornamen genannt hatte. Zur Rechten war die schmale Stiege, die zu dem Schlafzimmer im ersten Stock hinaufführte und die sogar zu dieser Tageszeit im Dunkeln lag. Zur Linken befand sich die Küche, die der einzige beleuchtete Raum zu sein schien. Da die Häuser so nah beieinander standen, gelangte nur wenig Tageslicht bis hierher. Es gab nur ein einziges Küchenfenster, und zwar an der gegenüberliegenden Wand oberhalb einer Spüle aus Porzellan und Gußeisen. Ein großer Eichentisch mit vier nicht zusammenpassenden hölzernen Stühlen, über dem eine nackte Glühbirne hing, nahm die Mitte des Raums ein. Die Glühbirne muß allerdings eine Stärke von 250 Watt besessen haben, da das Licht, das sie verströmte, nicht nur blendete, sondern auch die Raumtemperatur um mindestens zehn Grad erhöht hatte.

Der alte Herd war aus grünem Email mit schwarzen Kanten und besaß vier Gasbrenner und eine Abdeckklappe. Zur Linken der Tür stand ein Eastlake-Schränkchen mit einer ausziehbaren Blechplatte und eingebautem Mehlbehältnis und -sieb. Ich spürte, wie eine Welle der Erinnerung auf mich zurollte. Irgendwo hatte ich einen solchen Raum schon einmal gesehen, vielleicht in Grands Haus in Lompoc, als ich vier Jahre alt war. Vor meinem geistigen Auge sah ich immer noch die Waren auf den Borden vor mir: die Wachspapierschachtel der Marke Cut-

Rite, der zylindrische, dunkelblaue Morton-Salzbehälter mit dem Mädchen unter dem Schirm (»Immer vom Regen in die Traufe«), Sanka-Kaffee in einer niedrigen orangefarbenen Dose, Malzkaffee und die Büchse mit Hershey's Kakao. Mrs. Rawsons Speiseschrank war fast mit den gleichen Waren bestückt, bis hin zu dem undurchsichtigen, minzgrünen Glas, das die Aufschrift ZUCKER trug. Die beiden zusammenpassenden überdimensionalen Salz- und Pfefferstreuer mit den Schraubdeckeln standen direkt daneben.

Rays Mutter war gerade dabei, gegen Rays Einspruch Stapel von Zeitungen von den Küchenstühlen zu entfernen. »Also, Ma, jetzt komm schon. Das brauchst du nicht zu machen. Gib mir das.«

Sie versetzte ihm einen Klaps auf die Hand. »Finger weg. Ich kann das selbst. Wenn du mir gesagt hättest, daß du kommst, hätte ich das Haus in Schuß gebracht. Laura wird denken, ich wüßte nicht, wie man einen Haushalt führt.«

Er nahm ihr ein Bündel Zeitungen ab und legte sie in einem unordentlichen Stapel an die Wand. Laura murmelte etwas, entschuldigte sich und ging ins Hinterzimmer. Ich hoffte, daß eine Toilette in der Nähe war, die ich in Bälde aufsuchen konnte. Ich zog mir einen Stuhl heran, setzte mich und betrieb ein bißchen visuelles Schnüffeln, während Ray und seine Mutter aufräumten.

Von meinem Platz aus konnte ich einen Teil des Eßzimmers mit seinen eingebauten Geschirrschränken einsehen. Der Raum war mit Plunder vollgestellt, und Möbel und Pappkartons erschwerten ein Durchkommen. Ich entdeckte ein altes braunes Radio mit Holzgehäuse, ein Zenith mit einer runden Skala, eingelassen in eine Musiktruhe mit abgerundeten Kanten, die so groß war wie eine Kommode. Ich konnte die runde Form des Lautsprechers an der Stelle ausmachen, wo sich der abgeschabte Stoff über ihn spannte. Das Tapetenmuster war ein Wunder aus wirbelnden braunen Blättern.

Der Raum hinter dem Eßzimmer mit seinen zwei Fenstern zur Straße und der eigenen Eingangstür war vermutlich der Salon. In der Küche roch es wie eine Mischung aus Mottenkugeln und starkem Kaffee, der zu lang auf dem Herd gestanden hatte. Ich hörte das Rauschen der Wasserleitung und den Spülmechanismus, der an einen Wasserfall aus großer Höhe gemahnte. Als Laura kurz darauf aus dem hinteren Zimmer zurückkam, hatte sie ihren Bauchgurt abgeschnallt. Vermutlich war es ihr unangenehm, ihrer Großmutter ihren »Zustand« erklären zu müssen, falls sie es bemerkte.

Ich hörte der alten Frau zu, die immer noch gutmütig über den unerwarteten Besuch murrte. »Ich weiß nicht, wie ich euch ohne irgendwelche Zutaten im Haus ein Essen kochen soll.«

»Also, ich sage dir, wie«, meinte Ray geduldig. »Du stellst eine Liste mit allem, was du brauchst, zusammen, und wir sausen zum Supermarkt hinüber und sind im Nu wieder da.«

»Ich habe schon eine Liste geschrieben, wenn ich sie nur wiederfinde«, sagte sie und wühlte sich durch einzelne Zettel, die in der Mitte des Tisches lagen. »Freida Green, meine Nachbarin zwei Häuser weiter, nimmt mich einmal die Woche zum Supermarkt mit, wenn sie hingeht. Da ist sie. Was steht da?«

Ray nahm die Liste zur Hand und las in gekünsteltem Ton vor: »Da steht Schweinekoteletts mit Milchsauce, Süßkartoffeln, gebratene Äpfel und Zwiebeln, Maisbrot...«

Sie griff nach dem Zettel, aber er hielt ihn außer Reichweite. »Niemals. Stimmt nicht. Laß mal sehen. Möchtest du das haben, Sohn?«

»Ja, Ma'am.« Er reichte ihr den Zettel.

»Hm, das kann ich machen. Süßkartoffeln habe ich draußen, und ich glaube, ich habe noch Stangenbohnen und geschmorte Tomaten, die ich letzten Sommer eingemacht habe. Außerdem habe ich gerade ein Blech Erdnußbutterplätzchen gebacken. Die können wir zum Nachtisch essen, wenn du einen Liter Vanilleeis mitbringst. Aber echtes. Ich will keine gefrorene

Milch.« Sie schrieb, während sie sprach und große, eckige Buchstaben auf das Blatt malte.

»Klingt gut. Was meinen Sie, Kinsey?« fragte er.

»Klingt toll.«

»Ach, du meine Güte. Kinsey. Ich schäme mich für meine schlechten Manieren. Ich habe Sie ganz vergessen, Herzchen. Was kann ich Ihnen anbieten? Ich müßte hier irgendwo noch eine Dose Limonade haben. Sehen Sie mal in der Speisekammer nach, aber achten Sie nicht darauf, wie es dort aussieht. Ich wollte sie eigentlich putzen, bin aber nicht dazu gekommen.«

»Eigentlich würde ich gern Ihr Telefon benutzen und Sie um einen Zettel und einen Stift bitten, wenn Sie nichts dagegen haben.«

»Gehen Sie nur und telefonieren Sie, solange Sie nicht in Paris in Frankreich anrufen. Ich habe ein begrenztes Einkommen, und dieses Telefon ist ohnehin schon so teuer. Da haben Sie einen Zettel. Laura, zeig ihr doch, wo das Telefon steht. Gleich da drin, neben dem Bett. Ich mache mal mit dieser Liste weiter.«

Ray sagte: »Ich habe ihr außerdem versprochen, daß sie ein paar Kleider in die Waschmaschine werfen kann. Hast du Waschmittel da?«

»In der Waschküche«, sagte sie und wies auf eine Tür.

Ich nahm Stift und Papier entgegen und ging ins Schlafzimmer, das so muffig war wie ein Schrank voller Mäntel. Die einzige Beleuchtung drang aus einem kleinen Badezimmer, das sich zur Linken öffnete. Schwere Vorhänge waren vor den Fenstern mit ihren bereits herabgezogenen Jalousien zusammengesteckt worden. Die Doppelbettmatratze sackte in einem eisernen Bettgestell zusammen, auf dem sich handgearbeitete Quilts stapelten. Das Zimmer wäre für das Diorama einer Wohnungseinrichtung der vierziger Jahre auf der Landesausstellung ideal gewesen. Sämtliche Oberflächen waren von einer feinen Staubschicht überzogen. Eigentlich wirkte nichts in diesem

Haus besonders sauber, vermutlich eine Nebenerscheinung der mangelnden Sehkraft der alten Frau.

Das alte schwarze Wählscheibentelefon stand neben einer Lampe mit gebogenem Hals auf dem Nachttisch, umgeben von Großdruckbüchern, Pillenfläschchen, Cremes und Salben. Ich schaltete die Lampe an und wählte die Auskunft, von der ich mir die Nummern von United und American Airlines geben ließ. Zuerst rief ich bei United an und lauschte den üblichen Versicherungen, daß »mein Anruf in der Reihenfolge seines Eingangs entgegengenommen« würde. Aus Respekt vor Rays Mutter unterließ ich es, ihren Nachttisch zu durchsuchen, während ich darauf wartete, daß sich am anderen Ende jemand meldete. Allerdings musterte ich auf der Suche nach dem Bauchgurt den Raum. Er mußte hier irgendwo sein.

Schließlich nahm sich jemand meiner an und half mir, den Flug zu reservieren, den ich brauchte. Es gab einen Flug von Louisville nach Chicago um 19.12 Uhr, der um 19.22 Uhr dort ankam, worin sich der einstündige Zeitunterschied widerspiegelt. Nach kurzem Aufenthalt könnte ich um 20.14 Uhr von Chicago weiterfliegen und würde um 22.24 Uhr kalifornischer Zeit in Los Angeles landen. Der Flug nach Santa Teresa ging um 23.00 Uhr und kam fünfundvierzig Minuten später an. Der letzte Anschluß war knapp, aber der Angestellte der Fluglinie schwor mir, daß das Ankunfts- und Abfluggate nah beieinander lagen. Da ich kein Gepäck hatte, glaubte er, daß es keine Probleme geben würde. Er riet mir, eine Stunde vor Abflug am Flughafen zu sein, damit ich mein Ticket bezahlen konnte.

Er hatte mich gerade wieder auf Warteleitung geschaltet, als Ray mit einem sauberen Handtuch in der Hand den Kopf zur Tür hereinstreckte. »Das ist für Sie«, rief er und warf es aufs Bett. »Wenn Sie zu Ende telefoniert haben, können Sie unter die Dusche hüpfen. An der Tür hängt ein Bademantel. Ma sagt, sie wirft Ihre Sachen in die Maschine, wenn Sie fertig sind.«

Ich legte eine Hand über die Sprechmuschel und sagte:

»Danke. Ich bringe sie gleich raus. Was ist mit den Sachen im Wagen?«

»Die hat sie schon. Ich habe alles hereingeholt.«

Er wollte gerade wieder gehen, steckte dann aber doch noch einmal den Kopf herein. »Ach. Beinahe hätte ich es vergessen. Ma sagt, im selben Einkaufszentrum, wo auch der Supermarkt ist, gibt es eine Schnellreinigung. Wenn Sie mir Ihre Jacke geben, kann ich sie auf dem Hinweg dort abgeben und auf dem Rückweg wieder holen.«

Der Mann von der Fluglinie hatte sich wieder gemeldet und war bereits dabei, die Flugdaten zu bestätigen, während ich Ray begeistert zunickte. Den Hörer nach wie vor in die Halsbeuge geklemmt, leerte ich meine Blazertaschen und reichte ihm die Jacke. Er winkte und zog sich zurück, während ich mein Gespräch beendete.

Ich ging ins Badezimmer, wo ich nach kurzer Suche den Bauchgurt unten im Schmutzwäschekorb fand. Ich zerrte ihn heraus und inspizierte ihn, beeindruckt von der Genialität der Konstruktion. Das Gebilde ähnelte der überdimensionalen Gesichtsmaske eines Catchers, ein konvexer Rahmen aus teilbeweglichen Plastikrohren, umwickelt von einer Wattierung, in die unzählige zusammengebündelte Banknoten gepackt worden waren. Tragfähige Segeltuchriemen hielten den Gurt an Ort und Stelle. Ich untersuchte einige der Pakete und blätterte mich durch Fünf-, Zehn-, Zwanzig- und Fünfzig-Dollar-Noten in verschiedenen Größen. Viele Scheine waren mir unvertraut, und ich mußte annehmen, daß sie nicht mehr gültig waren. Mehrere Päckchen schienen buchstäblich frisch aus der Druckerpresse zu stammen. Es betrübte mich, daß Laura alltägliche Ausgaben mit Banknoten bestritt, für die ein interessierter Sammler viel Geld bezahlt hätte. Es war dumm von Ray, dabeizustehen und zuzusehen, wie seine Tochter alles verschleuderte. Wer wußte schon, wieviel Geld noch zu holen war?

Ich stopfte den Geldgurt wieder in den Wäschepuff. Mir ist stets daran gelegen, alles zu einem Abschluß zu bringen, und ich mag es nicht, wenn so viele Fragen unbeantwortet bleiben. Auf jeden Fall (sagte sie) war das nicht mein Problem. In sechs Stunden wäre ich unterwegs nach Kalifornien. Wenn noch irgendwo stapelweise die Moneten herumlagen, so war das einzig und allein Rays Angelegenheit. An einem Haken an der Tür hing ein blauer Chenille-Bademantel. Ich schlüpfte aus dem geliehenen Jeanskleid und der Unterwäsche, zog den Bademantel an und trug meine schmutzigen Kleider in die Küche hinaus. Ray und Laura hatten sich offenbar bereits auf ihren Besorgungsgang gemacht. Ich konnte Süßkartoffeln auf dem Herd stehen sehen, die in einer dunkelblau-weiß gesprenkelten Kasserolle vor sich hinköchelten. Liter-Einmachgläser mit Tomaten und grünen Bohnen waren von den Borden in der Speisekammer geholt und auf die Arbeitsfläche gestellt worden. Ich bedachte kurz die Möglichkeit von Botulismus infolge des Genusses mangelhaft konservierter Lebensmittel, aber, mein Gott, die Sterblichkeitsrate lag ja nur bei fünfundsechzig Prozent. Rays Mutter hätte vermutlich kein so gesegnetes Alter erreicht, wenn sie das Einmachen nicht perfekt beherrschte.

Die Tür zur Waschküche stand offen. Der Raum war nicht isoliert, und die Luft, die aus ihm herausströmte, war eisig. Rays Mutter widmete sich ihrer Arbeit, als spürte sie die Kälte gar nicht. Eine Waschmaschine und ein Trockner aus der Frühzeit standen links nebeneinander an der Wand. Dazwischen war ein zerbeulter Staubsauger im Blechbüchsendesign gequetscht, der wie die Schnauze eines Raumschiffs geformt war. »Ich hüpfe jetzt gleich unter die Dusche, Mrs. Rawson. Darf ich Ihnen die geben?« fragte ich.

»Aber sicher«, meinte sie. »Ich habe gerade die Sachen hineingeworfen, die mir Laura gegeben hat. Sie können mich Helen nennen, wenn Sie wollen«, fügte sie hinzu. »Mein verstorbener Mann hat mich immer Hell on Wheels genannt.«

Ich sah ihr zu, wie sie nach dem Meßbecher tastete und den Daumen über den Rand streckte, um zu fühlen, wie hoch das Waschpulver reichte. »Ich gelte schon seit Jahren im Sinne des Gesetzes als blind, und meine Augen werden immer schlechter. Ich kann mich aber immer noch zurechtfinden, solange mir niemand irgendwelches Zeug in den Weg legt. Ich soll eigentlich operiert werden, doch ich mußte warten, bis Ray kam, um mir zu helfen. Aber was quassele ich denn da. Ich will Sie nicht aufhalten.«

»Ist schon recht«, sagte ich. »Kann ich Ihnen irgend etwas helfen?«

»O nein, Herzchen. Gehen Sie nur duschen. Sie können den Bademantel anbehalten, bis Ihre Kleider fertig sind. Dauert nicht lang mit diesen alten Maschinen. Meine Freundin Freida Green hat neue, und bei ihr dauert es dreimal so lang, bis sie eine Ladung durchgewaschen hat, und braucht doppelt soviel Wasser. Sowie ich hier fertig bin, rühre ich einen Laib Maisbrot zusammen. Ich hoffe, Sie essen gern.«

»Und wie. Ich komme gleich wieder und helfe Ihnen.«

Die Dusche war ein zweifelhaftes Vergnügen. Der Wasserdruck war jämmerlich, und heiß und kalt wechselten sich im Einklang mit den Phasen der Waschmaschine in wildem Durcheinander ab. Ich schaffte es, mich sorgfältig abzuschrubben, wusch mir die Haare in einer Schäfchenwolke aus Seifenschaum und seifte und spülte meinen Körper so lange, bis ich mich wieder frisch fühlte. Dann trocknete ich mich ab und zog Helens Bademantel an. Ich schlüpfte in meine Reeboks, da mich meine heikle Ader daran hinderte, auf nur notdürftig sauberen Fußböden barfuß zu laufen. Im allgemeinen bin ich nicht eitel, was mein Aussehen betrifft, aber ich konnte es kaum erwarten, wieder in meine eigenen Kleider zu schlüpfen.

Bevor ich in die Küche zurückkehrte, benutzte ich meine Telefonkreditkarte und rief bei Henry in Kalifornien an. Er war offensichtlich nicht zu Hause, aber sein Anrufbeantworter meldete sich. Ich sagte: »Henry, hier ist Kinsey. Ich bin in Louisville, Kentucky. Hier ist es kurz nach ein Uhr, und ich habe für sieben Uhr einen Flug nach Hause gebucht. Ich weiß nicht, wann wir uns auf den Weg zum Flughafen machen werden, aber die nächsten zwei Stunden dürfte ich noch hier sein. Falls irgend möglich, müßtest du mich am Flughafen abholen. Ich habe fast kein Geld mehr, und ich weiß nicht, wie ich mein Auto sonst auslösen soll. Ich kann versuchen, mir das Geld hier zu borgen, aber diese Leute kommen mir nicht übermäßig verläßlich vor. Wenn ich vor meiner Abreise nichts mehr von dir höre, rufe ich dich an, sowie ich in Los Angeles bin.« Ich sah auf der Pappscheibe auf dem Telefon nach und nannte ihm Helens Nummer, bevor ich auflegte. Dann fuhr ich mir mit einem Kamm durchs Haar und ging wieder in die Küche, wo mich Helen zum Tischdecken abkommandierte.

Ray und Laura erschienen mit meinem Blazer in einem durchsichtigen Plastiksack von der Reinigung und je einem Armvoll Lebensmittel, die wir auspackten und aufräumten. Ich hängte meinen Blazer auf den Knopf an der Innenseite der Schlafzimmertür. Laura folgte mir und ging weiter ins Badezimmer, um zu duschen. Die Wäsche muß fertig gewesen sein, da ich den Trockner gegen die Wand rumpeln hörte. Sowie die Sachen trocken waren, würde ich meine Kleider herausholen und mich anziehen.

In der Zwischenzeit zeigte mir Helen, wie man Süßkartoffeln schält und püriert, während sie Äpfel und Zwiebeln in Viertel schnitt und sie mit Butter in die Bratpfanne gab. Ich schwieg wie eine Fliege an der Wand und hörte zu, wie Ray und seine Mutter plauderten, während sie das Abendessen zubereitete. »Vor ungefähr vier Monaten ist in Freida Greens Haus eingebrochen worden. Damals habe ich die Fenstergitter anbringen lassen. Wir hatten ein Nachbarschaftstreffen mit diesen beiden Polizisten, die uns gesagt haben, was wir bei einem Überfall tun sollen. Freida und ihre Freundin Minnie Paxton haben einen

Selbstverteidigungskurs gemacht. Haben erzählt, daß sie gelernt haben, wie man schreit und richtig fest seitwärts ausschlägt. Der Sinn der Sache ist, dem Kerl die Kniescheibe zu brechen und ihn zu Fall zu bringen. Freida hat geübt und ist flach auf den Rücken gefallen. Hat sich doch dabei glatt das Steißbein gebrochen. Minnie mußte dermaßen lachen, daß sie beinahe in die Hose gemacht hätte, bis sie sah, wie schwer Freida verletzt war. Sie mußte einen Monat lang einen Eisbeutel auflegen, die Ärmste.«

»Also, ich will nichts davon hören, daß du versuchst, irgendeinen Kerl zu treten.«

»Nein, nein. Das würde ich auch nicht tun. Hat ja keinen Sinn bei einer alten Frau wie mir. Alte Menschen können sich nicht mehr auf Körperkraft verlassen. Sogar Freida hat das gesagt. Deshalb habe ich ja die ganzen Schlösser einbauen lassen. Im Sommer habe ich früher immer die Türen offenstehen lassen, damit Luft hereinkommt. Jetzt nicht mehr. Nein, mein Herr.«

»He, Ma. Bevor ich es vergesse. Ist irgendwelche Post für mich gekommen? Ich dachte, mein Kumpel in Kalifornien hätte mir eventuell ein Päckchen oder einen Brief an diese Adresse geschickt.«

»Ach ja. Jetzt, wo du es sagst. Ich habe etwas bekommen und beiseite gelegt. Es ist schon eine ganze Weile her. Ich glaube, es muß hier irgendwo sein, wenn mir wieder einfällt, wo ich es hingesteckt habe. Schau doch mal in die Schublade drüben unter dem ganzen Kram.«

Ray zog die Schublade auf und wühlte sich durch allen möglichen Krimskrams: Lampenschnüre, Batterien, Stifte, Flaschenverschlüsse, Gutscheine, Hammer, Schraubenzieher, Kochutensilien. Eine Handvoll Briefumschläge war hinten hineingestopft worden, aber auf den meisten stand »Wurfsendung«. Es war nur ein persönlicher Umschlag darunter, der an Ray Rawson adressiert war und keine Absenderanschrift trug.

Er äugte nach dem Poststempel. »Das ist es«, meinte er. Er riß den Umschlag auf und zog eine Beileidskarte mit der aufgeklebten Fotografie eines Friedhofs heraus. Der Text in der Karte lautete:

Ich werde dir die Schlüssel des Himmelreichs geben;
was du auf Erden binden wirst,
das wird auch im Himmel gebunden sein,
und was du auf Erden lösen wirst,
das wird auch im Himmel gelöst sein.
Matthäus 16, 19
In der Stunde deines Verlustes in Gedanken bei dir.

Auf die Rückseite der Karte war ein kleiner Messingschlüssel geklebt. Ray zog ihn ab und drehte ihn in der Hand hin und her, bevor er ihn mir reichte. Ich musterte erst die eine Seite und dann die andere, genau wie er. Der Schlüssel war knapp vier Zentimeter lang. Auf der einen Seite war das Wort *Master* eingeprägt und auf der anderen die Ziffer M550. Konnte man sich leicht merken. Die Zahl war mein Geburtsdatum in abgekürzter Form. Ich sagte: »Der gehört vermutlich zu einem Vorhängeschloß.«

»Was ist mit dem Schlüssel, den Sie haben?«

»Er ist im Schlafzimmer. Ich hole ihn, sobald Laura dort drinnen fertig ist.«

Das Essen stand schon fast auf dem Tisch, als Laura endlich herauskam. Es hatte den Anschein, als hätte sie sich mit ihrem Haar und dem Make-up besondere Mühe gegeben, obwohl ihre Großmutter gar nicht so gut sehen konnte. Während die Servierschüsseln am Herd gefüllt wurden, ging ich ins Schlafzimmer und nahm mein Schweizer Offiziersmesser von dem Stapel mit meinen Habseligkeiten auf dem Nachttisch. Ich nahm die Jacke aus dem Reinigungssack und trennte mit der kleinen Schere die Stiche auf, die ich in den inneren Schultersaum genäht hatte. Dann zog ich den Schlüssel heraus. Dieser hier war schwer, gut fünfzehn Zentimeter lang und hatte einen spitz zulaufenden, runden Griff. Ich hielt ihn näher an die Tischlampe heran, neugierig, ob es auch ein Master war. *Lawless* stand auf dem Griff, doch konnte ich keine weiteren Merkmale erkennen. Master-Vorhängeschlösser kannte ich. Von einem Lawless hatte ich dagegen noch nie gehört. Könnte eine nur regional verbreitete Firma sein oder eine, die es nicht mehr gab.

Ich kehrte an den Küchentisch zurück, wo ich mich setzte und Ray den Schlüssel reichte.

»Wofür ist der?« fragte Laura, als sie sich setzte.

»Ich bin mir nicht sicher, aber ich glaube, er gehört zu dem hier«, sagte Ray. Er legte den großen, alten Schlüssel neben den kleineren mitten auf den Tisch. »Den hier hatte Johnny innen in seinem Safe angeklebt. Chester hat ihn diese Woche gefunden, als sie die Wohnung ausgeräumt haben.«

»Hängen die mit dem Geld zusammen?«

»Ich hoffe es. Sonst haben wir Pech gehabt«, meinte er.

»Wie das?«

»Weil es der einzige Hinweis ist, den wir haben. Es sei denn, du hast eine Idee, wo wir vierzig Jahre, nachdem es versteckt worden ist, nach einem Haufen Geld suchen können.«

»Ich wüßte nicht einmal, wo ich anfangen sollte«, sagte sie.

»Ich auch nicht. Ich hatte gehofft, Kinsey würde uns helfen, aber es macht ganz den Eindruck, als ginge uns die Zeit aus«, meinte er und wandte sich dann an seine Mutter. »Soll ich das Tischgebet sprechen, Ma?«

Warum fühlte ich mich schuldig? Ich hatte nichts *getan*.

Das Essen war ein üppiges Zeugnis althergebrachter Südstaaten-Kochkunst. Es war seit Tagen die erste Mahlzeit, die ich zu mir nahm, die nicht voller Zusatzstoffe und Konservierungsmittel steckte. Der Gehalt an Zucker, Natrium und Fett war zwar fragwürdig, aber ich bin nicht besonders zimperlich, was Essen betrifft. Ich aß mit Appetit und Konzentration und achtete nur nebenbei auf das Gespräch um mich herum, bis Ray die Stimme erhob. Er hatte seine Gabel abgelegt und starrte seine Tochter erschrocken und entsetzt an.

»Du hast was getan?«

»Was gibt es daran auszusetzen?«

»Wann hast du mit ihr gesprochen?«

Ich sah, wie Laura die Farbe ins Gesicht stieg. »Gleich als wir hier angekommen sind«, sagte sie rechtfertigend. »Du hast mich doch ins andere Zimmer gehen sehen. Was hast du denn gedacht, was ich mache? Ich habe telefoniert.«

»Guter Gott. Du hast sie *angerufen*?«

»Sie ist meine Mutter. Natürlich habe ich sie angerufen. Ich wollte nicht, daß sie sich Sorgen macht, falls Gilbert plötzlich bei ihr auftaucht. Na und?«

»Wenn Gilbert auftaucht, wird sie ihm sagen, wo du bist.«

»Tut sie nicht.«

»Natürlich tut sie's. Glaubst du etwa, Gilbert wird sie nicht mit seinem Charme um den Finger wickeln? Herrgott, vergiß den Charme. Er wird sie zu Klump schlagen. Natürlich wird sie es ihm sagen. Ich hab's ja auch getan. Als er erst einmal angefangen hat, mir die Finger zu brechen, konnte ich es gar nicht erwarten, zu singen. Hast du sie wenigstens gewarnt?«

»Wovor gewarnt?«

»Oh, mein Gott«, sagte Ray. Er rieb sich mit der Handfläche übers Gesicht und verzerrte dabei seine Züge.

»Paß mal auf, Ray. Du brauchst mich nicht zu behandeln wie eine Vollidiotin.«

»Du kapierst es immer noch nicht, was? Dieser Typ wird mich umbringen. Und dich. Er wird Kinsey umbringen, deine Großmutter und jeden anderen, der sich ihm in den Weg stellt. Er will das Geld. Du bist für ihn nur ein Mittel zum Zweck.«

»Wie will er uns denn finden? Er wird uns nicht finden«, meinte sie.

»Wir müssen von hier verschwinden.« Ray stand auf, warf seine Serviette hin und sah mich an. Ich wußte ebensogut wie er, daß Gilbert, wenn er erst einmal unseren Aufenthaltsort kannte, im Handumdrehen hier wäre.

»Ich komme mit«, sagte ich.

Laura war entsetzt. »Wir sind noch nicht einmal mit dem *Essen* fertig. Was habt ihr denn?«

Er wandte sich zu mir. »Ziehen Sie Ihre Kleider an. Ma, du brauchst einen Mantel. Stell den Herd aus. Laß einfach alles stehen. Wir können uns später darum kümmern.«

Seine Panik war ansteckend. Helens Blick wanderte im Zimmer umher, und ihre Stimme zitterte. »Was ist denn los, Sohn? Ich begreife nicht, was los ist. Warum sollen wir weggehen? Wir haben unser Eis noch nicht gegessen.«

»Tu einfach, was ich sage und setz dich in Bewegung«, fauchte er und zerrte sie aus ihrem Stuhl hoch. Dann begann er, die Gasbrenner auszudrehen. Für eine Flucht war ich nicht angezogen. Ich trug nichts weiter als meine Reeboks und Helens Chenillebademantel. Ich ging zur Waschküche hinüber und hätte in meiner Eile, zum Trockner zu gelangen, beinahe Rays Stuhl umgeworfen. Laura protestierte heftig, aber mir fiel auf, daß sie sich genauso schnell bewegte wie wir anderen. Ich riß den Trockner auf, packte mir einen Armvoll heißer Klamotten und stürzte ins Schlafzimmer. Ich streifte meine Schuhe ab, zog Socken, BH und Höschen, Rollkragenpullover und Jeans an und schob die Füße wieder in die Reeboks, wobei ich die Fersen heruntertrat. Mein Gott, ich kämpfte schon wieder um die Goldmedaille bei der Kleiderüberwerfolympiade. Ich schlüpfte in meinen Blazer und begann, meine Habseligkeiten in die Taschen zu stopfen: Bargeld, Kreditkarten, Hausschlüssel, Pille, Dietriche. In der Küche hörte ich Laura einen Schrei ausstoßen, gefolgt vom Klirren einer zu Boden fallenden Schüssel. Ich ging in die Küche, während ich mir den letzten Krimskrams in die Taschen meiner Jeans schob.

Im Raum herrschte Totenstille. Helen, Ray und Laura regten sich nicht. Die Schüssel mit den pürierten Süßkartoffeln lag inmitten einer orangefarbenen Pfütze aus Püree und zerbrochenem Porzellan auf der Erde. Doch das spielte in diesem Moment keine Rolle, weil Gilbert in der Eßzimmertür stand und eine Pistole in der Hand hielt, mit der er genau auf mich zielte.

17

Gilbert trug den Stetson nicht mehr. Sein Haar war zerzaust und wies immer noch dort die leichte Einkerbung auf, wo der Hut gesessen hatte. Seine blaßblaue Jeansjacke war mit Schaffell gefüttert, das an manchen Stellen dunkelrot durchtränkt und steif war. »Marla läßt schön grüßen. Sie wäre ja mitgekommen, nur hat sie sich nicht so wohl gefühlt.«

Bei der Anspielung auf ihre Mutter begann Laura zu weinen. Sie gab keinerlei Geräusch von sich, aber ihr Gesicht wurde fleckig und rot, und in ihren Augen wallten die Tränen auf. Dann stieß sie hinten aus der Kehle ein kaum unterdrücktes quiekendes Geräusch aus und sank auf einen Stuhl.

»He. Steh auf und halt deine Hände so, daß ich sie sehen kann.«

Die Pistole in seiner Hand ermunterte zum Gehorsam. Ich würde gewiß nicht mit ihm streiten. Laura erhob sich langsam und ohne ihn anzusehen. Sie atmete deutlich hörbar aus, während ihr die Tränen über die Wangen liefen. Sie hatte uns das mit all ihren unüberlegten Entscheidungen eingebrockt. Sie war das Risiko eingegangen, und wir alle würden nun dafür bezahlen. Ich sah jeden einzelnen im Raum überdeutlich: Ray hatte seine Jacke an und die Autoschlüssel in der Hand. Er hatte es geschafft, seine Mutter in einen Mantel zu zwängen. Sie stand dicht neben ihrem Stuhl am Tisch, mit erhobenen Händen und in ihre Wollsachen verpackt wie ein Kind an einem verschneiten Tag. Fünf Minuten mehr, und wir wären wohl weg gewesen. Gilbert mußte uns natürlich einige Zeit belauscht haben, und so spielte es vermutlich keine Rolle. Die Tatsache, daß wir mittlerweile alle die Hände in die Luft hielten, gab der Szene einen leicht komischen Touch. Es sah aus, als hätte man uns mitten in einem Spiritual erwischt, während wir alle mit den Händen gen Himmel winkten. In einem Western wäre jemand auf Gilbert losgegangen und hätte nach der Pistole gegriffen. Hier nicht. Ich hielt den Blick auf sein Gesicht gerichtet und versuchte, seine Absichten zu ergründen. Helens Blick wanderte im Raum umher, ließ sich nirgends nieder, sondern schweifte durch den grauen Nebel mit seinen regungslosen, dunklen Figuren. Ich dachte, sie wäre verwirrt oder aufgeregt, doch sie sagte nichts, da sie womöglich spürte, daß der Situation mit Fragen nicht gedient wäre. Sie bebte nahezu unmerklich, so wie ein Hund zittert, wenn er vor dem Kupieren auf dem Tisch steht.

Die Luft roch nach gebratenen Schweinekoteletts und Milchsoße. Die Überreste des Mahls lagen auf den Tellern, und in der Spüle stapelten sich die Kochtöpfe. Vielleicht würde Freida Green in ein paar Tagen vorbeikommen und aufräumen... nachdem die Tatortabsperrung entfernt und die Versiegelung des Hauses wieder aufgehoben war.

Gilbert hielt die Pistole in der rechten Hand und griff mit der linken in seine Jackentasche, aus der er eine Rolle Isolierband herausholte. »Paßt mal auf, was wir machen«, sagte er im Plauderton. »Ray, setz dich doch einfach auf diesen Stuhl. Laura wird dich mit Isolierband festbinden. He, he, he, Babe. Verdammt noch mal. Hör auf zu heulen. Bis jetzt ist noch nichts passiert. Ich versuche nur, alles unter Kontrolle zu halten. Ich will nicht, daß sich irgendwer auf mich stürzt. Will ja nicht, daß diese Pistole losgeht, sonst wird womöglich noch irgendwer verletzt. Grammy sieht bestimmt nicht mehr so toll aus mit einem Loch im Kopf, aus dem das ganze Hirn herausquillt, oder Ray mit einem riesengroßen Loch in der Brust. Nun kommt schon. Helft mir, einfach um zu zeigen, daß ihr mich noch gern habt.«

Er warf die Rolle silberfarbenen Isolierbandes Laura zu, die es im Flug auffing. Sie schien wie erstarrt und stand regungslos da, während die Sekunden verstrichen. »Gilbert, ich bitte dich –«

»*Bind ihn fest!*«

Ich fuhr unter seinem plötzlichen Brüllen zusammen. Laura zuckte nicht mit der Wimper, aber ich sah, daß sie sich nun in Bewegung setzte und durch den Raum auf Ray zuging. Langsam und mit nach wie vor erhobenen Händen ließ sich Ray auf den Stuhl gleiten, den ihm Gilbert zugewiesen hatte. Laura weinte so heftig, daß ich mir nicht einmal sicher war, ob sie sehen konnte, was sie tat. Die Tränen wuschen ihr das Make-up von den Wangen und brachten die alten Verletzungen zum Vorschein wie eine Grundierung. Strähnen roten Haares hatten sich gelöst und schwangen ihr ums Gesicht.

Gilbert konzentrierte sich nun auf Ray. »Wenn du irgendwelchen Ärger machst, lege ich sie um«, sagte er.

Ray sagte: »Tu's nicht. Bleib ruhig. Ich mache mit.«

Gilbert warf mir einen Blick zu. »Wollen Sie mir nicht die Schlüssel geben? Ich wäre Ihnen dankbar.«

Ich griff nach den Schlüsseln, die immer noch auf dem Küchentisch lagen. Es war mir zuwider, sie herzugeben, aber mir fiel keine andere Lösung ein. Ich legte sie auf Gilberts Handfläche. Er beäugte sie kurz und steckte sie dann in seine Jackentasche.

Ray sagte: »Hör mal, Gilbert. Das ist eine alte Geschichte. Sie hat nichts mit diesen dreien zu tun. Du kannst mit mir machen, was du willst, aber laß sie aus dem Spiel.«

»Ich weiß, daß ich machen kann, was ich will. Ich tue es ja bereits. Die beiden sind mir völlig egal, die alte Schachtel und die da«, sagte er mit einem Wink auf mich. »Aber mit ihr muß ich noch abrechnen. Sie ist mir davongelaufen.« Er sah zu Laura hinüber und runzelte die Stirn. »Könntest du jetzt mal mit diesem Isolierband anfangen, wie ich gesagt habe?«

»Gilbert, bitte tu das nicht. Bitte.«

»Würdest du gefälligst damit aufhören? Ich tue doch überhaupt nichts«, sagte er gereizt. »Was tue ich denn? Ich stehe nur hier und rede mit deinem Dad. Los jetzt, tu, was ich dir gesagt habe. Ray versucht bestimmt keine krummen Touren.«

»Können wir nicht einfach gehen? Uns ins Auto setzen und wegfahren, nur wir beide?«

»Du bist noch nicht fertig. Du hast noch nicht einmal *angefangen*«, sagte Gilbert. Er begann ärgerlich zu klingen – kein gutes Zeichen.

Rays Miene war milde, als er Laura ansah. »Ist schon okay, Liebes. Mach nur, was er sagt. Sorgen wir dafür, daß alle hier die Ruhe bewahren.«

Gilbert lächelte. »Ganz meiner Meinung. Bleibt alle ganz ruhig. Ich will, daß seine Knöchel an die Stuhlbeine gefesselt werden. Und seine Hände möchte ich hinter ihm haben, bind sie nur schön zusammen. Ich werde dich kontrollieren, also bilde dir bloß nicht ein, du könntest so tun, als würdest du ihn fesseln und es dann nicht richtig machen. Ich hasse es, wenn jemand versucht, mich zum Narren zu halten. Du weißt ja, wie ich bin. Putz dir die Nase und hör auf zu heulen.«

Laura kramte in ihrer Tasche herum, zog ein Papiertaschentuch hervor und tat, wie er sie geheißen hatte. Sie steckte es wieder weg und zog ein Stück Isolierband ab, dessen Klebefläche dabei ein reißendes Geräusch verursachte. Dann begann sie das Band um Rays linken Knöchel zu wickeln, indem sie zuerst die Hose um sein Schienbein faltete und anschließend das Band in mehreren Schichten um das Stuhlbein wand.

»Ich will das fest haben. Wenn du es nicht fest genug machst, schieße ich ihm ins Bein.«

»Ich *mache* es fest!« Sie funkelte Gilbert an, und einen Moment lang stand nichts als Zorn anstelle von Furcht in ihren Augen.

Es schien ihm zu gefallen, daß er sie aufgebracht hatte. Ein leises Lächeln zog sich über sein Gesicht. »Was soll dieser Blick?«

»Wo ist Farley?« fragte sie düster.

»Ach, der. Ich habe ihn in Kalifornien gelassen. Er hat sich zu einem richtig nutzlosen Drecksack entwickelt. Nichts als Jammern und Nörgeln. Sowas widert mich wirklich an. Es war nämlich so: Der Typ hat dich verpfiffen. Ehrlich wahr. Er hat dich verraten. Farley hat mir alles erzählt, weil er seine eigene Haut retten wollte. Ich bewundere sowas nicht. Ich finde es ekelhaft.« Er schob sich seitwärts zu dem Stuhl hinüber, auf dem Ray saß. Dabei behielt er uns alle genau im Auge, um sicherzugehen, daß sich niemand bewegte, während er sich neben den Stuhl hockte und das Band kontrollierte. Dann stand er auf, offenbar zufrieden mit ihrer Arbeit. »Wenn du mit ihm fertig bist, kannst du mit ihr weitermachen«, sagte er und meinte mich.

Sie riß ein weiteres Stück Isolierband ab und begann, Rays linkes Bein am Stuhl festzubinden. »Was hast du mit ihm gemacht?« fragte sie.

Gilbert stand wieder aufrecht und trat zwei Schritte zurück. »Was *ich* gemacht habe? Wir reden nicht davon, was ich gemacht habe. Ich habe gar nichts gemacht. Es geht darum, was du gemacht hast. Du hast mich verraten, Baby. Wie oft habe ich dir das gesagt? Du lernst es nie, oder? Ich versuche – weiß Gott, ich versuche es wirklich – dir klarzumachen, was ich erwarte.«

»Farley ist tot?«

»Ja, das ist er«, sagte Gilbert feierlich. »Es tut mir leid, daß ich derjenige sein muß, der es dir sagt.«

»Er war dein Neffe. Dein eigenes Fleisch und Blut.«

»Was hat denn das damit zu tun? Das zieht ja nun wirklich nicht. Fleisch und Blut bedeuten einen Scheißdreck. Es geht um

Loyalität. Ist dieser einfache Begriff für dich so schwer zu begreifen? Hör mal, ich sage dir etwas. Du kannst mir nicht die Schuld daran geben. Wenn irgend jemand verletzt wird, geht das auf dein Konto, nicht auf meines. Wie oft habe ich dir gesagt, daß du zu tun hast, was ich dir sage. Wenn du mir nicht gehorchen willst, kann ich auch nicht die Verantwortung tragen.«

»Ich *tue* ja, was du gesagt hast. In welcher Hinsicht tue ich nicht, was du gesagt hast?«

»Das meine ich nicht. Ich meine das Geld. Ich meine Rio. Kommst du jetzt mit? Genau. Du bist nicht nach Rio geflogen, wie du es hättest tun sollen, und jetzt schau nur, was wegen deines Benehmens alles schiefgegangen ist. Farley... na ja, sei's drum. Ich denke, wir haben genug über ihn gesagt.«

Helen meldete sich zu Wort. Wie ich war sie verbissen mit den Händen in der Luft dagestanden. »Junger Mann. Ich wüßte gern, ob ich diesen Mantel ausziehen und mich hinsetzen kann.«

Gilbert runzelte von der Unterbrechung verärgert die Stirn. Es war offenkundig, daß es ihm Spaß machte, sich aufzuregen, sich im Recht zu fühlen und auf die vielen Punkte hinzuweisen, in denen andere die Schuld trugen. Helen sah ihn nicht an. Ihr Blick war auf einen Punkt zu seiner Rechten fixiert, wo sie offensichtlich den Türpfosten mit ihm verwechselte. Gilbert war vorübergehend abgelenkt, von ihrem Irrtum belustigt. Er schwenkte die Arme. »He, hier drüben, Süße. Sie sehen wohl nicht so besonders gut. Sie haben mich mit einem Kleiderständer verwechselt.«

»Ich sehe gut genug. Es sind meine Füße, die nicht mehr wollen«, sagte sie. »Ich bin fünfundachtzig Jahre alt.«

»Stimmt das? Da werden die Arme lahm, was?«

Helen sagte nichts. Ihr wäßriger Blick schweifte umher. Ich spähte auf der Suche nach einer Waffe im Raum umher und versuchte, einen Plan zu schmieden. Ich wollte die anderen nicht noch mehr gefährden. Seine Absichten schienen unzweifelhaft. Einer nach dem anderen würden wir gefesselt und geknebelt werden, woraufhin er uns umbringen würde, aber was konnten wir schon tun? Ich stand näher bei ihm als Laura, aber wenn ich versuchte, mich auf ihn zu stürzen, drehte er womöglich durch und feuerte los. Ich mußte bald etwas unternehmen, aber ich wollte nicht waghalsig sein, indem ich wie eine Heldin agierte, wenn uns das in eine noch schlechtere Lage bringen könnte als die, in der wir ohnehin schon steckten.

»Ich setze mich hin. Sie können mich ja erschießen, wenn es Ihnen nicht paßt«, sagte Helen.

Gilbert gestikulierte mit der Pistole. »Setzen Sie sich genau dorthin, wo Sie sind. Sie können die Hände für den Moment herunternehmen, aber fassen Sie nichts auf dem Tisch an.«

Sie sagte: »Danke.« Dann stützte sie die Hände auf den Tisch und ließ sich schwer auf den Stuhl sinken. Sie schüttelte ihren Mantel ab. Ich konnte sehen, wie sie vorsichtig die Finger streckte, um die Blutzirkulation wieder in Gang zu bringen, bevor sie die Hände in den Schoß legte.

Gilbert reckte sich, damit er Lauras Vorgehen beobachten konnte, als sie die Hände ihres Vaters mit Isolierband fesselte. Rays Arme befanden sich hinter seinem Körper. Damit seine Handgelenke sich hinter dem hölzernen Stuhl trafen, mußte er sich leicht nach vorn beugen und die Schultern zusammenziehen.

Gilbert schien Rays unbequeme Stellung zu genießen. »Wo ist der Bauchgurt?« fragte er Laura.

»Im anderen Zimmer.«

»Wenn du damit fertig bist, bringst du ihn hierher, damit wir sehen können, was wir da haben.«

»Ich dachte, du hättest gesagt, ich solle sie fesseln.«

»Hol *erst* den Bauchgurt und feßle sie dann, du verfluchte Idiotin«, sagte er.

»Es sind nur achttausend Dollar. Du hast von einer Million

gesprochen«, sagte sie gereizt. Sie legte die Rolle Isolierband beiseite und ging ins andere Zimmer. Ich für mein Teil hätte es nicht gewagt, ihm gegenüber einen solchen Ton anzuschlagen. Gilbert wirkte nicht erstaunt, was das Geld anging, und so mußte ich annehmen, daß Farley ihm neben allem anderen auch von den acht Riesen erzählt hatte.

Laura kehrte mit dem Gurt in der Hand zurück. Er nahm ihn ihr ab und legte ihn auf die Arbeitsfläche hinter sich. Dann warf er einen Blick auf seinen Inhalt und musterte die Geldbündel. Sein Blick wanderte zu Ray. »Wo ist das restliche Geld? Wo ist der ganze Schmuck und die Münzsammlungen?«

»Ich weiß es nicht. Ich kann wirklich nicht beschwören, daß irgend etwas übrig ist«, sagte Ray.

Gilbert schloß die Augen. Langsam ging ihm die Geduld aus. »Ray, ich war dabei, weißt du noch? Ich habe euch dabei geholfen, all das Bargeld und den Schmuck herauszuschleppen. Was ist mit den Diamanten und den Münzen? Da drinnen lagerte ein Vermögen; es müssen mindestens zwei Millionen gewesen sein, und Johnny hatte es todsicher nicht bei sich, als er gefaßt wurde.«

»He, ich will mich nicht mit dir anlegen, aber du warst siebzehn Jahre alt. Keiner von uns hatte je eine Million Mäuse zu Gesicht bekommen, geschweige denn zwei. Wir haben wirklich keine Ahnung, wieviel es war, da wir nie dazu gekommen sind, es zu zählen, und das ist die Wahrheit«, erklärte Ray.

»Es war verteufelt viel mehr als das hier. Sieben oder acht große Säcke. So eine Beute hat sich nicht einfach in Luft aufgelöst. Dieser Mistkerl muß sie versteckt haben. Aber wo?«

»Da kann ich auch nur raten. Deshalb bin ich ja hier. Um zu versuchen, es herauszufinden.«

»Er hat es dir nicht gesagt?«

»Ich schwöre bei Gott, das hat er nicht. Er wußte, daß er sich auf sich selbst verlassen konnte, aber ich schätze, bei mir war er sich da nicht so sicher.«

Ich meldete mich zu Wort und sah Ray an. »Woher wollen Sie wissen, daß er es nicht ausgegeben hat?«

»Das ist natürlich möglich«, meinte er. »Ich weiß, daß er meiner Ma Geld geschickt hat. Das haben wir von vornherein vereinbart.«

»Er hat was?« sagte Gilbert. Er wandte sich zu Helen. »Stimmt das?«

»Ach Gott, ja«, sagte sie selbstzufrieden. »Ich habe jeden Monat seit neunzehnhundertvierundvierzig eine Zahlungsanweisung von fünfhundert Dollar bekommen. Allerdings hat das vor ein paar Monaten aufgehört. Im Juli oder August, soweit ich mich erinnere.«

»Seit 1944? Ich fasse es nicht. Wieviel hat er geschickt? Fünfhundert im *Monat*? Das ist ja lächerlich«, sagte Gilbert.

»Zweihundertsechsundvierzigtausend Dollar«, warf Ray ein. »Ich habe in der FCI Ashland Oberstufen-Mathe belegt. Du solltest den Laden selbst mal ausprobieren, Gilbert. Deine Grundkenntnisse aufpolieren. Wortschatz, Grammatik...«

Gilbert hing immer noch an Johnnys Verschleudertaktik fest. »Du verarschst mich doch. Johnny Lee hat dieser alten Schachtel zweihundertsechsundvierzigtausend Dollar geschenkt? Ich fasse es nicht. Das ist ja kriminell.«

»Ich habe darüber Buch geführt, wenn Sie es sehen möchten. Es ist ein kleines, rotes Notizbuch in der Schublade dort drüben«, sagte Helen und wies mit zitternden Fingern in die ungefähre Richtung der Schublade, wo sie auch Rays Post aufbewahrt hatte.

Gilbert ging zu der Schublade hinüber, riß sie auf und wühlte den Haufen Krimskrams ungeduldig durch. Dann zog er die Schublade ganz heraus und warf ihren Inhalt auf die Erde. Er griff nach unten, hob ein kleines, rotes Notizbuch mit Spiralheftung auf und blätterte es mit der linken Hand durch, während er in der rechten nach wie vor die Pistole hielt. Sogar von meinem Standort aus konnte ich Spalte über Spalte sehen,

Datumsangaben und gekritzelt aussehende Zahlen, die sich schief über eine Seite nach der anderen zogen. »Dieser Dreckskerl!« fauchte Gilbert. »Wie konnte er das nur tun, einfach das Geld herschenken?« Er warf das Notizbuch auf den Küchentisch, wo es in der Schüssel mit den geschmorten Tomaten landete.

Nun war es an Ray, die Situation zu genießen. Er war zwar nicht so unvorsichtig, daß er gelächelt hätte, aber sein Tonfall verriet seine Zufriedenheit. »Der Knabe hat auch fünfhundert für sich behalten, also was ergibt das dann? Nach einundvierzig Jahren macht das eine Gesamtsumme von vierhundertzweiundneunzigtausend Dollar«, sagte Ray. »Rechne es selbst nach. Wenn wir eine halbe Million Mäuse davongekarrt haben, bleiben damit ziemlich genau acht Riesen übrig.«

Gilbert ging zu Ray hinüber und stieß ihm den Pistolenlauf brutal unters Kinn. »Ver*dammt* noch mal! *Ich weiß, daß es mehr war, und ich will es haben!* Ich puste dir deinen verfluchten Kopf noch in dieser Minute weg, wenn du es nicht ausspuckst.«

»Mich umzubringen, hilft dir auch nichts. Wenn du mich umbringst, hast du überhaupt keine Chance«, sagte Ray ungerührt. »Vielleicht kann ich es finden, *wenn* noch etwas übrig ist. Ich weiß, wie Johnnys Hirn funktioniert hat. Du hast keine Ahnung, wie er seine Angelegenheiten zu regeln pflegte.«

»Ich habe die Sockelleiste gefunden, oder nicht?«

»Nur weil ich es dir verraten habe. Du hättest sie nie gefunden ohne mich«, sagte Ray.

Gilbert nahm mit düsterem Gesicht die Pistole beiseite. Seine Bewegungen wirkten aufgeregt. »Hör zu, es läuft folgendermaßen. Ich nehme Laura mit. Du läßt dir besser bis morgen etwas einfallen, sonst ist sie tot, kapiert?«

»He, komm schon. Sei vernünftig. Ich brauche Zeit«, sagte Ray.

»Morgen.«

»Ich tue, was ich kann, aber ich kann nichts versprechen.«

»Tja, ich schon. Du besorgst diese Kohle, oder sie ist ein totes Stück Fleisch.«

»Wie soll ich dich denn finden?«

»Zerbrich dir darüber nicht den Kopf. Ich finde dich«, sagte Gilbert.

Helen zog eine Grimasse und rieb sich eine knotige Hand mit der anderen.

»Was haben Sie denn?«

»Meine Arthritis plagt mich wieder. Ich habe Schmerzen.«

»Soll ich das in Ordnung bringen«, sagte er und wedelte mit seiner Pistole. Er wandte sich wieder zu Ray. Helen hob die Hand, um seine Aufmerksamkeit zu erregen.

»Was?«

»Jetzt bin ich schon zu lange gesessen. Das Dumme am Altwerden ist, daß man nichts länger als fünf Minuten tun kann. Ich hoffe, Sie haben nichts dagegen, wenn ich mich ein bißchen hinstelle.«

»Verdammt noch mal, altes Weib. Die ganze Zeit stehen Sie auf und setzen sich wieder hin.«

Helen lachte, da sie seinen mörderischen Zorn offenbar mit schlechter Laune verwechselte. Ich spürte, wie in mir eine Blase der Verzweiflung an die Oberfläche stieg. Vielleicht war sie zu allem Überfluß auch noch senil. Er würde sie ohne zu zögern umbringen – uns alle –, aber das schien sie nicht zu »kapieren«. Seine Drohungen glitten über sie hinweg. Vielleicht war es ganz gut so. Wer konnte in ihrem Alter schon Angst von solchen Ausmaßen ertragen? Allein die Furcht könnte sie in einen Herzinfarkt treiben. Mich übrigens auch.

Gilbert wies mit der Pistole in ihre Richtung. »Sie können aufstehen, aber benehmen Sie sich«, sagte er. »Ich will nicht, daß Sie hier rauslaufen und versuchen, Hilfe herbeizuholen.« Sein Tonfall verlagerte sich, als er mit ihr sprach, und wurde nahezu kokett. »Gönnerhaft«, wäre ein anderer Ausdruck, aber Helen schien das nicht aufzufallen.

Sie winkte gelangweilt ab. »Die Zeiten, als ich das noch konnte, sind vorbei. Außerdem brauchen Sie sich nicht meinetwegen Sorgen zu machen, sondern wegen meiner Freundin Freida Green.«

Wenigstens hatte sie seine Aufmerksamkeit auf sich gezogen. Ich konnte sehen, wie er ein Lächeln unterdrückte und so tat, als nähme er sie ernst. »Oh-oh. Wer ist denn diese Freida Green, eine Art Krawallmacherin?«

»Ja, das ist sie. Ich übrigens auch. Mein verstorbener Mann hat mich immer Hell on Wheels genannt. Kapieren Sie? ›Hell on‹ – das klingt wie Helen.«

»Hab's kapiert, Granny. Wer ist denn Freida? Kann es passieren, daß sie unangemeldet hier hereinplatzt?«

»Freida ist meine Nachbarin. Sie wohnt zwei Häuser weiter mit ihrer Freundin Minnie Paxton, aber sie sind momentan verreist. Hat zwar nie jemand direkt gesagt, aber ich glaube, die beiden sind ineinander verliebt. Auf jeden Fall hatten wir hier vor etwa vier Monaten eine Einbruchsepidemie. So haben sie das nämlich genannt, eine ›Epidemie‹, als wäre es eine Krankheit. Zwei nette Polizisten sind in unser Viertel gekommen und haben uns etwas über Selbstverteidigung erzählt. Minnie hat gelernt, richtig fest seitlich auszuschlagen, aber Freida ist flach auf den Rücken gefallen, als sie es versucht hat.«

Ray sah mich durchdringend an, aber ich konnte nicht herauslesen, was er ausdrücken wollte. Vermutlich simple Verzweiflung angesichts der Banalität ihres Wortwechsels.

Gilbert lachte: »Herrgott, das hätte ich gern gesehen. Wie alt ist denn diese alte Schachtel?«

»Mal überlegen. Ich glaube, Freida ist einunddreißig. Minnie ist zwei Jahre jünger und viel besser in Form. Freida hat sich das Steißbein gebrochen und ist stocksauer geworden. Huu! Hat gesagt, es müsse ja wohl noch bessere Methoden der Verbrechensbekämpfung geben, als einen Kerl in die Kniescheibe zu treten.«

Gilbert schüttelte skeptisch den Kopf. »Ich weiß nicht. Jemandem die Kniescheibe zu brechen, das kann echt weh tun«, sagte er.

»Ja, stimmt«, meinte Helen, »aber dazu muß man nahe genug herankommen, was nicht immer einfach ist. Und mein Gleichgewichtssinn ist auch nicht mehr der beste.«

»Freidas Gleichgewichtssinn auch nicht, nach dem, was Sie erzählen. Was hat sie denn dann vorgeschlagen?«

»Sie hat vorgeschlagen, daß sich jeder von uns ein Gestell baut und unter die Tischplatte schraubt, in dem man eine geladene Flinte bereithalten kann, so wie die hier.« Helen drehte sich leicht zur Seite, als sie aufstand. Sie trat einen großen Schritt vom Tisch weg und zog eine doppelläufige 12-Kaliber-Schrotflinte mit 66-Zentimeter-Läufen hervor. Sie klemmte sich den Kolben zwischen Oberarm und Rumpf und stützte ihn auf der Hüfte ab. Wir vier starrten sie allesamt an, gefesselt vom Anblick einer so sperrigen Flinte in den Händen einer Person, die noch eine Nanosekunde vorher so harmlos und begriffsstutzig gewirkt hatte. Die Wirkung wurde leider von den Gegebenheiten des Alters unterminiert. Wegen ihrer schlechten Augen zielte sie auf den Fensterrahmen anstatt auf Gilbert, was ihm nicht entging. Er verzog das Gesicht und sagte: »Hoppla! Legen Sie lieber die Knarre weg!«

»Legen Sie *Ihre* Knarre weg, bevor ich Sie ins Jenseits befördere«, drohte sie. Sie stellte sich mit dem Rücken an die Wand, ganz bei der Sache, abgesehen von dem Problem mit ihrer Zielsicherheit, das beträchtlich war. Das schwere Fleisch an ihren Oberarmen zitterte, und es war offensichtlich, daß sie den Lauf kaum halten konnte, selbst wenn er in die falsche Richtung zielte. Ich merkte, wie mein Herz zu hämmern begann. Ich rechnete damit, daß Gilbert zu schießen begänne, doch er nahm sie anscheinend nicht ernst.

»Die Flinte ist ganz schön schwer. Sind Sie sicher, daß Sie sie halten können?«

»Kurzfristig«, antwortete sie.

»Was wiegt sie denn, sechs oder sieben Pfund? Klingt nicht nach viel, wenn man sie nicht lang haaalten muß.« Er zog das Wort »halten« in die Länge, damit es ermüdend klang. Ich wurde allein vom Hören schon müde, aber Helen schien ungerührt.

»Ich schieße lange bevor mir die Arme lahm werden auf Sie. Für mich ist es ein Gebot der Fairneß, Sie zu warnen. Der eine Lauf ist mit Vogeldunst Nummer neun geladen. Im anderen ist Doppelnull-Rehposten, der pustet Ihnen glatt das Gesicht weg.«

Gilbert lachte erneut. Er schien von der Art der alten Frau ehrlich amüsiert zu sein. »Mein Gott, Hell on. Das ist aber nicht nett. Und was ist mit Ihrer Arthritis? Ich dachte, Sie hätten so schwere Arthritis.«

»Habe ich auch. Das stimmt schon. Außer an dem einen Finger. Passen Sie auf.« Helen verlagerte die Flinte zur linken Seite, zielte auf ihn und drückte den Abzug. Ka-*wumm*! Ich sah ein paar grellgelbe Funken. Die Detonation war ohrenbetäubend und erfüllte den ganzen Raum. Eine Druckwelle aus Luft und Gas strömte aus der Mündung, gefolgt von einer schwarzen Rauchwolke. Die Ladung Vogelschrot jagte an seinem linken Ohr vorüber, zog an ihm vorbei nach oben und zerschmetterte das Küchenfenster. Vereinzelte Schrotkügelchen rissen ihm das Ohrläppchen und die Oberkante seiner Schulter auf, während die auseinanderlaufenden Strahlen der Schrotladung ihm den Hals aufschürften und mit Blut bemalten. Laura schrie und warf sich auf die Erde. Ich war noch vor ihr unten. Ray kippte vor Verblüffung mitsamt seinem Stuhl seitlich um. Gilbert schrie vor Schmerz und Unglauben auf und riß die Hände nach oben. Seine Pistole flog nach vorn und schlitterte über den Boden.

Die Erschütterung der Mündung hatte Helen an die Wand zurückgeschleudert, und der Gewehrkolben schlug gegen ihre rechte Hüfte, als die Läufe durch den Rückstoß nach oben schnellten. Sie faßte sich und ließ das Gewehr wieder sinken, schußbereit. Gilberts rechte Wange war bereits rot gesprenkelt wie von einem plötzlichen Akneausschlag, und Blut sickerte in das Haar über seinem rechten Ohr. Die Luft roch beißend, und ich hatte mit einem Mal einen süßlichen Geschmack im Rachen.

»Diesmal puste ich Ihnen den Kopf weg«, sagte sie.

Gilbert stieß ein wildes, kehliges Geräusch aus, griff nach unten und packte Laura bei den Haaren. Er zerrte sie auf die Füße und preßte sie gegen sich, während er sich herunterbeugte und sich mit der anderen Hand den Geldgurt schnappte.

Noch immer auf der Erde, reckte Ray den Hals, um zu sehen, was vor sich ging. »Ma, nicht schießen!«

»Wenn Sie abdrücken, ist sie tot. Ich breche ihr das Genick«, sagte Gilbert. Er hatte offensichtlich Schmerzen und atmete schwer, nun nicht mehr bewaffnet, aber immer noch unberechenbar. Er hatte seinen Unterarm unter Lauras Kinn geklemmt, so daß sie gezwungen war, dicht bei ihm zu bleiben, während sie die Knie beugte, um nicht erwürgt zu werden. Gilbert begann langsam rückwärts aus der Küche und ins Eßzimmer zu gehen. Laura stolperte rückwärts mit, die Füße nur halb auf dem Boden.

Helen zögerte, zweifellos durcheinander angesichts des Gewirrs aus Geräuschen und Formen.

Gilbert verschwand im Eßzimmer und pflügte sich rückwärts durch die Berge von Sperrmüll. Laura stieß eine Reihe ächzender Geräusche aus, da sie angesichts ihrer abgedrückten Luftröhre nicht sprechen konnte. Ich konnte ein Krachen und dann das Zerbrechen von Glas hören, als er die Haustür auftrat. Dann Stille.

Ich schwankte zwischen dem Wunsch, Gilbert nachzusetzen,

und dem Bedürfnis, Helen zu helfen, da sie zitterte und leichenblaß war. Sie ließ den Gewehrlauf sinken und fiel ermattet auf ihren Stuhl. »Was ist denn los? Wohin ist er gegangen?«

»Er hat Laura bei sich. Beruhige dich. Alles wird gut«, sagte Ray. Er war immer noch auf dem Boden, lag seitlich in seinem Stuhl und kämpfte sich aus den Fesseln. Ich kroch zu ihm hinüber und versuchte ihm dabei zu helfen, sich aufzurichten, aber mitsamt dem sperrigen Stuhl war er für mich zu schwer, um ihn aufzuheben. Ich schnappte mir ein Fleischmesser von der Arbeitsfläche und durchtrennte die Schichten von Isolierband, die seine Hände und Füße fesselten. Als er eine Hand frei hatte, begann Ray den Rest des Klebebandes selbst abzuziehen. Seine Aufmerksamkeit konzentrierte sich immer noch auf seine Mutter. »Helfen Sie mir hier mal«, grunzte er mir zu.

»Was wird er ihr antun?«

»Nichts, bis er das Geld hat. Sie ist seine Versicherung.« Ich ergriff seine Hand und nahm alle meine Kräfte zusammen, während er sich vom Boden hochzog. Er sah mich kurz an. »Alles in Ordnung?«

»Mir fehlt nichts«, sagte ich. Wir richteten beide unsere Aufmerksamkeit auf Helen.

Die Schrotflinte lag quer über ihrem Schoß. Ich ging zu ihr hinüber, hob das Gewehr auf und legte es auf den Küchentisch. Ihre Schultern waren zusammengesunken, ihre Hände zitterten heftig, und ihr Atem ging flach und abgehackt. Vermutlich hatte sie einen Bluterguß an der Hüfte, wo der Gewehrkolben sie gestoßen hatte. Sie hatte alle ihre Energiereserven aufgebraucht, und ich fürchtete schon, sie würde einen Schock erleiden. »Ich hätte ihn umbringen sollen. Die arme Laura. Ich konnte mich nicht dazu überwinden, aber ich hätte es tun sollen.«

Ray griff nach einem Stuhl und zog ihn näher zu seiner Mutter heran. Er nahm ihre Hand, tätschelte sie behutsam und fragte dann mit sanfter Stimme: »Wie fühlst du dich denn, Hell on Wheels?«

»Mir geht's gleich wieder gut. Ich muß nur ein bißchen verschnaufen«, antwortete sie. Sie klopfte sich gegen die Brust und versuchte sich zu sammeln. »Ich bin nicht ganz so schwachsinnig, wie ich mich benommen habe.«

»Ich habe einfach nicht begriffen, was du vorhattest«, sagte er. »Ich kann es nicht fassen, daß du das getan hast. Als du angefangen hast, mit ihm zu reden, hielt ich das alles für Blödsinn, bis du diese Schrotflinte hervorgeholt hast. Du warst phantastisch. Vollkommen furchtlos.«

Helen winkte ab, schien aber mit sich selbst zufrieden und von seinem Lob angetan zu sein. »Nur weil man alt wird, heißt das noch lange nicht, daß man die Nerven verliert.«

»Ich dachte, Sie hätten Probleme mit den Augen«, sagte ich. »Woher wußten Sie, wo er stand?«

»Er stand direkt vor dem Küchenfenster, und so konnte ich seine *Gestalt* ausmachen. Ich mag ja fast blind sein, aber meine Ohren funktionieren noch. Er hätte nicht so viel reden sollen. Freida hat mich dazu überredet, Gewichtheben zu trainieren, und mittlerweile kann ich fünfundzwanzig Pfund drücken. Habt ihr gehört, was er gesagt hat? Er hat sich eingebildet, ich könne nicht einmal eine Schrotflinte von sieben Pfund halten. Das hat mich beleidigt. Die Alten in ein Klischee zwängen. Das ist der typische Macho-Scheiß«, erklärte sie. Sie preßte sich die Finger auf die Lippen. »Ich glaube, jetzt wird mir schlecht. Ach du liebe Zeit.«

18

Ray half seiner Mutter ins Badezimmer. Kurz danach hörte ich die Toilettenspülung und seine gemurmelten Trostworte und Zusicherungen, als er sie ins Bett brachte. Während ich darauf wartete, daß er sie zur Ruhe bettete, sammelte ich den Inhalt der Kramschublade wieder ein und schob die Lade wieder an ihren Platz. Ich richtete Rays Stuhl auf und ließ mich schließlich auf Hände und Füße hinab, um nach Gilberts Pistole zu suchen. Wohin war das verdammte Ding verschwunden? Ich reckte mich wie ein Präriehund, musterte die Stelle, wo er gestanden hatte, und versuchte zu ermessen, wie die Flugbahn wohl verlaufen sein mußte, als die Waffe durch den Raum geflogen war. Indem ich mir vorsichtig meinen Weg durch die Glasscherben bahnte, kroch ich zur nächstgelegenen Ecke und arbeitete mich an der Fußleiste entlang. Ich fand die Waffe schließlich, eine Colt-Pistole, Kaliber 45 mit Automatik und Walnußgriff, die hinter dem Eastlake-Schränkchen klemmte. Ich angelte sie mit einer Gabel hervor, wobei ich versuchte, keine frischen Fingerabdrücke zu verwischen. Wenn die Polizei von Louisville Gilbert überprüfte, könnte ja ein offener Haftbefehl gegen ihn auftauchen und ihnen einen Grund für seine Verhaftung liefern – natürlich nur, wenn sie ihn finden konnten.

Ich legte die Pistole auf den Küchentisch und ging auf Zehenspitzen zur Schlafzimmertür. Ich klopfte, und einen Moment später öffnete Ray die Tür einen Spaltbreit. »Wir müssen die Polizei anrufen«, sagte ich. Ich wollte an ihm vorbei zum Telefon schlüpfen, aber er legte mir eine Hand auf den Arm.

»Tun Sie das nicht.«

»Warum nicht?« Seiner Mutter zuliebe, die für den heutigen Tag genug mitgemacht hatte, sprachen wir mit leiser Stimme.

»Passen Sie auf, ich komme in einer Minute heraus, sowie sie eingeschlafen ist. Wir müssen miteinander reden.« Er wollte die Tür schon wieder schließen.

Ich legte meine Hand auf die Tür. »Was gibt's denn da zu reden? Wir brauchen Hilfe.«

»Bitte.« Er hielt eine Hand in die Höhe und nickte, um zu bekräftigen, daß wir das gleich besprechen würden. Dann drückte er mir direkt vor der Nase die Tür zu.

Widerwillig kehrte ich in die Küche zurück, um auf ihn zu

warten. Ich fand Besen und Kehrschaufel hinter der Tür zum Geräteraum und rückte der Unordnung zu Leibe. Irgend jemand war durch die zerbrochene Schüssel mit den Süßkartoffeln spaziert. Überall waren kleine, kartoffelige Fußabdrücke, wie von Hundekacke. Ich holte den Abfalleimer unter der Spüle hervor und begann vorsichtig Glas- und Porzellanscherben aufzusammeln. Mit einem feuchten Papierhandtuch wischte ich den Rest der verschütteten Masse auf.

Spüle und Arbeitsfläche waren dort mit Glasscherben übersät, wo das Fenster durch den Schuß zersprungen war. Ich konnte nicht fassen, daß die Nachbarn nicht angelaufen gekommen waren. Nun blies kalte Luft herein, aber dagegen konnte ich nichts tun. Ich zerrte den Uralt-Staubsauger hervor und befestigte die Polstermöbeldüse am Schlauch. Dann stellte ich ihn an und verbrachte mehrere Minuten damit, jede Scherbe in Sichtweite aufzusaugen. Zwischen Jagen und Gejagtwerden hatte ich, seit ich von zu Hause weggefahren war, nichts anderes getan, als Staub zu wischen und zu saugen. Einmal legte ich mein Ohr an die Schlafzimmertür und hätte schwören können, daß Ray telefonierte. Aha. Vielleicht hatte er schließlich doch auf meinen Rat gehört.

Ray kam in die Küche zurück und schloß die Schlafzimmertür hinter sich. Er ging direkt in die Speisekammer, holte eine Flasche Bourbon heraus, stellte zwei kleine Marmeladengläser auf den Tisch und schenkte uns beiden einen steifen Drink ein. Er reichte mir ein Glas und stieß dann mit seinem dagegen. Während ich meines noch beäugte, legte er den Kopf nach hinten und kippte seinen Drink in einem Schluck. Ich holte tief Luft und schüttete mir meinen die Kehle hinunter, ohne auf das bösartige Feuer vorbereitet zu sein, das meine Speiseröhre attackierte. Ich spürte, wie mir die Hitze ins Gesicht stieg, während in meinem Magen die Flammen auflohderten. Danach merkte ich, wie sämtliche Anspannung von mir wegtrieb wie Rauch. Ich schüttelte den Kopf und schauderte, als sich ein

Wurm des Ekels meinen Körper hinabwand. »Igitt. Ich hasse das Zeug. Ich könnte nie zur Säuferin werden. Wie bringen Sie es fertig, das einfach so hinunterzustürzen?«

»Das braucht Übung«, sagte er. Er goß sich ein weiteres Glas ein und kippte es dem ersten hinterher. »Das ist etwas, was ich im Gefängnis vermißt habe.«

Er entdeckte den Colt, den ich auf den Tisch gelegt hatte, nahm ihn wortlos in die Hand und steckte ihn sich in den Hosenbund.

»Danke, Ray. Jetzt haben Sie sämtliche Fingerabdrücke ruiniert.«

»Kein Mensch wird ihn auf Fingerabdrücke untersuchen«, sagte er.

»Tatsächlich. Wie kommen Sie darauf?«

Er ignorierte meine Frage. Dann ging er ins Eßzimmer, schnappte sich einen Pappkarton, den er zuerst ausleerte, dann flach zusammenlegte und damit die zerbrochene Fensterscheibe ersetzte, indem er die Pappe mit Gilberts Isolierband befestigte. Der Lichteinfall von draußen wurde schwächer, und die Kälte drang nach wie vor herein, aber wenigstens wären Vögel und kleine UFOs daran gehindert, durch das klaffende Loch hereinzufliegen. Während ich ihm zusah, begann er die Spüle von ihren Bergen aus Pfannen und Töpfen zu befreien, stellte sie ordentlich auf die eine Seite und bereitete den Abwasch vor. Ich liebe es, Männern bei der Hausarbeit zuzusehen.

»Ich habe Sie telefonieren hören. Haben Sie die Polizei gerufen?«

»Ich habe Marla angerufen, weil ich wissen wollte, wie es ihr geht. Gilbert hat sie böse zusammengeschlagen. Sie sagt, er hätte ihr die Nase gebrochen, aber sie will ihn nicht anzeigen, solange er Laura in seiner Gewalt hat.«

»Sie könnten 911 anrufen«, sagte ich. Vielleicht hatte er mich nicht richtig verstanden?

Ich schaltete den Staubsauger wieder an und saugte die blinkenden Glassplitter auf. Ich wartete darauf, daß er das Thema wieder zur Sprache brachte, aber er vermied es geflissentlich. Schließlich stellte ich das Gerät ab und sagte: »Was ist eigentlich los? Warum rufen wir nicht die Polizei? Laura ist entführt worden. Ich hoffe, Sie bilden sich nicht ein, daß Sie damit allein fertig würden.«

»Ich habe es Ihnen doch gesagt. Marla ist nicht daran interessiert. Sie hält es für voreilig.«

»Ich spreche nicht von Marla. Ich spreche von Ihnen.«

»Suchen wir erst mal nach dem Geld. Wenn wir in einem Tag nichts auftreiben, können wir immer noch die Bullen verständigen.«

»Ray, Sie sind verrückt. Sie brauchen Hilfe.«

»Ich komme schon klar.«

»Das ist doch Schwachsinn. Er wird sie umbringen.«

»Nicht, wenn ich das Geld finde.«

»Wie wollen Sie das anstellen?«

»Das weiß ich noch nicht.«

Er band sich eine Schürze um die Taille. Dann steckte er den Stöpsel in den Abfluß und drehte das heiße Wasser auf. Er nahm das Spülmittel und spritzte eine ordentliche Menge in das Becken, wobei er seine verletzten Finger vom Wasser fernhielt. Ein Berg weißen Schaums wuchs empor, in den er Teller und Besteck tauchte. »Ich habe mit sechs Jahren abspülen gelernt«, sagte er beiläufig und nahm eine Bürste mit langem Griff zur Hand. »Ma hat mich auf einen leeren Milchkasten gestellt und mir beigebracht, wie man es richtig macht. Von da an war es meine Aufgabe. Im Gefängnis haben sie diese großen Industriespülmaschinen, aber das Prinzip ist das gleiche. Wir alten Zuchthäusler wissen alle, wie wir uns nützlich machen können, aber diese jungen Taugenichtse, die in den Bau kommen, können rein gar nichts außer Stunk machen. Drogenfuzzis und Vergewaltiger. Grusliger Haufen.«

»Ray.«

»Erinnern mich an Kampfhähne... total aufgeblasen und aggressiv. Denen ist alles scheißegal. Diese Jungs sind zum Sterben geboren. Sie haben weder Hoffnungen noch Aussichten. Nur ihre Einbildung. Nichts als Einbildung. Fordern Respekt, ohne je etwas getan zu haben, um ihn zu verdienen. Die Hälfte von ihnen kann nicht einmal lesen.«

»Worauf wollen Sie hinaus?« fragte ich.

»Auf gar nichts. Ich habe das Thema gewechselt. Der Punkt ist, daß ich die Bullen nicht rufen will.«

»Spricht irgend etwas dagegen?«

»Ich mag keine Bullen.«

»Ich verlange ja auch nicht von Ihnen, eine dauerhafte Beziehung mit ihnen einzugehen«, sagte ich. Ich beobachtete ihn. »Was ist denn? Da ist doch noch etwas anderes.«

Er spülte einen Teller und stellte ihn auf den Geschirrständer, wobei er meinem Blick auswich. Ich nahm ein Geschirrtuch und begann abzutrocknen, während er spülte. »Ray?«

Er stellte einen weiteren Teller in den Ständer. »Ich habe einen Verstoß begangen.«

Ich überlegte, was für einen Verstoß. Dann fragte ich: »Wogegen?«

Er zuckte kaum merklich die Achseln.

Dann fiel der Groschen. »Die Bewährungsauflagen? Sie haben gegen die *Bewährungsauflagen* verstoßen?«

»Etwas in der Richtung.«

»Aber was genau?«

»Tja, ehrlich gesagt, ›genau‹ heißt, daß ich davonspaziert bin.«

»Geflüchtet?«

»Geflüchtet würde ich es nicht nennen. Es war ein offenes Haus.«

»Aber Sie hätten nicht *gehen* dürfen. Sie waren nach wie vor Häftling? Oder nicht?«

»He, da war kein einziger Zaun. Wir waren auch nachts

nicht in unseren Zellen eingeschlossen. Wir *hatten* nicht einmal Zellen. Wir hatten Zimmer«, sagte er. »Es ist also eher so, daß ich mich unerlaubt entfernt habe. Ja, so ungefähr.«

»Oh, Mann«, sagte ich. Ich stieß einen tiefen Atemzug aus und erwog die Konsequenzen. »Woher haben Sie dann einen Führerschein?«

»Hab' ich nicht. Ich habe keinen.«

»Sie sind ohne gefahren? Wie haben Sie es geschafft, ohne Führerschein ein Auto zu mieten?«

»Hab' ich nicht.«

Ich schloß die Augen und wünschte, ich könnte mich auf den Boden legen und ein Nickerchen machen. Ich schlug die Augen wieder auf. »Sie haben den Mietwagen gestohlen?« Ich konnte es nicht ändern. Ich wußte, daß meine Stimme vorwurfsvoll klang, aber das lag in erster Linie daran, *daß* ich ihm etwas vorwarf.

Rays Mundwinkel verzogen sich nach unten. »Ich schätze, so könnten Sie es nennen. Es wird also folgendermaßen laufen: Wir rufen die Bullen, sie überprüfen mich, und ich wandere wieder zurück. Tolle Sache.«

»Sie würden das Leben Ihrer Tochter aufs Spiel setzen, damit Sie nicht zurück ins Gefängnis müssen?«

»Es ist nicht nur das.«

»Was noch?«

Er drehte sich um und sah mich an, seine haselnußbraunen Augen glasklar. »Wie soll ich mit Gilbert fertig werden, wenn ich eine Horde Bullen auf dem Hals habe?«

»Ray, Sie müssen mir vertrauen. Das ist es nicht wert. Sie wandern für den Rest Ihres Lebens hinter Gitter.«

»Was für einen Rest? Ich bin fünfundsechzig Jahre alt. Wieviel bleibt mir dann noch?«

»Stellen Sie sich nicht dumm. Ihnen bleiben noch einige Jahre. Sehen Sie nur Ihre Mom an. Sie werden hundert. Vermasseln Sie sich das nicht.«

»Kinsey, hören Sie mal. Ich sage Ihnen die Wahrheit«, erklärte er. »Wenn wir die Bullen rufen, wissen Sie, was dann passiert? Wir fahren zum Gefängnis. Wir füllen Formulare aus. Sie stellen uns einen Haufen Fragen, die ich nicht beantworten will. Entweder überprüfen sie mich oder nicht. Wenn sie mich überprüfen, bin ich weg vom Fenster, und damit ist Laura erledigt. Und wenn sie mich nicht überprüfen, was ändert das schon groß´? Wir sind trotzdem geliefert. Die Stunden vergehen, und was dann? Es wird sich herausstellen, daß die Bullen keinen Furz zustande bringen. Oh, das tut uns aber leid. Und wir stehen wieder auf der Straße und haben immer noch keinen blassen Schimmer, wo das Geld steckt. Glauben Sie mir. Wenn Gilbert uns wieder auf den Pelz rückt, will er keine Ausreden hören. Was sollen wir ihm auch sagen? ›Tut uns leid, daß wir das Geld noch nicht gefunden haben. Wir wurden auf der Polizeiwache aufgehalten, und die Zeit ist uns davongelaufen.‹«

»Sagen Sie ihm, daß Sie daran arbeiten. Sagen Sie ihm, Sie haben das Geld und wollen sich irgendwo mit ihm treffen. Dann können ihn die Bullen abholen.«

Ray blickte gelangweilt drein. »Sie haben zuviel ferngesehen. In Wirklichkeit vermasseln die Bullen die Hälfte aller Fälle, bei denen sie eingreifen. Der Verbrecher wird festgenommen, und das Opfer kommt ums Leben. Und wissen Sie, was als nächstes passiert? Riesenverhandlung. Medienwirbel. Ein Staranwalt kommt daher und schwatzt von der problematischen Jugend des Kidnappers. Davon, daß er geistig gestört ist und daß das Opfer ihn beleidigt hat und er die Entführung nur zur Selbstverteidigung unternommen hat. Tausende und Abertausende von Dollars werden verschleudert. Die Jury kann sich nicht einigen, und der Kerl geht seiner Wege. In der Zwischenzeit ist Laura tot, und ich sitze wieder im Knast. Wer trägt also den Sieg davon? Ich nicht, und sie garantiert auch nicht.«

Ich merkte, wie die Wut in mir anschwoll. Ich warf das Geschirrtuch beiseite. »Wissen Sie, was? Sie können machen, was

Sie wollen. Es ist weiß Gott nicht mein Problem. Sie wollen also die Polizei nicht rufen. Gut. Das ist Ihre Sache. Ich verschwinde.«

»Zurück nach Kalifornien?«

»Wenn ich es schaffe«, sagte ich. »Natürlich nehme ich an, daß Sie mir jetzt, nachdem Gilbert die acht Riesen hat, den Rückflug nicht bezahlen werden, so wie Sie es verprochen haben, aber das tut nichts zur Sache. Ich habe nicht genug Geld für ein Taxi zum Flughafen, daher wäre ich Ihnen dankbar, wenn Sie mich hinfahren würden. Das ist das mindeste, was Sie tun können.«

Seine Wut schwoll proportional zu meiner an. »Sicher. Kein Problem. Lassen Sie mich noch die Küche aufräumen, dann machen wir uns auf den Weg. Wenn Laura stirbt, haben Sie sie auf dem Gewissen. Sie hätten helfen können. Sie haben ›nein‹ gesagt. Damit müssen Sie ebenso leben wie ich.«

»Ich? *Sie* haben das verursacht. Ich fasse es nicht, daß Sie jetzt versuchen, es mir in die Schuhe zu schieben. Sie klingen genau wie Gilbert.«

Er streckte eine Hand aus und faßte nach meiner. »He. Ich brauche Hilfe.« Einen Moment lang trafen sich unsere Blicke. Dann sah ich beiseite. Sein Tonfall schlug um. Er versuchte, mich zu beschwatzen. »Lassen wir uns etwas einfallen. Wir beide. Weiter verlange ich nichts. Sie haben noch Stunden bis zu Ihrem Flug...«

»*Was* für ein Flug? Ich habe zwar reserviert, aber ich habe kein Ticket, und ich bin völlig pleite.«

»Was macht es Ihnen dann aus, hierzubleiben und zu helfen?«

»Nun, das kann ich Ihnen erklären«, sagte ich. »Es sind noch zwei Tage bis Thanksgiving. Ich nehme an diesem Tag an einer Hochzeit teil, deshalb muß ich wieder zurück. Zwei sehr liebe Freunde von mir heiraten, und ich bin Brautjungfer, klar? Die Flughäfen werden unter dem Feiertagsansturm aus allen Nähten platzen. Ich kann nicht einfach bei den Fluglinien anrufen und mir irgendeinen x-beliebigen Flug aussuchen. Ich hatte schon Glück, daß ich diesen hier bekommen habe.«

»Aber Sie können ihn nicht bezahlen«, erinnerte mich Ray.

»*Das weiß ich!*«

Er legte sich einen Finger an die Lippen und blickte bedeutungsvoll zum Schlafzimmer, wo seine Mutter schlief.

»Ich weiß, daß ich ihn nicht bezahlen kann. Ich versuche ja schon, diesen Aspekt zu klären«, sagte ich in einem heiseren Flüsterton.

Ray zog seinen Geldscheinclip hervor. »Wieviel?«

»Fünfhundert.«

Er steckte das Geld unberührt wieder ein. »Ich dachte, Sie hätten Freunde. Jemanden, der bereit ist, Ihnen die Kohle zu leihen.«

»Die habe ich, wenn ich an ein Telefon komme. Ihre Mutter schläft.«

»Sie wird gleich wieder aufstehen. Sie ist alt. Sie schläft nachts nicht viel, statt dessen macht sie kleine Nickerchen. Sowie sie aufwacht, können Sie in Kalifornien anrufen. Vielleicht kann Ihr Freund ja Ihr Flugticket auf eine Kreditkarte buchen lassen, und Sie bekommen diesen Flug doch noch. Passen Sie auf. Ich werfe einen Blick hinein und sehe nach, was sie macht. Was meinen Sie dazu?« Er ging zum Schlafzimmer und machte einen Riesenzauber daraus, die Tür einen Spaltweit zu öffnen. »Sie kommt jeden Moment heraus. Ich verspreche es. Ich kann sehen, wie sie sich herumwälzt.«

»Oh, gut.«

Er schloß die Tür wieder. »Aber helfen Sie mir dabei, herauszufinden, wo das Geld versteckt ist. Reden wir ein bißchen darüber. Das ist alles, was ich will.«

Er streckte eine Hand aus und zeigte auf einen Stuhl am Tisch.

Ich starrte ihn an. Tja, da hatten wir es, Leute. Altruismus und Eigennutz lieferten sich ein Kopf-an-Kopf-Rennen. Würde ich den edelmütigen oder den niederen Weg einschlagen? Wußte ich momentan überhaupt, welcher welcher war? Bislang war fast alles, was ich getan habe, illegal gewesen, außer dem Staubsaugen: in Hotelzimmer einbrechen sowie entlaufene Strafgefangene unterstützen und ihnen Beihilfe leisten. Vermutlich hatte ich sogar mit dem Staubsaugen gegen irgendein Gewerkschaftsabkommen verstoßen. Warum sollte ich so spät noch zimperlich werden? »Sie sind ein solcher Schwätzer«, sagte ich.

Er zog einen Stuhl heraus, und ich setzte mich. Ich kann es nicht fassen, daß ich das tat. Ich hätte zum Supermarkt an der Ecke marschieren und mir ein Münztelefon suchen sollen, aber was kann ich schon sagen? Ich hatte mich auf diesen Mann eingelassen, auf seine Tochter und auf seine alte, Nickerchen machende Mutter. Wie auf ein Stichwort kam sie aus dem Schlafzimmer hervor, mit wäßrigen Augen und voller Tatendrang. Sie hatte kaum fünfzehn Minuten gelegen und wollte gleich wieder aktiv werden. Er zog ihr einen Stuhl heran. »Wie fühlst du dich?«

»Gut. Wesentlich besser«, sagte sie. »Was ist los? Was machen wir?«

»Versuchen, herauszufinden, wo Johnny das Geld versteckt hat«, sagte Ray. Er hatte seiner Mutter vermutlich alles gestanden, da sie weder das Thema noch seine Beziehung dazu in Frage stellte. Mit fünfundachtzig hatte sie vermutlich keine Angst mehr davor, ins Gefängnis zu wandern. Von irgendwoher tauchten noch ein Stift und ein Schreibblock auf. »Wir können uns Notizen machen. Oder ich kann es«, sagte er, als er meinen Blick auffing. »Sie möchten wahrscheinlich zuerst telefonieren. Der Apparat ist dort drin.«

»Ich *weiß*, wo das Telefon ist. Ich bin gleich wieder da«, sagte ich. Mit Hilfe meiner Kreditkarte meldete ich ein weiteres Gespräch bei Henry an. Wie das Schicksal es wollte, war er immer noch nicht zu Hause. Ich hinterließ eine zweite Nachricht auf seinem Anrufbeantworter, in der ich ihm erklärte, daß mein Rückflug aufgrund eines finanziellen Engpasses meinerseits in Frage stand. Ich nannte erneut Helens Telefonnummer und bat ihn eindringlich darum, mich anzurufen, um zu erfahren, ob er eine Lösung dafür wußte, daß ich doch noch wie geplant das Flugzeug besteigen konnte. Da ich schon dabei war, wählte ich noch die Nummer von Rosie's Restaurant, bekam aber lediglich ein Besetztzeichen zu hören. Ich ging wieder in die Küche.

»Wie ist es gelaufen?« fragte Ray beflissen.

»Ich habe Henry eine Nachricht hinterlassen. Ich hoffe, daß er mich im Laufe der nächsten Stunde oder so zurückruft.«

»Jammerschade, daß Sie ihn nicht erreicht haben. Ich glaube, es hat wohl keinen Sinn, zum Flughafen hinauszufahren, bevor Sie mit ihm gesprochen haben.«

Ich setzte mich an den Tisch und ignorierte sein Mitgefühl, das eklatant unecht war. Ich sagte: »Fangen wir mit den Schlüsseln an.«

Ray machte sich eine Notiz auf dem Block. Sie lautete »Schlüssel«. Dann zog er einen Kreis darum und blinzelte nachdenklich. »Was kümmern uns die Schlüssel, solange Gilbert sie hat?«

»Sie sind immerhin der einzige greifbare Anhaltspunkt, den wir haben. Schreiben Sie einfach auf, was wir noch wissen.«

»Was denn? Ich weiß nichts mehr.«

»Also, der eine war aus Eisen. Etwa fünfzehn Zentimeter lang, ein altmodischer Buntbartschlüssel, Marke Lawless. Der andere war ein Master...«

»Moment mal. Woher wissen Sie das?«

»Ich habe sie mir angesehen«, antwortete ich. Ich wandte mich an Helen. »Haben Sie ein Telefonbuch? Ich habe dort drinnen keines gesehen, und wir werden vermutlich eines brauchen.«

»Es ist in der Kommodenschublade. Warten Sie einen Augenblick. Ich hole es«, sagte Ray und erhob sich. Dann verschwand er im Schlafzimmer.

Ich rief ihm nach: »Haben Sie je von Lawless gehört? Ich habe mir gedacht, es könnte ein lokaler Hersteller sein.« Ich sah zu Helen hinüber. »Sagt Ihnen das irgend etwas?«

Sie schüttelte den Kopf. »Nie gehört.«

Ray kam mit zwei Telefonbüchern in der Hand zurück, den Privatanschlüssen von Louisville und den Gelben Seiten. »Wie kommen Sie darauf, daß es eine lokale Marke ist?«

Ich nahm die Gelben Seiten an mich. »Ich bin Optimistin«, sagte ich. »Bei meiner Arbeit fange ich immer mit dem Offensichtlichen an.« Er legte das andere Telefonbuch auf einen freien Stuhl. Ich blätterte die Seiten durch, bis ich die Rubrik »Schlosser« fand. Es war kein »Lawless« zu finden, aber die Louisville Locksmith Company erschien mir vielversprechend. Die große, auffällige Anzeige wies darauf hin, daß die Firma seit 1910 existierte. »Wir könnten es auch in der Stadtbibliothek versuchen. Die Telefonbücher aus den vierziger Jahren könnten aufschlußreich sein.«

»Sie ist Privatdetektivin«, sagte Ray zu seiner Mutter. »So ist sie in die Sache hineingeraten.«

»Hm, ich habe mich schon gefragt, wer sie ist.«

Ich legte das Telefonbuch auf den Tisch, aufgeklappt auf der Seite, wo die Schlosser standen. Ich zeigte auf die Anzeige der Louisville Locksmith Company. »Wir rufen gleich dort an«, erklärte ich. »Wo waren wir stehengeblieben?« Ich warf einen Blick auf seine Notizen. »Ach ja, der andere Schlüssel war ein Master. Ich glaube, sie stellen nur Vorhängeschlösser her, aber das können wir auch fragen, wenn wir mit dem Fachmann sprechen. Folgendes ist die Frage: Suchen wir nach einer großen und dann einer kleineren Tür? Oder einer Tür und dann einem Schränkchen oder einem Schließfach – irgend etwas in der Richtung?«

Ray zuckte die Achseln. »Vermutlich ersteres. Damals in den vierziger Jahren gab es diese Schließfachanlagen zur Selbstbedienung, die man heute hat, noch gar nicht. Wo auch immer Johnny das Geld gelagert hat, er mußte sichergehen, daß es nicht aufgespürt würde. Es kann kein Banksafe sein, weil der Schlüssel nicht danach aussieht. Außerdem hat der gute Mann Banken gehaßt. Dadurch ist er ja überhaupt erst in Schwierigkeiten geraten. Er wird wohl kaum mit der Beute aus einem Bankraub in eine Bank spazieren, stimmt's?«

»Ja, stimmt. Außerdem werden Banken abgerissen oder renoviert oder zu anderen Geschäften umgebaut. Wie wäre es mit einem anderen öffentlichen Bau? Das Rathaus oder das Gerichtsgebäude? Die Schulbehörde, ein Museum?«

Ray wiegte den Kopf. Der Gedanke gefiel ihm nicht besonders. »Ist doch dasselbe, meinen Sie nicht? Irgendein Stadtplaner kommt daher und erachtet es als erstklassiges Grundstück. Ganz egal, was darauf steht.«

»Wie sieht's mit anderen Orten in der Stadt aus? Historische Stätten. Wären die nicht geschützt?«

»Darüber muß ich nachdenken.«

»Eine Kirche«, sagte Helen plötzlich.

»Das wäre möglich«, meinte Ray.

Sie zeigte auf seinen Block. »Schreib es auf.«

Ray machte sich eine Notiz in puncto Kirchen. »Da wäre das Wasserwerk am Fluß. Schulhäuser. Churchill Downs. Das werden sie nie abreißen.«

»Was ist mit irgendeinem großen Anwesen hier in der Gegend?«

»Das ist eine Idee. Früher gab es hier jede Menge. Ich war jahrelang weg, daher weiß ich nicht, was noch steht.«

»Wenn er vor der Polizei auf der Flucht war, hat er einen Ort gebraucht, der leicht zugänglich war«, sagte ich. »Und relativ sicher vor Eindringlingen.«

Ray runzelte die Stirn. »Wie konnte er sicherstellen, daß es niemand anderer finden würde? Das ist ein tierisches Risiko. Große Leinensäcke mit Geld irgendwo stehenlassen. Woher soll man wissen, daß nicht irgendein Kind beim Ballspielen darüber stolpert?«

»Kinder spielen heutzutage nicht mehr Ball. Sie machen Videospiele«, wandte ich ein.

»Dann eben ein Bauarbeiter oder ein neugieriger Nachbar. Und der Ort mußte trocken sein, meinen Sie nicht auch?«

»Wahrscheinlich«, sagte ich. »Zumindest lassen die zwei Schlüssel vermuten, daß das Geld nicht vergraben ist.«

»Es paßt mir nicht, daß Gilbert diese Schlüssel in die Finger gekriegt hat. Damit ist er im Vorteil, wenn wir den Ort herausfinden.«

»Machen Sie sich darüber keine Sorgen. Ich habe eine Reihe Dietriche, die ich brav überall mit mir herumschleppe. Wenn wir die richtigen Schlösser finden, sind wir dabei.«

»Wir können die Schlösser auch allemal aufbrechen«, schlug Ray vor. »Das habe ich im Gefängnis gelernt – unter anderem.«

»Sie haben ja eine ganz schöne Bildung.«

»Ich bin ein guter Schüler«, sagte er bescheiden.

Wir schwiegen alle drei einen Moment lang und versuchten, unsere Phantasie in Gang zu bringen.

Ich sprach als erste wieder. »Wissen Sie, der Schlosser, der als erster den großen Schlüssel gesehen hat, meinte, er könne zu einem Tor gehören. Was halten Sie also von folgender Theorie? Vielleicht hatte Johnny Zugang zu einem alten Landsitz. Der große Schlüssel paßte zum Tor und der kleinere zum Vorhängeschloß an der Haustür.«

Ray schien das nicht besonders froh zu machen. »Woher sollte er wissen, daß das Anwesen nicht verkauft oder abgerissen werden würde?«

»Vielleicht war es eine historische Stätte. Von Denkmalschützern gehütet.«

»Und wenn sie auf die Idee gekommen wären, das Anwesen

zu restaurieren und Eintrittsgeld zu verlangen? Dann könnte jeder Hinz und Kunz dort herumspazieren.«

»Stimmt«, sagte ich. »Trotzdem würde niemand, auch wenn noch so viele hineinkämen, das Geld offen herumliegen sehen. Es muß versteckt sein.«

»Womit wir wieder am Anfang wären«, sagte er.

Wir schwiegen erneut.

Ray sagte: »Was mich beschäftigt, ist, daß es hier um eine große Menge geht. Sieben oder acht große Leinensäcke voller Bargeld und Schmuck. Die Dinger waren schwer. Wir waren große, stämmige Kerle damals, allesamt jung. Sie hätten uns ächzen und stöhnen sehen sollen, als wir versucht haben, sie in den Kofferraum des Autos zu wuchten.«

Ich sah ihn interessiert an. »Was war denn ursprünglich geplant? Wenn die Polizei nicht aufgetaucht wäre? Was hatte Johnny in diesem Fall mit dem Geld vor?«

»Dasselbe, nehme ich an. Er hat immer gesagt, daß Bankräuber deswegen gefaßt werden, weil sie losziehen und das Geld viel zu schnell ausgeben. Weil sie anfangen, Silber und Schmuck zu versetzen, während die Polizei Informationen über den Umfang der Beute zirkulieren läßt. So kommt man ihnen leicht auf die Spur.«

»Auf jeden Fall hat er den Plan, wie immer er auch lautete, eine Zeitlang im voraus ausgetüftelt«, sagte ich.

»Mußte er ja.«

Darüber dachte ich nach. »Wo wurde er gefaßt?«

»Das habe ich vergessen. Vor der Stadt. Auf der Landstraße, irgendwo in dieser Richtung.«

»Ballardsville Road«, sagte Helen. »Ich weiß nicht warum, aber das ist mir im Gedächtnis geblieben. Weißt du das nicht mehr?«

Ray lief vor Freude rot an. »Sie hat recht«, sagte er. »Wie kommt es, daß du das noch weißt?«

»Ich hab's im Radio gehört«, sagte sie. »Ich hatte solche

Angst. Ich dachte, daß du bei ihm wärst. Ich wußte ja nicht, daß ihr zwei euch getrennt hattet, und ich war überzeugt, daß du gefaßt worden bist.«

»Bin ich auch. Nur zufälligerweise woanders«, sagte er.

»Wie schnell nach dem Raub ist Johnny gefaßt worden?«

Rays Blick ruhte auf meinem. »Sie glauben, er hat die Sachen irgendwo zwischen der Bank in der Innenstadt und der Stelle, wo er gefaßt wurde, verstaut?«

»Es sei denn, er hatte Zeit, in eine andere Stadt zu fahren und wiederzukommen«, sagte ich. »Es ist wie bei diesem Spruch, daß man etwas immer an der Stelle findet, wo man zuletzt sucht. Ich meine, es liegt doch auf der Hand. Wenn man erst einmal gefunden hat, was man sucht, sucht man nicht mehr woanders. Das letzte Mal, als Sie ihn gesprochen haben, hatte er die Säcke voller Geld. Als er festgenommen wurde, waren sie weg. Deshalb muß das Geld irgendwann in der Zeit dazwischen versteckt worden sein. Übrigens haben Sie nicht gesagt, wie lang der Zeitraum war.«

»Einen halben Tag.«

»Also ist er vermutlich nicht weit gekommen.«

»Ja, das stimmt. Ich habe auch immer gedacht, daß das Geld irgendwo hier in der Stadt sein muß. Ich bin nie auf den Gedanken gekommen, daß er weggefahren und wiedergekommen sein könnte. Herrje. Ich schätze, es könnte überall im Umkreis von hundert Meilen sein.«

»Wir sollten davon ausgehen, daß es hier in Louisville ist. Ich möchte nicht ganz West-Kentucky abgrasen müssen.«

Ray sah auf seine Notizen hinab. »Was haben wir sonst noch? Das hier sieht nicht nach viel aus.«

»Warten Sie. Versuchen Sie's mal damit. Der kleine Schlüssel hatte eine Zahl eingraviert. Das ist mir gerade wieder eingefallen«, sagte ich. »M550. Das ist quasi mein Geburtsdatum, ich habe nämlich am fünften Mai.«

»Und was hilft uns das?«

»Wir könnten zum Schlosser gehen und uns einen schleifen lassen.«

»Und ihn wo verwenden?«

»Tja, das weiß ich nicht, aber wenigstens haben wir dann einen der Schlüssel in unserem Besitz.«

Ray sagte: »Für mich hinkt das. Wir klammern uns im Grunde an Strohhalme.«

»Ray, kommen Sie schon. Man arbeitet mit dem, was man hat«, sagte ich. »Glauben Sie mir, ich habe schon mit weniger angefangen und es trotzdem geschafft.«

»In Ordnung«, sagte er skeptisch. Er notierte sich die Adresse der Schlosserei. Dann griff er nach seiner Jacke, die über dem Stuhl hing.

Ich stand gleichzeitig mit ihm auf und knöpfte meinen Blazer zu, um es wärmer zu haben. »Was ist mit Ihrer Mutter? Ich finde, daß wir sie nicht hier allein lassen sollten.«

Allein der Gedanke ließ sie schon aufschrecken. »O nein. Ich bleibe nicht allein hier«, sagte sie heftig. »Nicht solange dieser Kerl frei rumläuft. Was, wenn er zurückkommt?«

»Gut. Wir nehmen dich mit. Du kannst im Auto warten, während wir unsere Besorgungen erledigen.«

»Und bloß dasitzen?«

»Warum nicht?«

»Hm, ich kann schon dasitzen, aber nicht unbewaffnet.«

»Ma, ich lasse dich nicht mit einer geladenen Schrotflinte im Auto sitzen. Wenn die Bullen vorbeikommen, werden sie denken, wir überfallen den Laden.«

»Ich habe einen Baseballschläger. Das war Freidas Idee. Sie hat einen Louisville Slugger gekauft und ihn unter meinem Bett versteckt.«

»Mein Gott, diese Freida ist ein richtiger Artillerist.«

»Artilleristin«, verbesserte seine Mutter keß.

»Hol deinen Mantel«, sagte er.

19

Der Laden von Louisville Locksmith lag im westlichen Teil der Main Street in einem dreistöckigen Gebäude aus dunkelrotem Backstein, das vermutlich in den dreißiger Jahren errichtet worden war. Ray fand einen Parkplatz in einer Seitenstraße, woraufhin sich ein kurzer Wortwechsel entspann, in dessen Verlauf sich Helen weigerte, wie vereinbart im Auto zu warten. Schließlich gab er nach und ließ sie mitkommen, obwohl sie darauf bestand, ihren Baseballschläger mitzunehmen. Die Vorderseite des Ladens war schmal und von dunklen Steinsäulen flankiert. Sämtliche Holzverzierungen waren schlammbraun gestrichen, und das einzige Fenster zur Straße war mit handgeschriebenen Zetteln übersät, die die verschiedenen angebotenen Leistungen auflisteten: Installation von Stangenschlössern, Schlüsseldienst, Installation und Reparatur aller Schlösser, Einbau von Boden- und Wandsafes, Kombinationsänderungen.

Innen war das Geschäft tief und eng und bestand fast ausschließlich aus einer langen Theke, hinter der ich eine Vielzahl von Schlüsselschleifmaschinen ausmachen konnte. Reihenweise hingen Schlüssel da, von Wand zu Wand, vom Boden bis zur Decke, geordnet nach einem System, das nur dem Besitzer bekannt war. Eine Schiebeleiter, die oben auf Rollen lief, gewährte offensichtlich Zugang zu den Schlüsseln in den düsteren oberen Regionen. Sämtlichen verfügbaren Raum auf dem abgetretenen Holzboden nahmen Horizon-Safes ein, die zum Verkauf angeboten wurden. Wir waren die einzigen Kunden im Laden, und ich sah weder einen Buchhalter noch einen Verkäufer oder einen Lehrling.

Der Besitzer, Whitey Reidel, maß ungefähr einen Meter fünfzig und war rund um die Leibesmitte. Er trug ein weißes Anzughemd, schwarze Hosenträger und eine schwarze Hose. Ich habe zwar nicht nachgesehen, aber die Hose wirkte ganz so, als ließe sie am Saum eine Menge Knöchel hervorsehen. Er hatte eine weiche, unförmige Nase und große, dunkle Säcke unter den Augen. Sein Haaransatz war zurückgewichen wie das Meer bei Ebbe, und die verbliebenen dünnen Büschel weißen Haares standen vorne in einer Tolle nach oben wie bei einer Kewpie-Puppe. In seiner gewohnten Haltung pflegte er sich leicht nach vorn zu beugen, die Hände auf der Ladentheke, wo er sich festklammerte, als wehte ein heftiger Wind. Er ließ seinen Blick über uns drei gleiten und fixierte schließlich Helens Baseballschläger.

»Sie trainiert die C-Jugend«, sagte Ray als Reaktion auf seinen Blick.

»Was kann ich für Sie tun?« fragte Reidel.

Ich trat nach vorn und stellte mich vor. Dann erklärte ich kurz, was wir brauchten und warum. Er fing an den Kopf zu schütteln und verzog in dem Moment, als ich einen Masterschlüssel für ein Vorhängeschloß erwähnte, der auf der einen Seite die Nummer M550 eingraviert trug, die Mundwinkel nach unten.

»Geht nicht«, sagte er.

»Ich bin noch nicht fertig.«

»Ist auch nicht nötig. Erklärungen ändern nichts. Es gibt keine Serie von Master-Schlüsseln für Vorhängeschlösser, die mit M anfängt.«

Ich starrte ihn an. Ray stand hinter mir, seine Mutter neben ihm. Ich drehte mich zu Ray um. »Sagen Sie es ihm.«

»Sie sind diejenige, die den Schlüssel gesehen hat. Ich habe ihn nicht gesehen. Ich meine, *gesehen* habe ich ihn, aber ich habe nicht auf irgendwelche Zahlen geachtet.«

»Ich erinnere mich genau«, sagte ich zu Reidel. »Haben Sie ein Blatt Papier? Ich zeige es Ihnen.«

Mit demonstrativer Großmut griff er nach einem Notizblock und einem Stift. Ich schrieb die Nummer hin und zeigte darauf, als würde das meiner Behauptung mehr Gültigkeit verleihen.

Er widersprach mir nicht. Er griff lediglich unter die Theke und holte das Verzeichnis der Master-Vorhängeschlösser hervor. »Wenn Sie ihn finden, schleife ich ihn Ihnen«, sagte er. Er legte die Hände auf die Theke und stützte sein Gewicht auf die Arme.

Ich blätterte das Verzeichnis durch und fühlte mich stur und ratlos. Es gab zahlreiche Serien, von denen manche mit Buchstaben, manche mit Zahlen bezeichnet wurden, aber keine mit dem M, das ich gesehen hatte. »Ich kann beschwören, daß es ein Master-Schlüssel für ein Vorhängeschloß war.«

»Das glaube ich Ihnen.«

»Aber wie können auf einem Schlüssel Nummern stehen, die es nicht gibt?«

Er verzog erneut die Mundwinkel nach unten und zuckte die Achseln. »Es war vermutlich ein Duplikat.«

»Was würde das ändern?«

Er griff in seine Hosentasche und holte einen einzelnen Schlüssel hervor. »Das ist der Schlüssel für ein Vorhängeschloß da hinten. Auf dieser Seite steht der Hersteller, in diesem Fall Master, genau wie bei dem Schlüssel, von dem die Rede ist. Hat er so ausgesehen?«

»Mehr oder weniger«, sagte ich.

Helen hatte das Interesse verloren. Sie war zu einem der frei stehenden Safes hinübergegangen, hatte sich daraufgesetzt und stützte sich auf ihren Baseballschläger wie auf einen Stock.

»Okay. Auf dieser Seite steht Master, stimmt's?«

»Stimmt.«

»Und auf *dieser* Seite stehen die Zahlen, die mit dem speziellen Schloß übereinstimmen, zu dem der Schlüssel paßt. Können Sie mir folgen?« Er sah zwischen mir und Ray hin und her, und wir nickten beide wie diese Nippesfiguren mit den losen Köpfen.

»Wenn Sie mir diese Zahlen nennen, kann ich sie hier im Verzeichnis suchen und die Daten ablesen, die ich brauche, um den

Schlüssel nachzumachen, wenn Sie ein Duplikat wollen. Aber auf dem Duplikat werden die Zahlen nicht stehen. Das Duplikat ist nicht beschriftet.«

»Okay«, sagte ich und zog das Wort vorsichtig in die Länge. Mir war nicht klar, worauf er damit hinauswollte.

»Okay. Also müssen die Zahlen, die Sie gesehen haben, eingraviert worden sein, nachdem der Schlüssel gemacht worden ist.«

Ich wies auf den Notizblock. »Sie wollen also sagen, daß jemand diese Zahlen auf den Schlüssel gravieren ließ«, sagte ich, indem ich ihn wiederholte.

»Genau«, sagte er.

»Aber warum sollte das jemand tun?« fragte ich.

»Lady, Sie sind zu mir gekommen. Nicht ich zu Ihnen«, sagte er. Als er lächelte, konnte ich die Verfärbungen an seinen Zähnen sehen, die ums Zahnfleisch herum dunkel waren. »Diese Zahlen sind im Zusammenhang mit einem Master-Vorhängeschloß unsinnig.«

»Könnten es Kennziffern eines anderen Schlüsselherstellers sein?«

»Möglich.«

»Wenn wir also herausfänden, welcher Hersteller es ist, dann könnten Sie mir doch den Schlüssel nachmachen?«

»Natürlich«, sagte er. »Das Problem ist nur, daß es etwa fünfzig Hersteller gibt. Sie müßten für jede Firma zwei, drei Handbücher durchgehen, und viele davon habe ich nicht auf Lager. Eingravierte Zahlen oder Buchstaben könnten den Schlüssel auch mit einem Gebäude oder einer Tür in Verbindung bringen, aber das läßt sich anhand dessen, was Sie mir erzählen, nicht feststellen.«

»Haben Sie je von einem Lawless-Schloß gehört?«

Er schüttelte den Kopf. »Gibt's nicht.«

»Was macht Sie so sicher?« sagte ich, erbost von seiner besserwisserischen Art.

»Mein Vater war Besitzer dieser Firma und davor sein Vater. Wir sind seit über fünfundsiebzig Jahren im Geschäft. Wenn es eine solche Firma gäbe, hätte ich den Namen schon einmal gehört. Es könnte etwas Ausländisches sein.«

Ich verzog das Gesicht, da ich wußte, daß ich *das* nie herausfinden würde. »Besteht eventuell die Möglichkeit, daß es in den vierziger Jahren eine Firma Lawless gab, die heute nicht mehr existiert?«

»Nee.«

Ray legte mir eine Hand auf den Arm. »Gehen wir. Es ist schon gut. Wir werden die Sache mit Hilfe der Ausschlußmethode lösen.«

»Warten Sie mal«, sagte ich.

»Nichts da. Sie ziehen ein Gesicht, als würden Sie den Knaben gleich beißen.« Er drehte sich zu seiner Mutter herum. »He, Ma, wir gehen jetzt.« Er half ihr auf die Beine und nahm mit seiner Rechten ihren Arm, während er mit der Linken meinen packte. Der Druck, den er ausübte, verdeutlichte seine Absichten. Wir würden nicht hierbleiben und mit einem Mann streiten, der mehr wußte als wir.

In mir stieg die Enttäuschung auf. »Es muß einen Zusammenhang geben. Ich weiß, daß ich recht habe.«

»Grübeln Sie nicht übers Rechthaben nach. Grübeln wir lieber darüber nach, wie wir uns Gilbert vom Hals schaffen«, meinte er. Dann sagte er zu Reidel: »Vielen Dank für Ihre Hilfe.« Er machte die Tür auf und bugsierte uns hinaus. »Außerdem brauchen wir den Schlüssel nicht. Gilbert hat ja einen.«

»Tja, er wird ihn uns nicht zurückgeben.«

»Vielleicht doch. Wenn wir die Schlösser finden, wäre er womöglich zur Zusammenarbeit bereit. Es läge in seinem ureigensten Interesse.«

»Aber wozu sind die Zahlen da? Ich meine, M550 muß irgendein Code sein, oder nicht? Wenn nicht für einen Schlüssel, dann für etwas anderes.«

»Lassen Sie das Grübeln«, sagte er.

»Ich grüble aber. Gilbert wird Antworten hören wollen. Das haben Sie selbst gesagt.«

Draußen auf der Straße war es erstaunlich dunkel. Der Spätnachmittagswind peitschte vom Ohio herüber, der meines Wissens nur drei oder vier Häuserblocks weit entfernt lag. Ein paar vereinzelte Schneeflocken schwebten vorüber. Die Straßenlampen waren angegangen. Die meisten Geschäfte auf der Main Street schlossen gerade, und ein Gebäude nach dem anderen wies eine dunkle Front auf. Die Häuser bestanden in der Mehrzahl aus Backstein, waren fünf oder sechs Stockwerke hoch, und ihre Verzierungen ließen auf eine frühe Entstehungszeit schließen. Einige Geschäfte im Erdgeschoß verfügten über metallene Sicherheitsläden, die nun vor den Eingangstüren mit Vorhängeschlössern gesichert waren. Hier und da konnte man tief im Inneren noch einen trüben Lichtschein erkennen, doch im großen und ganzen verstärkte eine eisige Finsternis den umfassenden Eindruck der Verlassenheit, den die Straße ausübte. Der Verkehr in diesem Stadtviertel nahm langsam ab. Die Innenstadt selbst, die nach Osten zu in Sichtweite lag, prunkte mit einer beleuchteten Skyline von zwanzig- bis dreißigstöckigen Bürogebäuden.

Wir fuhren zu Helens Haus zurück und kreisten einmal rund um den Block, um nach Spuren von Gilbert Ausschau zu halten. Niemand von uns wußte, was für einen Wagen er fuhr, doch wir sahen uns aufmerksam um, da wir dachten, ihn vielleicht entdecken zu können, wie er im Dunkeln lauerte oder in einem geparkten Auto saß. Ray ließ seinen Wagen auf dem Schotterweg stehen, der hinter dem Haus seiner Mutter verlief. Wir gingen durch den Garten bis zum unbeleuchteten Hintereingang. Niemand von uns hatte daran gedacht, Licht brennen zu lassen, und so lag das Haus in völliger Dunkelheit. Ray ging zuerst hinein, während Helen und ich uns auf der Hintertreppe neben der Waschküche aneinanderdrängten. Helen stützte sich immer noch auf ihren Baseballschläger, den sie offenbar mittlerweile als ständiges Requisit bei sich trug. Über die Nachbargärten hinweg konnte ich die aufragenden Formen der winterlich kahlen Bäume vor dem vom Großstadtlicht überfluteten Novemberhimmel sehen. Zweige knarrten im Wind. Bis Ray endlich Lampen und Deckenbeleuchtung eingeschaltet hatte und uns hereinließ, fröstelte ich. Wir warteten in der Küche, während er die vorderen Räume und das ungenutzte Schlafzimmer im Obergeschoß kontrollierte.

Wir waren weniger als eine Stunde weg gewesen, aber das Haus schien bereits vor Vernachlässigung muffig zu riechen. Die Glühbirne in der Küche gab ein harsches, unbarmherziges Licht von sich. Der Pappeinsatz im Küchenfenster wies an einer Ecke eine Lücke auf. Helen werkelte im gesamten Raum herum, huschte zwischen Speisekammer und Kühlschrank hin und her, und holte Dinge für ein improvisiertes Abendessen hervor. Sie bewegte sich sicher, doch ich konnte sehen, daß sie die Schritte abzählte. Ray und ich halfen ihr und sagten wenig oder nichts, da wir alle unbewußt darauf warteten, daß das Telefon klingelte. Helen besaß keinen Anrufbeantworter, und so war es zwecklos sich zu fragen, ob Henry oder Gilbert während unserer Anwesenheit angerufen hatten.

Wir setzten uns zu einem Abendessen aus Rührei mit Speck, in Speckfett gebratenen Kartoffeln, Resten von gebratenen Äpfeln und Zwiebeln und selbstgebackenen Brötchen mit selbstgemachter Erdbeermarmelade. Jammerschade, daß ihr keine Methode eingefallen war, wie sie die Brötchen ebenfalls braten konnte, anstatt sie zu backen. Trotz der Überdosis Cholesterin war alles, was wir aßen, hervorragend. Das ist es also, was Großmütter tun, dachte ich. Mittlerweile hatte ich jegliche Hoffnung darauf aufgegeben, noch am selben Tag nach Hause zu kommen. Schließlich war erst Montag. Mir blieben noch der ganze Dienstag und der ganze Mittwoch, um ein Flugzeug zu ergattern. Langsam bekam ich es satt, mich deswegen aufzuregen. Warum sollte ich mir ins Hemd machen? Ich würde hier tun, was ich konnte, und dann den Heimweg antreten.

Nach dem Abendessen machte Helen es sich in ihrem Schlafzimmer vor dem Fernseher gemütlich. Ray kümmerte sich um den Abwasch, während ich den Küchentisch abräumte. Ich war gerade dabei, ihn abzuwischen und stellte die Zuckerdose sowie die Salz- und Pfefferstreuer beiseite, als mir die Beileidskarte ins Auge stach, die Johnny Lee geschickt hatte. Helen hatte sie offenbar auf dem Tisch liegen lassen, beschwert von der Zuckerdose. Ich las den Text ein weiteres Mal und hielt die Karte schräg gegen das Licht.

»Was ist das?« wollte Ray wissen.

»Die Karte von Johnny. Ich habe gerade noch einmal den Text darin gelesen. Der Vers sieht aus, als wäre er mit der Schreibmaschine geschrieben worden.«

»Lesen Sie ihn mir noch einmal vor.«

»›Ich werde dir die Schlüssel des Himmelreichs geben; was du auf Erden binden wirst, das wird auch im Himmel gebunden sein, was du auf Erden lösen wirst, das wird auch im Himmel gelöst sein. Matthäus 16, 19. In der Stunde deines Verlusts in Gedanken bei dir.‹ Ich glaube, das ist eine dieser leeren Karten, wo man den Text selbst hineinschreibt.«

»Klingt einleuchtend. Wenn der Vers als geheime Botschaft gedacht war, wie hätte er dann eine Karte mit genau diesem Zitat finden sollen? Er mußte praktisch eine Karte ohne Text kaufen und sie selbst beschriften.«

Ich starrte auf den Bibelvers. »Vielleicht steht das M 5 50 für Matthäus, Kapitel fünf, Vers fünfzig«, schlug ich vor.

»Matthäus fünf ist die Bergpredigt. Die hat keine fünfzig Verse, sondern nur achtundvierzig.« Er sah mich an und lächelte verlegen. »Das ist das zweite, was ich im Gefängnis gemacht habe, außer mich in puncto Verbrechen schlau zu machen. Ich habe jeden Montagabend an einer Bibelgruppe teilgenommen.«

»Sie sind ein äußerst erstaunlicher Mann.«
»Das will ich hoffen«, meinte er.

Ich drehte die Karte um und studierte die Schwarzweiß-Fotografie, die vorne aufgeklebt war. Sie zeigte das ausgebleichte Bild eines Friedhofs im Schnee. Ich zupfte an der losen Kante und spähte auf die vorgefertigte Karte darunter. Der Abzug war über ein kommerzielles Standardfoto von einem Sonnenuntergang am Meer geklebt worden. Ich zog ihn ab und musterte in der Hoffnung auf irgendeine handschriftliche Mitteilung seine Rückseite. Der Abzug selbst maß zehn mal fünfzehn Zentimeter auf gewöhnlichem Kodak-Papier, war matt und hatte keinen Rand. Abgesehen von dem Wort *Kodak*, das mehrfach quer über die Rückseite lief, stand nichts darauf. »Glauben Sie, daß das ein neues Foto ist, das von einem alten Negativ abgezogen wurde? Oder vielleicht ein neues Foto, das nach einem alten gemacht wurde?«

»Was macht das schon für einen Unterschied?«

Ich zuckte die Achseln. »Tja, ich glaube nicht, daß uns ein Bild von einem Sonnenuntergang am Meer irgend etwas sagt. Vielleicht hängen die Schlüssel gar nicht damit zusammen. Vielleicht ist das Foto die Botschaft, und die Schlüssel sind ein Ablenkungsmanöver.«

Er nahm die Karte und ging an den Tisch. Dann hielt er sie gegen das Licht, genau wie ich es getan habe, und studierte die Fotografie. Ich spähte über seine Schulter. Sämtliche Grabsteine wirkten alt, und die verzierten Beschriftungen waren vom Regen ausgewaschen und von der Härte des winterlichen Schnees abgeschliffen worden. Zu sehen waren fünf niedrigere Grabsteine und drei größere Monumente aus der Lamm-und-Engel-Schule. Sogar die kleineren Steine, vermutlich aus Granit oder Marmor, waren mit Flachreliefs von Blättern, Schnörkeln, Kreuzen und Tauben versehen. Das bildbeherrschende Denkmal war ein weißer Marmorobelisk von schätzungsweise dreieinhalb Metern Höhe, der auf einem Granitsockel stand und von dem man den Namen PELISSARO ablesen konnte. Die umstehenden Bäume waren allesamt betagt und trugen kein Laub. Eine dünne Schneeschicht bedeckte den Boden. Ein Grüppchen Grabsteine war von einem Eisenzaun umgeben, und zur Rechten konnte ich einen Teil einer steinernen Mauer erkennen.

»Ich nehme an, daß Sie nicht wissen, wo das ist«, sagte ich.

Ray schüttelte den Kopf. »Könnte ein Privatfriedhof sein, so etwas wie ein Familiengrab auf dem Anwesen von jemandem.«

»Dafür kommt es mir zu ausgedehnt vor. Ein Privatfriedhof wäre kompakter und ländlicher. Einheitlicher. Sehen Sie sich nur die Grabsteine an, wie unterschiedlich die Größen und Stilrichtungen sind.«

»Und was hat das alles mit zwei Schlüsseln zu tun? Er hatte keine Zeit, einen Sarg freizuschaufeln und das Zeug zu vergraben. Es war mitten im Winter. Die Erde war hartgefroren.«

Ich sah Ray interessiert an. »Tatsächlich. Es war also Winter. Die Aufnahme könnte also zur gleichen Jahreszeit gemacht worden sein?«

»Möglich wäre das schon, aber wenn er das Geld vergraben hat, hätte er dazu Grabaushebemaschinen gebraucht, die er sich vermutlich sogar irgendwie hätte besorgen können. Ich erinnere mich übrigens dunkel daran, daß er mir erzählt hat, er wäre mal Friedhofsgärtner gewesen. Er hätte das Geld in einer Grabstätte verstecken können, schätze ich. Und was glauben Sie?«

»Aber warum ein Foto hiervon? Vielleicht ist es der Name Pelissaro. Nur wilde Spekulation meinerseits. Vielleicht hat er das Geld bei jemandem dieses Namens gelassen. In einem Gebäude oder einer Firma in der Nähe dieses Friedhofs. Das Pelissaro-Haus. Die Pelissaro-Farm. Der alte Pelissaro-Landsitz«, sagte ich und runzelte die Augenbrauen.

Ray schüttelte den Kopf. »Sie sind auf dem Holzweg.«

»Na gut. Vielleicht ist es etwas, was man von dort aus *sehen* kann. Ein Wasserturm, ein Nebengebäude, ein Steinbruch.

Wo ist das Telefonbuch? Sehen wir mal nach. Stellen wir uns einfach dumm. Womöglich treffen wir ja ins Schwarze.«

»Was nachsehen?«

»Den Namen Pelissaro. Vielleicht hatte er ja einen Verbündeten.«

Ich sah mich in der Küche um und entdeckte das Telefonbuch auf dem Stuhl, wo er es liegengelassen hatte. Ich zog mir einen Stuhl hervor, setzte mich und blätterte durch die Einträge, bis ich beim P angelangt war. Es war kein Pelissaro aufgeführt. Nicht einmal ein ähnlicher Name. Ich sagte: »Mist. Ähmmn. Tja, vielleicht gab es in den vierziger Jahren hier einen Pelissaro. Wir versuchen es morgen früh in der Bibliothek. Das kann nicht schaden.«

»Wir sollten uns lieber schleunigst etwas einfallen lassen. Gilbert muß jede Minute anrufen, und ich werde ihm nicht erzählen, daß wir auf dem Weg in die *Stadtbibliothek* sind. Ich möchte ihm gern erzählen, daß wir eine Spur verfolgen, und nicht, daß wir hier sitzen und uns dumm stellen. Das heißt in meinen Augen das gleiche wie tot.«

»Sie sind eine Nervensäge, wissen Sie das? Hier, versuchen Sie's mal damit.« Ich griff nach den Gelben Seiten und schlug die Rubrik »Friedhöfe« auf. Etwa zwanzig waren verzeichnet. »Werfen Sie mal einen Blick darauf und sagen Sie mir, wo die alle sind«, bat ich. »Wenn wir uns eine Karte vornähmen und einen großen Kreis zögen, könnten wir vermutlich das Gebiet eingrenzen. Wenigstens könnten wir sämtliche Friedhöfe in einem bestimmten Umkreis der Stelle herausfinden, wo Johnny festgenommen wurde. Wäre das nicht hilfreich? Das können nicht so viele sein. Nach der Fotografie zu urteilen, gibt es den Friedhof schon lange. Diese Gräber sind alt. Die sind nicht verschwunden.«

»Das wissen Sie nicht. Hier in der Gegend werden Gräber verlegt, wenn sie einen Fluß zu einem See aufstauen«, wandte er ein.

»Ja, klar, wenn das Geld unter Wasser ist, sind wir geliefert«, meinte ich. »Gehen wir doch von der Annahme aus, daß es nach wie vor irgendwo über der Erde ist. Haben Sie eine Karte von Louisville? Dann können Sie mir zeigen, was wo ist.«

Ray ging zum Wagen hinaus und kam mit einer großen Karte der südöstlichen Vereinigten Staaten und dazu einer Reihe Einzelkarten sowie einem Stadtplan von Louisville zurück. »Mit freundlicher Empfehlung von Triple A. Das Auto, das ich gemietet habe, war gut ausgestattet«, sagte er.

»Was sind Sie nicht aufmerksam«, sagte ich, als ich den Stadtplan von Louisville aufklappte. »Fangen wir mal mit dem hier an. Wo ist der Dixie Highway?«

Einen nach dem anderen arbeiteten wir uns durch die in den Gelben Seiten aufgeführten Friedhöfe voran und kennzeichneten ihre Lage auf dem Stadtplan von Louisville. Es gab vier, eventuell fünf, die in einem vernünftigen Zeitraum von der Stelle aus, wo Johnny Lee von der Polizei gefaßt worden war, mit dem Auto erreichbar waren. Ich notierte mir jeden Friedhof mitsamt Adresse und Telefonnummer auf einem Blatt Papier.

»Und was nun?« wollte er wissen.

»Wir werden morgen früh bei allen diesen Friedhöfen anrufen und feststellen, ob irgendwo ein Pelissaro begraben liegt.«

»Falls der Friedhof in Louisville ist.«

»Würden Sie gefälligst aufhören, den Spielverderber zu mimen?« sagte ich. »Wir müssen davon ausgehen, daß das hier von Belang ist, sonst hätte Johnny Ihnen das Bild nicht geschickt. Sein Ziel war es, Ihnen Informationen zu geben, nicht, Sie an der Nase herumzuführen.«

»Na schön, hoffen wir nur, daß er seine Sache nicht zu gut gemacht hat. Sonst entziffern wir es nie.«

Gegen neun Uhr fühlte ich mich erschöpft und begann nach einem Bett zu winseln. Ray wirkte ruhelos und hektisch, da es ihm Kopfzerbrechen bereitete, daß Gilbert nicht angerufen hatte.

»Was wollen Sie ihm sagen, wenn er anruft?« fragte ich.

»Keine Ahnung. Ich erzähle ihm irgendwas. Ich möchte, daß er morgen in aller Herrgottsfrühe mit Laura hierher kommt, damit ich sehen kann, daß sie unverletzt ist. In der Zwischenzeit bringen wir Sie mal zu Bett. Sie sehen erledigt aus.«

Im oberen Fach des Wandschranks seiner Mutter fand er ein paar Decken und ein Kopfkissen. »Sie gehen besser noch vorher für kleine Mädchen. Oben ist keine Toilette.«

Ich verbrachte ein paar Minuten im Badezimmer und folgte anschließend Ray nach oben. Wie sich herausstellte, gab es dort überhaupt nicht viel: ein Einzelbett mit Holzrahmen und durchgelegener Matratze, einen Nachttisch mit einem einzigen kurzen Bein und eine Lampe mit Vierzig-Watt-Birne und vergilbtem Schirm. Kurzfristig dachte ich über Ungeziefer nach, bis mir klar wurde, daß es hier oben viel zu kalt war, als daß irgend etwas überleben könnte.

»Haben Sie alles, was Sie brauchen?«

»Alles bestens«, antwortete ich.

Ich ließ mich vorsichtig auf dem Bett nieder, während er wieder nach unten polterte. Ich konnte mich nicht aufrecht hinsetzen, weil die Dachschräge über dem Bett so steil war. Es war bitterkalt, und der Raum roch nach Ruß. Zur Isolierung hatte jemand lagenweise Zeitungspapier zwischen Matratze und Sprungfedern geschoben, und ich konnte es bei jeder meiner Bewegungen knistern hören. Ich hob eine Ecke der Matratze an und spähte kurz nach dem Datum: 5. August 1962.

Ich schlief in meinen Kleidern und wickelte mich in so viele Deckenschichten wie möglich. Indem ich mich zu fötaler Position zusammenrollte, bewahrte ich mir die Reste meiner Körperwärme. Dann schaltete ich die Lampe aus, obwohl ich nur ungern auf die dürftige Wärme verzichtete, die sie abgab. Das Kissen war flach und fühlte sich leicht klamm an. Eine Zeitlang nahm ich noch Licht wahr, das die Treppe heraufschien. Ich hörte Geräusche – wie Ray auf und ab ging und ein Stuhl über dem Boden scharrte oder ein gelegentliches Lachen aus dem Fernseher. Ich weiß nicht, wie es mir gelungen ist, unter diesen Umständen einzuschlafen, aber ich schaffte es. Einmal wachte ich auf und machte das Licht an, um auf meine Uhr nach der Zeit zu sehen: Zwei Uhr morgens, und die Lichter im Erdgeschoß brannten immer noch. Ich konnte den Fernseher nicht mehr hören, doch die nächtliche Ruhe wurde von gelegentlichen, unidentifizierbaren Geräuschen durchbrochen. Einige Zeit später wachte ich erneut auf, und nun war das Haus dunkel und vollständig still. Meine Blase machte sich massiv bemerkbar, aber es gab nichts anderes für sie als geistige Disziplin.

Ich weiß wirklich nicht, was schlimmer ist, wenn man in einem fremden Haus schläft: zu frieren, ohne Zugang zu weiteren Decken zu haben, oder pinkeln zu müssen, ohne Zugang zu den sanitären Einrichtungen zu haben. Vermutlich hätte ich in beiden Missionen auf Zehenspitzen nach unten schleichen können, aber ich hatte Angst, daß Helen mich für einen Einbrecher halten und Ray denken würde, ich wolle ihn anmachen und zu ihm ins Bett kriechen.

Bei Tagesanbruch erwachte ich wieder, lag da und fühlte mich elend. Ich schloß eine Weile lang die Augen. Sowie ich hörte, daß sich jemand regte, rollte ich mich aus dem Bett und eilte schnurstracks auf die Treppe zu. Sowohl Ray als auch seine Mutter waren auf den Beinen. Ich machte einen Umweg übers Badezimmer, wo ich mir unter anderem die Zähne putzte. Als ich in die Küche kam, las Ray gerade die Morgenzeitung. Er war noch nicht dazu gekommen, sich zu rasieren, und sein Kinn war voller stachliger, weißer Stoppeln und fühlte sich vermutlich so rauh an wie Asphalt. Ich war derart an seine zahlreichen Gesichtsverletzungen gewöhnt, daß ich sie kaum wahrnahm. Er hatte sein gewohntes weißes T-Shirt mit einem Arbeitshemd aus Jeansstoff überdeckt, das er über der Hose trug. Trotz seines Alters war er gut in Form, wobei die Konturen seines Oberkörpers wahrscheinlich stundenlangem Gewichtheben im Gefängnis zu verdanken waren.

»Haben wir von Gilbert gehört?«

Er schüttelte den Kopf.

Ich setzte mich an den Küchentisch, den Helen irgendwann in der Nacht zuvor gedeckt hatte. Ray reichte mir einen Teil des *Courier-Journal*. Noch ein Tag zusammen und wir hätten unsere Rituale perfekt eingeübt, wie ein altes Ehepaar, das bei der Mutter des Mannes lebt. Helen humpelte unterdessen in der Küche herum und benutzte den Baseballschläger als Stock.

»Macht Ihnen Ihr Fuß Probleme?« fragte ich.

»Meine Hüfte. Ich habe einen Bluterguß von hier bis da«, sagte sie zufrieden.

»Lassen Sie's mich wissen, wenn ich etwas helfen kann.«

Kurz darauf lief der Kaffee durch, und Helen machte sich daran, Würstchen zu braten. Diesmal übertraf sie sich selbst und zauberte für jeden von uns ein Gericht, das sie einäugige Buben nannte und bei dem jeweils ein Ei in einem Loch gebraten wird, das zuvor in eine Scheibe getoastetes Brot geschnitten wurde. Ray kippte Ketchup auf seines, aber das traute ich mich nicht.

Nach dem Frühstück setzte ich mich ans Telefon und rief bei den fünf Friedhöfen an, die wir auf unsere Liste gesetzt hatten. Jedesmal behauptete ich, ich sei Amateur-Ahnenforscherin und der Geschichte meiner Familie in dieser Gegend auf der Spur. Nicht daß das irgend jemanden interessiert hätte. Es waren allesamt nicht konfessionsgebundene Einrichtungen, in denen noch Grabstätten zum Verkauf standen. Beim vierten Anruf ging die Frau in der Geschäftsstelle ihre Unterlagen durch und fand einen Pelissaro. Ich ließ mir den Weg dorthin beschreiben und versuchte es dann noch beim letzten Friedhof, da ja immerhin möglich war, daß noch ein zweiter Pelissaro hier in der Gegend begraben lag. Doch es gab nur den einen.

Ray und ich wechselten einen Blick. Er sagte: »Ich hoffe, Sie liegen damit richtig.«

»Sehen Sie's doch mal so: Was haben wir sonst schon?«

»Stimmt.«

Ich entschuldigte mich und machte mich auf den Weg unter die Dusche. Das Telefon klingelte, als ich mir gerade die Haare ausspülte. Ich konnte es durch die Wand hören, ein schriller Kontrapunkt zum Rauschen des Wassers, während mir die letzten Shampooblasen über den Körper rannen. Ray ging im Schlafzimmer an den Apparat, und ich hörte kurz seine Stimme poltern. Ich beließ es bei einer Katzenwäsche, drehte das Wasser ab, trocknete mich ab und warf mir die Kleider über. Wenigstens war ich die Sorge los, mir zu überlegen, was ich anziehen sollte. Als ich in der Küche ankam, war Ray auf den Beinen und stellte ein Werkzeugsortiment zusammen, für das er einige Bestandteile aus einem kleinen Schuppen im Garten hereinholte. Er hatte zwei Schaufeln aufgetrieben, ein Stück Seil, eine Blechschere, Zangen, einen Bolzenschneider, einen Hammer, eine Spule, einen uralt aussehenden Handbohrer und zwei Schraubenschlüssel. »Gilbert ist mit Laura auf dem Weg hierher. Ich weiß nicht, was auf uns zukommt. Womöglich müssen wir einen Sarg ausgraben, deshalb dachte ich, wir sollten uns lieber vorbereiten.« Der Colt lag auf dem blechernen Auszug des Eastlake-Schränkchens. Ray nahm ihn im Vorübergehen und steckte ihn sich wieder in den Hosenbund.

»Wofür brauchen Sie den?«

»Er soll mich nicht noch einmal unvorbereitet erwischen.«

Ich wollte eigentlich protestieren, aber ich konnte ihn verstehen. Meine Anspannung wuchs. Mein Brustkorb fühlte sich wie zugeschnürt an, und in meinem Magen schien sich irgend etwas ständig zusammenzuziehen und wieder zu lösen, das mir kleine Angstwellen den Körper hinauf und hinab sandte. Ich schwankte unsicher zwischen dem Drang zu fliehen und einer maßlosen Neugier darauf, was als nächstes geschehen würde.

Was glaubte ich eigentlich? Daß ich das Endergebnis beeinflussen könnte? Vielleicht. Vor allem aber mußte ich, nachdem ich schon so weit gekommen war, die Sache bis zum Schluß mitmachen.

20

Gilbert und Laura kamen innerhalb einer Stunde an, den Leinen-Matchsack im Schlepptau, in dem vermutlich die achttausend Dollar in bar steckten. Gilbert trug wieder seinen Stetson, womöglich in der Hoffnung, sein Image als harter Typ zu unterstreichen, nachdem er von einer fünfundachtzigjährigen Blinden in Bedrängnis gebracht worden war. Laura war offensichtlich erschöpft. Ihr Teint wirkte ausgebleicht, und abklingende Blutergüsse warfen blasse grüne und gelbe Schatten um ihren Kiefer. Gegenüber der Blässe ihrer Haut wirkte ihr kastanienrotes Haar hart und künstlich, ein zu starker Kontrast angesichts des ausgebluteten Aussehens ihrer Wangen. Jetzt konnte ich sehen, daß ihre Augen vom gleichen Haselnußbraun waren wie die Rays und das Grübchen in ihrem Kinn ein Gegenstück zu seinem bildete. Ihre Kleider sahen aus, als hätte sie in ihnen geschlafen. Sie trug wieder die Sachen, in denen ich sie zuerst gesehen hatte: ein übergroßes blaßblaues Jeanskleid mit kurzen Ärmeln, darunter ein langärmliges weißes T-Shirt, rotweiß gestreifte Strümpfe und rote Tennisschuhe mit hohem Schaft. Der Bauchgurt war verschwunden, und die Wirkung war seltsam, als hätte sie plötzlich im Zuge einer zehrenden Krankheit an Gewicht verloren.

Gilbert wirkte angespannt. Sein Gesicht war immer noch von Wunden überzogen, wo Helens Vogelschrot ihn getroffen hatte, und er trug ein Pflaster über dem Ohrläppchen. Neben diesem Anzeichen für erste Hilfe, machten seine Jeans einen gebügelten und seine Stiefel einen geputzten Eindruck. Er trug ein sauberes weißes Hemd im Western-Schnitt, dazu eine Lederweste und eine Bola-Krawatte. Die Kluft wirkte aufgesetzt, da ich annahm, daß er erst einmal in seinem Leben westlich des Mississippi gewesen war, und das auch erst vor nicht viel mehr als einer Woche. Als sie ihre Großmutter sah, macht Laura Anstalten, den Raum zu durchqueren, aber Gilbert schnippte mit den Fingern, und schon stand sie wie ein Hund bei Fuß. Er legte ihr seine linke Hand auf den Nacken und murmelte ihr etwas ins Ohr. Laura sah unglücklich aus, leistete jedoch keinen Widerstand. Gilberts Aufmerksamkeit wurde vom Anblick seiner Pistole in Rays Hosenbund abgelenkt. »He, Ray. Möchtest du sie zurückgeben?«

»Zuerst will ich die Schlüssel«, sagte Ray.

»Fangen wir doch keinen beschissenen Streit an«, sagte Gilbert.

Seine rechte Hand schob sich zu Lauras Kehle hoch, und mit einem Schnappen schoß die Klinge aus dem Messer, das er in seiner Handfläche verborgen hatte. Die Spitze ritzte ihre Haut, und das Keuchen, das sie ausstieß, war voller Staunen und Schmerz. »Daddy?«

Ray sah die Bluttröpfchen und die absolute Reglosigkeit, mit der sie dastand. Er blickte zu seinem Hosenbund hinunter, wo der Colt steckte. Er nahm ihn heraus und hielt ihn Gilbert mit dem Griff nach vorne entgegen. »Hier. Da hast du das Scheißding. Nimm die Klinge von ihrem Hals weg.«

Gilbert musterte ihn und zog die Klinge kaum merklich zurück. Laura regte sich nicht. Ich sah, wie das Blut den Kragen ihres T-Shirts tränkte. Tränen liefen über ihre Wangen.

Ray winkte ungeduldig. »Komm schon, da ist die Knarre. Und nimm endlich das Messer von ihrer Kehle weg.«

Gilbert drückte einen Knopf auf dem Messergriff, und die Klinge verschwand. Laura legte eine Hand gegen ihre Wunde und sah auf ihre blutigen Fingerspitzen. Sie ging auf einen Küchenstuhl zu und setzte sich, wobei sämtliche verbliebene

Farbe aus ihrem Gesicht gewichen war. Gilbert nahm das Messer in die linke Hand und griff mit der rechten nach der Pistole. Er kontrollierte das Magazin, das vollständig geladen war, und steckte sich die Waffe dann in den Hosenbund, mit gespanntem Hahn und gesichert. Er schien lockerer zu werden, nun, da die Pistole wieder in seinem Besitz war. »Wir müssen einander vertrauen, klar? Sowie ich meinen Anteil von dem Geld habe, geht sie mit dir, und wir sind quitt.«

»Abgemacht«, sagte Ray. Es war nicht zu übersehen, daß er vor Wut schäumte, was Gilbert durchaus wahrnahm.

»Lassen wir Vergangenes ruhen. Wir können uns darauf die Hände schütteln«, sagte Gilbert. Er streckte die Hand aus.

Ray warf einen kurzen Blick darauf, und schließlich schüttelten sich die beiden die Hände. »Jetzt laß uns weitermachen, und keine krummen Touren.«

Gilberts Lächeln war ausdruckslos. »Ich habe keine krummen Touren nötig, solange ich sie habe.«

Laura hatte den Austausch mit einer Mischung aus Entsetzen und Unglauben beobachtet. »Was machst du denn da? Warum gibst du ihm die Pistole?« sagte sie zu Ray. »Glaubst du wirklich, daß er sein Wort halten wird?«

Gilberts Miene verzog sich nicht ein bißchen. »Halt dich da raus, Kleine.«

Ihr Tonfall war von Empörung gezeichnet, in ihren Augen stand der Verrat. »Er wird das Geld nicht teilen. Bist du wahnsinnig? Sag ihm einfach, wo es ist, und laß uns von hier verschwinden, bevor er mich umbringt.«

»He!« sagte Ray. »Hier geht's ums Geschäft, ja? Ich habe wegen diesem Geld vierzig Jahre im Knast verbracht, und ich ziehe jetzt nicht den Schwanz ein, weil du Probleme mit dem Kerl hast. Wo warst du denn all die Jahre? Ich weiß, wo ich war. Aber du? Du kommst daher und erwartest, daß ich dich rauspauke. Gut, ich pauke dich raus, okay? Also weshalb hältst du dich nicht zurück und läßt mich das auf meine Weise erledigen?«

»Daddy, hilf mir. Du mußt mir helfen.«

»Das tue ich ja. Ich bezahle für dein Leben, und das kommt mich nicht billig. Aber das Geschäft mache ich mit ihm, also halt dich da raus.«

Lauras Gesicht nahm einen versteinerten Ausdruck an, und sie starrte mit zusammengebissenen Zähnen zu Boden. Gilbert schien es zu genießen, daß sie eine Abfuhr hatte einstecken müssen. Er machte eine Bewegung, als ob er sie anfassen wollte, doch sie schlug seine Hand beiseite. Gilbert lächelte in sich hinein und sandte ein Zwinkern in meine Richtung. Ich traute keinem von ihnen, und das verursachte mir Magenschmerzen.

Ich sah zu, während Ray die Spielregeln erläuterte und Gilbert über die Anrufe, die wir getätigt hatten, und die Überlegungen dahinter informierte. Ich bemerkte, daß er ein paar zweckdienliche Angaben wegließ, wie zum Beispiel den Namen des Friedhofs und den Namen auf dem Grabmal. »Wir haben das Geld noch nicht gefunden, aber wir sind nahe daran. Wenn du etwas davon haben willst, könntest du dich anschließen und mithelfen«, sagte Ray mit haßerfülltem Blick. Ein eisiges Lächeln wanderte zwischen ihnen hin und her, voller Versprechungen. Ich blickte vom einen zum anderen und hoffte inbrünstig, daß ich nicht dabei wäre, wenn die beiden jemals zu einem Wettpissen antraten.

Ray sagte: »Ich nehme an, du hast die Schlüssel bei dir.«

Gilbert zog sie aus der Tasche, zeigte sie kurz vor, wie sie gemeinsam an einem Ring hingen, und steckte sie dann wieder ein.

Ohne ein weiteres Wort zu verlieren, begann Ray einen Teil der Ausrüstung aufzusammeln, die er zuvor zusammengestellt hatte: das Seil, die beiden Schaufeln und den Bolzenschneider. »Jeder nimmt sich was, und dann gehen wir«, sagte er. »Wir können das ganze Zeug in den Kofferraum packen.«

Gilbert nahm sich den Handbohrer, ließ sich aber Zeit dabei, damit es nicht aussah, als würde er Anweisungen befolgen. »Noch etwas. Ich will die alte Dame dabeihaben.«

»Ich geh' überhaupt nirgends mit Ihnen hin, Freundchen«, fauchte Helen. Sie ließ sich auf ihren Stuhl sinken und stützte sich dickköpfig auf ihren Baseballschläger.

Ray hielt inne. »Was hat sie denn damit zu tun?«

»Wenn wir jemanden zurücklassen, woher soll ich dann wissen, daß derjenige nicht den Notruf alarmiert?« sagte Gilbert zu Ray und ignorierte die alte Frau.

Ray sagte: »Komm schon. Das würde sie nicht tun.«

»O doch, das würde ich«, widersprach sie unverzüglich.

Gilbert starrte Ray an. »Siehst du? Die alte Schachtel ist komplett verrückt. Entweder sie geht auch mit, oder die ganze Sache platzt.«

»Was redest du denn da? Das ist doch Schwachsinn. Willst du vielleicht die Kohle sausenlassen?«

Gilbert lächelte und hielt immer noch Lauras Hals umfaßt. Er schüttelte ihren Kopf hin und her. »Ich muß überhaupt nichts sausenlassen. Du wirst der Verlierer sein.«

Ray schloß die Augen und öffnete sie wieder. »Herrgott. Hol deinen Mantel, Ma. Du kommst mit uns. Tut mir leid, daß ich das tun muß.«

Helens Blick wanderte unsicher von Gilbert zu Ray. »Ist schon in Ordnung, Sohn. Ich gehe mit, wenn du darauf bestehst.«

Da Gilbert keinem von uns traute, fuhren wir in einem Auto. Gilbert, Helen und Laura setzten sich zusammen auf den Rücksitz, wobei die alte Frau mit ihrer Enkelin Händchen hielt. Helen hatte nach wie vor ihren Baseballschläger dabei, was Gilbert nicht entging. Als sie seinen Blick spürte, schüttelte sie den Schläger in seine Richtung. »Mit dir bin ich noch nicht fertig, Mama«, murmelte Gilbert.

Ray fuhr, während ich vom Beifahrersitz aus den Weg wies und die Route auf der aufgeschlagenen Karte verfolgte. Er bog auf der Portland Avenue nach Osten ab, gelangte wieder auf die Market Street und von dort aus unter der Brücke durch auf die 71 in Richtung Norden. Es war ein windiger Tag und etwas wärmer als zuvor. Der Himmel zeigte sich als weite Fläche von intensivem Blau, an deren Horizont sich Wolken sammelten. Ich hoffte, daß Ray einen geringfügigen Verkehrsverstoß beging, damit wir von der Highway Patrol gestoppt würden, aber er hielt den Tachometer genau bei der erlaubten Geschwindigkeit und gab Handzeichen, die ich schon seit Jahren niemanden mehr hatte verwenden sehen.

Nach etwa einer Meile auf dem Watterson Expressway bog er auf den Gene Snyder Freeway ein und fuhr an der ersten Ausfahrt ab. Wir gelangten auf die 22, auf der wir eine Zeitlang blieben. Die Straße, die wir gewählt hatten, war vermutlich früher einmal ein selten benutzter Feldweg gewesen, viele Meilen weit draußen auf dem Land. Ich stellte mir Kaufleute und Farmer aus diesem Landkreis vor, wie sie stundenlang mit ihren Planwagen fuhren, um das waldige Gelände zu erreichen, wo sie ihre Toten zur Ruhe betten konnten. Der Twelve Fountains Memorial Park lag mehrere Meilen jenseits der Grenze zum Landkreis Oldham County, war von Kalksteinmauern umgeben und erstreckte sich über Grund, der einmal Teil eines fünfhundert Morgen umfassenden Landstrichs aus Wäldern und verwildertem Unterholz gewesen war. Im Lauf der Jahre war die hügelige Landschaft gezähmt und zurechtgestutzt worden.

Der Eingang führte durch offenstehende eiserne Tore, flankiert von Pfosten aus unbehauenen Steinen, die viereinhalb Meter hoch gewesen sein müssen. Die Straße gabelte sich nach links und rechts und wand sich um ein Arrangement aus drei großen, steinernen Brunnen, die versetzt angeordnete Fontänen und Wasserschleier in die eisige Novemberluft sprühten. Ein diskretes Schild wies uns nach rechts, wo vor einem Hintergrund aus Zypressen und Trauerweiden ein kleines Steinhaus stand. Ray fuhr auf den gekiesten Parkplatz. Ich konnte erkennen, daß die Frau im Büro zu uns herausspähte.

Gilbert nahm Helen mit sich ins Büro. Lauras Gesicht war nach wie vor so unübersehbar verletzt, daß sie Aufmerksamkeit erregt hätte, die er nicht wollte. Sein eigenes Gesicht war immer noch mit winzigen Schnittwunden übersät, aber niemand würde wagen, zu fragen, was passiert war.

Während die beiden verschwunden waren, fing Laura im Rückspiegel Rays Blick auf. »Was ist mit ihr?« fragte sie, womit sie mich meinte.

»Was soll mit ihr sein?« sagte Ray verärgert.

»Gilbert hat Angst davor, daß Grammy die Bullen ruft. Was macht dich so sicher, daß *sie* es nicht tun wird?«

Ich drehte mich auf dem Sitz herum und sah ihr ins Gesicht. »Ich rufe niemanden an. Ich versuche lediglich, nach Hause zu kommen.«

Laura ignorierte mich. »Glaubst du etwa, sie wird danebensitzen und uns zusehen, wie wir mit dem Geld davonspazieren?«

»Wir haben es ja noch nicht einmal gefunden«, meinte Ray.

»Aber wenn wir es finden, was ist dann?«

Rays Miene nahm einen verzweifelten Ausdruck an. »Mein Gott, Laura. Was willst du denn von mir?«

»Sie wird Ärger machen.«

»Mach' ich nicht!«

Laura wandte den Blick von mir ab und sah mit verkniffenem Mund aus dem Fenster. Gilbert und Helen kamen zum Wagen zurück. Er bugsierte sie ohne Umschweife wieder auf den Rücksitz und stieg dann auf seiner Seite ein. Helen stieß leise eine bissige Bemerkung hervor und Ray sagte: »Ma, sei vorsichtig.« Sie griff nach vorn und berührte voller Zuneigung seine Schulter.

Gilbert knallte die Autotür zu und reichte mir die Broschüre, die er mitgebracht hatte. Die Frau im Büro hatte uns ein Heftchen überlassen, in dem Satzung und Geschichte des Friedhofs erläutert waren. Das Druckwerk ließ sich zu einem Plan der Anlage auffalten, auf dem interessante Punkte mit einem X gekennzeichnet waren. Außerem hatte sie ein zusammengefaltetes Blatt beigelegt, auf dem eine detaillierte Karte der Grabstätten in dem Abschnitt, den wir aufsuchen wollten, abgedruckt war. Das Pelissaro-Grabmal hatte sie rot umringelt.

Ich sah nach hinten zu Gilbert. »Sie sollten wissen, daß das hier eventuell zu nichts führt«, sagte ich.

»Ich hoffe, Sie haben für diesen Fall noch einen Reserveplan.«

Mein Reserveplan war, ganz schnell davonzurennen.

Ray ließ den Motor laufen. Ich wies ihm den Weg, den die Frau mit Kugelschreiber markiert hatte. Der Friedhof war als Reihe überlappender Kreise angelegt, die aus der Luft wie das Wedding-Ring-Muster auf einer Patchworkdecke ausgesehen hätten. Sträßchen umringten jeden Abschnitt und bogen ineinander ein wie eine Folge von Kreisverkehren. Wir nahmen die erste gewundene Straße nach links bis zum Three-Maidens-Brunnen. An der Weggabelung fuhren wir wiederum nach links weiter, oben am See vorbei, dann nach rechts und um die Kurve in den alten Teil der Anlage. Der Friedhof verdankte seinen Namen den zwölf Brunnen, die unerwartet aufragten, üppige Wasserspiele, die gen Himmel schossen. In Kalifornien wäre eine derartige Wasserverschwendung Anlaß für eine richterliche Vorladung, insbesondere in den Dürrejahren, die den regenreichen zahlenmäßig klar überlegen waren.

Wir kamen an Soldier's Field vorüber, wo die Gefallenen begraben lagen, deren gleichförmige weiße Steine ebenso ordentlich in Reih und Glied standen wie Bäume in einem frisch gepflanzten Obstgarten. Die Perspektive verlagerte sich mit uns, und der Fluchtpunkt glitt über die Reihen weißer Kreuze wie der Lichtstrahl eines Leuchtturms. In den älteren Sektionen des Friedhofs, in die wir gerade fuhren, standen eindrucksvolle

Mausoleen: Bauwerke aus Kalkstein und Granit mit abgeschrägten Friesen und ionischen Säulen. Den größeren Sarkophagen waren zur Zierde kniende Kinder mit gebeugten Köpfen beiseite gestellt, steinerne Lämmer, Urnen, steinerne Portieren und korinthische Säulen. Da waren Pyramiden, Türmchen und schlanke Frauen in nachdenklichen Posen, Bronzehunde, Bogen, Pfeiler, gemeißelte Büsten streng dreinblickender Herren und kunstvoll gearbeitete Vasen und zwischen alledem eingesetzte Granittafeln und schlichte Grabsteine von bescheideneren Ausmaßen. Wir passierten ein Grab nach dem anderen, und die Reihen erstreckten sich, so weit das Auge reichte. Die Grabsteine spiegelten so viele Verwandtschaftsbeziehungen wider, die Enden so vieler Geschichten. Sogar die Luft wirkte dunkel, und der Boden war von Kummer getränkt. Jeder Stein schien zu sagen, das ist ein Leben, das wichtig war, dies markiert den Heimgang eines Menschen, den wir geliebt haben und den wir schmerzlich und für immer vermissen werden. Sogar die Trauernden waren mittlerweile tot, und die Trauernden, die sie betrauert hatten.

Das Familiengrab der Pelissaros lag in einer Sackgasse. Wir parkten und stiegen aus. Gilbert warf seinen Stetson auf den Rücksitz, und wir marschierten alle fünf bunt durcheinander darauf zu. Ich hielt mir die Fotografie vor die Augen und staunte über die Szenerie, die sich uns bot und die noch genau so aussah wie vor vierzig Jahren. Das Pelissaro-Grabmal, ein weißer Marmor-Obelisk, überragte die umliegenden Gräber. Die Mehrzahl der Bäume auf dem Foto standen noch, und viele von ihnen waren im Lauf der Zeit gewaltig gewachsen. Wie auf dem Bild trugen die Äste auch jetzt kein Laub, doch lag diesmal kein Schnee, und das Gras ruhte, fleckig braun, vermischt mit mattem Grün. Ich entdeckte dasselbe von einem eisernen Zaun umfriedete Grüppchen Grabsteine und das Stück Steinmauer rechts von uns.

Gilbert wurde bereits ungeduldig. »Was machen wir jetzt?«

Ray und ich wechselten einen kurzen Blick. Bislang hatte Gilbert seinen Teil der Vereinbarung eingehalten. Er war mit Laura vorbeigekommen, die nicht nur am Leben und unversehrt war, sondern sogar so aussah, als wäre sie in der vergangenen Nacht nicht zusammengeschlagen worden. Ray und ich standen da, vertrödelten Zeit und wußten, daß wir eigentlich keine Chance hatten, unseren Teil ebenfalls einzuhalten. Wir hatten versucht, auf die Grenzen unserer Erkenntnisse hinzuweisen, aber Gilbert hatte keinen Sinn für Zweideutigkeiten. Helen wartete geduldig in ihren Mantel gewickelt und sah aufmerksam einen hohen Grabstein an, den sie vermutlich mit einem von uns verwechselte.

Gilbert sagte: »Ich habe nicht vor, irgendwelche Grabsteine auszugraben. Und schon gar nicht den hier. Der wiegt wahrscheinlich ein paar Tonnen.«

»Laß mir 'ne Minute«, bat Ray. Er musterte die Szenerie vor uns und konzentrierte seinen Blick auf Grabsteine, landschaftliche Merkmale, Täler, Bäume und den Ring von Hügeln dahinter. Ich wußte, was er machte, da ich das gleiche tat und nach dem nächsten Zug in dem speziellen Brettspiel suchte, das wir spielten. Ich hatte fast erwartet, in der Ferne einen Wasserturm aufragen zu sehen, auf den irgendein maßgebliches Wort aufgemalt war. Ich hatte gehofft, einen alten Gärtnerschuppen oder einen Wegweiser vorzufinden, irgend etwas, das uns sagte, wohin wir uns von hier aus wenden sollten. Die Grabstätte der Pelissaros mußte von Belang sein, warum hätte er sich sonst die Mühe machen sollen, das Foto zu schicken? Die Schlüssel konnten wichtig sein oder nicht, aber das Grabmal wies auf *irgend etwas* hin, wenn wir nur herausfinden könnten, was.

Ich sah, wie Ray kursorisch die Namen auf jedem Grabstein in Sichtweite überflog. Keiner von ihnen schien von Belang zu sein. Ich drehte mich um die eigene Achse und musterte die Sackgasse hinter uns, die von Mausoleen umstanden war. »Ich hab's«, sagte ich. Ich legte Ray eine Hand auf den Arm und wies dorthin. Fünf Grabmale standen im Kreis, graue Bauwerke aus Kalkstein, die in den ansteigenden Hügel eingesenkt waren, der sich über und um die Sackgassen herum wie ein aufgestellter Hemdkragen fächerförmig ausbreitete. Jede der fünf Fassaden war anders. Eine ähnelte einer Miniaturkathedrale, eine andere einer verkleinerten Version des Parthenon. Zwei wirkten mit ihren Kolonnaden und den flachen Stufen, die zu einem einst eindrucksvollen, heute jedoch mit glattem Beton versiegelten Eingang hinaufführten, wie kleine Bankgebäude. Auf jedem von ihnen war der Familienname über der Tür in den Stein gemeißelt worden. REXROTH. BARTON. HARTFORD. WILLIAMSON. Es war das fünfte Mausoleum, das meine Aufmerksamkeit erregte. Der Name über der Tür lautete LAWLESS.

Ray schnippte hektisch mit den Fingern. »Gib mir die Schlüssel«, sagte er zu Gilbert, der seiner Aufforderung widerspruchslos nachkam.

Wir eilten zur Straße hinunter, allesamt vom Anblick des Grabmals in Bann gezogen. Der Eingang wurde von einem Eisentor geschützt, dessen Schlüsselloch man sogar aus der Entfernung erkennen konnte. Durch die Gitterstäbe des Tores war eine Kette geschlungen worden, die sich um das Hauptschloß wand und mit einem Vorhängeschloß gesichert war. Ich blickte auf das Blatt Papier hinab, das in allen Einzelheiten die Lage der Grabmale in diesem Bereich aufzeigte. Die Begräbnisstätte der Familie Lawless lag in Sektion M, Gruppe 550. Die Botschaft von Johnny Lee war abgesandt und empfangen worden. Ich konnte nicht fassen, daß wir es geschafft hatten, aber es war uns tatsächlich gelungen, sein Schreiben zu deuten.

Ray ging auf den Wagen zu, den wir in der Kurve direkt gegenüber dem Mausoleum geparkt hatten. Er öffnete den Kofferraum und holte einen Wagenheber heraus. »Schnappt euch Werkzeug«, sagte er. Erneut gehorchte Gilbert ohne zu murren und bewaffnete sich mit einer Schaufel. Laura griff sich einen Hammer und eine Spitzhacke, die Ray noch in letzter Minute in den Kofferraum geworfen hatte. Wir schritten alle fünf über die Straße, wobei Helen die Nachhut bildete und mit ihrem Baseballschläger aufs Pflaster klopfte. In unregelmäßiger Formation stiegen wir die Stufen hinauf und äugten durch die eisernen Stäbe des Tores. Drinnen befand sich ein gepflasterter Vorraum, der vielleicht drei Meter breit und anderthalb Meter tief war. An der hinteren Wand war Raum für sechzehn Gruften, in die einzelne Särge geschoben werden konnten, wobei die Gruften selbst in vier Reihen übereinander und vier Reihen nebeneinander angeordnet waren.

Wir hielten uns im Hintergrund und sahen zu, wie Ray den kleinen Schlüssel in das Master-Vorhängeschloß schob, das bei der ersten Umdrehung aufsprang. Die Kette, nun lose, fiel klirrend zu Boden. Der große Eisenschlüssel drehte sich mühsam im Schloß des Tores. Das Tor schwang mit einem Quietschen auf, das schrille, schabende Geräusch von Metall auf Metall. Wir gingen hinein. Die sechzehn Begräbnisplätze schienen allesamt gefüllt zu sein. Zwölf waren mit Steinen versehen, in die die Namen der Verstorbenen, die Geburts- und Todesdaten und manchmal ein Gedichtvers eingemeißelt waren. Sämtliche Geburts- und Todesdaten datierten vor der Jahrhundertwende. Die vier übrigen Gruften waren mit glattem Beton zugemauert und wiesen keinerlei Daten auf.

Ray schien sich zunächst nur widerwillig an die Arbeit machen zu wollen. Schließlich war das hier ein Familiengrab. »Ich schätze, wir sollten lieber loslegen«, sagte er. Zögerlich ging er mit dem Wagenheber auf das oberste Betonquadrat los. Nach dem ersten Schlag begann er intensiv auf die glatte Fläche einzuhacken und arbeitete konzentriert weiter. Gilbert nahm eine der Schaufeln und schritt neben Ray mit deren Blatt in ähnlicher Weise ans Werk. Die Geräusche erschienen mir relativ laut und hallten überall in der Grabstätte wider. Ich bin mir allerdings nicht sicher, ob jemand außerhalb des Bauwerks viel hätte hören können. Auf jeden Fall wäre es nicht leicht gewesen, die

Quelle all des Gehämmers auszumachen. Der Beton bildete offenbar lediglich eine Verkleidung, da die Oberfläche zu zerbrechen begann und der rohen Gewalt nachgab. Nachdem es Ray erst einmal gelungen war, hindurchzukommen, hackte Gilbert auf das zerbröselnde Material ein und machte die Öffnung breiter.

Unterdessen hatte Laura sich hingekniet und hieb mit der Spitzhacke auf die Betonverkleidung an der unteren Gruft ein. Staub stieg auf und erfüllte die Luft mit einer bleichen, sandigen Wolke aus kleinen Partikeln. Die Gründlichkeit, mit der sie arbeiteten, hatte etwas Verstörendes an sich. All ihre Konflikte und zurückliegenden Zänkereien waren mit der Beschleunigung der Jagd abgelegt worden. Die Entdeckung stand kurz bevor, und die Gier hatte ihre Streitsucht verdrängt.

Helen und ich wichen nach hinten an die Wand zurück, um ihnen nicht im Weg zu stehen. Durch die Gitterstäbe des Tores, das zum Hügel hinausging, konnte ich sehen, wie der Wind an den Ästen der Bäume zerrte. Ich reckte den Hals und blickte besorgt nach oben. Der Himmel hatte sich völlig zugezogen, und über uns formierten sich dunkle Massen. Das Wetter hier war wechselhaft, wohingegen es in Kalifornien statisch und monoton wirkte. Ich konnte mir nicht vorstellen, wie diese Situation ausgehen sollte, und schwankte zwischen Grauen und der vagen Hoffnung, daß am Ende alles gutgehen würde. Ray und Gilbert würden das Geld aufteilen, sich die Hände schütteln und ihrer Wege ziehen und mir die Freiheit gewähren, das nämliche zu tun. Laura würde Gilbert verlassen. Vielleicht würde sie eine Zeitlang bei ihrem Vater und ihrer Großmutter bleiben, bevor sich die drei wieder trennten. Ray würde vermutlich bei seiner Mutter bleiben, wenn sie an den Augen operiert wurde, es sei denn, er wurde vorher gefaßt und wieder ins Gefängnis gesteckt.

Ich sah auf die Uhr. Es war erst Viertel nach zehn Uhr vormittags. Wenn ich es schaffte, einen Flug am frühen Nachmittag zu bekommen, könnte ich rechtzeitig zum Abendessen zu Hause sein. Ich hatte den größten Teil der vorhochzeitlichen Festivitäten verpaßt. Morgen abend, am Mittwoch, dem Abend vor der Hochzeit, wollten William und »die Jungs« zum Bowling gehen, während Nell, Klotilde und ich wahrscheinlich bei Rosie zu Abend essen würden. Sie hatte uns versichert, daß es nicht nötig wäre, die Feier zu proben. »Was gibt's da schon zu proben? Wir werden nebeneinander stehen und wiederholen, was uns der Richter vorsagt.« Nell war nicht dazu gekommen, die letzten Änderungen an meinem Brautjungfernkleid vorzunehmen, aber wie viele könnten das schon sein?

Das Hämmern innerhalb des Grabmals ging in einen gleichmäßigen Rhythmus über. Irgendwo weiter weg konnte ich hören, wie ein Friedhofsgärtner einen Laubsauger in Betrieb nahm. Auf der Straße um uns herum fuhr kein einziges Auto. Ehe ich mich's versah, schleppten Ray, Gilbert und Laura Leinensäcke aus dem Bauwerk heraus und die Stufen hinunter. Helen und ich folgten nach und blieben neben ihnen stehen, während Ray einen der Säcke auf den Kopf stellte und seinen Inhalt auf den Asphalt leerte. Ray sagte: »Der Mann ist ein Genie. Wer zum Teufel wäre darauf gekommen? Ich wünschte, er wäre hier. Ich wünschte, er hätte das hier sehen können. Seht euch das an. Mein Gott, ist das nicht herrlich?«

Was auf die Erde gepoltert war, war eine wilde Mischung aus amerikanischen und ausländischen Banknoten, Schmuck, Tafelsilber, Aktienzertifikaten, Münzsilber, Geldscheinen der Konföderierten, Inhaberschuldverschreibungen, unbekannten juristischen Dokumenten, Münzen, Probeprägungen, Briefmarken und Gold- und Silberdollars. Der Hügel von Wertsachen reichte mir fast bis an die Knie, und die sechs anderen Leinensäcke waren ebenso vollgestopft wie dieser. Sogar Helen mit ihren schlechten Augen schien den enormen Umfang des Fundes wahrzunehmen. Ein Regentropfen fiel auf das Pflaster daneben, gefolgt von einem zweiten und dritten in weiten Abständen. Ray sah erstaunt nach oben und streckte eine Hand aus. »Laßt uns gehen«, sagte er.

Laura füllte die Sachen wieder in den einen Sack, während Ray und Gilbert die anderen zum Kofferraum des Wagens zerrten und sie hineinhievten. Als der letzte Sack verstaut war, knallte Ray den Deckel zu. Wir wollten gerade alle ins Auto steigen, als mein Blick auf Gilbert fiel. Einen Moment lang dachte ich, er sei stehengeblieben, um sich das Hemd in die Hose zu stopfen, doch mir wurde rasch klar, daß er nach seiner Waffe griff. Ray sah mein Gesicht und warf einen Blick nach hinten zu Gilbert, der nun mit gespreizten Beinen und der Pistole in der Hand dastand. Laura packte Helens Arm, und die beiden blieben wie angewurzelt stehen. Ich sah, wie Laura sich hinabbeugte und ihrer Großmutter etwas ins Ohr flüsterte, sie davon unterrichtete, was vor sich ging, da die alte Frau ja nicht besonders gut sah.

Gilbert betrachtete Ray amüsiert, als wären wir anderen gar nicht anwesend. »Es ist mir schrecklich unangenehm, dir das sagen zu müssen, Ray-Baby, aber dein Freund Johnny war ein knallharter Killer.«

Ray starrte ihn an. »Tatsächlich?«

»Er hat einen Killer für Darrell McDermid angeheuert und ihn abservieren lassen.«

Ray runzelte die Stirn. »Ich dachte, Darrell sei bei einem Unfall umgekommen.«

»Das war kein Unfall. Der Knabe ist um die Ecke gebracht worden. Johnny hat jemandem einen Haufen Kohle dafür gezahlt, daß Darrell ins Gras beißt.«

»Weshalb? Weil er uns bei den Bullen verpfiffen hat?«

»So hat es Johnny gesagt.«

»Und wer hat ihn umgelegt?«

»Ich. Der Junge war sowieso völlig außer sich wegen seines Bruders, also hab' ich ihn von seinem Unglück erlöst.«

Ray dachte kurz darüber nach und zuckte dann die Achseln.

»Na und? Damit kann ich leben. Ist ihm recht geschehen. Der Arsch hat verdient, was er bekommen hat.«

»Ja, wenn man davon absieht, daß Darrell unschuldig war. Darrell hat überhaupt nichts gemacht. Jemand hat Johnny einen riesengroßen Bären aufgebunden«, sagte Gilbert mit gespieltem Bedauern. »Ich war derjenige, der es den Bullen erzählt hat. Ich fasse es nicht, daß ihr da nie dahintergekommen seid.«

»Du warst der Verräter?«

»Leider ja«, sagte er. »Ich meine, machen wir uns doch nichts vor. Ich bin ein Scheißkerl. Ich bin nichts wert. Es ist wie bei dem Witz über den Typen, der eine Schlange rettet und dann von ihr tödlich gebissen wird. Er jammert rum: ›He, warum hast du das getan, wo ich dir doch das Leben gerettet habe?‹ Und die Schlange sagt: ›He, Kumpel, du hast doch schon, als du mich aufgehoben hast, gewußt, daß ich eine Giftschlange bin.‹«

»Gilbert, ich muß dir etwas sagen. Ich habe mir nie eingebildet, daß du ein netter Kerl wärst. Noch nie.« Ganz beiläufig griff Ray nach hinten, und als seine Hand wieder zum Vorschein kam, hielt er darin eine Smith & Wesson 38 Special.

Gilbert lachte. »Verflucht noch mal. Eine Schießerei. Das wird lustig.«

»Eher für mich als für dich«, sagte Ray. Seine Augen funkelten vor Bosheit, doch Gilbert schien lediglich belustigt zu sein, als betrachtete er Ray nicht als ernstzunehmende Bedrohung.

»Daddy, nicht«, sagte Laura.

Ich sagte: »Kommt schon, Leute. Das ist doch nicht nötig. Es ist jede Menge Geld da ...«

»Es geht hier nicht um Geld«, sagte Ray. Er sah nicht zu mir her. Er blickte unverwandt Gilbert an, wobei die beiden nicht mehr als drei Meter voneinander entfernt standen. »Hier geht es um einen Kerl, der meine Tochter mißhandelt und meine Ex-Frau zusammengeschlagen hat. Hier geht es um Darrell und Farley, du Arschloch. Verstehen wir uns?«

»Voll und ganz«, sagte Gilbert.

Ich wich unwillkürlich einen Schritt zurück und war dermaßen auf die beiden Männer konzentriert, daß ich nicht sah, was Helen machte. Sie hob den Baseballschläger in die Höhe, schwang ihn heftig in Richtung von Gilberts ungefährem Standort und hieb beim Zurückschwingen Ray auf den Arm. Gilbert erwischte sie überhaupt nicht, und mich hätte sie beinahe auf den Mund geschlagen. Ich konnte den Luftzug an den Lippen spüren, als der Schläger an mir vorbeizischte. Beim Durchschwung traf sie das Auto, und der Aufprall riß ihr den Schläger prompt aus der Hand.

»Herrgott, Ma! Hau ab hier. Schafft sie hier weg!«

Laura schrie und duckte sich. Ich warf mich zu Boden und sah gerade noch rechtzeitig auf, um Gilbert zielen und auf sie feuern zu sehen. Ein Klicken ertönte. Er sah verblüfft auf den Colt hinab. Er spannte die Waffe erneut und drückte den Abzug. Es klickte wieder. Er zog den Schieber zurück, warf eine Patrone aus und ließ ihn dann wieder nach vorn gleiten, womit eine weitere Patrone in die Kammer gelangte. Er schwenkte die Pistole herum und zielte auf Ray. Er drückte den Abzug. Klick. Er spannte erneut und drückte den Abzug. Klick. »Was zum Teufel?« stieß er hervor.

Ray lächelte. »Ach, ich muß mich schämen. Ich hätte erwähnen sollen, daß ich den Schlagbolzen verkürzt habe.«

Ray drückte ab, und Gilbert sank mit einem seltsamen Geräusch zu Boden, als wäre die Luft aus ihm herausgedrückt worden. Ray bewegte sich lässig vorwärts, bis er direkt über Gilbert stand. Er schoß noch einmal.

Gebannt starrte ich ihn an, als er ein weiteres Mal abdrückte.

Ray wandte sich um und blickte in meine Richtung. Er sagte: »Laß das.«

Aus dem Augenwinkel sah ich gerade noch die Umrisse einer Bewegung, und dann hörte ich auch schon das Knallen des Baseballschlägers, als er auf meinen Kopf aufschlug. In dem Sekundenbruchteil, bevor sich die Finsternis herabsenkte, warf ich Helen einen betrübten Blick zu. Ihre unberechenbare Schlagweise hatte ein abruptes Ende genommen, und sie hatte mir einen Volltreffer verpaßt. Das einzige Problem war, daß ich sie sehen konnte und ihre Hände leer waren. Diesmal war Laura am Schlag, und ich war weg, weg, weg.

Ich verbrachte die Nacht mit den vermutlich schlimmsten Kopfschmerzen, die ich je in meinem Leben gehabt hatte, in einem Zweibettzimmer in einer Klinik namens Baptist East. Wegen der Gehirnerschütterung wollte mir der Arzt keine Schmerzmittel geben, und meine Lebensfunktionen wurden ungefähr jede halbe Stunde kontrolliert. Da ich ohnehin nicht schlafen durfte, verbrachte ich zwei quälende Stunden damit, mich von zwei Detectives vom Sheriffbüro Oldham County befragen zu lassen. Die beiden waren ganz nett, aber natürlich standen sie meiner Geschichte skeptisch gegenüber. Sogar mit meiner Gehirnerschütterung log ich das Blaue vom Himmel herunter und reinigte mich während des Erzählens von jeglicher Schuld. Schließlich wurde ein Anruf beim *Courier-Journal* getätigt, und ein schlechtbezahlter Reporter ging die alten Jahrgänge durch, bis er einen Bericht über den Bankraub fand, mitsamt den Namen sämtlicher Verdächtiger und zahlreichen phantasievollen Spekulationen über den Verbleib des Geldes. Allerdings sollte sich herausstellen, daß das Geld verschwunden blieb, genau wie Ray Rawson, seine betagte Mutter und seine Tochter Laura, deren Lebensgefährte mit von Kugeln durchlöchertem Leib im Leichenschauhaus aufgebahrt lag.

Ich beharrte unbeirrt darauf, daß man mich mit vorgehaltener Waffe zum Mitkommen gezwungen und schließlich niedergeschlagen und zurückgelassen hatte, als ich nicht mehr nützlich war. Wer sollte mir schon widersprechen? Es half, daß sich Lieutenant Dolan, als man in Santa Teresa anrief, für mich verwendete und meine leicht besudelte Ehre verteidigte. Der die

Ermittlungen leitende Polizist schrieb meine Schilderung der Ereignisse mühevoll in Druckbuchstaben nieder, und ich erklärte mich bereit, als Zeugin zur Verfügung zu stehen, wenn (und falls) Ray Rawson und sein fröhliches Häufchen festgenommen und vor Gericht gestellt wurden. Ich für meinen Teil glaube nicht, daß die Chancen besonders gut stehen. Zum einen verfügt Ray über das ganze Geld und zum anderen über seine im Lauf von vierzig Jahren geknüpften Kontakte sowie die in dieser Zeit im Gefängnis erworbene kriminelle Gerissenheit. Ich bin mir relativ sicher, daß es ihm gelungen ist, drei falsche Identitätsnachweise – Pässe eingeschlossen – sowie Tickets erster Klasse zu unbekannten Gefilden zu besorgen.

Als ich am Mittwoch morgen entlassen wurde, nahm mich eine Krankenschwester, die gerade Dienstschluß hatte, mit in das Viertel namens Portland, wo Helen Rawson lebte. Ich stieg an der Ecke aus und ging das restliche Stück zu Fuß. Das Haus war dunkel. Die Hintertür stand offen, und ich konnte sehen, daß zahlreiche Kleidungsstücke bei ihrem überstürzten Aufbruch zu Boden gefallen waren. Ich ging ins Schlafzimmer und schaltete die Nachttischlampe an. Alle Pillen der alten Dame waren verschwunden, ein sicheres Zeichen dafür, daß sie sich mit ihrem Sohn und ihrer Enkelin aus dem Staub gemacht hatte. Ich nahm mir die Freiheit, ihr Telefon zu benutzen und machte mir nicht die Mühe, das Gespräch auf eine Kreditkarte buchen zu lassen. Es war zermürbend, bis ich endlich jemanden erreichte. Ich versuchte es bei Henry und erreichte wieder seinen Anrufbeantworter. War der Mann denn nie zu Hause? Ich versuchte es bei Rosie, wo niemand abnahm. Ich rief meine Freundin Vera an, die mit ihrem Ehemann, der Arzt war, über das lange Thanksgiving-Wochenende weggefahren sein mußte. Ich rief meinen alten Freund Jonah Robb an. Niemand da. Ich versuchte es sogar bei Darcy Pascoe, der Empfangsdame der Firma, bei der ich einmal gearbeitet habe. Ich hatte kein Glück und begann langsam in Panik zu geraten, während ich mir den

Kopf darüber zerbrach, wer in aller Welt mir aus dieser Notlage helfen könnte. Voller Verzweiflung rief ich schließlich die einzige Person an, die mir einfiel. Das Telefon klingelte viermal, bis sie abhob. Ich sagte: »Hallo, Tasha? Hier ist deine Cousine Kinsey. Erinnerst du dich noch daran, daß du gesagt hast, ich solle anrufen, wenn ich etwas bräuchte?«

Epilog

Die Hochzeit fand am Spätnachmittag des Thanksgiving-Tages statt. Rosie's Restaurant hatte mit Hilfe von Blumen, Kerzen und Raumsprays eine Verwandlung erfahren. Rosie in ihrem weißen Hängerkleid, einen Kranz aus Schleierkraut im Haar, und William in seinem Smoking standen vor Richter Raney und hielten zärtlich Händchen. Ihre Gesichter glänzten. Im Kerzenschein sahen sie zwar nicht jung aus, aber auch nicht so besonders alt. Sie strahlten ein Leuchten, eine Intensität aus... als würden sie von innen heraus brennen. Alle schienen an den gemachten Versprechungen Anteil zu haben. Henry, Charlie, Lewis, Nell und Klotilde in ihrem Rollstuhl. Die Formel »in guten wie in schlechten Tagen, in Reichtum oder Armut, in Krankheit wie Gesundheit« betraf sie alle. Sie wußten, was lieben und geliebt werden bedeutete. Sie wußten um Schmerz, Gebrechlichkeit und die Weisheit des Alters.

Ich stand da und dachte über Ray, Laura und Helen nach und fragte mich, wohin sie wohl gegangen waren. Ich weiß, es ist absurd, aber es schmerzte mich, daß sie sich nicht genug Gedanken gemacht hatten, um dazubleiben und sich zu vergewissern, daß mir nichts fehlte. Auf eine bestimmte merkwürdige Art waren sie zu meiner Familie geworden. Ich hatte uns als Einheit angesehen, die sich gemeinsam Widrigkeiten entgegenstellt, selbst wenn es nur ein paar Tage lang anhielt. Nicht, daß ich geglaubt hätte, wir würden ewig so weitermachen, aber ich hätte gern das Gefühl eines Abschlusses gehabt – danke, mach's gut und schreib uns mal.

William und Rosie wurden zu Mann und Frau erklärt. Er

nahm ihr Gesicht in die Hände, und der Kuß, den sie autauschten, war so leicht und süß wie Rosenblätter. Zitternd flüsterte er: »O meine Liebste. Ich habe mein ganzes Leben lang auf dich gewartet.«

Unter den Anwesenden blieb kein Auge trocken, die meinen eingeschlossen.

Hochachtungsvoll
Kinsey Millhone

PATRICIA CORNWELL

Kay Scarpetta steht vor einem Rätsel:
Ein verschwundenes Manuskript ist der einzige
Anhaltspunkt für die Suche nach dem Täter...

»Patricia Cornwell versetzt uns
mit ihrer Kultfigur Kay Scarpetta in Entsetzen
und hypnotische Spannung.«
Cosmopolitan

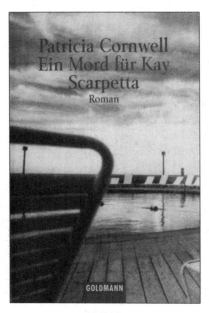

44230

THE NOBLE LADIES OF CRIME

Diese Autorinnen wissen bestens Bescheid über die dunklen Labyrinthe der menschlichen Seele...

43700

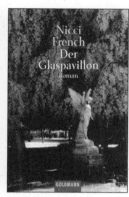

43551

42597

43209

GOLDMANN

BATYA GUR

Inspektor Ochajon untersucht einen Mord im Kibbuz und stellt fest, daß hinter der Fassade von Harmonie und Solidarität tödliche Konflikte lauern...

»Ein hervorragender Roman, packend erzählt, ans Gefühl gehend, fesselnd!«
Facts

44278

ANN BENSON

Die Archäologin Janie Crowe findet bei ihren Nachforschungen über Alejandro Chances ein ungewöhnliches Tuch aus dem Mittelalter. Sie ahnt dabei nicht, daß ihre Entdeckung eine tödliche Bedrohung für die Menschheit birgt ...

44077

ELIZABETH GEORGE

Verratene Liebe und enttäuschte
Hoffnung entfachen einen Schwelbrand
mörderischer Gefühle...

43771

GOLDMANN

MINETTE WALTERS

»Minette Walters ist Meisterklasse!«
Daily Telegraph
»Diese Autorin erzeugt Spannung auf höchstem Niveau,
sie ist die Senkrechtstarterin ihrer Zunft.«
Brigitte

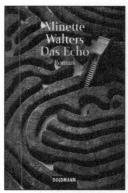

44554

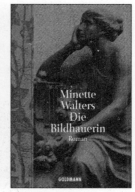

42462

42135

43973

GOLDMANN

JANET EVANOVICH

Stephanie Plum ist jung, nicht auf den Mund gefallen, und sie hat einen ungewöhnlichen Job: sie jagt entflohenen Ganoven nach...

»Witzig, abgebrüht und politisch völlig unkorrekt – Stephanie Plum ist die beste amerikanische Serienheldin.«
Booklist

42878

GOLDMANN

THE NOBLE LADIES OF CRIME

Diese Autorinnen wissen bestens Bescheid über
die dunklen Labyrinthe der menschlichen Seele...

43761

43577

44225

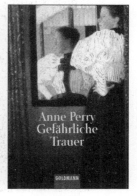

41393

GOLDMANN

GOLDMANN

*Das Gesamtverzeichnis aller lieferbaren Titel erhalten Sie
im Buchhandel oder direkt beim Verlag*

★

Taschenbuch-Bestseller zu Taschenbuchpreisen
– Monat für Monat interessante und fesselnde Titel –

★

Literatur deutschsprachiger und internationaler Autoren

★

Unterhaltung, Kriminalromane, Thriller
und Historische Romane

★

Aktuelle Sachbücher, Ratgeber, Handbücher und
Nachschlagewerke

★

Bücher zu Politik, Gesellschaft, Naturwissenschaft und Umwelt

★

Das Neueste aus den Bereichen
Esoterik, Persönliches Wachstum und Ganzheitliches Heilen

★

Klassiker mit Anmerkungen, Anthologien und Lesebücher

★

Kalender und Popbiographien

★

Die ganze Welt des Taschenbuchs

★

Goldmann Verlag • Neumarkter Str. 18 • 81673 München

Bitte senden Sie mir das neue kostenlose Gesamtverzeichnis

Name: _____

Straße: _____

PLZ / Ort: _____